U0920370

我们阅读
WOMENYUEDU
魅丽文化
花火
花火工作室

你是我的光芒 2

水果店的瓶子 | 著

江苏凤凰文艺出版社
JIANGSU PHOENIX LITERATURE AND ART PUBLISHING

图书在版编目（CIP）数据

你是我的光芒.2 / 水果店的瓶子著. -- 南京：江苏凤凰文艺出版社，2022.2
ISBN 978-7-5594-6567-2

Ⅰ. ①你… Ⅱ. ①水… Ⅲ. ①长篇小说-中国-当代
Ⅳ. ① I247.5

中国版本图书馆 CIP 数据核字 (2022) 第 004280 号

你是我的光芒.2

水果店的瓶子 著

出版统筹	曾英姿
责任编辑	张　倩
特约编辑	叉　叉
封面设计	ABOOK STUDIO 般舍 Design QQ 812784044
出版发行	江苏凤凰文艺出版社
	南京市中央路 165 号，邮编：210009
网　址	http://www.jswenyi.com
印　刷	湖南凌宇纸品有限公司
开　本	880mm×1230mm　1/32
印　张	10.5
字　数	423 千字
版　次	2022 年 2 月第 1 版
印　次	2022 年 2 月第 1 次印刷
书　号	ISBN 978-7-5594-6567-2
定　价	46.80 元

(CONTENTS)

(C O N T E N T S)

第一章

身份转换，教官和学员

从高铁站走出来，白术被寒风吹得眯起了眼，她裹紧了外套。

雪粒子在空中翻飞，空旷的地面已是薄薄一层如白沙般的积雪。这里旅客稀少，行人寥寥，周围配套设施没发展起来，远处是荒地和高山，举目望去一片萧条。

这是泾水镇，去封城只需坐两个小时高铁，但两者的环境简直是天壤之别。

“白术？”一个人高马大的男人走到白术跟前，手里捏着一张打印纸。他瞧了眼纸张，薄眼皮往上抬，打量着白术。

“是。”

男人注意到白术两手空空：“你没行李？”

“我带了身份证和信用卡。”

基地会提供统一的衣服和生活用品，他们的行李会在进基地时被集中保管，根本就没有带的必要。

男人第一次见这么干脆的学员，视线在白术身上顿了片刻，才说：“我是第三基地的，你跟我来。”

“哦。”

白术跟在他身后，上了一辆大巴。大巴上坐了十来个人，都是前来参加培训的，以年轻人居多，但也不乏一些中年人。

她挑了个后排的位子落座。

“嘿，你好。”

前座有个女人跟白术招手，露出热情洋溢的友善笑容。

白术酷酷地回："你好。"

女人似乎对白术抱有极大的好奇："你看起来好小呀，成年了吗？你是BW救援队哪个部门的，平时待在国内还是国外……"

女人的问题如连珠炮。

然而，白术只是静静地看了她几秒，就捏着帽檐往下一拉，遮住了眉目和鼻梁，只露出小半张脸。

面对如此明显的拒绝，女人的声音戛然而止，悻悻地坐了回去。

白术舒了口气。

她可是一次报考五门的"孤僻天才"，怎么能随随便便跟人侃大山。

第三基地建立在偏僻的乡镇，基本与世隔绝，培训也是军事化管理，甚至很多教官都是经验丰富的退伍军人。

大巴在路上行驶了三四个小时。

起初窗外还是正常的城市景观，时间一长，公路两旁的房屋开始变得破落，道路变窄。大巴时而上下坡时而左右摇晃，身体素质差一些的直接晕车了。

白术如老僧入定，坐着一动不动的，直至大巴抵达基地，她才揉着眼醒来。

在尖锐的哨声中，有人喊着"到了，下车了""别睡了"之类的话，众人排着队从后门下车。

白术慢吞吞地跟在人群末尾。

外面空气冰凉刺骨，冷风呼啸。

白术走下车，见到柏油路两旁高大的梧桐树，树叶凋零，枝丫光秃秃的，积了雪。路灯零星地亮着，光线昏黄，地面明与暗交织着。

那个接他们的男人吹着哨子，让他们站成两个纵队。

这时，有个穿着迷彩装的青年走过来，手里拿着一张纸，高声喊："谁是白术？"

"我。"

队伍末尾响起一个简单明了的声音。

"你？"青年见到个子矮小的白术，眼睛都瞪圆了，疑惑地脱口道，"报考五门的那个？"

白术面无表情地"嗯"了一声。

接白术的男人也说："是她。"

青年一脸不可置信，再三打量了一番白术后，招了招手："行吧，你跟我走。"

在两个列队错愕的目光注视下，白术将帽檐往上抬了抬，气定神闲地跟着青年离开了。

青年单独带着白术办理手续，等所有程序都走完后，他领着白术来到一栋宿舍楼前。

宿舍楼有六层，原本白色的墙面，却因时间的渲染镀上了一层灰色，唯有厚厚的积雪做点缀。

“这是你们的宿舍楼。”青年介绍道，“男的住在一二层，女的住在三四层，你们住在第五层，第六层是教官住的。”

白术背着发下来的被褥和生活用品，调整了下背包带子，狐疑地问：“我们？”

青年解释道：“你们这些报多门科目的。”

“哦。”

白术这下理解了。

然而，青年还是不能理解，这几年来第一个报考五门的学员，竟然是一个不到二十岁的小姑娘，而且身板瘦小没啥突出的。

履历也没什么突出的。

她不会待两天就哭爹喊娘要回去吧？

青年还是没把情绪表现得过于明显。

他带着白术进宿舍楼，同时跟白术讲着规矩。

“你们的培训期为三个月，分理论和实践两个部分，早上的体能训练，必须参加。白天和晚上安排理论和实践课程，你可以看课程表。”

青年打量着身材纤细的白术，继续说：“像你们这种报两门以上的，不需要在理论课和实践课上签到，可以自主安排学习，唯一的要求是必须通过每周考核。一旦持续两周不通过，你们就只能卷铺盖走人。听明白了？”

“嗯。”

白术不咸不淡地应了一声。

青年说了这么久，就得了这么个回应，颇有些不快。

他没再吭声，来到五楼后，给白术指了下门，就把钥匙交给白术，径自离开了。

白术拎着钥匙前往自己的宿舍。

听说是两人宿舍，希望不要再碰到个像云沉一样颐指气使的室友。

白术边这么想着，边迈步到了宿舍门口，正欲拿钥匙开门，然而门“嘎吱”一声被打开了。一头银发赫然映入眼帘，白术视线往下一移，见到那张稚嫩冷酷的脸，神色一怔。

出现在白术跟前的，是陆白。

下一秒，白术目光往上移，觑见了宿舍的门牌号。

陆白的声音在同一时间响起：“你没看错，我就是你的室友。”

白术沉默了两秒，随后“哦”了一声，转身就走。

陆白莫名其妙地问："你干吗去？"

"举报第三基地违规招生。"白术一板一眼地回答。

听到这话，陆白先是愣了一下，然后赶紧一步上前，拽着白术的手臂，把她拉回了宿舍。

一进去，陆白就关了门。

白术推开陆白的手，揉了揉手臂，随后把鸭舌帽一摘，酷酷地朝他挑眉："解释一下。"

"我不是违规招生，"陆白眼睛一眨不眨地盯着白术，怕她真的搞出什么事来，一本正经地解释，"我走的正规特招流程。"

第三基地确实有这样的规定。

青少年想要进BW，可以报名参加培训，审批通过后可以进入第三基地接受培养。

这批参加过培训的青少年，寒暑假可以跟着 BW 救援队参加志愿者行动，未来也有优先进入 BW 救援队的资格。

整个流程办理起来很复杂，家长们不愿意孩子在志愿者这事上浪费太多时间，所以能够审批下来的少之又少。

现在学校陆续放寒假了，陆白参加培训的流程正规的话，还算合情合理。

"你来这里做什么？"白术打量着他。

陆白舔了舔嘴角，说："顾野说，为全人类做贡献的意识要打小培养。"

白术由衷地说："我觉得他在扯淡。"

"我也……"陆白刚想附和，但又觉得不应该，便改口，"觉得他说得挺对的，为全人类做贡献是我们义不容辞的责任。"

白术听得鸡皮疙瘩都起来了，真心诚意地建议道："你别说了。"

"哦。"

陆白抿了抿唇。

不过安静两秒后，他又开口说话了："你怎么也来了？"

"为了世界和平。"

陆白打心底觉得白术这理由跟顾野的没什么区别，不过他和顾野都亏欠她，所以她说什么都是对的。陆白便郑重地点点头："你很伟大。"

"我知道。"白术脸不红气不喘。

陆白挠了挠鼻尖，有点接不下话了。

不过，白术在扫视了眼这间并不宽敞的宿舍后，就皱着眉转移了话题："没有独立卧室，难道男女混住吗？"

"没宿舍了。"陆白有些尴尬，颇为不自在地说，"教官让我们将就一下。"

他虽然才十二岁，但跟白术好歹男女有别。

这间宿舍是两人间，分为两个区域，一个是学习区，进门就是两张长书桌，现在空无一物；往里走是休息区，左右各一张组合床，配了可遮挡的床帘。

再往前一些就是阳台了，洗漱区、晾衣区以及洗浴间都在那里。

“哦。”白术环顾一圈就接受了现状，她溜达到陆白的床铺前，若有所指地说，“你的床铺得很不错啊。”

陆白眼睛微微一睁。

他似乎意识到什么，但又有些难以置信。

可下一刻，白术就跟他挑明了：“我不大会。”

陆白能说什么呢，只能顺着她的话往下说：“我帮你。”

“谢谢。”

白术象征性地客气了一下，转身就将发放下来的被褥、衣服等生活用品一股脑地都扔给了陆白。

陆白抱着一堆东西，怔怔地看着往外走的白术，问：“你去哪儿？”

“逛逛。”

话音一落，宿舍门一开一合，白术的身影消失了。

雪花还在飘，风带着刺骨的寒意，路灯零星几盏，照亮了基地的一隅，路上见不到几个行人。只偶尔见到几个前来报到的学员和负责接待的工作人员，气氛冷清萧条。

宿舍楼外有基地的地形图，白术根据地形图的指示来到食堂，赶在关门前要到了两个冷馒头。

“冷食伤胃，下次来早一点。”食堂大爷将馒头交给白术时，特地叮嘱了一句。

“好。”

白术答应一声，咬了口硬邦邦的馒头，差点把门牙给崩了。

她跟食堂大爷面面相觑。

食堂大爷尴尬半晌，最后搓了搓手，好心地问：“要不，我给你倒点热水？”

“谢谢。”

白术毫不客气地接受了。

领到一杯热水，白术坐在食堂里艰难地吃着馒头。吃完一个后，感觉腮帮子有点疼，她揉了揉脸颊，然后捏着剩下那个如石头般坚硬的馒头出了食堂。

她一边走一边吃，心想这次没准还得审查一下第三基地的后勤部是否贪污经费。

这是人吃的玩意儿吗？

在心里嘀咕着，白术余光里忽而闪过一道熟悉的身影。她扭头一看，确定那身影是心中所想之人后，倒退着走了几步。

就在侧边的道路上，顾野正在跟一个青年讲话，中间隔着绿化的草地和灌木，枯枝上覆了一层白雪。

白术停下来，微微歪头，瞧着那一抹颀长的身影。

顾野穿着黑色的教官制服，衣摆扎进裤头里，利索又干净，腰杆笔挺。长腿很直，脚下套着一双军靴，透过枯枝缝隙隐约可见。

跟以往比，他周身多了些清冷疏离。

端详片刻，白术揪下一小块馒头，用手指一弹，馒头径直飞向顾野，稳稳地落在他的头顶，压得柔软的头发极其轻微地一起一伏。

顾野感知到了，眸光往这边一瞥，赫然跟白术的视线撞上。他漆黑如墨的瞳仁里掠过一丝诧异，但短暂几秒后就敛了情绪，继续跟面前的人说话。

白术依旧站在原地。

不多时，跟顾野说话的人离开了。

顾野仿佛忘了这边还有个人一样，抬手扒拉了下头发，把那一小块馒头给拍掉，然后转身就往办公楼方向走。

“哎。”

白术陡然出声，又扔出一小块馒头。

顾野及时止步，微微往后一仰，那块馒头在他跟前划过，越过马路落到路边的雪堆里，和雪混在一起看不真切。

随后，顾野偏头看向白术，神情里尽是陌生，似是第一次见到白术一般，问：“你跟我说话？”

白术反问：“不然呢？”

顾野用舌尖抵了抵腮帮子，须臾，他调整好情绪，继续回应白术：“迷路了？”

“没有。”

“禁止搭讪教官。”顾野眉眼轻抬，把界限划得很清。

白术皱了皱眉，往前走了几步，来到岔路口处，然后转身面朝顾野，喊了声他名字。

顾野一副“咱俩认识吗”的表情，用手指弹了一下别在胸前的名牌，指着“陆野”二字提醒道：“你认错人了吧。”

白术顿了一下。

琥珀色的瞳仁被昏黄的灯光衬得颜色浅了些，她静静地盯着顾野片刻，然后将梆硬的馒头递到嘴边狠狠咬了一口。

她咀嚼着，咽下。

“对。”白术终于开了口，神情不屑地打量着顾野，“仔细一看，你丑多了。”

她撂下话就离开了，留给顾野一个酷酷的背影。

这小孩……怎么在这里？

顾野“啧”了一声，轻轻地磨了磨牙。

绿化带后的碎石路上传来极轻的脚步声。

顾野回身看去，瞧见树枝轻轻晃动了下，有积雪簌簌掉落，在地面碎了一地。随后，一个穿着作训服的小孩从树枝后走出来。

“我就是来告诉你这件事的。”陆白望了眼白术走远的背影，“她报了五门，跟我一个宿舍。”

顾野眉心轻皱。

白术是BW救援队的人，来第三基地参加培训并非多么稀奇的事。

不过，白术来这里的时机未免巧了些，正好跟他们撞上了。

“你尽量少跟她交流，”顾野叮嘱，“不然容易被套话。”

陆白性子沉稳，嘴巴也严，但搁在白术跟前简直不值一提。白术想要套陆白的话，是一件轻而易举的事。

陆白“嗯”了一声。

顿了顿，他轻抿了下唇，欲言又止。

顾野察觉到了，问：“怎么？”

“她让我帮忙整理被褥。”说到这儿，陆白的眉头渐渐紧锁，很是困惑地说，“我是按照你说的叠的，一步不落，为什么叠出来的效果不一样？”

顾野预感到什么，深吸了口气，抬手摁了摁太阳穴。

程行知真是脑子有病才会将陆白塞进第三基地来帮他。

一刻钟后，白术吃完最后一口馒头，如释重负地回到宿舍。结果一揿开关灯光亮起，白术就觑见自己床铺上乱糟糟的被褥。

她静静地站了片刻，瞧了瞧陆白床铺上整齐的“豆腐块”，又瞧了瞧她床铺上凌乱的“豆腐脑”，然后心情沉重地把鸭舌帽摘了下来。

“我不是故意的。”

背后陡然响起陆白的声音。

“看出来了。”白术拎着鸭舌帽往宿舍里走，在陆白正欲松一口气时，她冷飕飕地补充了三个字，“存心的。”

陆白心里咯噔一下，紧随着她进门，解释道：“我的被子是顾野帮我叠的。”

白术哂笑道：“他不是在封城吗，还能帮你叠被子？”

“你不是刚……”陆白刚想说什么，可忽然意识到顾野并未承认自己的身份，于是闭了嘴，感觉这事自己冤死了。

白术走至组合床旁，扭头问：“刚什么？”

陆白僵硬地摇了摇头：“没什么。”

白术耸了一下肩，腿往上一抬，脚踩在组合床的木梯上，整个人往上一跃，轻松地跳上了床，膝盖跪在褥子上。

她开始自己整理床铺。

陆白以为白术整理内务的水平跟自己差不远，结果白术三两下就将被芯套在了被套里，然后抓着被套两角一抖，被子立刻变得整整齐齐。之后她又简单地捋了捋褥子，她的手跟有魔法似的，原本满是褶皱的褥子瞬间被捋平，而被子也被她迅速叠成了“豆腐块”。

陆白看得目瞪口呆。

很快，整理好被褥的白术，从床上跳了下来。

白术朝陆白扬了扬下颌：“学吗？”

“学。”陆白佩服地点头。

白术“哦”了一声，真诚地建议：“那你慢慢学。”

过了好一会儿，陆白才意识到白术在耍自己。不过，这会儿白术已经找出一套作训服，去阳台的洗浴间洗澡去了。

晚上十点睡觉，九点半时，先前去高铁站接他们的男人以教官身份出现，逐个敲宿舍门点名，同时提醒他们做好明天晨练的准备。

白术倚在门口，瞧着陈教官刚正不阿的国字脸，问：“晨练有几个教官？”

“三个。”

“可以不去吗？”

“不可以。”

陈教官语气很生硬地回答完，然后捏着名单去了隔壁宿舍。

白术瞧了眼他的背影，略有些惋惜地回过身，将宿舍门关上。

这时，刚洗完澡的陆白一边用毛巾擦着头发，一边问白术：“你不想去？”

白术敷衍道：“随便问问。”

如果可以选择的话，她当然会选择不去。不过，去了也无所谓，反正她也不讨厌锻炼。

抬手抓了抓头发，已经半干了，白术便跳到自己床铺上。在将床帘放下来时，白术忽然想到什么，问下面的陆白：“你吃过食堂的饭菜吗？”

陆白擦头发的动作止住，仰头看她：“吃过。”

“味道怎么样？”

陆白仔细地想了想，回答：“能吃。”

虽然他回答了，但相当于没回答。

白术又问：“跟顾野做的比呢？”

“没法比。”陆白如实回答。

白术叹了口气，将床帘放下了。灯光被遮住，视野顿时暗了一圈，白术抖开叠成豆腐块的被子，往下躺倒，把被子盖在身上，遮住了脑袋。

她真是受够了那俩能崩掉她俩门牙的馒头了。

翌日，夜幕沉沉，天尚未苏醒。

清晨六点整，震耳欲聋的起床号在偌大的基地里响起，惊扰了整个基地的清梦，一时间整栋宿舍楼都怨声载道。

陆白在起床号响起的那一刻，就迅速睁眼，接着起身穿衣。在套上外套的那一刻，他下意识地撩开床帘朝对面床铺一瞥，发现没有一点动静。他一怔，想叫人，忽而听到阳台传来的动静，侧头看去，只见穿戴整齐的白术优哉游哉地走进来。

“你什么时候醒的？”陆白有些诧异，单手撑着床板，从床上跳了下来。

“四点。”

白术从陆白身边路过，懒洋洋地丢下两个字，径直走向宿舍门。

门被拉开，走廊上嘈杂的声音传来，在那些手忙脚乱的学员里，白术轻松自在得如同一个前来观光打卡的局外人。

陆白愣了一下，然后才后知后觉地想起白术的话——四点？

来不及多想，在急促的哨声里，陆白赶紧穿好鞋袜下楼集合。

天幕漆黑，不见一颗星星，下了一夜的雪，整个基地银装素裹，操场上厚厚的积雪上留下一串串杂乱的脚印，孤零零的路灯透射出昏黄的光线。

一百多人在经历十多分钟的混乱后，排成三个整齐的方阵。

操场上有三个教官，一个是靠白术走特殊关系进来的“陆野”；一个是昨日去接白术等人的陈教官；最后一个是个女教官，姓巫，据说是有史以来唯一一个一次通过五门科目培训的人，在培训结束后就被第三基地留下当教官，一直到现在。

此刻，穿着黑色制服的巫教官，手里拿着一枚哨子，站在列队前面，神情冷傲肃然，英姿飒爽，令无数视线向她汇聚。

“立——正，稍息！”

巫教官一字一顿地发布口令。

随着她的声音，军靴发出统一的声响，动作整齐划一。

但是，动作跟列队保持一致的白术，视线却微微偏移，落到了管理隔壁方阵队的顾野身上。

她只看了一眼。

然而就是这么一眼，火眼金睛的巫教官便紧紧缠住了白术。她冷着一张美人脸，朗声喊：“第三排第三个，你在看哪儿？”

白术一顿，迎上巫教官的视线，一字一顿地回：“报告，看隔壁教官。”

扑哧——

"够胆儿啊。"

"可真实在。"

列队里稀稀拉拉地响起了几道声音。

初生牛犊不怕虎啊！昨日接触过巫教官的都知道，这位教官虽然是女的，但有着雷霆手段，容不得学员嬉皮笑脸的。

她在培训第一天就得罪巫教官，是存心不想过好日子了吗？

果不其然，听到白术的话后，巫教官的脸以肉眼可见的速度垮了下来。

"名字。"巫教官捏着花名册和签字笔，脸色阴沉地盯着白术。

"白术。"

"白术。"巫教官冷冷地重复了一遍，在花名册上找到白术的名字，"每个学员的晨练积分都是一百，这三个月内，谁的积分被扣光，你们平时成绩再好，这次培训也拿不到合格。"

她大笔一挥，在白术的名字后画了一下，目光冷冷地扫向白术："白术，扣五分。"

白术神情平静，没有巫教官所想的焦虑和不甘，一副不痛不痒的模样。

巫教官直接发问："服气吗？"

"无所谓。"

白术轻描淡写地回答。

她又不是冲着合格来的，哪怕这位教官现在给她扣到零分都没关系，只要不是现在就把她踢出集训营就成。

而据她所知，哪怕晨练积分扣到零分，也不会被当场劝退。

不过，对于巫教官来说，她的回答无疑是火上浇油。

周围的人听了都不由得倒吸一口冷气。

教官上任第一天，就想抓个刺头儿好好杀鸡儆猴罢了，你服个软什么事都没有，现在正面杠上把关系闹僵，对你能有什么好处。

"好样的。"巫教官的表情越发冷硬了，"白术出列！"

她发布口令，白术倒也没继续反抗，而是按照她的要求出列，走到了列队前面。

巫教官紧盯着她，说："今天的晨练是五千米，既然你这么有精神，就再加三千米。"

"哦。"

白术还是那副无所谓的模样。

"在我这里，只有'是'与'不是'。"巫教官脸色铁青，捏着花名册的手指一紧，直接把纸张捏出了褶皱。

白术瞧了她一秒，说："是。"

巫教官胸口憋着的一口怒气，这才稍稍消散了一些。

然而，白术忽然又开了口：“报告。”

“什么事？”巫教官紧紧皱眉。

白术微微偏头，朝旁边正在喝水顺带偷瞄这边的顾野看去。视线撞上的那一刻，顾野差点被呛到，当即佯装不经意般转过身，用后脑勺对着白术。

白术看了两眼后，继续面朝巫教官，说：“我再多看两眼，你凑个整吧。”

一阵风吹过，卷起了地面的塑料袋，在空中忽高忽低地飘荡。

整个方阵队的氛围安静得令人窒息。

巫教官捏了捏眉心，怒不可遏道：“行，那我就给你凑个整！十五千米，不跑完不准吃饭！”

“是。”

白术这次倒是没再“作妖”。

十五千米，围着操场跑道跑三十七八圈，晨练一个半小时是跑不完的。别的学员五千米就跑得上气不接下气，倒了大片，白术却不紧不慢地保持自己的节奏，一圈一圈地跑，虽然浑身是汗也没见她倒下，看得那些觉得她会半路进医务室的学员啧啧称奇。

一个半小时过去，白术还剩下五圈。

教官们带着学员去了食堂，其中包括根本不想看到白术的巫教官，操场顿时变得空荡荡的。然而，等白术跑完最后一圈时，赫然见到终点处站着一个熟悉的身影。

天幕依旧是昏暗的，路灯熄了，隐隐约约可见那道笔挺的身影。

顾野摘了帽子拿在手中把玩，晨风吹得他额前的碎发晃动着，他另一只手垂落，拎着一瓶矿泉水，如泼墨的眼瞧着缓步跑来的白术，隐隐含着一些笑意。

终于，白术跑近了。

跑了一个多小时，白术就像个火炉，刚凑近一些，顾野就感觉到她身上的热气。

垂眸瞧着跟从水里捞出来一般的白术，顾野弯了一下唇，道：“你说你欠不欠吧？”

白术站稳了，喘了两口气，瞥了一眼顾野，抬手摘下作训帽，同时用衣袖胡乱擦了下满是汗水的脸。

随后，她傲气十足地冲顾野道：“你谁啊？”

还在计较呢。

“你今儿个瞧了三眼的帅教官，”顾野眉头一扬，“摘下帽子就不认识了？”

“不认识。”

白术赏了他一记冷眼，一边用帽子给自己扇风，一边扭头就走。

“哎。”

顾野喊了白术一声，伸手捏住她的后衣领，用了极轻的力道将她拽回来。

他将矿泉水递到白术面前：“给。”

白术确实渴了。

矿泉水送到眼前，哪有不要的道理。白术将矿泉水接过来，拧瓶盖时发现已经松动了。她斜眼看着顾野：“喝过？”

顾野嘴角微抽：“我像那种人？”

“我也不嫌弃你。”

白术利索地接过话，仰头喝水，咕咚咕咚几下就干掉了小半瓶。她仰头时长颈上的汗珠顺着白皙的皮肤滑落，一直漫延到衣襟。

顾野的视线顺着汗珠滑落的痕迹下移，发现她衣服几乎半湿了，湿漉漉地贴在身上，勾勒出身体原有的曲线。

几秒后，顾野轻咳一声，将视线挪开。

见白术喝够了，顾野想了想，问：“上课吗？”

“不上。”

“跟我来。”

白术拧紧瓶盖，同时抬头瞧他：“潜规则？”

顾野一噎，板起严肃的面孔，教训道：“怎么说话呢？”说完，他又用余光瞄了眼白术，“我‘潜’你还需要等到现在？”

“那不见得。”白术慢条斯理地分析，“你以前是我学长，平等的；后来是我同学，还是平等的；现在翻身了，指不定就……”

顾野简直快被她气死，赶紧打断她：“早餐吃不吃？”

白术一秒收住话，改口：“吃。”

“跟上。”

顾野转身走人，甩给白术一个背影。

白术便跟上了。

顾野把白术带到基地大门附近，让白术在一棵树下等着，自己出了大门。白术百无聊赖地等了几分钟，在她无聊到打哈欠之际，顾野终于拎着早餐回来了。

“还能点外卖？”白术略有诧异。

“教官能。”顾野提着早餐，朝她挑了挑眉，“走吧。”

白术将作训帽戴好，跟在顾野身后，问：“外面的店多吗？”

“还行，附近有初高中和几个厂，人很多，隔着一条街就是小吃街，晚上很热闹。”

“你去过？”

“昨天逛了半个小时。”

“跟巫教官吗？”

“跟陈教官……”顾野话语一顿，意识到什么，扭头就见白术满脸质疑的样子，他笑道，“你先前顶撞巫教官，就因为这个？”

白术摇头否认：“不是。”

顾野狐疑道：“真的？”

“听说她一次性报了五门，每门都以第一的成绩合格。”白术正色道，“我觉得她不如我——”

白术话还没有说完，顾野就听不下去了，叹息着拍了下白术的作训帽，把帽檐拍了下去，阻止了白术的傲慢发言。

“你低调点吧，省得挨揍。”顾野由衷地劝告。

“好吧。”

白术敷衍地答应了。

这个点，学员和教官基本都在食堂，不过难免有些意外。若是去办公楼，肯定会遇到基地的领导或老师，所以顾野干脆把白术带回了自己宿舍。

很巧的是，他的宿舍就在白术和陆白的楼上，隔着一层天花板的距离。

他宿舍的格局跟学员宿舍一模一样，唯一的区别是，学员是两个人住，而他就一个人住，相对自由。

用钥匙开了门，顾野走到书桌前，把早餐搁在桌面，随后将一张椅子拉出来：“坐下吃。”

“哦。”

白术应了一声，但没直接过去坐，而是先去阳台洗了手和脸，然后才回来吃早餐。

顾野大概是扫荡了整个早餐店，买的早餐摆出来，琳琅满目，皮蛋瘦肉粥、小笼包、蒸饺、水煮蛋、烧卖、油条、烧饼……目测有十来种。

白术拿起一个小笼包往嘴里一塞，微微仰头问站在桌旁的顾野：“我以后都可以来蹭吃吗？”

“门都没有。”顾野对她得寸进尺的行为感到匪夷所思，“今天是看你错过了时间，抢不到什么吃的了，才给你开的后门。”

“哦。”

白术眼珠子滴溜溜地转。

“哦什么哦，别打歪主意。”顾野屈着手指敲了敲她的脑袋，“你下次故意错过也没吃的。”

白术把小笼包咽下，拿起旁边的豆浆喝了一口，问：“你是我肚子里的蛔虫吗？”

顾野震惊：“就你那点小心思还需要我当蛔虫？”

“好吧。”

白术也觉得自己表现得过于明显了。

能蹭一顿算一顿，反正今早不用吃食堂的食物，怎么着都算是赚了。

顾野买的早餐实在是多，他们俩吃到撑也只解决了大半，最后顾野收拾了一下，把剩下的重新打包，让白术交给陆白。

白术拎着剩下的早餐，确定顾野没有再留她的意思，问："我现在就走吗？"

顾野问："你还想留下来养老吗？"

白术忍了忍，没呛他，直接道："你不解释一下陆野的事？"

"不解释。"

顾野嘴上这么回答，行动上也很诚实，直接抓着白术的肩膀，推着她往门外走。

白术一边被迫往外面走，一边扭过头劝他："我劝你再好好想一想。"

"谢谢，不必了。"将门拉开，顾野把白术推出门外，然后友善地跟她告别，"慢走不送。"

说完，他就把门关上了。

白术在门口站定，瞧着紧闭的宿舍门，良久，抬腿踹了一脚大门。

她踢完本来想走的，结果一转身，就听到门内传来顾野的声音："再踢就扣分。"

于是，白术特地折回来，又踹了一脚，然后才走人。

宿舍门后，顾野听着走远的脚步声，神情颇为无奈。

报两门以上的可以自学，白术便干脆没去教室，而是直接去找教官领了教科书、本子、笔等，然后回了宿舍学习。

说是学习，其实也没什么好学的。

早在成为BW救援队队长的时候，白术就将该学的不该学的都学过了，这些培训知识对她而言都是些基础理论，不用学都能拿满分。

所以，在宿舍象征性地学了一个上午，白术去食堂吃了一顿令她印象深刻的午餐，之后就又在基地里溜达。

天依旧是阴沉的，乌云遮了天，又有下雪的趋势。

乡下冬天的风是真的冷，如冰锥似的，寒意能渗透到骨髓里。白术逛了大半圈，半个身子都被风给吹凉了，无奈，她只能找了个离得近的小超市，一边闲逛，一边取暖。

昨天领物资时，每个学员都领了一张卡。

卡内金额固定，男的一千元，女的一千五百元，供他们这三个月在超市买生活用品之类的。

白术先拿了一盒糖，之后在零食区闲逛，左一包右一包，不多时怀里就塞满了。

这时身体也暖和了，她想去结账，可置物架对面忽地出现一道身影，她看了一眼，后退几步，来到置物架的一端，将脑袋往左侧一探，正好跟闲逛着的某人撞了个正着。

“啊！”

突如其来的脑袋，让时正惊得一个哆嗦，怀里的薯片掉了两包。他惊讶极了，像是见到了鬼一样，神情发愣。

白术往一旁挪了两步，站直了，跟他打招呼：“嗨。”

时正确定不是幻觉后，每一根汗毛都竖了起来，他震惊地质问：“你怎么在这儿？”

“培训。”白术简单明了地回答。

“是有培训……不过，你啊？”时正心想第三基地真的要完犊子了，竟然允许白术这种祸害来浪费资源。

“对。”白术腾出一只手，指了指自己，正儿八经地说，“五门，天才。”

时正想死的心都有了：“你少给自己脸上贴金了，报五门算什么天才，又不是过五门……不对，过五门也算不得天才。”

顿了顿，他又不屑地补了一句：“就那么回事儿。”

白术淡淡地问：“你过了五门？”

“没有。”时正皱眉。

“你报过五门？”白术又问。

“没有。”

想了想，时正摇了摇头。

白术“啧”了声，不遗余力地嘲笑：“吃不到葡萄……”

说完，她抱着一堆零食走去了隔壁过道。

时正愣了一会儿才反应过来，当即奓毛，跟上白术反驳道：“你才酸！我不报五门是因为不稀罕，不稀罕你知道吗？我就瞧不上！”

“那你在这儿干吗？”白术乜斜着时正。

“我又不是学员！”时正不明白自己为何要跟白术计较，但他提到这个后忽然收敛了情绪，腰杆挺了挺，颇为严肃地说，“我是领导。”

“什么领导？”

“我……”时正一噎，舔了舔嘴角，最后骄傲地回她，“你管我呢！你区区一个学员，我有什么必要跟你汇报？”

“行吧。”

白术没有跟他争论，应了一声，就去收银台结账了。

时正其实有些矛盾。

一方面，他不待见白术，一跟白术说话就来气，平时看着白术就想避着走；可另一方面，他在第三基地遇见白术，又难免对白术产生好奇，心里有一肚子话想问白术。

他纠结了半天，最终在白术结完账离开超市时下定了决心，赶紧拿着手里的东西去结账，然后火急火燎地跑出了超市。

可是，等他四处寻觅白术的踪迹时，已经看不到人了。

时正皱了皱眉，郁闷地踢了下地面的碎石。

她那细胳膊细腿的，走得还挺快。

在原地转了一圈，时正呼出口气，掏出手机拨通了一个电话。

他道："墨哥。"

电话里传来墨川沉稳随和的声音："怎么了？"

"我在第三基地遇到白术了。"时正问，"她在呈交给基地的简历里，写了她在 BW 救援队的工作经历吗？她看起来挺不简单的样子。"

墨川一怔："她在基地参加培训？"

"嗯。"时正分析，"而且，有一点说不通，她参加第三基地培训得花三个月，但她在漫画集训营只请了一个多月的假，两个月后要参加漫画比赛，时间上根本来不及。还有，她一次性报了五门，我有点怀疑她的目的。"

这一点墨川也考虑到了。

墨川说："嗯，我查一查。"

作为第三基地的部长，墨川却没有实际掌权。但是，他在内部系统上查一下培训学员的资料的权力还是有的。

时正倚靠着屋檐下一根石柱等了几分钟。

很快，手机里跳出一封新邮件，他点开，见到白术的完整简历。

两年前进 BW 救援队，利用寒暑假多次参加救援行动，并且表现优异，一年前被医疗部门列为重点培养对象。

这次培训她报了九门，但在基地监管人员的衡量之下，只允许她通过五门。

电话响了，是墨川打来的。

"这简历不太科学。"时正莫名极了，"她又不是学医的，怎么会被医疗部门重点培养？"

"你不是说在集训期间，段子航几次通过你找白术吗？"墨川说，"段子航是医疗部门的部长。他最近对第三基地的意见很大，因为他看中的部下在来基地培训后，有三分之一的人都选择了调离医疗部门。"

时正恍然："白术有可能是他故意安排过来的？"

"不排除这个可能。"

"那敢情好啊。"时正跃跃欲试，一副唯恐天下不乱的样子，仿佛他是第三基地的敌对方一样。

"不过，最重要的不是白术，"墨川顿了顿才说，"我刚发现队长临时安插了一个教官过来，他的名字叫陆野。”

“他有什么问题吗？”

墨川沉声道：“单看照片，他长得跟顾野有七分像。”

时正嘴巴微微张大，一阵寒风吹过来，直接钻进他嗓子眼，他被呛得咳了好几声，咳得眼睛通红。

他缓了口气，站直身子，刚想继续说话，视野里忽然出现个高挑的身影。他神色一凛，立即将手机放回兜里。

巫教官径直走过来。

正当时正以为她会对自己视而不见时，她在他跟前停了下来，目光自下而上地打量了眼时正，开口道：“时部长。”

她的语气里没一点尊敬，反而带着轻视和傲慢。

时正皱着眉，神情冷漠，没想搭理她。

“我还以为你和墨部长干副业去了，不会来。”巫教官狭长的眼一抬，有几分咄咄逼人的气势。

“呵。”时正皮笑肉不笑地扯了下嘴角，“区区一个教官都敢把手伸到基地内部了，我再不来，我这部长怕成空架子了。”

巫教官冷冷地扫视他，随后嗤笑了声：“倒也没差。”

她说完就走了。

时正被气得脸色煞白，深吸一口气，他微微偏头，看着巫教官独自离去的孤傲背影，轻轻磨牙，眼里掠过一抹暗色。

晚上七点，白术坐在书桌前，单手支颐，另一只手百无聊赖地玩着一支笔。

宿舍门被推开，陆白走进来，注意到白术后，略有迟疑地问：“你晚上没去食堂？”

白术看了他一眼：“没。”

“喏。”陆白从兜里掏出用纸包着的馒头，“我让食堂热了一下，现在还是温的。”

“吃不下。”白术这样说。

然而，视线在陆白伸过来的手上顿了一秒，她转念一想，又将馒头接了过来。

将纸剥开，白术拿出馒头，掰成两半，递给陆白一半：“我吃这点就行。”

“哦。”

陆白想了想，接过那一半馒头。

他瞧着小口吃着馒头的白术，很奇怪地问：“你不饿吗？”

白术“唔”了一声，将抽屉拉了出来，从中拿出两包薯片拍在陆白的书桌上，说：“不饿。”

见到那两包薯片，陆白马上反应过来，扭头看向垃圾桶，果不其然，看到一堆垃圾食品的包装。他茫然地眨了眨眼，想了半天也不知该说什么。最后，他一声不吭地拉开自己书桌前的椅子，坐了下来。

白术艰难地吞下半个馒头。

随后，她拍了拍手，抓起桌上的纸和笔，推到陆白跟前："做道题。"

"什么？"

陆白愣了一下。

他低头看向那张纸，赫然发现上面画着基地的地形图，大道小道用不同的线画出来，还用红笔标明了所有监控的位置。

白术用蓝笔涂了三条线，都是避开监控通往基地外的。

陆白不知白术到底想做什么，但光是看这一张图，就足够他汗毛倒竖了。

然而，在他紧张得坐立不安之际，白术却捏起另一支笔在手里把玩，轻描淡写地说："找个最优解。"

陆白的呼吸声都重了些："路线？"

"嗯。"

白术点了点头。

捏着纸的手指忽地一紧，陆白轻抿着唇，想了半刻后，他朝白术的方向挪了挪，几乎用气音问："你来基地培训的目的是什么？"

"升职加薪啊。"白术扬眉，理所当然地说。

陆白一张白净稚嫩的脸上写满了不相信。

你冲着升职加薪来的，干吗要做这种偷偷摸摸的事？正常人能在培训第一天画出基地的地形图，并且设计出安全逃跑路线？

他盯了白术半晌，不见白术神情有异色，于是抬手敲了敲那张纸："那你画这个做什么？"

"食堂的饭菜好吃吗？"白术问。

陆白想了下，实诚地摇摇头。

"我改善伙食有错吗？"白术又问。

陆白又想了下，再一次摇头。

白术坦然道："那不得了。"

陆白感觉自己糊里糊涂的，好半天才想明白白术在说什么，讶然地问："你费尽心思规划选择路线，就是为了翻墙出去改善伙食？"

"不然呢？"白术理直气壮地反问。

陆白愣住了，也哑巴了。

末了，他默默地看了会儿那张纸，又默默地拿起笔，选了一条最合适的路线，随后把那张纸还给了白术："听说翻墙出去的人挺多的，晚上会有教官巡逻。"

“哦。”

白术举着那张纸，若有所思地看了会儿，最终她伸出一根食指，弹了一下纸面，嘴角扬起一个浅淡的笑容。

晚上九点半，等到教官们查完一轮寝后，白术来到阳台。她先活动了下脖子，然后将手撑在阳台栏杆上，纵身一跃，半蹲在上面。

陆白刚洗完澡出来，见到这一幕，被她吓得眼皮一跳：“你想做什么？”

“越狱。”

白术回眸看了他一眼。就在这一瞬，她忽地往下一跳，身影顿时消失在陆白视野里。陆白惊得头皮发麻，立即向前，探头往下面看去。

然而，他想象中血腥的一幕并未发生，也没见到白术倒在地上的场景。

他的视线环顾一周，赫然见到墙外的水管处滑落一道身影。他定睛看去，只见白术滑到二楼时又是一跳，落地的瞬间她顺势在草地上打了个滚。

白术站起身，拍了拍身上沾的草屑和泥土，随后抬头看向五楼，朝陆白的方向招了招手。

陆白无言地看了两秒，转身回了宿舍。

他想不通，翻墙觅食这一件小事，为何会被白术搞得如此惊心动魄。

绘制地图、踩点监控、设定路线，现在还得跳楼……这么专业，她怎么不去干特务呢？

在离开宿舍楼后，白术按照烂熟于心的路线走，顺利避开行人和摄像头，约莫二十分钟后，她就见到了基地的红墙。

她以极其熟练的动作三步上墙，纵身一跃就蹲在了墙头。

高处风大，迎面而来的风吹乱了头发，吹迷了眼，白术眯了眯眼，缓了两秒后才低头观察墙外的情况。

就在她余光瞟见树下一道身影时，她听到了清亮的口哨声。

白术脑海里闪现出跳下墙拿起地上的板砖将人敲晕的计划，可是这一切还没来得及实施，就见那人从树影下走了出来。

白术看清人后，愣了一下。

夜空是漆黑的，附近一盏路灯离得很远，光线很暗，在朦胧的视野里白术看清了那人的轮廓，同时辨认出他的身份。

顾野抬起头，跟白术四目相对：“我特地选了一个平时少有人翻墙的地方守株待兔，你就不能让我偷个懒？”

白术撇嘴道：“你可以当盲人。”

“快下来，你这靶子很显眼……”顾野无奈地说着，随后又问，“要我接住你吗？”

"不用。"

白术朝他挥了挥手，示意他让开一点。

以前见白术翻过墙，也知道白术的身手，顾野放心地后退两步。这时，白术起身一跳，像一只轻盈敏捷的猫一般，极轻巧地落了地。

白术站起身，拍了拍手。

"去哪儿接头呢？"顾野状似不经意地问。

白术朝他翻了个大大的白眼："找吃的。"

她知道顾野在怀疑她来第三基地的目的，正如她也想知道顾野和陆白潜入第三基地的目的，他们各自看对方都是带有疑心的。

"那边。"顾野给白术指了个方向。

白术顺着他指的方向瞧了眼："哦。"

顾野问："有钱吗？"

白术将手伸到衣兜里，掏了两下，然后摸出一张揉成比小拇指还细的纸条。她当着顾野的面，将其缓缓展开，露出了百元大钞原有的样子。

顾野揉了揉腮帮子，问："还有吗？"

"没了。"白术将百元大钞折叠起来，随后毫不客气地问，"你要捐款吗？"

"门都没有。"顾野震惊于她的得寸进尺，摆手赶人，"快点走，我当盲人的时间有限。"

"好吧。"

白术耸了下肩，有些遗憾。

她将叠成方形的纸钞放回兜里，然后沿着顾野先前所指的方向而去。

走了十来分钟，白术就见到顾野今早说的小吃街。得益于附近的学校和工厂以及居民区，哪怕这里只是个偏僻小镇，这个点街上依旧挺热闹的，而且沿街的店铺也不少。

可惜这年头物价普遍上涨，哪怕在乡镇钱也不经花，白术逛了一圈后，百元大钞没了，换来一顿烧烤和几个钢镚儿。

吃饱喝足，白术拎着打包好的半份烧烤，捏着一听啤酒，慢悠悠地踱步往回走。

走到半路，白术又在一个卖棉花糖的摊子前停了下来。她瞧了眼招牌上的"十元"，将手伸到兜里一掏，将钢镚儿全都掏了出来。

数了半天也才七个钢镚儿，白术叹了口气。

她有一个朋友，因为明艳大美女的形象往往能令人眼前一亮，没钱时找商家打个折是再轻松不过的事，商家往往还会多塞一点。

她就不要想了，长得像好欺负的吃大亏，一般商家不给她加价都是讲良心的。

白术遗憾地看了看插在摊子上的棉花糖，转身想走。

"叫哥哥，"身后乍然响起清朗干净的声音，嗓音里带着温和的笑意，"哥哥给你买。”

白术顿住，扭头看去。霓虹灯的映照下，顾野身上镀了层光，脸庞的轮廓在朦胧光晕里看不真切，却能看清他在笑。

天很冷，他呼出一口气，随后化作白雾被风吹散。

整个人是那么鲜明生动。

“嘁。”

愣怔片刻后，白术傲然地挑眉，把骨气拿出来了，不肯屈从。

“哎。”见白术真要走，顾野抬手扯住她的后衣领，“给点儿面子。”

白术说：“不给。”

顾野举起一个对讲机：“那我举报了啊。”

白术的猫眼睁大了些，看了看顾野真诚的表情，又看了看他手里的对讲机。想了几秒后，白术叹息一声，把手里那一听啤酒塞到顾野手里。

“送你的。”白术说，很坦诚地明示，“你意思意思，礼尚往来一下吧。”

“哥哥”她是不会叫的，不过，棉花糖她是可以要的。

顾野捏着冰凉的啤酒罐，装模作样地思索了半天，像是很困惑地问：“所以如果我拒绝了，是不是有些不大合适？”

白术点点头：“会显得你非常没良心。”

“好吧。”顾野应了一声，转头跟盯着他们演戏的老板说，“老板，来一个。”

几分钟后，白术和顾野并肩走在街上。

白术手里拿着一个大大的棉花糖，她一口咬下去，鼻尖碰到了那一大团棉花糖，上面沾了一些白糖，模样有点狼狈，有点乖。

顾野手里拎着一听开了的啤酒，仰头喝了一口，另一只手揣在了裤兜里。

“你来找我的？”白术撕扯下一块棉花糖，塞到了自己嘴里。

“我来巡逻。”

“哦。”白术礼貌地附和一声，然后表达自己的想法，“我不信。”

顾野乜斜着她，须臾后，他倏然一笑，仰头又喝了口啤酒。

这时，白术忽地停下步伐，视线落到不远处一个摊子上。喊：“顾野。”

顾野顺着她的目光看去，见到一个卖烤红薯的摊子，摊主打开了盖子，红薯的诱人香味随风飘散，令人垂涎欲滴。

顾野看了两眼就收回视线，说：“自己买。”

白术坦然道：“没钱。”

“你不是还有几个钢镚儿吗？”

“想留着。”

白术理直气壮地回复，顾野听得哭笑不得。

顾野不介意给她买吃的，但总惯着她也不合适，便没有及时回应白术。这时，白术转身站在他跟前，忽地扯下一块棉花糖。

白术盯着他："张嘴。"

她的眼睛睁得大大的，瞳仁里折射着碎光，一眨不眨地注视着顾野。几乎是下意识，顾野在她开口后就张开了嘴。

同一时间，白术捏着那块松软的棉花糖，将其送到顾野嘴里。

她的手指微凉，指腹擦过他的嘴角，但仅仅一瞬就收了回来。

嘴里被塞了一团棉花糖，很快就融化成糖，又甜又腻，顾野轻轻皱眉，可在白术的注视下，他只能咽了下去。

白术便笑了："吃人嘴软，买吧。"

"不要。"

顾野抬手抵着她的肩膀，将她往旁一拨，然后抬步向前，用实际行动拒绝了白术的请求。

白术侧过身，抬手拽住顾野的后衣领。她可不像顾野收敛力道，手往回一拽，差点把顾野的外套都拽了下来。

外套的拉链被扯开三分之一，顾野一连往后退了两步。他顿住后，侧首，跟白术面面相觑。

被他盯了一会儿，白术犹豫了一下，捏着他后衣领的手晃了晃，然后缓缓松开了。

顾野单手整理着外套，把拉链往上一拉，直接拉到了顶。他半威胁半警告地说："你别恃宠而骄啊。"

他看起来有些生气了，不过白术知道他就是一只纸老虎。

所以白术压根儿没理会他的警告，而是单刀直入地问："那你买吗？"

顾野动作一顿，真是服了她了，咬牙道："买。"

白术立即接话："我吃两个。"

顾野拎着她往烤红薯的摊子方向走，问："你吃得完吗？"

"吃得完。"白术又撕下一块棉花糖，"买小的，烤得比较香。"

顾野无言以对。

这小吃货，还吃出学问来了。

在基地外墙巡逻是轮班制，每天换一个教官，一般每个教官只需看一个小时左右即可，不需要整夜在外蹲守。

顾野来找白术时，就没想过回去继续蹲守，所以他今晚的工作算是完成了。

他开了一辆越野车过来。

在买了烤红薯后，顾野就将白术带上了越野车。

顾野站在车门外，手肘搭在窗沿上，俯身跟坐在副驾的白术说："就在这里吃，吃完送你回去。"

白术觉得这待遇很不错，于是又开始痴心妄想了。她往车窗一凑，仰头看着顾野，问：“你明天还值班吗？”

顾野气笑了：“你说呢？”

白术分析：“你主动揽下这种吃力不讨好的活儿，应该没人会制止你。”

顾野无语得很，指了指自己的脸：“我是不是长了一张憨厚老实的脸？”

白术看了会儿，摇头，认真地建议：“但你可以有一颗憨厚老实的心。”

“想得挺美。”

顾野按着她的脑袋，将她往里面一推，然后就转身绕过车头，来到驾驶座。

气温越来越冷，这会儿已经零下七八摄氏度了，顾野坐进车里后，就关了车窗，开了空调，同时将车内灯打开。

很快，他又从后座上找出一个保温杯，递给白术：“热的，喝一点。”

白术刚吃完棉花糖，这会儿正在专心地剥红薯皮，见到递过来的保温杯，她看了一眼后便说：“你帮我倒。”

“惯得你。”

顾野嘴上虽然在吐槽，可手没闲着，拧开保温杯的杯盖，往里倒了些热茶，之后递到白术跟前。

白术没动，默默地看了他一眼。

这会儿白术一个眼神，顾野就知道她在想什么，未等白术开口，他就直接掐灭了白术的小心思：“想都别想。”

“好吧。”

既然顾野这么果断地拒绝喂她，白术也没强求，将杯盖接过来，小口小口地喝着热茶，直至将茶全部喝完，她才把杯盖还给顾野。

顾野接过去，把杯盖拧好，而后将保温杯放回后座。

坐回去时，顾野注意到白术放在中央扶手上的烧烤，问：“打包的不吃？”

白术专心吃红薯，头也没抬：“给弟弟带的。”

“谁？”顾野讶然。

“陆白。”

你们姐弟俩互帮互助，结果全逮着他来压榨是吧。

顾野眉毛动了一下，无奈地坐好，顺手将车窗打开了些。他想去拿烟，可余光瞥见规矩地坐在一旁的白术，便将手收了回去。

“给。”

白术歪头打量他几眼后，忽然将剩下的一个烤红薯递过去。

顾野几乎是下意识地问：“还得帮你剥？”

白术一噎，沉默了会儿后，才解释：“给你吃，我一个人吃独食有些无聊。”

自打来到基地后，一直见白术“得寸进尺”，顾野闻声竟是怔了下，犹豫片刻后，他才将烤红薯接了过去。

红薯仍是热气腾腾的，香气四溢，烤得也恰到好处，既软糯又甜。

吃到最后，白术终于开启了他们心照不宣回避的话题："时正在第三基地工作，你知道吗？"

顾野顿了顿，说："不知道。"

白术偏过头，神色认真地问："如果我把他解决了，你能开诚布公地告知来基地的目的吗？"

"不能。"顾野不假思索地回答。

"万一我们俩目的一致呢？"

"你都说是'万一'了。"顾野没有给白术商量的机会，直接道，"就算目的一致，也是各干各的，互不干扰。"

白术倒也爽快，没再在这个话题上纠缠，直接点头："行。"

对于她的干脆，顾野却惊讶起来："不问了？"

白术耸肩道："不问了。"

顾野和陆白虽然脸上都明晃晃地写着"我们来第三基地别有居心"，但顾野是直接通过 BW 队长篡改资料，显然就没打算瞒着 BW 高层。

既然如此，顾野这边的行动绝不可能危害到 BW 救援队的利益。

如果无关原则的话，白术没有追根究底的必要，静观其变吧。

吃完了烤红薯，顾野让白术暖暖身子歇会儿再回去，自己则去外面打了一通电话。

打电话的时间有点长，顾野回来时怕白术等得不耐烦了，步伐匆匆，结果一拉开门，就瞧见白术歪着头在睡觉。

白术怀里抱着个保温杯，脑袋往窗边歪着，头发乱糟糟地支棱着，没一点形象可言。可她的睡颜安静又乖巧，灯光下皮肤透亮白皙，像一个精致的瓷娃娃。

顾野上车的动作轻了些，开车前，他先熄了灯，然后缓慢地开着越野车回了基地。

第二章

他们是被过去诅咒的人

第二天的晨练，白术没有闹事的心思，但巫教官似乎盯上她了，对她百般刁难，以至于她的运动量跟其他人比起来直接翻了一倍。

晨练结束，白术从矮墙上跳下来，抬手擦了擦汗。

她站直身子，看向不远处的巫教官。

巫教官目光冰冷，跟她视线交会。几秒后，巫教官扯了扯嘴角，将视线移开了。

一滴汗水从额头滑下，汇聚在睫毛上，白术眼睛一眨，汗珠掉落在地面，洇湿了泥土。她缓缓呼出口气，眼里闪烁着冷光。

重用一个作风如此嚣张的教官，第三基地挺能啊。

巫教官吹着哨子集合，重新整好队伍后，她指定了一个临时班长，让班长组织他们去食堂吃饭。其余两支队伍就不一样，依旧是由教官领着去食堂。

白术走在队伍后面，昨晚没睡好有点困，晨练强度大又挺累，她忍不住打了个哈欠，将帽檐往下拉了拉。

“白术。”

忽然有个耳熟的声音喊她。

白术轻轻皱眉，抬头看去，见到时正大步流星地走过来，气势汹汹的。然而，时正虽然是冲着她来的，视线却落在隔壁队伍的顾野身上。

很快，时正走到白术面前，语气颇为僵硬地说：“你跟我过来。”

白术没有说话，这时班长跑了过来。

“报告——”班长质疑地看着时正那张酷似某明星的脸，先是朝时正敬了个礼，然后铿锵有力地说，“巫教官说了，任何人出了任何问题都不准离队！”

“少废话。”时正直接赏了班长一个白眼，眉头往下一压，硬气地回了过去，“有什么意见让巫念来找我。”

班长被他这架势弄得有些心虚。

能出现在基地的，除了他们这些参加培训的学员，就是基地的工作人员。班长料不准眼前这个男人是什么职位，但听时正底气十足的话，似乎不怕巫教官，于是他收敛了气焰，没再插手白术要被带走的事。

时正想去拽白术的手臂。

白术动作比较快，躲开了。

她扶正了帽檐，觑了眼顾野的背影，然后说：“走吧。”

一下子反客为主，白术在气势上占了上风。

走到半路，时正才意识到自己跟在白术身后走，当即就不爽了。他“哎”了一声，两步向前，挡在了白术前面。

这时，三支队伍已经走远了。

“那个新调过来的叫陆野的教官，是顾野吧？”时正指了指队伍的方向，紧紧盯着白术，说话时咬牙切齿。

“嗯。”

白术泰然地点头。

她并不慌。早在昨天遇见时正时，白术就料到了这一幕，并且想好了解决方案。

时正没忍住，爆了句粗口：“你们想干吗？你是BW救援队的，来培训可以理解。他是什么目的？当个教官还要弄个假的身份，什么意思啊？！”

昨天时正就听墨川说队长临时安排了一个叫陆野的教官过来，长得跟顾野有几分像，墨川让他注意一下。

因为一直在忙，时正没抽出时间来会一会这个教官，甚至将这事抛诸脑后，直至今早才猛然想起这个事，特地来食堂附近拦人。

结果远远看到“陆野”，时正就傻了。

这是几分像吗？简直就是一模一样。

在集训营时，白术和顾野关系匪浅，这会儿又一起出现在第三基地……时正脑子嗡了一下，当即就冲着白术来了。

直到这会儿他也没想明白自己怎么不直接去找“陆野”问个清楚。

白术悠闲地说：“你知道他是谁安排进来的吗？”

“队长。”时正的表情顿时僵住了。

“消息还挺灵通。”白术又问，“你知道我是谁安排进来的吗？”

“段子航呗。”

“那你知道段子航是谁一手扶持上来的吗？”

“队长。”时正眉毛一皱，而后又警惕起来，“你到底什么意思啊？”

“第三基地部长，墨川。”白术一开口就震慑住了时正。白术冷静地瞧着时正，一字一顿地道，“你告诉墨川，他管不了这个基地，队长可以管。”

乌云压顶，狂风怒号，衣摆被吹得凌乱飞舞，时正注视着眼前这个年轻的女生，心里升起一股莫名的紧张。

他不自觉地咽了口唾沫。

良久，时正将心里的怀疑说出来：“你和顾野都是队长派来的‘钦差’？”

白术沉默以对。

她不否认，就等同于是。

“不对。”时正口干舌燥的，他舔了舔嘴角，摇头分析，“你既然是‘钦差’，更应该谨慎行事，为什么会跟我挑明身份？”

白术一脸的无语：“因为你表现得不像是能搅动第三基地这潭浑水的人。”

时正愣了下，问：“你不会是在讽刺我的智商吧？”

“你要这么理解，我也不会否认。”白术面无表情地说。

时正噎住了。

他有些紧张，又有些不安，还有些生气，种种情绪汇聚在一起流窜至四肢百骸，最终又一股脑地被他压了下去。只是他看着白术，不知该说些什么。

见他久久不说话，白术没了耐心，说：“我走了。”

“等等。”时正赶紧拦住白术，问出了他最迫切想知道的问题，“队长也怀疑第三基地？”

白术并不回答，只说：“等你彻底冷静了再说。”

时正张了张口，却没有出声。

时正确实很迫切地想要知道答案，但白术说的不是没有道理——他现在需要冷静。

“那你好好吃饭，”时正揉了揉鼻尖，“我肯定还会来找你的。”

白术摆了摆手，潇洒地离开了。

时正看着白术的背影，直至她走进食堂后，才冷不丁打了一个哆嗦。回过神，他长长地吐出口气，然后匆匆前往办公楼，准备给墨川打电话。

白术进了食堂大门时，停下脚步，回头看了眼风中凌乱的时正。

选择以“钦差”的身份在时正和墨川面前公开，一是因为她自爆队长身份不会被相信，二是她在赌墨川和时正不是第三基地的叛徒。

据她的观察，墨川的权力基本被架空，以至于清洁工都会说“新部长没用”之类的话。

她更相信是墨川暂时无法插手第三基地的决策，才会让第三基地出现一些不合理现象。

在集训营时，白术观察过墨川和时正的相处，这二人更像是关系亲密的朋友，如果墨川可以信任的话，时正也是值得相信的。

至于暗示时正“顾野也是‘钦差’”这个事，纯粹是白术想帮顾野。

如果时正一时激动把顾野的身份拆穿了，那事情就麻烦了。

“白小姐。”

突如其来的声音打断了白术的思绪。

白术将餐盘推到打菜窗口前，掀起眼帘看向穿着制服拿着勺子的阿绫，一时间仿佛置身于段子航的别墅，正在见证段子航让阿绫玩角色扮演的场景。

没错，本应该围绕着段子航团团转的阿绫，此刻却出现在了第三基地的食堂，并且成了一个负责打菜的员工。

“你长得真像我一个朋友。”白术感慨了一声，低头又将注意力放到早餐上，“拿一根油条、一碗稀饭，谢谢。”

阿绫给她选好了油条和稀饭，在把餐盘推出来时，跟她低语：“饭后，后门。”

白术端起餐盘，就当作没听到一样，走去了下一个窗口。

白术吃完早餐时，食堂里的人已经所剩无几了。

她在食堂外晃荡了半圈，然后避开人群来到后门。在门口旁观了下，她敲了敲门，很快门就被拉开，阿绫拉着她进了门。

这会儿后厨没什么人，阿绫拉着白术来到一个逼仄的房间，顺势关了门。

白术闻到一股子酸菜味儿，环顾一圈，才发现阴暗的房间里堆满了酸菜坛子。

“什么情况？”白术忍了这气味，扭头问阿绫。

阿绫恭恭敬敬地回：“是少爷让我来的。”

白术眯眼问：“什么时候决定的？”

“半个月前。”

白术顿了顿，随后将帽檐往上一推，端详着阿绫的脸，饶有兴致地问：“所以，半个月前就定下你来这里，我却不知道？”

阿绫说：“少爷想给您个惊喜。”

“呵。”

段子航成天变着法儿地给她添堵，怎么可能给她惊喜，存心给她惊吓罢了。

“白小姐不觉得惊喜吗？”阿绫疑惑地问。

“不觉得。”白术无语地说，“段子航让你过来做什么？”

“协助您。”

“你协助我，不搞一个高一点的职位罩着我，却来食堂打杂？”白术觉得这计划挺令人匪夷所思的。

阿绫解释："少爷说，空降容易引人注目，没有打杂的行动方便。而且，他觉得您不一定吃得惯这边的食堂，我在这里可以给您开小灶。"

白术神情一秒就变了："哦。"

阿绫谨慎地问："白小姐还生气吗？"

白术宽宏大量地说："不生气了。"

听罢，阿绫松了口气。

"你什么时候来的？"白术问。

"昨天。"阿绫说，"我暂时还没查到多少信息，不过……"

"什么？"

"后勤部的部长，是一个最近很火的明星。"阿绫略微一顿，拧眉道，"他叫时正。"

白术挑了下眉毛。

搞了半天，时正原来是个管后勤的？

"少爷查了一下，发现他是第三基地前任部长的儿子。"阿绫继续说，"现任部长墨川跟他是一起长大的，他俩关系不错。现在墨川被第三基地架空，如果我们想进一步行动，或许可以找时正合作。"

"嗯。"

白术心里大致有了数。

下午四点，一直笼罩在上空的乌云散了些，一缕缕阳光突破云层，柔和地洒满大地。

白术踱步来到办公楼外。

灰白的大楼，建立有二十余年，建筑格局早已过时，墙皮脱落尽是斑痕，纵然立于阳光之下，依旧遮掩不住它的死气沉沉。

仰头看了几眼，白术寻找着办公室，在找准一个窗口后，她抛了抛手中的石子，然后瞄准窗口，将石子扔了过去。

石子很小，力道也轻，砸在玻璃窗上发出轻微声响。

不多时，窗户被拉开，时正露出个脑袋。

"哎。"

大抵是怕小偷翻窗，一二楼的窗户外都有栏杆，此刻时正双手抓着栏杆往外探的模样，让白术有一种"探监"的错觉。

中午吃饭时，时正让人带话给她，让她下午来一趟办公楼。

"等我一下。"时正说完就消失在窗口。

白术就在楼下等着。

很快，时正跑下楼，在门口跟白术摆摆手："你跟我来。"

白术跟上他的步伐，同他一起上楼，来到他的办公室。

虽然是个管后勤的，但时正好歹是个部长，所以给他分配了一间单独的办公室。不过，办公室跟这栋楼一样陈旧，桌椅设备起码十年以上了，桌面都掉漆了。

"每年拨给第三基地的经费也不少，大楼和设施都不翻新一下？"白术皱眉扫视一圈，颇有不满。

"以前的经费都花在学员和设备身上，现在的经费全都进个人腰包了。"时正咕哝一句，抬手将一张椅子拖出来，"坐吧。"

白术坐下后，时正给白术倒了杯热茶，挺周到的。

随后，时正将门关上、反锁，而后大步走到白术对面坐下："我再确认一下，你和顾野都是队长派来的？"

"嗯。"

白术捧着茶杯，抿了一口茶。

时正又问："跟你同宿舍那小孩呢？"

"重点培养对象。"

"食堂还多了个人，叫陆绫……"

"也是。"

时正眉头紧了紧，随后又松开。他严肃地盯着白术，语调微沉："这么说，队长真的打算整顿第三基地了？"

"嗯。"

虽然白术是来做调查的，是否整治还得看情况。不过就这两天她观察到的情况，第三基地离整治这一步不远了。

得到白术的准确回复，时正舒了口气。

时正说："无论你想查什么，我都可以帮你。"

白术道："你先说一说，墨川是怎么当上部长的？"

"我和墨哥都是在第三基地长大的，十六岁就登记为正式成员。墨哥是被上一任队长钦点为接班人的，所以我爸……也就是上任部长，早在十年前就开始培养他。在我爸病逝之前，他就力排众议将墨哥推上了部长的位置。"

"但墨川似乎没有坐稳部长之位的本事。"白术眯了眯眼。

"那种情况下是个人都坐不稳。"时正辩驳道。

白术有理有据地反驳："新任队长就坐稳了。"

时正哑然，想到新任队长上任时似乎也是这么个情况，而且遇到的困难要更大一些，于是底气顿时不足了。

他揉了揉鼻子，语气都弱了几分："反正墨哥上任后，效忠于他的得力干将一个个地都被调走了，他也被架空了。无论他想做什么都会碰到阻碍，基本都做不成。不过，他也不是什么都不做，而一直放手不管第三基地的事，是因为想让他们放松警惕……”

他话里满满都是对墨川的维护。

白术摆了摆手，叫停了他：“既然如此，你们在策划什么？”

时正深吸了口气。

对于白术，他还是有些怀疑的。毕竟他从最初到现在，一直都被白术“欺负”，实在说不上对她有什么好的印象。

不过，墨川跟他分析了一通，可以确定白术是队长那边的人，潜入进来应该是想一探究竟。

墨川让他全力帮助白术。哪怕最终结果是第三基地与不堪全部暴露出来，而他和墨川会引咎辞职，也必须借着白术的手把该处理的人处理掉。

“我们在找证据，”时正再开口时嗓音有些哑，他顿了顿，乌黑的眼睛盯住白术，“能一次性把他们扳倒的证据。”

白术了然，问：“你的意思是你们有方向了？”

“嗯。”时正点点头，“你应该了解一些情况，来到基地培训的学员会在培训结束后，申请调离原先的部门。这些人，八成都是成绩优秀的。”

白术道：“嗯。跟你们作对的人，给他们洗脑了？”

“比洗脑还麻烦。”时正挠了挠头，有点烦躁的样子。他给自己倒了杯温水，仰头喝了半杯后才继续说，“我们怀疑他们利用药物跟这些学员做交易，跟这些学员达成了某方面的共识。如果这些学员为他们效力，又分散在 BW 各个部门，一旦他们发展壮大，后果不堪设想。”

白术算是听明白了。

第三基地之所以处于半独立状态，就是因为第三基地会跟 BW 救援队所有部门的重点培养对象接触，一旦各部门跟第三基地往来密切，就容易对这些学员动手脚。

一直以来，第三基地的负责人都是直接跟队长接触的。

但是她这两年忙得焦头烂额，对第三基地一向很放心，所以压根儿就没有管第三基地。就连第三基地的部长是谁，她都是最近才知道的。

现在，第三基地有一伙人开始不满足基地内部的权力，开始打整个救援队的主意，所以向每期培训的学员下手了……

思忖片刻，白术问：“什么药物？”

在这一瞬间，白术将有记载的毒品全都在脑海里过了一遍。

“不是毒品，就是一种药，但有很强的依赖性。”时正介绍道，“据我们的情报，这种药物叫 BS09，可以针对性地提高人类的体能、智力等，尝试过一次的人，就会对它上瘾，从而产生依赖性。这种依赖不仅是生理上的，还有心理上的。

怎么说呢，就像运动员服用兴奋剂一样，享受过一次兴奋剂带来的好处后，就离不开了。”

白术听完吹了声口哨。

时正瞪大眼看她，一脸都是“你什么意思”的表情。

“挺有意思的。”白术饶有兴致地说，“把普通人变成天才。”

时正脸色微黑：“这可不是什么好事。一旦‘天分’能通过药物获得，这世界还不乱套了？”

白术耸了下肩，没有跟他争论这个问题：“对于BS09，你们了解多少？”

“一无所知，至今没有拿到样品。”时正说，“不过这一期培训，他们肯定会用到药，我们这边会试着从药物入手。其余的证据也搜集了一些，但不能把他们一棒子打死。”

白术喝完最后一口茶，若有所思地问：“他们专挑优秀学员用药？”

“一般是。不过，还是以‘合适’为主。在第一周考核结束后，他们就会列出一个候选名单，之后会跟这些人交谈，深入了解他们，再挑选出一批合适的。同时，他们会在学习和考核中针对性地增加难度，打击这批学员的信心……总之他们有一系列的措施，保证最终选择用药的人，都会跟他们达成合作。”

白术继续问：“有不愿意合作的呢？就算上瘾也可以戒。”

时正抿唇，说：“是人就会有软肋。”

沉默片刻，白术给自己倒了杯茶，不疾不徐地喝了一口，然后说：“给我一份名单。”

晚上十点，熄灯铃声在基地准时响起，宿舍楼的灯一盏接一盏地灭掉，直至最后一盏声控灯熄灭时，黑暗顿时将整栋楼包裹。

顾野摸黑洗了澡，只穿了一条裤子，就拉开门走出来。

外面就是阳台，冰寒的晚风吹过来，他却跟没有知觉一样。他平静地往宿舍里走。然而，刚走两步，他余光就瞥见阳台栏杆上冒出个脑袋，眼皮猛地一跳，他扭过头，赫然跟一双猫眼对上。

他整个人都僵在原地。

“晚上好。”白术趴在栏杆上，一只手还捏着个塑料袋，她眼睛直勾勾地盯着顾野的身体，“这大冷天的，你洗完澡就穿这么点吗？”

夜空挂了一轮弯月，清冷如水的月光洒入阳台，落到顾野腰间。

他就穿着一条迷彩裤，上身赤裸着，水珠都没擦干，有水从发梢溢出，凝聚成水滴，滑过他的脖颈儿、锁骨窝、胸膛，一路往下，掠过小腹肌肉，没入裤头里，洇湿了一片。

白术眼睛眨啊眨。

顾野看了她片刻，想要转身，在转动的那一瞬意识到什么，他定住，跟白术说："把眼睛闭上。"

"该看的我都看到了。"白术的视线在他上半身扫来扫去，坦坦荡荡。

顾野说："不闭上，我就报警了。"

"好吧。"

犹豫了下，白术将眼睛闭上了。

顾野转身就走进宿舍，并且将门关上了。

在听到门合上的声音时，白术忽然睁开眼，神情有一瞬的困惑，但她也没继续挂在栏杆上，而是轻松一跃，整个人从栏杆另一边翻过来。

她推开门，往宿舍里走。

宿舍里没有洒下月光，一片漆黑。此时顾野正站在衣柜前，他拿出一件T恤衫，一边给自己套上，一边觑着白术："你这身手怎么不去玩杂耍？"

"虽然我没有玩过杂耍，但我确实去过马戏团，表演过极限滑板。"白术的表情还挺骄傲的，"当时全场喝彩。"

顾野有些惊讶："真的？"

白术点头："真的。"

顾野一脸的不信。

"我总在家里玩滑板，初学时弄坏了不少东西，我爸总说让我去马戏团得了。"白术解释，"当时有个马戏团来市里表演，我爸妈要过去看，我想给他们露一手，就偷偷上台表演了。结果表演完，除了马戏团和我爸妈，没一个观众发现我不是马戏团的人。"

顾野听完，笑道："不信。"

白术莫名："为什么？"

"当时你几岁？"

想了下，白术说："八九岁吧。"

顾野将衣柜门合上，漫不经心地说："你十来岁的事都不记得，在这之前的事倒是记得很清楚嘛。"

白术将手里的塑料袋放到书桌上。

听到顾野的话，白术偏头，在昏暗的光线里瞧他。俄顷，她向前走了几步，来到顾野跟前。

她仰着头，问："你是指我忘记了你这件事吗？"

顾野心神一怔，眼里掠过一丝诧异。

"我记得你，"白术望着顾野的眼睛，语气平稳，"只是记不太清。"

眼睛习惯了黑暗，顾野看不清白术的脸庞，却可以捕捉到她的目光。

被她直直地盯着，顾野喉结滑动了下："记得什么？"

“记得陆野和转运珠，”白术话语顿住，往顾野身后看了一眼，冷不丁补充道，“还有你后背上的刺青。”

顾野身形僵住。

房间里的黑暗成了他的保护色，将他的错愕和慌乱都恰到好处地隐藏起来。他垂落的手握成拳，良久，又缓缓松开。

他平静地问：“你来这里做什么？”

他在转移话题，而白术也很配合，没有就此事追根刨底，而是后退一步，指了下那个塑料袋：“阿绫送的夜宵，是一只烤鸡，想跟你一起吃。”

“哦。”

顾野看了眼桌上的塑料袋，走了过去。

烤鸡是阿绫在熄灯前塞给白术的，白术分给陆白一只鸡腿和一只鸡翅后，等到熄灯后就翻到了楼上，现在烤鸡还热乎着。

宿舍开灯太明显，但教官总是有特权的。

顾野开了桌上的台灯。灯光洒落一圈，隐约照亮了宿舍的布景轮廓。

两人将椅子搬到桌前，并肩坐下，一人戴一副一次性手套，将烤鸡分食。

白术是洗了澡才上来的，脚上穿着拖鞋，啃了两口鸡腿，她就觉得脚脖子冷得慌，当即把拖鞋踢掉，然后蹲坐在椅子上。

她跟顾野说：“空调温度调高一点。”

顾野“嗯”了一声，把温度调到最高。放下遥控器时，他瞥见白术的肩头，顿了下。白术没把头发擦干，湿发垂落到身后，洇湿了肩膀和后衣领，颜色深了一大片。

顾野看得直皱眉。

他叮嘱：“吃完把头发吹干再下去。”

“哦。”

白术吃得很香，于是应得很敷衍。

顾野想了想，继续叮嘱：“以后走楼梯。”

白术摇头：“走楼梯容易遇见人。”

“你以后上来前在阳台吹声口哨，我帮你盯一下。”

“好哦。”

有了这个解决办法，白术很快就同意了。

顾野没吃几口，便起身给白术倒了杯温水，又拿出一些零食和水果给她。

“专门给我留的？”白术眼睛亮亮的。

“想得美。”顾野道，“隔壁陈教官送的，吃不了。”

白术捏起一块巧克力，在灯光下晃了晃，扭头说：“他不像是会吃零食的人。”

白术想象力很丰富，但想到不苟言笑的陈教官在宿舍里背着人偷偷吃巧克力的场面，她还是觉得挺不协调的。

顾野似乎也想象了下那诡异的场景，嘴角勾了一下，然后说："他给他儿子买的，他家就在附近。"

"哦。"

这下画风正常了。

白术作为一个小吃货，吃完烤鸡后又剥了一根香蕉，完全没有要走的意思。顾野无奈，在抽屉里找出一个吹风机，插上电，走到白术身后给她吹头发。

暖风吹起白术的头发，顾野的手指穿过她的发丝，偶尔触及白术的头皮，他便往后躲了一下。

自暑假起，白术一直没剪头发，这大半年，她的头发长了不少。

吹到一半，白术忽然往后仰，脑袋抬起来，阻碍了顾野吹头发的动作。

顾野关掉吹风机，问："怎么？"

白术仰着头，台灯的光线覆在她脸上，有些虚幻。她静静地盯了顾野片刻，问："如果跟你有婚约的是我，你会考虑一下我吗？"

"不会。"

顾野很肯定地回答。

眼皮微垂，他瞧着白术，继续说："我不考虑你，跟有没有婚约没有关系。"

"行。"白术忽地又把脑袋低下去，坐好了，又问，"纪依凡是不是打算退婚？"

"嗯。"

顾野应了一声。

白术没有再说话。

待到顾野将她的头发吹干，她把顾野给的零食水果都打包好，然后在顾野的强逼下，她偷偷摸摸地从楼梯回了宿舍。

巫教官似乎跟白术较上了劲儿，每次晨练都要死咬着白术，任何一点细节都可以被她当作"惩罚白术"的理由。

白术的训练量与日俱增，换作任何人都会扛不住。

然而，白术却一天比一天有精神。毕竟除了晨练，她平时只需到处闲逛，同时享受时正、顾野、阿绫的投喂，每天都休息得很好。

很快到了周末。

周六是理论测试，报考一门两门的，抽个时间考完就可以休息了；但需要考五门的白术，则是在教室待了一天。

但这一天她好歹是在教室里待着的。

周日是体能考核和实践考核，体能考核安排在上午，实践考核安排在下午。

上午考体能时，白术的成绩被巫教官作废三次，直到第四次，顾野和陈教官都围过来旁观，巫教官才准许白术通过。

下午的实践考核是由别的教官负责了，白术选的五门被安排在一起。

最初，没有一个教官看好她。毕竟她从未在他们课堂上出现过、学习过，外貌体型都不像是能把实践课完成得好。此外，据说她上午一连进行了四次体能考核，她的体力和心态多少会受到一点影响。

可令人瞠目结舌的是，白术不仅没被影响，反而以每门第一的优异成绩，给这一期的培训增添了浓墨重彩的一笔。

白术走的时候，几个教官齐刷刷地目送她，几乎是以仰望的姿态。

“这成绩……”有个教官咂舌，颤巍巍地举起手中的成绩单，“比巫教官那次要高多了吧？”

天一黑，白术的理论、实践、体能考核全部包揽第一的消息，就在基地里传开了。

前几天众人只知道有个不知天高地厚的女生报了五门，在看到她的形象后纷纷摇头叹息，一个比一个肯定地预言她没戏了。

毕竟这几年来，第三基地只有一个巫教官一次通过五门，这已经是教官们口口相传的奇迹了。

于是，当晚在食堂里，白术就如同猴子似的，被人偷偷旁观、指点。

这种待遇，是白术从小到大的日常，她倒是泰然自若，不仅没被影响食欲，反而因为今日运动量大而多吃了半碗饭。

夜色渐深，月悬高空。

饭后消食的白术在基地逛了半圈，路过超市时犹豫了下，还是进去了一趟。等她再出来时，手里拿着一根冰棍。

冰棒吃到一半，白术听到悠扬的钢琴声，侧耳聆听片刻，她顺着声音飘来的方向而去。

那是一栋教学楼。

声音是从一楼传来的，白术正对着教学楼的后面，懒得绕去前门，遂径直走向一楼的窗户。亮灯的教室就两间，她很幸运，来到第一间亮灯的教室窗户外，往里一看，就见到一架钢琴和一道侧影。

见到弹钢琴的人，白术讶然地挑眉。

是时正。

他坐在钢琴前，穿着一件黑色风衣，微低着头，神情专注且认真，像是沉浸其中，眉眼透着温柔和哀伤。

此时的时正跟白术记忆中吊儿郎当的青年判若两人。

一首曲子弹完，时正缓了几秒，而后缓缓吐出口气。他伸手想去拿手机，但余光一瞥，赫然发现窗户上出现一张脸，顿时被吓了一跳。

他手一抖，手机“啪嗒”一声落地。

时正看清白术那张脸，惊魂未定：“你吓鬼呢？！”

他一秒就从沉浸的情绪里脱身而出，又恢复到白术印象中的那个样子。

白术将窗户推开，把冰棒棍往嘴里一叼，然后从外面翻身进来。

“弹得不错啊，”白术将冰棒棍扔到垃圾桶里，“你是个歌手吧？”

时正满脸质疑：“你真的没听过我的歌？”

“不知道，可能听过。”白术走到钢琴旁，胡乱地按了几个键。在时正迫切地想拍掉她的手时，她自觉地将手收回，理直气壮地说，“对于我不擅长的东西，我一向不感兴趣。”

时正想到她五音不全的歌喉，沉默了半天，决定原谅她对音乐这块的无知。

“那你来这里干吗？”时正眨眨眼，“专门找我的？”

“不是。”白术摇头，很实在地评价，“曲子好听。”

在时正的印象里，白术一直是“狗嘴里吐不出象牙”的，难得从她嘴里听到一句称赞，时正先是愣了愣，随后喜上眉梢。

他眉眼有遮不住的得意：“我创作的。”

白术有点意外。

“来这儿坐。”时正这会儿看白术很顺眼，主动帮她搬了一把椅子过来，“这是我的参赛作品，刚开始创作，后面还得完善。”

白术坐下，问：“什么比赛？”

“你们那个 DY 漫画比赛的全球总决赛宣传曲，”时正的眼睛亮晶晶，“正在全球征歌手，我报名了。”

“哦。”

这件事白术知道。而且，BW 救援队掺和了。

时正话锋一转：“你进 BW 救援队多久了？”

“两年半。”

“跟新队长时间一致。”时正打量着白术，由衷地感慨，“你运气真好。”

“怎么说？”

白术从兜里掏出一根棒棒糖，顿了下，她先是扔给了时正，然后又掏出来一根。

“因为她上任后，开始关注救援者本身。”时正说，“这是以前从未有过的事。这也是第三基地烂成这样，我们还是对 BW 救援队充满信心的原因。”

正在剥棒棒糖包装纸的白术一怔。

时正继续说：“在大众印象里，救援者的存在是理所当然的，他们只会关注救援者做了多少事，不会关注救援者本身。而救援者代表的，也只是救援队的形象。这支队伍有多少人，每个人的分工，他们的个人价值，从未被关注过。”

“嗯。”

白术将棒棒糖塞到嘴里。

“但是新队长注重救援者的个人价值。”时正此刻是欣喜的，“她向内提高每个救援者的待遇，向外增加对救援者个人的宣传。听说她在做这个决策的时候，遭到了很多人的反对，因为这样会增加大笔花销。但她用一句话说服了他们，她说‘每一个英雄都应该被看到’。”

白术眼皮掀了掀，淡淡地问：“就因为这样，你们就信了她？”

“对。”时正斩钉截铁地点头，“被遗忘的英雄太多了，世界一直在忘记。她能跨出这一步，就值得被信任。”

白术沉默着，没有说话。

“你见过队长吗？”时正好奇地问。

“见过。”

“她怎么样？”

白术思索良久，说：“是一个天真又自信的队长。”

时正的脸立马就垮了，显然对白术的评价很不满意，只差点把“你才天真又自信”这句话写在脑门上了。

白术却笑了。

她站起身，把向前挂在椅背一端的作训帽拿起来戴在头上，说：“走了。”

时正见她又往窗户走，提醒：“你走门啊。”

“不走。”

说话间，白术已经拉开窗户，跳到了窗沿上。

在往下跳时，白术忽地一顿，回过头来，问：“你那首曲子叫什么？”

时正怔了下，回答：“《世界大同》。”

“加油。”

白术眼睛微微弯起，下一刻，她从窗上跳下，顺手关了窗户。走之前，她抬手摆了摆，给时正留下一个很酷的背影。

闲逛到晚上九点，白术才回宿舍楼。

刚到五楼，她就听到宿舍内传来喧哗的声音。

她和陆白都不热衷于社交，加上他们不去教室，跟学员接触的机会少之又少。眼下这情况，让白术第一时间怀疑陆白跟人起争执了。

然而，等她走到门口才发现，宿舍里四五个人，全都是冲着她来的。

白术一脸的莫名其妙。

这时，陆白拨开人群走过来，跟白术解释：“他们想看你怎么自学的。”

那些人连忙说是，眼神热切。

白术“哦”了一声，视线环顾一圈。

“我过目不忘，热爱运动，”白术耸了下肩，神情傲然，非常欠揍地说，“天生的。”

喧闹的声音顿时消失，一双双眼睛盯着她，眼里写满了失望和不满。

“是真的。”陆白站出来打圆场，随手从白术桌上拿了几本书，给他们翻看了一遍，“她的书都没动过。”

有人不信，加上很不爽白术的嚣张态度，于是将白术五门科目的课本都过了一遍，结果大失所望。

课本干干净净的，上面一个字都没有。

“这怎么可能？”有人震惊地感叹。

“我是天才这个事，我以为全世界都知道。”白术倚着门，左手抄兜，姿态懒散又傲慢，“你们都看完了，要我请你们出去吗？”

几人对视半晌。

虽然他们对“天才自称天才”这个事持保留态度，但白术的课本确实干净，桌面也不像个认真备考的学生该有的，找不到反驳的理由，于是都悻悻地离开了。

可以预见第二天“白术是天才”的事，不管他们信也好，不信也好，都会传开。

送走这几人，陆白将门关上，疑惑地问白术：“你的理论考核真的没作弊吗？”

体能考核和实践考核，都是没法作弊的，可以断定那都是白术的真实成绩。可是理论考核就不一样了，可作弊的空间很大。

尤其是，陆白真的没见白术翻过书。

白术说：“没有。”

陆白继续问：“那你是偷偷学习的？”

“没有。”白术走到书桌旁，拿起一本书翻看，淡淡地道，“因为我确实是个天才。”

陆白嘴角微抽。

他相信有过目不忘的天才，但是，他不信有没翻过书就能拿高分的天才。

白术将书本一合，又扔了回去，补充道：“何况我以前学过。”

陆白眨眼，恍然大悟。

“你成绩怎么样？”白术问。

“前五。”陆白回答，随后想到一件事，说，“对了，巫教官传话，让每门综合成绩前五的学员，明天上午九点都去开个会。”

白术狐疑地问：“开什么会？”

“不知道。”

白术沉吟了下，说：“到时候再说。”

陆白点了点头。

正如白术所料，第二天，“白术自称天才”的事传得沸沸扬扬。而且，大部分人都拿她跟巫教官做比较。

毕竟，这些年敢报五门的，也就她们俩了。

这天晨练，巫教官的脸色很难看，刁难白术的行为更过分了。

上一周，白术对巫教官的百般刁难一句话没说，但这一次，当巫教官以她动作不标准为由罚她再来十次 400 米障碍跑时，她没有动。

她扭动着手腕，微微偏着头，轻蔑又冷傲地盯着巫教官。

巫教官瞬间被她激得火冒三丈，大步走了过来，脸色阴沉沉的：“白术，我让你再跑十次 400 米障碍，你听到没有？！”

白术淡然道：“听到了。”

“那你还不快去？！”巫教官指着 400 米障碍跑的设施，没好气地说。

白术面无表情道：“不去。”

巫教官眉目一沉，捏着花名册，直接给白术扣掉十分，继续道：“你现在还剩三十分，如果你不想卷铺盖走人的话，我劝你把 400 米障碍跑了。”

“你大可以现在就扣到零分。”白术冷静地跟她对视，没有一丝紧张和畏惧，底气十足地说，“我倒要看看，谁会让我走。”

巫教官脸色突变。

“以我的考核成绩，我今天要是走了，我看你能不能交差。”白术一字一顿地出声，每一个字都透着威胁。

巫教官敛了敛神色，冷着脸说：“你以为这样就能要挟我了？”

“你可以试试。”白术云淡风轻地说。

巫教官一时没了话，脸色阴晴不定。

这一次，她确实被白术拿捏得死死的。以白术的考核成绩，绝对会受到基地的重视，上面绝不会让她走人的。

白术甚至会成为“重点拉拢”的对象。

上周白术“逆来顺受”，什么惩罚都不会反抗，她还以为白术是畏惧，没想白术等的就是今天，有底气了就可以强硬反抗。

好心机。

瞧着白术稚嫩的脸庞，巫教官咬牙道：“你最好一直保持这个成绩。”

白术笑说：“当然。”

那姿态嚣张极了。

巫教官气得扭头就走。但是，她也没有再找白术的碴儿。

上午九点，白术和陆白等人被一名教官领到一间会议室，参加了一场时长为三个小时的会议。

离开会议室时，白术脑袋都是嗡嗡的，抬手揉着太阳穴。

“喏。”

陆白跟在白术身边，给白术递过来一瓶水。

白术接过水，喝了几口，然后皱着眉头，回头看了眼会议室，心里莫名有些不舒服。

“身体不舒服吗？”陆白一直在观察白术的脸色。

“没有。”白术拎着水，似是无意地侧过身，靠近了陆白一点，她低声说，“你跟我来。”

陆白有些奇怪，但是瞧着白术的背影，没怎么犹豫，就跟上了她的步伐。

白术领着陆白避开摄像头，一路抵达教学楼后面，找到那间钢琴房。

与昨晚不一样的是，窗户被锁了，窗帘也是拉着的。

白术屈起手指，在第一扇窗户上有节奏地敲了几下。

“笃笃——笃笃笃——”

很快，里面传来脚步声，越来越近。随后，窗帘被拉开，露出时正的身影。

时正见到白术后并不意外，视线在陆白身上多停留一秒后，他将窗户拉开了。

时正让开两步，示意两人进来。

待二人顺利翻过来后，时正把窗户锁上，又将窗帘拉好。他狐疑地盯着陆白，却问白术：“他也去开会了？”

白术：“嗯。”

时正：“前五？”

白术：“嗯。”

时正匪夷所思。

这一期培训怎么回事，出了白术这个五门第一的变态就算了，还出现一个报两门都进前五的小屁孩。

“你让我过来是因为会议的事？”白术问。

早餐时，时正让人给白术带话，让白术开完会后来这里见面，并且给了敲窗户的信号。白术觉得这事跟开会有关，就顺便把陆白捎上了。

“对。”时正指了指旁边的椅子，“先坐吧。”

白术走过去坐下。

陆白就跟在白术身边，看起来沉默寡言，但他们任何一句话，他都没落下。

“你们做好准备，这次开会只是个开始。”时正在他们对面坐下，神情凝重，“接下来，你们会被频繁找去开会，还会被单独约见。你们都知道传销吧？这一切的目的，就是为了给你们洗脑，让你们按照他们的剧本走。”

白术皱了下眉，终于明白开会时的不适感从何而来。

“他们是不是给你们看了一些优秀学员的辉煌现状，说只要你们好好努力，那就是你们的未来？”时正紧张地问。

白术颔首：“嗯。”

“不要信！”时正赶紧说，“这些都是假的。他们就是给你们制造虚幻的目标，激起你们的欲望，一旦你们上钩了，就中了他们的招。等他们拿捏住你们，再稍微给你们一点打击，你们就会接受他们说的那种‘无所不能’的药。”

听到“无所不能的药”时，一直保持沉默和冷静的陆白忽地抬头，神情微微一僵。

白术说：“我知道。”

“你不知道！”时正自顾自地说，“我们以前就安排过人参加培训，这些消息都是他们套出来的。但你知道吗？他们最终还是受不了诱惑，背叛了。你现在或许坚定自己不会被洗脑，但今后就说不准了，绝对不能放松警惕。”

白术心想自己都是队长了，这些人给她再大的诱惑也没用啊。

不过，见时正似乎真的挺担心的，她想了想，点头：“哦。”

看她真的将话听进去了，时正松了口气，然后将目标转向陆白，语气缓和了些：“小家伙，你也不能相信他们，知道吗？”

陆白瞧了他片刻：“你不是歌手吗，为什么会在这里？”

时正被他忽然打岔，一噎，没好气地道：“唱歌是我的副业。”

“哦。”陆白点点头，又把话题扯回来，“他们影响不到我。”

时正觉得这小孩太天真了：“你不要这么肯定，这些人的办法多得是……”

他一说就停不下来，唠叨个没完。陆白几次想打断他，可找不到合适的理由，于是只能耐着性子默默听着。

然而，白术听不下去了：“真不至于。”

时正忧心忡忡：“万一呢？”

白术说：“你做这一切假设的前提是……我们都是普通人。”

时正无语道：“你难道不是普通……”

白术冷冷地看了他一眼，认真地说：“我以为‘天才’两个字一直化作光圈在我头顶环绕。”

“我见过不少天才，”时正深吸一口气，真心实意地评价，“你是第一个这么嚣张的。”

“可能你见过的天才都没我这么聪明。”白术毫不谦虚地接话。

时正睁大眼睛，被白术的厚颜无耻震惊得半天没了话。

陆白倒是一脸习以为常的表情。

在他看来，白术是个很真实的人。比如，白术从不为自己的天分而谦虚，说一些虚伪客套的话。

“他们什么时候会尝试给我们用药？”白术换了个话题。

“看个人情况。”时正摸了摸鼻尖，“一般他们觉得时机成熟了，就会针对性地下手。”

“有什么迹象吗？”白术问。

时正回答：“一般是学员成绩差了，会被他们频繁找。具体情况还是得他们评判。”

“哦。”

白术若有所思地点头。

陆白在一旁听着，微微低下头，神情略有些凝重。

被时正的“反洗脑教育”浪费近两个小时后，白术带着陆白离开，直接去了食堂。

这会儿午休时间都过了，食堂不会提供午饭，但阿菱看到白术没有去，肯定会给她留一份的，所以无须操心。

路上，白术问陆白：“你和顾野是为了 BS09 来的？”

陆白顿时警觉，紧紧闭上嘴。

白术继续问：“你们对 BS09 了解得多吗？”

陆白还是没吭声。

想继续问下去的白术，察觉到陆白的异样，斜了他一眼：“你哑巴了？”

陆白飞快地跟白术对视一眼，但还是一声不吭，像个聪明的二傻子。

白术马上明白了，嗤笑：“顾野是不是让你在这问题上跟我装哑巴？”

陆白张口想否认，可见到白术兴致勃勃的神情，继续保持沉默。

“那就是了。”白术从他明显的神情变化里解读出信息，耸了一下肩，话锋蓦地一转，“听说你是顾野路上捡的？”

这个问题，顾野没说不能说。

陆白犹豫半晌，含糊地回：“算吧。”

“什么时候的事？”

“五年前。”一缕阳光落到陆白的银发上，他抬起眉眼，皮肤在光芒里近乎透明，“他毕业后玩电竞，跟顾家闹了点不愉快，加上要养我，就顺理成章地离开了顾家。”

白术问：“他跟家里关系不好吗？”

陆白摇头：“不知道，他从来不说。”

“哦。”白术又问，“他没找过你爸妈？”

陆白抿了下唇，说：“我没有爸妈。”

他很平静，不见丝毫悲伤、愤怒，几乎没有情绪波动。这是一件很奇怪的事。

白术转过身，面朝陆白，一边倒退着走，一边继续问：“以前的事你记得吗？”

“记得。”陆白回答，在看了眼白术后方后，他补充道，“但不能跟你说。”

“好吧。”

白术扔给他一颗糖。

她听到身后有脚步声，准备转过身，可就在这一刻，一只手伸到她头顶，拎走了她的作训帽。

她下意识地仰头，视线顺着作训帽离开的方向而去，可耀眼的阳光晃了眼，她眼睛微微眯起，再一侧身，见到顾野正吊儿郎当地站在一旁，手指转着她的作训帽。

顾野扬眉，问：“中午不去吃饭，去哪儿瞎逛了？”

“现在去。”

白术说着就想拿回自己的作训帽。

顾野却故作严肃道：“站好了。”

他不说还好，这么一说，一身反骨的白术就犟起来了，不仅没站好，反而一步向前，想去夺他手里的作训帽。

但是，她这一步还没站稳，顾野就伸出了手，捏着一张纸送过来。

纸差点贴到了白术脑门上。

白术后退一步，本想将那张纸扯开，但入眼的字却吸引了她的注意。她视线顿住，一一扫过纸张上的每一行字。

她的眼睛顿时亮了起来。

“要不要？不要我撕了啊。”顾野晃了晃那张纸，作势就要撕。

白术赶紧道：“要！”

顾野得寸进尺，继续问：“听不听话？”

白术想了下，勉强回答：“凑合一下，听吧。”

“凑合？”顾野眉毛一动，似乎不太满意这答案，将那张纸晃得哗哗作响，“你知道我费了多大劲儿吗？”

“行，我听。”白术又一次妥协了。但过了两秒，她才反应过来，“听什么？”

顾野将批准通过的调队申请往回一收，拿乔了：“站好。”

“哦。”

白术心情是愉悦的，所以把手脚都摆好了，身体站直了。

顾野蓦地一笑，把作训帽往上一抬，盖在了白术的脑袋上。他将作训帽给白术戴正了，然后笑说：“欢迎你来到我们二队，小白同学。”

白术配合地说：“我会给你长脸的，陆教官。”

顾野：“我谢谢您了。”

白术：“不用谢。”

此时，在旁边静静观看他们一举一动的陆白，终于忍不住开了口：“你们俩也不用这么客气。”

顾野和白术当即偏过头，一记眼神扫了过去。

不知为何，陆白感觉到一股凛冽的寒意，他顿了顿，然后偷偷地往后移了半步。

“去吃饭吧，”顾野没有再耽误他们俩的时间，“阿绫给你们留了饭菜。”

说完，想到白术刚刚倒着走的场面，他忍不住叮嘱白术：“走路稳着点，你后脑勺没长眼睛。”

“知道。”

白术这会儿不愿跟他计较，非常含糊地答应了。

不过，等她和陆白走出一段距离后，她又倒着走了会儿，一直目送顾野的身影从视野里消失。

陆白将一切都看在眼里。良久，他忽而问：“你喜欢顾野吗？”

白术不假思索道：“喜欢。”

她一如既往地坦然。

“哦。”陆白说，“他也喜欢你。”

白术理所当然地点头：“我知道。”

道路两旁种了枫树，树干粗大，枝丫密布，但树叶早落光了。阳光洒下来时，在地面落下密集交错的阴影。

一束束光与影从陆白身上拂过。

陆白沉吟半晌，继续说：“但他不会跟你在一起的。”

白术讶然地看他：“为什么？”

陆白止步。

光与影在他身上定格了。冬日的风里裹着锋利的刀刃，在这一条长长的枫树路上穿梭，留下了一片冰寒。

他说：“因为我们都是被过去诅咒的人。”

凉风从身后袭来，发丝掠过面颊，白术站在阳光下，皮肤触及些许温暖，可猛然被这一阵风吹得一个激灵，暖意全无。

第三章

白术成为基地的香饽饽

■ ■ ■ ✦ ■ ■ ■

NI SHI WO DE GUANG MANG

“陆野教官”申请把白术调到他的二队这件事，当天晚上就在学员里传开了，一些猜测和质疑不可避免，但当事人都没放在心上。

晚上，顾野从外面买了些吃的回来，把白术叫去了宿舍。

白术大快朵颐，吃得很满足。

顾野洗了个澡，发现白术坐在书桌前画什么，走过去问：“你吃完还不走啊？”

“来看。”

白术还在低头涂涂画画的，但空出左手来，朝顾野招了招。

顾野将毛巾罩在脑袋上，在她身后停下来。他俯身想去看，这时白术搁下笔，抬起头，额头猝不及防地撞上顾野的下颌。

顾野揉了揉下颌。

“疼死了，你下巴是锥子做的吗？”白术捂着额头，恶人先告状。

顾野直接被她气笑了，松开手，想讽刺她两句，不过瞧着她那双圆圆的猫眼，又将话咽下去了：“行，我下巴是锥子做的。我看看你额头。”

白术将手掌移开，露出光洁的额头：“怎么样，红了吗？”

“没有。”顾野用手指戳了戳她额头被撞的那一处，嘴角轻扬，调侃道，“我连一个给你赔礼道歉的理由都找不到。”

“好吧。”白术觉得遗憾极了。

不过，她很快将这事抛诸脑后。她拿起笔记本，递到顾野跟前。

她说："你看看。"

顾野扫了一眼笔记本上的画像："巫教官？"

"嗯。"

"你画她做什么？"顾野毫无兴趣。

"无聊。"白术说，"我晚上遇见过她，她就是这个表情。"

白术的肖像画还挺写实的，没有夸张，巫教官那张凶巴巴的脸，被她画得活灵活现的。

顾野随手将肖像画撕下来，塞到白术手里："你自己拿着。"

"不要吗？"白术捏着纸张摆动着，"我画的，很珍贵。"

"你画一个巫教官送给我？"顾野嘴角一抽，不知道白术脑子里在想些什么，他皱眉道，"我还怕做噩梦呢。"

"行吧。"

白术想想觉得也对，将纸张揉成一团，然后扔到垃圾桶里。

顾野把笔记本合上，压在书桌上。他手掌抵着笔记本，微微侧着身，低头瞧了眼腕表上的时间，而后垂眼跟白术说："快查寝了，你该走了。"

白术身子向他靠近，手肘搭在桌面，头仰着，眼眸干净清澈。

她说："问你个问题。"

"不答。"

顾野将手一撤，转身就走。

白术抬手，抓住了他的手腕。他的手腕干瘦，皮肤是凉的。

她完全没用力，也没有拽顾野，但顾野就这么停了下来。顾野站在她身侧，低着头，眼中情绪在暗处晦暗不明。

白术问："你们是为了 BS09 来的吗？"

顾野沉吟良久，手腕才扭动了下，从白术的手里挣脱出来。

没等到他的回应，白术继续说："我是来调查第三基地内斗情况的，现在线索指向 BS09，我们的目的或许不一致，但殊途同归。"

"或许我们可以合作。"白术提议。

"不合作，"顾野完全没有犹豫，直接拒绝，"各干各的。"

被拒绝得这么干脆，白术并不沮丧，只是争取道："我又不会拖后腿。"

"不是这个问题。"

"那以后再说。"

事不过三，白术没有再尝试说服顾野，不过，也没有让这个话题彻底结束。

这世上不存在"绝对"的事，她只相信"火候"还没到。

"我走了。"白术站起身，她将作训帽拿起来往头上一戴，跟顾野告别，"晚安。"

“晚安。”

顾野看着她离开。

第二天晨练，白术自然而然地来到顾野的队伍里报到，成了一众学员瞩目的焦点。

在顾野的队伍里，白术简直不要太轻松。

她只需完成晨练规定的训练即可，不会有人莫名其妙地找碴儿，也不会有人拿积分威胁她，她随随便便就能拿第一。

至于巫教官心情如何，俨然不在白术操心范围内。

“听说你给我申请调队的时候，冲冠一怒为红颜，拍了领导桌子？”率先跑完圈的白术，拎着喝了一半的水，凑到了站在跑道旁的顾野身边。

顾野眉头一皱：“谁造的谣？”

“没有吗？”

白术略有遗憾地问道。

前方跑过一个寸头小哥，黑亮的眼睛时不时往这边瞅。白术看了看他，跟顾野使了个眼色，暗示这位是罪魁祸首。

寸头小哥顿时有种不祥的预感。

顾野盯上了他，吹了声哨子，说：“过来。”

“哎。”

寸头小哥乖乖地应声，挠了挠头，小跑着过来。

在三个晨练教官中，顾野是最好相处的那个。陈教官和巫教官都板着脸，不允许学员犯一点错，动辄就要扣分。

顾野不一样，该罚的时候就罚，该放松时也放松。

平时学员在他面前还有些没大没小的。

不过，顾野的教官身份摆在这里，最起码的威严还是有的。寸头小哥见顾野表情不对，顿时跟个桩子似的站在他面前，大气都不敢吭一声。

顾野将绑着哨子的黑绳缠绕在手上，慢条斯理地问道：“怎么？冲冠一怒为红颜？”

“这……”寸头小哥反应过来，讪讪一笑，“我就是开个玩笑嘛。”

顾野眯眼道：“五千米。”

“我错了，以后不敢了。晨练一结束我就去澄清。”寸头小哥求饶。

“那就八千米。”顾野说。

寸头小哥立即闭上嘴，泪眼汪汪地看着他，不信他竟然如此绝情。

然而，更绝情的是一边的白术。

白术非常真诚地询问顾野：“不凑个十千米的整数吗？”

寸头小哥震惊得瞪圆了眼睛，看白术的眼神如同在看恶魔。

顾野被白术弄得一时无语，但也拿白术没办法，只得冲寸头小哥道：“还不快去？”

“是。”

寸头小哥心情悲怆地应了，然后撒开脚丫子就跑，恨不得离他们俩远远的。

看了眼寸头小哥疯狂逃窜的身影，白术有些惋惜，然后问顾野：“那你是怎么把我调到你的队伍的？”

“动之以情，晓之以理。”

白术问：“有用吗？”

顾野道：“以你周末考核的优异成绩，外加你晨练的扣分记录，够了。”

“哦。”

白术明白了。

作为史无前例的优秀学员，白术足够引起基地的重视。

而巫教官针对她的做法那么明显，无论是叛徒，还是忠臣，在顾野主动申请将她调走的情况下，基地的领导都不会拒绝。

“懂了？”顾野挑眉。

“懂了。”白术不无自豪地说，“我就是个香饽饽。”

顾野无言。

你何止是懂了，简直就是懂过头了。

晨练结束后，巫教官连饭都没吃，就阴着脸回了宿舍楼。

上楼时，她正好遇见在清理垃圾的保洁阿姨。

巫教官嫌恶地皱了下眉，想避着走。这时，保洁阿姨见到她，忽然笑着喊：“巫教官。”

巫教官停下来，语气不冷不热地问：“什么事？”

“我在垃圾桶里找到这个。”保洁阿姨的手在衣服上擦了擦，从兜里掏出一张认真叠好的纸，缓缓打开，“我想了半天，还是觉得该给你看一下。”

纸张皱巴巴的，她将其递过来，可巫教官并不想接。

巫教官快速地扫了一眼。

不过，就这一眼，纸张上的图案就吸引了她的注意。

上面是她的素描画，活灵活现的，一眼就可以看出是她。而纸张是从笔记本上撕下来的，应该是教官专有的本子。

巫教官将纸张接过来，问：“这是哪儿来的？”

“垃圾桶里。”保洁阿姨解释说，神态和言语里都有些暧昧，“我翻看了下，很可能是陆野教官画的。”

巫教官蓦地一怔。

她垂眸盯着似是随手涂成的肖像画，神情有些复杂。良久，她将纸张叠起来，跟保洁阿姨点点头，然后离开了。

第一周考核前五名的学员都受到了特殊照顾。

他们时不时被叫去开会，有的还被单独约着聊天谈心。教官会对他们和颜悦色，食堂会给他们特别加餐，有时教官还会带他们去食堂吃夜宵。

基地不准他们熬夜，但这些学员晚上开小灯学习，巡逻的教官却睁一只眼闭一只眼。

是个人都发现了基地对他们的区别对待。

又一天晨练。

白术倒挂在单杠上面，脑袋向下，看着暗沉的天空。她一边伸着懒腰，一边跟旁边的顾野聊天。

白术说："明天又要考核了，你们这些教官得到什么消息了吗？"

"你指什么？"

顾野手里拎着白术的作训帽，正在看着跑道上的学员。

听到白术的话，他余光一瞥，看了眼倒挂得像只猴子一样的白术。

白术跟他视线对上，说："比如让你们考核时对前五名的学员严格一点。"

"怎么说？"

"先划分出两拨人，让优等生享受到优待，等到他们掉下去时，心里就会不平衡，然后迫切地想回归。这种时候，最容易被人乘虚而入。"白术语调不疾不徐，"反派们想制造落差，在考核上最好动手脚。"

"你很熟练啊。"顾野有些惊讶。

"套路都这样。"

她的分析也不是没道理。

顾野笑说："体能考核对你们成绩影响不大，就算有这种命令，也不会落到我身上。"

白术有点失望，责难道："你怎么不去当理论或实践考核的教官？"

"这活最轻松。"顾野顿了下，揶揄道，"何况，专业教官我敢当，你们队长敢批？"

白术眨眨眼道："你敢申请，她就敢批。"

她这熟稔的语气，让顾野难免起疑："你怎么知道？"

白术噎了下。

"你们很熟？"过了片刻，顾野又问。

"嗯。"

白术踩着这个台阶就下去了。

她双手钩住单杠，猛地一个起身，坐在了单杠上。她看向前面的操场，忽地跟两道视线对上。她顿了顿，见到站在400米障碍跑起点附近的巫教官。

隔着很远的距离，白术也能清晰地感知到巫教官的敌意。

巫教官看着她，她也看着巫教官。

好一会儿后，巫教官才将视线移开了。

白术想了想，从单杠上跳下来，拍着手跟顾野说："最近巫教官经常找你？"

"找过几次。"顾野点头。

"做什么？"

"不知道。"顾野回忆了下巫教官的言行，也说不上来，只道，"可能在试探什么吧。"

白术不明所以："你把我调走，她不是该跟你闹掰吗？"

"按理说，是该这样。"

顾野早就做好被巫教官针对的准备，但这几天巫教官找过他几次，都没表现出什么敌意，他也挺纳闷儿的。

白术从他手里拿过作训帽戴上，说："你小心些。"

说完，她抬腿就走。

"哎。"

顾野叫住她。

"什么？"白术回过身。

顾野说："你的猜测，我帮你打听一下。"

"好。"

白术扬眉，朝他摆了摆手。

第二天就是周末了，考试程序跟上周一模一样。

周六，白术一天考五门，在教室里待了一天，天黑时她才离开教室，困得直打哈欠。

"这边。"

右侧传来一个熟悉的声音。

白术停步，侧头看去，见到顾野站在一棵树下。顾野藏在暗处，倚着树干，没戴帽子，一只手抄在兜里，另一只手里拿着一个橘子，正一上一下地抛着。

见到白术扭头，顾野嘴角一扬，将橘子朝她扔来。

白术伸手抓住。

她径直朝顾野走过去。

顾野站直了，待到她走至跟前，便和她一起沿着石子路往偏僻地带走。

"考得怎么样？"顾野饶有兴致地问。

“第一预订。”白术一如既往地大言不惭，“等着被拉拢。”

顾野失笑：“收着点行吗？”

“在我这里，谦虚等于虚伪。”白术将橘子掰开，扔了一半给顾野，“你是专门等着请我吃饭的吗？”

顿了一秒，白术又补充了一句：“我晚上有空，去哪儿吃都行。”

顾野赶紧给她浇冷水：“想得美。”

白术完全不失落，直接问：“那是做什么？”

掰下一瓣橘子扔到嘴里，顾野慢条斯理地吃着，偏偏不及时回答白术。

白术朝他翻了个白眼。

顾野还不急，等白术开始瞪他后，才笑着开口：“帮你打听到了。”

“真有套路？”

“嗯。”顾野颔首，眼神凝重几分，“上午他们召集教官开会了。我旁敲侧击地套出点话，确实跟你猜的一样，他们有针对性地把控分数。”

“哦。”

白术点头。

见她反应有些平淡，顾野颇为讶然。刚想调侃她两句，顾野就见她极其真诚地开口：“我真是想谦虚都不行。”

夜晚的风凉飕飕的。

顾野倒吸了一口冷气，把到嘴边的话一股脑咽下去。

他决定绕过这个话题，从兜里掏出车钥匙，说：“走吧，请你吃晚饭。”

白术闻声，却没一点兴奋，而是忽地凑到他跟前。

顾野脚步顿住。

白术将脑袋凑过来，在他衣领上轻嗅着。见到白术的脑袋在眼皮下窜来窜去，顾野呼吸一窒，喉结滑动了下。

好在白术很快就抬起头，眨着大大的猫眼问他：“你是不是喝酒了？”

顾野的脑子有一秒断片，然后才回答：“中午喝了点。”

毕竟要套话，喝酒是基本操作。

白术撇嘴，往后撤开一步，说：“那你没法开车。”

顾野不会知法犯法，一开始就没决定自己开车，他说：“你可以。”

“我不可以。”白术的表情有点怪怪的。

“你去年不是在准备考驾照吗？”顾野笃定道，“我记得你提过一嘴。”

他真是哪壶不开提哪壶。

白术虽然致力于称赞自己，但也不齿于揭自己的短。她并没有遮遮掩掩，坦白地承认道：“我考了，没过。”

顾野跟听到天方夜谭似的：“没过？”

“没过。”

鉴于顾野的震惊过于明显，白术一时间有些底气不足，声音弱了几分。

顾野没说话，默默地别过头。

虽然附近没有路灯，但并不是一片漆黑，白术可以看到顾野颤动的肩膀。

白术瞪他：“你是不是在憋笑？”

顾野还是没回应她。

“喂。”

白术恼羞成怒，推了下他的肩膀。

“哈哈哈……”

终于，顾野憋不住了，直接笑出了声。

如此明目张胆的嘲笑，不加一丝遮掩，让白术愣了一会儿。

交情都喂了狗吗？

一点表面功夫都不做？

半晌后，顾野情绪总算缓和下来，可他眼角眉梢尽是笑意。他主动揽着白术的肩，带着她往前走，用认真探讨的口吻说：“来，我们好好讨论一下，你考不到驾照的原因……”

“你就是幸灾乐祸。”白术无语极了。

“我不是。”顾野否认。

“你就是。”白术坚持。

“好的，我是。”顾野承认了。

顾野揽着白术的肩膀继续往前走。

白术回头瞪他。

顾野收敛了一点：“虽然我幸灾乐祸了一会儿，但我希望你考上驾照的心是认真的。”

白术完全不信：“你摸着自己的良心再说一遍。”

“我倒是想。”顾野感慨道。

“什么？”白术不明所以。

“我不是正好没良心这玩意儿吗？”

白术震惊得没了言语。

没有良心的顾野极其缺德，就“白术没考到驾照”这个问题，损了白术一路。如果白术得罪过的人在场，想必会非常痛快。

不过，因为两个人都没办法驾车，最后顾野只能带着白术翻墙，去附近的小吃街里逛了一圈。

白术虽然被顾野损了一通非常憋屈，可后来有美食的弥补，便也将这件事抛在脑后了。

周日的考核如常。

虽然在考驾照这件事上遭遇过滑铁卢，但在自己擅长的方面，白术一直是稳定发挥的。

她所有科目依旧保持第一。

那天晚上，所有成绩公布，白术维持着理论、实践、体能考核全都第一的成绩，又一次震惊了这批学员和基地教官。

然而，跟白术同样备受关注的陆白，却发挥不稳定，不仅掉出了前五，还落到了倒数。

好事的学员私下里说陆白心态不好，其中掺杂了一些幸灾乐祸的言语。

陆白当晚被教官叫去谈心，直至快熄灯时才回来。

“欸。”

白术坐在组合床下的椅子上，听到开门的动静，回头看向刚进门的陆白。

陆白眼帘一掀，跟白术的视线对上。

白术将手肘搭在椅背上，问：“你故意考成这样的？”

陆白定在原地，浑身僵硬，神经紧绷，不知该如何回应这个问题。

白术本是随意一问，但瞧他这反应，立即明白过来了。

白术一乐，说：“你等于把你们这次行动的目的和计划都透露了，知道吗？”

“我什么都没说。”陆白深蓝色的眼眸里盛满了不解。

白术吹了声口哨，满是玩味。

陆白登时紧张起来，回味自己的一举一动。

“你们的目的是BS09，计划是你主动入套，让他们将BS09在你身上使用。”白术慢悠悠地说着，神情游刃有余。

陆白惊呆了：“你怎么知道？”

“你说的啊。”

陆白皱眉，坚定地道：“我没说。”

白术也很坚定：“你说了。”

陆白坚持：“我没说。”

“好吧。”白术耸了一下肩，不跟他争了，“我推理的。”

“哦。”

陆白松了口气，反正不是他说的。

他僵着身子往里面走，刚走了几步，白术就更乐了，指了指他：“你同手同脚了。”

陆白顿时僵住。

他低下头，看了眼自己尴尬的姿势，把伸出去的右脚和右手收回来，不再动了。

白术眉眼弯着，劝慰他："你别那么紧张。"

陆白抿唇。

他什么都没有说，计划和目的就被白术知晓了一半，他怎么可能不紧张。他现在就希望在白术面前隐身，最好白术把他当空气，对他视而不见。

停顿半晌，陆白皱眉跟白术说："你不要再跟我说话了。"

白术说："你可以不跟我说话呀。"

陆白深吸口气。

有用吗？他就算不跟白术说话，白术照样能猜到他们的目的和计划。

想到这儿，陆白深感绝望，决定视白术为空气，目不斜视地从白术身边走开，拿了衣服去洗澡。

熄灯铃声响起时，陆白洗完澡出来。

白术在床上，掀开了床帘，跟陆白说："把灯关一下。"

陆白没吭声，也没看白术，仿佛不知道有白术的存在一样，径直走向开关，将灯给关了。

宿舍灯光一灭，视野顿时暗了，窗外有光漏进来。

陆白往自己床铺走。

在他准备爬上床时，白术忽然又问："教官跟你说了什么？"

陆白刚想回答，在张口的那一瞬，蓦地想起他刚下定决心忽视白术，于是又将嘴巴闭紧了，没吭声。

可他刚抬腿踩上台阶，白术的声音再度传来："那我只能自己试一试了。"

陆白动作一僵，随后，他缓缓吐出口气，把腿放下来，转过身。

他简直是服了她了。

"他觉得我骄傲自满，心态不好，让我这一周好好努力。"陆白怕她真的尝试，继续说，"你不要接近这种药。这个过程里所有的证据，我们都会给你们保留的。"

"哦。"白术将床帘放下来，"晚安。"

陆白摸不准她的态度，挠了挠头，回了句"晚安"后终于爬上了床。

在这之后的几天里，陆白几乎每天都会被教官叫去谈心。

同时，这一周的各科前五名照旧被叫去开会，享受特殊待遇。

而那些被挤出前五的学员，觉得上一周跟个别教官混得熟了，私下里打声招呼套个近乎，却得到了教官的冷眼，难免有些心理落差。

周五晚上，白术出现在教学楼的音乐教室。

她坐在椅子上，面前的课桌摆着一台笔记本电脑。她左手支颐，右手移动着鼠标，目不转睛地看着一个文档。

“这是什么？”时正站在白术身侧，俯下身，盯着电脑屏幕。

白术回：“这两年所有来过第三基地的学员跟踪资料。对所有可疑人员都进行了标记。”

“谁给你的？”

“段子航。”

时正“哦”了一声，站直身子，拧开保温杯瓶盖喝了两口热水，问：“队长也在关注这件事吧，如果牵扯的数量过大，你们打算怎么解决？”

白术很果断：“辞退。该索赔的索赔，该坐牢的坐牢。”

时正讶然：“全部？”

“全部。”

时正舔了下嘴角：“可是这么大的数量，对救援队来说会不会是一大损失……”

“救援队不是以利益优先的公司。”白术盯着屏幕，说，“靠情怀和向往聚集起来的团队，容不下任何不安稳因素。无论是我们，还是救援对象，都是以生命为代价在做事，冒不了这个险。”

时正失声，难以反驳。

“何况，”白术又慢吞吞地说，“叛变的多数都是老队员，我手里正好有一批新人嫌晋升太慢。”

时正猛然一惊：“你手里？”

白术抬了抬眼皮，从时正眼里看到“你莫不是想搞拉帮结派那一套”的防备和警惕。她叹了口气，用手指摁着太阳穴，懒洋洋道：“优质人才，我招的。”

时正反应过来：“你是人事部的？”

“我雨露均沾。”

“听说人事部的部长是个话痨，是真的吗？在他手里待着烦人不？”时正一下就来了兴致，拖了一把椅子坐在白术身边，准备八卦。

白术一提起那位部长就头疼，深有感触地说：“烦人。”

“他真的是新队长最不敢惹的人吗？我听说新队长每次听他汇报，都要提前戴上耳塞。”

“算吧。”

白术揉了揉耳朵。

时正又连续问了好几个问题，白术都给了回应。不过，等时正八卦上头之际，白术忽然敲了敲桌面，示意他冷静下来。

白术问：“你们这边的进展呢？”

“哦。”

时正一秒收了心。

“第一批 BS09 刚运进来，他们估计已经向学员动手了。”时正将声音压低了一些，“他们的运送途径我们已经完全掌控，等到第二批的时候，墨哥会带人现场抓获的。”

他介绍得很笼统。

白术没有听完就作罢，而是问了些具体情况，对他们的完整计划做了了解。沉吟片刻后，她给了时正几条建议，又借时正的手机给段子航打了通电话，让他调几个靠谱的人过来，给墨川提供支援。

打完电话，白术扭动了下脖子：“在基地内部流通的药呢，不管了？”

“墨哥那边有了药的证据，内部就可以慢慢清理了。”时正说，“内部的话，基本都是他们的眼线，我们很难有所行动。何况，他们盯我盯得特别紧，我除了在办公室喝茶，就只能在这里练琴了……”

“哦。”白术不动声色地问，“这些药，一般归谁保管？”

“朱主任。”时正提起这个人就皱眉，颇为反感地道，“他是连副部长的走狗，你应该在会议上见过他。”

“嗯。”

不仅见过，还被他约去谈了几次。

“他们看中的人，最终都是由朱主任拍板决定要不要。”时正继续道，“给学员用药的时候，他肯定会在现场。”

白术眯了眯眼：“知道了。”

“你就别操心了，事情我们会解决，这边处理完你就可以走了。”时正拍了拍她的肩膀，“下个月还有漫画比赛吧？”

白术拨开他的手，慢悠悠地道：“别套近乎。”

时正无语极了，背着她做了个鬼脸，然后拎着保温杯去练钢琴。

白术觉得他每个月领的工资还可以再降一降。

在时正专属的钢琴房里待到晚上九点，白术处理了一堆事务，伸了个懒腰，把笔记本电脑还给时正，然后就离开了。

她回到宿舍时，先是敲了门，等不到陆白来开门，才掏出钥匙开门。

宿舍没亮灯。

白术有些纳闷儿，毕竟往常陆白都待在宿舍看书，很少会在晚上出去溜达。但陆白来基地的目的不纯，白术并没有在意。

她开了灯，将宿舍门关上，把晾在阳台的衣服取下来，去洗了个澡。

洗完澡出来，宿舍门就被拍得砰砰作响，是查寝的来了。

白术胡乱地擦拭了下头发，走过去开门。

“查寝。”今日查寝的是陈教官，他瞧了眼白术，又低头看着花名册，问，“两个人都在？”

洗澡时，她没听到陆白回来的动静。

白术犹豫着是否要给陆白打掩护，忽地，属于陆白的床上传来少年沉闷的声音：“在。”

白术回头看了一眼床铺，目光在床帘上停顿一瞬，继而转头跟陈教官说：“都在。”

“今天睡得挺早啊。”陈教官在花名册上挨个儿画了“√”，有些奇怪地问，“他身体不舒服？”

白术胡乱地扯了个理由搪塞：“为了明天的考试养精蓄锐。”

陈教官表示理解，叮嘱：“把心态调整好。”

白术说：“我心态没问题。”

陈教官仔细打量了白术两眼，心想她的心态确实没问题，或者说，她的心态太好了一点。

陈教官离开了。

白术将门关上。

她走到陆白的床铺附近，先是盯着床帘看了几眼，随后视线往地上一扫，在组合床的书桌下面发现了陆白的鞋子。

白术抬头看着黑色的床帘，问：“你生病了？”

“没。”

过了几秒，陆白才惜字如金地说了一个字，声音听着有些虚弱。

“吃药了吗？”

“嗯。”

生病就吃药，没什么问题。

白术打算就这么离开，可转身之际，忽而又觉得哪里不对劲，于是一回身就抬起手把床帘撩开，打算探个究竟。

然而入眼的一幕却让她愣了下。

陆白躺在床上，蜷缩成一团，只有一个小小的轮廓起伏。被子将他盖得严实，似乎没有任何动静，但仔细去看，可见他轻轻颤抖着。

“陆白？”

白术不自觉地放低了声音。

陆白没有回应她。

于是，她伸手捏住被子的一角，把盖在他脑袋上的部分掀开。

那一瞬，白术见到陆白的脸。

他睁着眼，眼白通红如血，仿若能烧红瞳仁。那是一双来自地狱的眼睛，恐怖、血红，难以形容。可他皮肤一片惨白，不见丝毫血色，皮肤下一根根青筋要爆炸似的，清晰可见。他脸上有汗水沁出来，一滴滴地滚落，洇湿了枕头。

他们俩四目相对。

陆白眼睛睁得很大，里面尽是痛苦和挣扎，而白术眼里则是惊讶和疑惑。

“你……”无数个猜测在脑海里闪过，最终白术只问了一句，“要叫医生吗？”

“不。”

陆白说出这个字似乎用尽了所有耐力，他猛地翻了个身，痛苦的声音压得很低，蜷缩的身体颤抖着。

他后背露出来，一件墨绿T恤被汗水浸湿，颜色深得仿若能拧出水来，豆大的汗珠从他后颈滑落。

此刻，白术的脑子疯狂转动，推导造成陆白这般情况的原因以及她下一步该如何处理。

虽然她不了解情况，但陆白现在的情况肯定不是生病了——不然他也不会如此遮掩。陆白的目的是BS09，他极有可能取得了朱主任的信任，使用了BS09。

对于BS09，白术了解不多，只听时正说它会增强人的体能和智力，没听说过有这样的副作用。

看来只能找顾野了。

想到这里，白术将床帘放下来，准备去楼上找顾野。然而，就在这个时候，宿舍门传来“笃笃”的敲门声，随后便是顾野的声音：“是我。”

白术一怔，赶紧去开门。

打开门，她看了顾野一眼，就抓住顾野的手腕，把人拽了进来，然后迅速关门。

“陆白在床上。”白术朝床铺看了眼，两道眉头皱得紧紧的，“他是什么情况？”

“他用药了。”

顾野边回答着，边径直走向床铺。撩开床帘后，他查看了下陆白的情况，倒也不惊讶，平淡得似乎习以为常。

用手拨开陆白被汗水浸湿的发丝，顾野在他的额头上摸了摸。陆白忽地抓住他的手，很用力，手指骨节泛白。

顾野回握着他的手，以示安抚。

随后，顾野看向跟到身边来的白术，问：“有水吗？”

“嗯。”

白术应声，在陆白桌上拿了个水杯，然后找到一个热水瓶，往杯里倒了大半杯水。

宿舍里没有饮水机，但给他们分配了热水瓶，他们要喝水就拿着热水瓶去热水房里接水，一瓶就足够他们用一天了。

热水瓶里的水还是热的，白术用手指试了下杯壁的温度，不烫。

她把水杯递给顾野："喏。"

顾野将她的一举一动都看在眼里，有些意外她竟然如此细心。不过，这时候顾野也顾不得这些，他接过水后，三两步上了床，坐到床沿将陆白扶起来。

然后，他拿出了两粒药，先喂到陆白嘴里，紧接着让陆白喝了两口水。

白术站在下面，仰头说："给我吧。"

顾野又将水杯交给白术。

白术问："他吃了药就会好吗？"

"不会，"顾野说，"只能缓解一下。"

他又将陆白放下了。

过了几分钟，顾野下了床，将撩开的床帘固定在床头栏杆处。他转身跟白术说："我今晚得在这儿看着他。"

"可以。"

"你可以去我宿舍睡。"顾野说着就要掏钥匙。

白术说："我睡不着。"

顾野斜眼看她。

白术很直接："我对你们俩这情况比较感兴趣。"

对她的疑问，顾野并不意外，只是静静地看着她。

隔了会儿，熄灯铃声响起。

顾野眉毛微动，将钥匙放回兜里，说："先关灯。"

白术"哦"了声，主动去关了灯。灯一灭，她就直奔顾野而来，黑暗里她的眼睛直勾勾地盯着顾野，完全不加遮掩。

顾野指了指对面的椅子，示意她坐下。

白术将自己的椅子拎出来，跨坐在上面，手肘交叠搭在椅背上，仰头瞧着顾野。

顾野倚着组合床的木梯，看了看在床上蜷缩着的陆白不住颤抖，又看向白术："他这是用了 BS09 后的过敏反应，我刚刚给他吃的，是专门研发的药物，缓解过敏反应用的。"

"过敏？"白术脑海里闪现出什么，很快，她就将线索联系起来，"你们连药都研发出来了，肯定知道陆白过敏。你明知道他过敏，还默许他用 BS09，为什么？你们的目标是 BS09，还是在幕后研发和使用 BS09 的人？"

她总能通过只言片语挖掘出接近真相的信息。

顾野沉默了会儿，问："你对 BS09 了解多少？"

白术没有隐瞒，把自己知道的那一丁点消息，全都说了。

顾野听完，微微颔首，说："BS09 只是一个壳。"

"什么意思？"

"真正对人体发挥作用的，是一种叫 Y9 因子的成分。加入它的药物，可以叫 BS09，也可以叫 AS09，叫什么都行。"顾野解释，"陆白是对 Y9 因子过敏。"

白术恍然："也就是说，你们是想追踪 Y9 因子。你们来基地，是想测试 BS09 是不是含有 Y9 因子？"

顾野不知她怎么就一猜一个准，没来由地噎了一下。

顾野没有回应白术，但他的沉默是最好的答案。

白术继续问："那你们为什么要追踪 Y9 因子？陆白为什么会对 Y9 因子过敏？BS09 在基地内使用过一段时间了，没听说过有过敏案例。"

顾野回："过敏概率很低，基本不会有这样的案例。"

"哦。"白术不疑有他，不过下一秒，她就抛出一个新的问题，"陆白的过敏情况跟他的白发有关吗？"

顾野不愿再说，道："到此为止。"

白术点头："那就是有关了。"

顾野表情微僵。

白术没有停，站起身，走到顾野面前，注视着顾野的眼睛，又开口："我还有最后一个问题。"

"我劝你闭嘴。"顾野诚恳地建议。

白术不接受他的建议，将自己的疑惑问了出来："你不愿意跟我交往，跟这件事有关吗？"

宿舍似乎一瞬就安静了。

他们俩在黑暗里对视，眼里皆有彼此的轮廓，可所有的情绪和试探都被遮掩。安静的宿舍，他们几乎能听到对方的呼吸声。

时间似乎被无限拉长，一分一秒都宛若一个世纪。

不知过了多久，一只手忽然从床上伸出，紧随着就是陆白有些虚弱的声音："顾野。"

顾野立即回头："怎么了？"

陆白艰难地出声："水。"

顾野立即拿起先前那杯水，又上了木梯，给陆白喂水喝。

有了陆白这么一打岔，白术的试探也无疾而终。不过，今晚白术得知的事情并不少，她并不是很失望。

重新坐回椅子上，白术打了个哈欠，剥开一根棒棒糖塞到嘴里。

没有她能做的事，但她又不想睡觉，只能陪着他们了。

深夜一点，趴在桌面睡觉的白术，在睡梦中感觉肩膀一沉，忽地惊醒。

她猛地坐起身。

顾野抓着外套的手还没移开，被白术这忽然弹坐起身的动作吓了一跳，他反思着自己盖外套的动作力度，问："这就醒了？"

"嗯。"白术迷迷瞪瞪地应了一声，扭头见到肩上的外套后，反应过来，她伸手把外套衣领往前拨了拨，"没睡死。"

说完，白术看向陆白的床铺，隐约看到陆白平躺的身影，问："他怎么样了？"

"应该没事了，睡一觉就好。"

"那行。"白术不知怎的放下了心，"你要回去吗？"

"再守半个小时，等他睡安稳了再走。"顾野说，"你上床睡。"

白术揉了揉眼睛，清醒了不少："我陪你坐会儿。"

"好。"

顾野弯了下唇，没催着白术上床睡觉，而是揉了揉她的头发。

今晚的夜空不见一颗星星，阳台外是隐在暗处的连绵山脉，深夜的基地寂静无声，连外面喧嚣的街道都归于宁静。

白术和顾野坐在椅子上聊天。

不聊正经事的时候，他们俩之间的氛围总是轻松的。

聊了一阵，遥远处传来爆竹的噼啪声，虽然隔得远，但这乡镇的夜晚过于安静，以至于爆竹声无比清晰。

"今晚是除夕吧？"白术在心里算了下日期。

经她这么一提，顾野才想起这事："对。今晚基地组织包饺子，考核照常进行，周一放假，这三天你们可以请假出入基地。"

"哦。"白术看起来不太高兴。

顾野敏锐地察觉到了，疑惑地问："不满意？"

"想白猊了。"

自从纪远离家出走后，一直是白猊和牧云河陪她过年的。她原本承诺白猊过年会回去，不过现在待在第三基地，只能爽约了。

顾野问："你打算什么时候走？"

"快了。"白术蹲坐在椅子上，"顺利的话，下周就行。"

"之后回长宁市？"

白术理所当然地点头："嗯。"

"行。"顾野笑了笑，拿起桌上一个装了水的杯子，跟白术举杯，"在即将到来的新的一年里，祝你一切顺利。”

见状，白术转身也拿起自己的杯子，跟他碰了一下杯。

“你也是。”

白术说，仰头将杯中的水一饮而尽。

顾野是深夜两点离开的。

待他一走，白术便上床睡觉了。周六早上无须晨练，她一觉睡到八点整，直至天色大亮才满足地起了床。

她下床时，发现陆白已经不在宿舍了。

她心里想着陆白的康复状况，先去洗漱了一番，再进来时，正好听到钥匙在门锁里转动的声响。她抬眼看去，只见门被打开，陆白提着早餐走进来。

“给你带了早餐。”陆白看了眼白术，神色如常。

白术盯着他看了会儿，继而招手：“你过来。”

“怎么了？”

陆白放下早餐，不明所以地走过来。

然而，他刚在白术面前停下，白术就忽然伸出手，捧着他的脸一顿揉搓，揉完还不罢休，又伸出手把他的头发揉得凌乱。

“你干吗？”

陆白脸都被她揉红了，赶紧退后两步，跟她拉开一定距离。

“没事。”白术翘着唇，愉悦的视线在他身上扫过，然后径直奔向桌上的早餐，“你带了什么？”

陆白的脸还红着，听到白术的询问，本想赌气不答，但他犹豫了会儿后，仍是开了口：“就你平时爱吃的那些，阿绫姐准备的。”

“哦。”

白术将椅子拖到身后，坐下来，打开袋子就开始吃早餐。

“昨晚……”陆白看着白术的背影，欲言又止。

“嗯？”

白术咬了口包子，半边脸颊鼓鼓的，她疑惑地回过头。

陆白迟疑地问：“我吓着你了吗？”

“不至于。”白术咽下包子，“你没别的后遗症吧？”

陆白先是摇摇头，又怕不够有力度一般，很快出声道：“没有。”

“哦。”白术晃了晃手中的包子，“你要一起吃吗？”

陆白有点犹豫。他在食堂吃饱了，但又不大想拒绝白术的善意。

“吃个鸡蛋。”白术将一个水煮蛋扔给他，继而跟他招了招手，“我顺便跟你商量点事。”

陆白接住了鸡蛋，可浑身警惕的神经又被调动起来。

看出他的防备，白术说：“跟你们的计划无关。”

陆白吁了口气：“哦。”

接下来，他搬着椅子来到白术身边，一边跟白术一起吃早餐，一边听白术讲计划。

他听到一半，被鸡蛋噎住了，咳嗽几声。而后，他眼角微红，不可思议地看着白术：“你不是 BW 救援队的员工吗，这么明目张胆地造反，不会丢饭碗吧？”

白术信心十足地摆手：“不会。”

陆白总算放心了。

除夕这一天的白天，白术跟以往的周六一样，是在教室里度过的。

基地却多了些变化，张灯结彩，几栋楼都挂起了红灯笼，门口贴着喜庆的对联和福字，学员脸上也是喜气洋洋的。

考试完，白术离开教学楼，径直前往食堂。

这会儿，学员要么在食堂包饺子，要么在宿舍准备活动，前往食堂的道路比平时要清静，路上没见到一个行人。

走到一半，夜空忽然飘起了雪花，起初是雪粒子，很快就成了飘雪，一片一片地在空中飞扬，被风吹得乱舞。

白术加快了脚步，在路过一片休闲花园时，蓦地听到一丛灌木附近有动静，她停下步伐，视线循着声音扫过去。

在暗沉的光线里，她隐约看到一团人影。

犹豫了下，她走近了一些，赫然见到灌木后的那人穿着黑色的教官制服，似与夜色融为一体，看身形是个女的。

女教官跪倒在地上，一只手撑着地面，另一只手捂着胸口，弯曲着身体，似乎很难受的样子。

“喂，你——”

白术的声音戛然而止。

在她出声之际，女教官抬起了头，让她将询问的话语全咽了下去。

这人是巫教官。

她的手指插进泥土里，头颅扬起来，露出煞白的脸。她的眼白是猩红的，满头的汗水跟短发混杂在一起，凌乱又狼狈。

巫教官此刻的模样，跟昨晚的陆白十分相似。

白术眼里有一闪而过的疑惑。

过敏？

巫教官是第一次用药？

“你……”巫教官的眉眼笼罩着冰霜，从牙缝里挤出一个字后，猛地提了一口气，然后声音忽而拔高，变得尖锐，“滚开！”

“哦。”

见到巫教官这副鬼样子，白术不仅没有被吓到，反而平静地点了点头，随后，她一个多余的眼神都没给巫教官，淡定地走了。

巫教官有一瞬间的惊讶，可随后席卷到四肢百骸的疼痛，却让她顾不得那么多。

在将身体再度蜷缩的那刻，她睁大了眼睛，看着白术的背影一步步走远。

离开巫教官后，白术冒着风雪来到食堂。

只是一小段路，她头顶和肩头就落了一层雪。在食堂里待了两分钟，雪融了，弄湿了她的发丝和肩膀，怪冷的。

“白小姐。”阿绫走过来，递给白术一条干毛巾。

“谢谢。”

白术接过，将干毛巾往脑袋上一盖，擦着头发。

食堂里有不少人，学员们将食材从后厨搬出来，在专业厨师的指导下，他们分组包着饺子，气氛其乐融融。

白术想问阿绫有没有现成的吃，但没开口，就听得阿绫说：“你跟我来。”

“不包饺子了？”白术问。

阿绫坦诚道：“你学不会，还是别包了。”

“我学得会，”白术极力给自己“挽尊”，“只是觉得没意思，不想学。”

阿绫想到两年前白术包饺子时把自己弄成小花猫的样子，顿了下，然后很给面子地说：“好的。白小姐不需要学这个。”

不用包饺子，白术求之不得。她很快就跟着阿绫去了后厨。

后厨没什么人，阿绫带着白术来到一个杂物间。

顾名思义，杂物间就是放置一些杂物的，里面杂乱不堪，以前基本没有人过来。阿绫来了后，就将杂物间清理了，并放置了一套桌椅，专门拿来给白术开小灶用。

今天桌子下多了个暖脚器，外面罩了厚实的桌布。

白术在桌前坐下。

阿绫给白术拿了些零食干果，问：“白小姐今天考试发挥得怎么样？”

“正常发挥。”白术拿起一块红薯干，咬了一口。

“那就好。”阿绫说，“七点开饭，白小姐饿了的话，先在这里吃点零食垫垫肚子。”

“嗯。”

“白小姐，您吩咐我的事，我已经查到了。”阿绫坐在白术斜侧，拿出手机调出一个文档，递到白术面前，“巫念，今年二十七岁。十年前，她的父母在洪水中去世，她是五年前进的救援队，头两年表现平平，跟当时的团队合不来。三年前，她来到第三基地培训，然后以一次性过五门的优异成绩留下，之后就一直在第三基地发展。”

阿绫做了简要的介绍。

白术仔细地将阿绫给的文档资料看了一遍。

就资料来看，巫念的人生以第三基地为分界线，分为两个阶段——来第三基地之前，巫念是平凡且普通的；到第三基地之后，巫念就跟开了外挂一样。

白术从时正口中了解过巫念，时正合理推测巫念使用过 BS09，白术也认同这个推测。

可是，刚刚巫念的状态，明显是服用了 BS09 的过敏反应。难不成巫念明知自己是过敏体质，还要逞强用 BS09？

抑或是，过敏反应和副作用的症状一样？

“段子航去查了 BS09 吗？”白术单手托腮，把手机还给阿绫，又往嘴里塞了个果冻。

“嗯。”阿绫点头，“他没查到 BS09 的消息，但在国内外市场上打听到一些类似的药物，使用后会把普通人变成天才，传得神乎其神的。”

白术道：“让段子航搞点样品来研究。”

阿绫一板一眼地道：“是。”

“我这里有个行动，安排在时正和墨川行动那天。”白术的声音放轻了一些，朝阿绫勾了勾手指。

阿绫会意，凑到白术跟前，附耳去听。

白术悄声跟她讲了计划。

阿绫全程冷静地听完，然后正色道：“一切按您的指示行动。”

白术当一切都没发生过，坐在桌前吃零食，就像个过年来别人家串门的小吃货。

白术在杂物间里嗑着瓜子吃着水果，不知不觉就到了晚饭时间。

除夕的晚饭全是学员负责的，除了饺子，还有学员自由发挥的菜，多数都是他们的家乡菜。而今天的食堂后厨，食材多得令人眼花缭乱，应有尽有。

白术抵达时，发现学员和教官都到齐了。食堂里每两张桌子拼凑在一起，可以坐八个人，长桌上摆满了食物。

“小天才，这边！”

寸头小哥眼尖，第一时间发现了白术，兴冲冲地跟白术招手。

白术一看，发现顾野和陆白都在那一桌，便没有迟疑地走过去。

顾野站在餐桌旁，手里拿着两盘饺子。白术走到他身边，跟他旁边坐着的寸头小哥说：“让让。”

“得嘞。”

寸头小哥眼明心亮，乐呵呵地应了一声，然后让学员们往旁边移，把位置空了出来给白术。

顾野看在眼里，也没说白术什么，顺其自然地将手中一盘饺子放到空出的位置前面，说：“你的。”

白术扫了一眼，说：“跟你包的饺子很像啊。”

“就是我包的。”

“哦。”

白术立马乖乖地坐下了。

顾野哭笑不得，将另一盘饺子端给陆白，然后在白术旁边坐下。

一百多名学员，外加教官和工作人员，几乎将食堂的位置坐满了，氛围热热闹闹的，欢声笑语不断。白术扫了一圈，没有见到巫教官的身影。

电视里的新闻联播准时播放，食堂内，每个人都站起身，举着饮料或啤酒，高声齐呼“除夕快乐”，然后开始欢快地进食。

白术吃了两个饺子，看中了面前的一盘虾，问顾野：“给剥虾吗？”

“不给。”

顾野嘴上这么答着，筷子却已经伸出去，夹了一只虾。

白术盯着他将一整只虾剥好，忽然开口：“我手上有个惊人的消息。”

“不想知道。”顾野不感兴趣地回答，顺手将虾肉放到她的碗里。

“那算了。”

白术的视线跟着虾肉移动，说完就夹起虾肉，心满意足地开吃。

顾野给白术和陆白分别都剥了几只虾，有人觍着脸上来想蹭一只，被顾野按着头拎走了。那人坐回去后哭唧唧地控诉，惹得餐桌几人哈哈大笑。

白术和陆白这种例外，一般来参加培训的，都是有过几年社会阅历的成年人，早看出了顾野和白术之间不一样的火花，但他们都觉得正常。何况白术的实力没有掺假，顾野也没偏袒她，他们都没什么好说的。

晚饭后，学员们组织了活动，没有场地，他们就将食堂的桌椅全部搬开，空出一大片地，他们每人一个小马扎，围聚在一起形成一个圈。

食堂外是越来越大的雪，纷纷扬扬，食堂里的电视播放着每年一度的春节联欢晚会，而他们这一群人围坐在简陋的食堂里，看着学员表演着一个又一个或滑稽有趣或掉链子或专业的节目，一群来自五湖四海的人此刻似是成了一个大家庭，气氛很令人上头。

吃饱喝足的白术坐在马扎上，一边观看着他们表演节目，一边剥着热气腾腾的烤红薯。

顾野嗅到红薯香味，回头见到白术，诧异地问：“哪儿来的？”

“阿绫给的。”白术答道，秉着“乐于分享”的传统美德，她将烤红薯掰开，递给了顾野一半，“给你。”

顾野拿着那半个红薯，无奈地道：“谢谢。”

“不客气。”

“你的胃是黑洞吗？”顾野记得她今晚吃得并不少。

白术理直气壮地说：“我在长身体。”

说完，她咬了一口烤红薯，吃得很满足。

吃完红薯，白术去洗了个手，回来时发现现场异常热闹，定睛一看才发现是时正来了。作为当红的歌手，认识时正的人并不少，见他现身，几乎全体呼唤他来表演一个。原本就热闹的氛围，因时正的出现，达到了顶峰。

时正也没推辞，接过话筒和吉他，就走向了空地。

他是临时出现的，没有伴奏，边弹吉他边唱歌，效果却堪比专业舞台，一张口就是行走的CD，全场瞬间寂静。

白术一声不吭地在顾野旁边坐下。

前几天还听时正说，他没参加春晚是为了第三基地，那时白术对他的说辞持保留态度，不过这会儿她真的信了。

白术用手肘碰了下顾野，低声问：“你准备节目了吗？”

“没有。”

“你想看我表演节目吗？”

“你？”顾野想到白术五音不全的歌喉，登时正襟危坐，“你表演什么？”

白术刚想回答，结果时正一首歌唱完，人群里响起雷鸣般的掌声。

时正站起身，接过一人递来的保温杯，喝了一口温水后问道：“接下来是谁？”

“我。”

人群里响起一个脆生生的声音。

时正听着声音有点耳熟，循声看去，见到白术起身那刻，险些被白术呛死。他咳嗽了几声，缓了口气，震惊地问：“你表演什么？”

白术将时正防备紧张的模样看在眼里，现想了一个节目：“唱歌吧。”

时正那双好看的眼睛睁得如铜铃。

他下意识地咽了口唾沫。

“再弹个吉他。”白术很随意地指了指时正脚边的吉他。

见她如此得寸进尺，时正的小脑袋瓜飞速地运转着，想找个理由拒绝白术的突发奇想，以免破坏这群观众美好的除夕夜。

然而，对白术歌喉一无所知的观众，此刻却来了热情，高喊着：“来一个！”更有甚者还站起来起哄，兴致盎然。

在他们心里，能够拿到五门第一的小天才白术，堪称无所不能。不就是唱一首歌吗，再难听能难听到哪儿去？

顾野也站起身，侧头贴近白术的右耳，问：“你会弹吉他吗？”

白术说：“我跟着朋友学过一点儿。”

“那你弹吧。”顾野由衷地劝告，“能不张嘴就不张嘴。”

顾野的叮嘱很有良心了，不过很明显，白术没打算听。

与此同时，站在不远处鼓掌的阿绫，在见到白术走向场地中心时，默默地从兜里掏出了一副耳塞。她原本想自己戴上，但瞥了眼身边的陆白后，问：“你要吗？”

陆白一脸茫然。

阿绫想了想，还是将耳塞让给了陆白。

陆白手里握着耳塞，神情不明所以，不知道阿绫这番用意何为。

但是没一会儿，陆白就明白了。

天地可鉴，坐在椅子上抱起吉他的白术，真的是满满的专业范儿，第一时间就拔高了众人的期待，而在她有模有样地弹吉他时，众人也是抱着享受的心态去听的。

唯有时正坐在马扎上，捂着心口，目不转睛地盯着白术。

终于，白术开了口。

白术选的是一首20世纪的金曲，传唱度高，没什么难度，连小孩都能哼上几句。然而白术成功地向众人诠释了“上帝是公平的”这句话。

白术一开口，不少人就觉得心脏骤停了，他们露出了惊恐的表情。

时正痛苦地捂住脸。

陆白默默地戴上了耳塞。

阿绫一副见怪不怪的表情。

顾野倒是很愉悦的样子，嘴角含笑，举起手机，拍摄着这一场面。

听了几句，时正实在是受不了了，拿起一个话筒走向白术，给白术找调儿，其余人见状也纷纷跟着合唱，总算是将白术极具魔性的调儿压住了。

渐渐地，现场又变得热闹起来。

白术弹吉他弹得很开心，在众人围过来时，她一脚踩在椅子上，将吉他弹得更起劲了。

“她知道自己唱得难听吗？”陆白摘下耳塞，仰头瞧着阿绫，疑惑地询问。

阿绫回答：“知道。”

陆白无法理解，为何白术明知自己的缺陷，照样敢站在舞台上歌唱。

似乎明白了陆白的困惑，阿绫解释说："她很自信，很强大，不以完美标榜自己，所以她不在乎这点缺陷。"

陆白仍旧很困惑，但隐隐又有些明白了。

一首歌唱完，白术将吉他扔给时正，然后顺手摘下旁边一人的作训帽，手横在身前，朝这群热情的观众敬了个礼。

被摘了作训帽的学员抓了下头发，又看着被白术抓在手里的作训帽，迷茫极了。

紧接着，踩在椅子上的白术直起身，手在作训帽里一抓，忽而抓出一把糖果来，她往人群里一撒，众人纷纷去接。

众人的注意力又一次被白术吸引。

白术就跟变戏法似的，从帽子里抓出好几把糖果，之后就是圣女果、桂圆一类的水果，她把帽子变成了百宝箱，里面的零食似乎无穷无尽。

虽然耳朵饱受白术的摧残，但白术这一手魔术着实吸引人，人群兴致高涨，欢呼声接连不断，一双双眼睛全神贯注地盯着白术。

白术跳下椅子，一边发着零食，一边走向顾野。

正在录视频的顾野手一抖。

白术在他面前站定，将作训帽罩住右手，神秘兮兮地问顾野："要花，还是要糖？"

"糖。"

"好。"

于是，白术晃了两下作训帽，然后将其猛地移开。出现在她手上的，赫然是一枝娇艳欲滴的玫瑰。

众人立即起哄。

失败一次，白术并不气馁，盯着顾野的眼睛，将他的目光引到帽子上，随后她又将作训帽盖在玫瑰上。

如法炮制地晃了两下，再移开时，白术手里捏着一根棒棒糖。

"哇！"

周围响起了热烈的掌声。

不少人都被白术的魔术惊得一愣一愣的。

顾野安静地与白术对视着。

白术将棒棒糖递给顾野："给。"

"谢谢。"

顾野接了棒棒糖，糖纸上还残留着她的体温。

意料之外的魔术表演成功地把这次晚会推上高潮，加上白术五音不全都敢上台表演，其他人就更自信了。

就连时正都不得不承认，白术最后的魔术，成功扭转了众人对她才艺的印象。

不过，时正捏着两颗糖果犹豫半天，在他终于下定决心想找白术请教一下她是如何办到的时候，却发现白术不见了。

跟她一起消失的，还有顾野。

外面大雪飘飞，地上早已落了一层白雪。

白术和顾野并肩走在雪地里。

白术戴着手套，攥着那枝没送出去的玫瑰，揪下了一片花瓣。

“你还学过魔术？”吸了口凉风，顾野蓦地询问。

“在马戏团学了一点。”白术又揪下一片花瓣。

顾野见到她的动作，皱眉：“你揪它做什么？”

白术道：“又没人要。”

叹了口气，顾野将手伸过去：“给我。”

“行。”

白术立即将那枝玫瑰交给了顾野，顺便把那两片被她扯下来的花瓣放到他手心。

“你不是会变魔术吗？”顾野拎着那两片花瓣，“来，把它变回去。”

白术投给他一个“智障”的眼神。

顾野失笑。

“你今天见过巫教官吗？”把冻得快没知觉的手揣到兜里，白术忽地开口。

顾野仔细地回忆了下，说：“上午见过。”

白术将下午去食堂的路上遇见巫教官的事说了一遍：“你知道原因吗？”

“她不是过敏，”顾野眉心轻皱，“是长期服用 BS09，身体吃不消了。”

“副作用？”

“嗯。”顾野说，“你的出现给了她不小的刺激，不少人都说你会破她的纪录，她私下提到你会变得焦虑。她可能因此加大了药量。”

白术眼眸一转，问：“她身体承受不住会怎样？”

顾野斜她一眼：“会死。”

“她知道吗？”

“知道。”

白术蓦地失声。

“一个跨越基因限制，从普通人到天才的机会，足以让一部分人舍弃生命。”顾野低缓的语气里透着无奈，“何况，在他们享受到成为天才的特权后。”

白术转过身，倒退着走了两步，她面朝顾野，视线跟顾野的交会。

她眉毛轻轻一挑，神情不羁，口吻带着些嘲讽意味：“先天的天才被别人当工具，后天的天才却把自己当工具。”

面对被人当工具的过去，白术是从容的。可是，面对这样的现状，她却是悲悯的。

顾野想起白术也是被称之为天才的那一类人。

上天给了她聪慧和天分，以至于她在懵懂的儿童时代，就被利欲熏心的爷爷贴上了工具的标签，她不是活生生的人，而是名气、金钱、利益的代名词。

顾野说：“创造悲剧是人类永恒的主题。”

白术定住了，眼神变得坚定：“一部分人。”

“嗯？”

“这个世界还有像我一样的人。”白术向前走了一步，停在顾野跟前，轻描淡写地说，“人生如戏，一场闹剧。”

她说得洒脱恣意，透着一股无拘无束的范儿。

顾野先是愣了下，随后，不无赞同地说：“你说得有道理。”

白术注视着他，问：“你觉得自己人生是一场悲剧吗？”

悲剧？

顾野仔细地思考着这个问题。

“不觉得。”顾野笑了笑，神情里也多了些洒脱自由，他缓步往前走，声音懒懒的，“还没走完，尚无定论。”

白术吁了口气，跟上他的步伐。

走了一段路，白术问顾野：“你最近跟巫教官走得很近？”

“嗯。”

顾野坦然地应了。

白术的表情怪怪的。

顾野觑着她，主动解释：“她似乎想拉我入伙。”

“你怎么办到的？”白术停下步伐，用审视的眼光打量着顾野，猜测，“出卖美色？”

“想什么呢。”顾野睨了她一眼，“具体原因我不清楚。”

“哦。”

白术将审视的目光收回。

她问：“那你同意了吗？”

“没有。”

他答应得太快，反而不正常。

白术暗示：“事情快解决了。”

顾野嘴角扬了下，拍了拍她的后脑勺：“回宿舍吗？”

“嗯。”

刚一点头，凉飕飕的风就钻入衣领里，白术缩了缩脖子。

顾野的手落到她的肩膀上，捏着她的衣领，把衣领竖起来，遮掩住纤细的长颈。整理好后，他将手收回来，发现白术正一眨不眨地盯着他。

她的睫毛细密纤长，沾了点雪，眼眸亮晶晶的，如同火炬在燃烧。

她的目光永远坦荡，无所畏惧。

顿了须臾，顾野才说：“走吧。”

“哦。”

白术没有再说别的。

他们回到张灯结彩却格外安静的宿舍楼，在抵达五楼时分开。

“新年快乐。”告别时，顾野说。

“新年快乐。”

白术很潇洒地跟他摆手，一回头，就大步前往宿舍。

顾野目送着她，直至她进了宿舍。

回到自己宿舍后，顾野低头看着手中被揪掉两片花瓣的玫瑰，笑了下，目光落到不远处的一个玻璃杯上。

第四章

大闹基地，白术“掉马”

新的一年在小镇居民整夜的鞭炮声中热热闹闹地到来。

大清早的，天刚蒙蒙亮，教官们就吹着哨子逼他们起床，然后一一发了新年红包。

学员们基本都是零点后才睡的，有的还因为太兴奋闹到清晨，根本就没有睡好，一个个都跟病秧子似的，哈欠连天。

毕竟是大年初一，教官们也没说什么，等他们清醒一会儿，就带他们去食堂吃早餐了。

早餐依旧很丰盛。

早餐过后，基地就要准备理论和实践的考核了。不过，在考核之前，教官们同意给学员发了今天下午和明天的假条，让他们精神了一把。

幸运的是，他们只需要考一两门，一个上午就能结束，但白术有五门，注定一整天都得搭上了。

下了一整夜的雪，又是露天考核，学员们怨声载道，可白术精神奕奕，上午安排的体能考核和两门实践考核，成绩达到了历史新高。

同时，打破了巫教官的传奇纪录。

好事的学员见状，当即奔走相告，午饭时间还没结束，整个基地的人都知道了这事。中午大家见到巫教官，发现她的脸色是绿的。

有人表示理解："大年初一被打破纪录，谁能高兴？"

有人踊跃地看戏："新年新气象啊，长江后浪推前浪，以后怕是新人的天下了。”

有人无比痛快：“巫教官一直针对白术，我早想看白术突破她的纪录，狠狠打脸了。真爽。”

基地的新鲜事较少，学员们就这一件事讨论，很自然地，这些声音就飘进了巫教官的耳中。

当天下午，白术在完成剩下的三门实践考试时，余光一瞥，发现了不知何时起就在操场边旁观的巫教官。

“白术，可以啊。”有个教官拿着成绩单走过来，赞扬道，“这三门全部满分，史无前例的成绩。”

“哦。”

白术扫了眼成绩单，神情淡然自若，没一点惊喜的意思。

这位教官笑容满面，拍了下白术的肩膀，爽快道：“就冲着你这个成绩，走，我今天自掏腰包，请你吃大餐！”

白术并没有领情：“我想让陆教官请我吃大餐。”

“我不行？”

“不行。”

“为什么？”

白术认真地回答：“他比你帅。”

教官的表情渐渐麻木了。

他身后传来其他教官的哄笑声。

白术跟他们告别，转身离开时，她又瞥了眼巫教官站的位置，赫然跟巫教官目光对上，她们的视线在空中交会两秒。

白术率先移开目光，优哉游哉地走了。

都是靠实力说话，她气由她气呗。

夜幕降临时，这一周的成绩单贴在了教学楼的公告栏上。白术跟往常一样，占据了五门第一，可又有点不一样。

除了三门实践课满分，理论考试的五门，全都是满分。

这史无前例的成绩，引得学员们特地赶去围观，有人觉得这事过于稀罕，趁着手机在手，把这一传奇成绩拍照保存了下来。

通过持续三周都保持第一的优异成绩，白术彻底超越巫教官，成了基地新一代的传奇。

晚上，白术本想以“奖励”的名义，讹顾野一顿大餐。不过，她找了一圈没发现顾野，找陈教官打听后，才得知顾野被派出去办事了。

百无聊赖的白术干脆待在宿舍里，用手机处理工作，等她回过神时已经快九点了。

陆白从外面回来，见到戴好作训帽准备出门的白术，问："你吃饭了吗？"

"现在去。"

"我回来时遇到阿绫姐了，她不在食堂。不过，她交代了，食堂这两天供饭时间很宽松，你现在还能去吃饭。还有，今晚套餐很丰富。"

"行。"

白术对套餐没抱什么期待，心想只要不是俩冷馒头就行。

雪又开始下了，被清扫过的道路又落了一层积雪。寒风呼啸着，如刺刀般往骨缝里钻。

白术呵出一口气，很快化作白雾被吹散。她的脸被雪花拍打着，又冷又疼，于是她微微低着头，冒着风雪加快了步伐。

她来到食堂，地面湿漉漉的，雪混合着泥土被带进来，雪一融，全都化作了水。

食堂就一个打饭的窗口有人。

白术拍了拍肩上的雪花，径直走了过去。

这个打饭的员工有些眼生，见到白术后友善地询问："来吃饭？"

"嗯。有热乎的吗？"白术问完后，目光扫了一圈，发现问了也没什么意义。

以往摆满了食物的区域，今晚什么都没有，只有一个商用保温柜里放着一些已经装好的便当套餐。

"只有套餐了，专门为你们这些没按时来的学员准备的。"员工去拿了一份套餐，从窗口递出来，"新年快乐。"

"新年快乐。"

白术接过套餐，发现菜还挺丰盛的，有荤有素有汤，还是热乎的。

她端着套餐，转身想走，结果一抬眼，就见到刚进食堂的顾野。

顾野穿着干练的教官服，一身黑色的制服上沾染着白雪，他垂眸掸着雪，抬步朝这边走来。中途他抬头，瞧见了白术，有点惊讶。

"这么晚才来吃饭？"顾野问。

"嗯。"

顾野打量了白术一眼，随后跟员工说："给我来一份。"

"好的。"

员工立即去拿套餐。

去接套餐时，顾野才注意到员工的模样，略一顿："你是食堂员工？"

员工的神情有一闪而逝的慌乱，旋即镇定地回答："今晚食堂放假聚会，我是过来帮忙的。这个点来吃饭的不多，我就看一下，一个人忙得过来。"

"你是哪个部门的？"

"我就是一打杂的。"员工笑了笑。

顾野狐疑地收回视线，对比了下他和白术的套餐，又问："我跟她的怎么不一样？"

相比之下，白术的套餐更丰盛，分量也多了些，就连她那一碗汤都不一样。顾野的是萝卜排骨汤，而白术的是板栗鸡汤。

"她这个套餐就剩最后一份了。"员工不慌不忙地解释。

白术主动问顾野："你要跟我换吗？"

"不了。"顾野的视线从员工的脸上扫过，随后端起自己的套餐，"走吧。"

"哦。"

白术跟顾野一起找了个位置坐下。

拿起板栗鸡汤，白术打量着顾野："你刚回来？"

"嗯。"顾野觑了眼在玩手机的员工，把自己那碗汤递到白术面前，"换一个，我想吃你的。"

"好。"

把整个套餐给顾野，白术都不在意，更不用说是一碗汤了。

换好汤后，白术还主动问："你还有其他想吃的吗？"

顾野轻笑："没了。你趁热吃。"

"嗯。"

白术确实饿了，见顾野动筷后，也拿起筷子埋头干吃。

饭后，他们俩一同回了宿舍楼。

跟往常一样，白术回宿舍后洗澡睡觉，可在熄灯的刹那，她脑海里闪现出食堂员工和顾野的互动，忽地睁开眼坐起身。

先前她的注意力一直在顾野身上，并没有关注员工的情况，但现在仔细想来，顾野对员工的关注不太符合他往日的作风。

为什么？

将所有细节都理了一遍，白术最终将重点放在她和顾野交换的汤上。

白术倏地掀开被子，从床上跳下去，踩上一双拖鞋就去阳台。

陆白还没睡着，听到白术窸窸窣窣的动静，撩开床帘看向白术："你去哪儿？"

"找你哥。"

白术头也没回道。

"你把外套穿——"

话未说完，陆白就见白术将通往阳台的门甩上了，人影被阻隔。陆白莫名地挠头，但白术也不是头一次翻阳台去找顾野了，便没太当回事。

往上爬到六楼的白术，从阳台上跳下来。

宿舍没亮灯，阳台门关着，白术透过一旁的窗户往里看，夜晚光线弱，看不清具体情况，但能见到床上躺着个人。

白术轻手轻脚地拧开阳台的门，进了宿舍，悄无声息地摸到顾野床边。

顾野侧躺在床上，呼吸很重，光线太暗，看不清他的脸庞，但通过隐约的轮廓，可辨认出他此刻在颤抖。

顾野似乎没发现她。

白术抬手去试探顾野的体温，她手指挨到他额头的一瞬，指尖感觉到冰凉的温度以及湿漉漉的汗水。

下一秒，她的手被猛地推开。

她的手重重地砸在栏杆上，撞出沉闷的声响。这一下撞得有点狠，白术疼得皱起眉，倒吸了一口冷气，才缓过来。

“顾野——”白术没有叫疼，只是抓住顾野的手腕，问道，“汤里是不是有药，你是不是也过敏？”

她的口吻有些许紧张。

她通过顾野在食堂的举动，猜到她的汤里应该放了药，她来找顾野是想求证的。

谁料，她会见到顾野疑似过敏症状的状态。

听到白术的声音，顾野眼睛紧闭着，没睁开，低缓的嗓音一如既往地平静：“没有。”

白术怎么会信他的鬼话，直接说：“那我去找陈教官，让他给你叫救护车。”

她松开顾野的手腕，准备往外面走。

顾野低低一声长叹，抓住她的手。

他的手是冰凉的，像是在冰天雪地里冻过的钢铁利刃，一点点剜着白术的血肉，可白术毫无挣脱之意。

白术又站回了床边，神情倔强地盯着顾野。

半晌后，顾野缓缓睁开那一双猩红似血的眼睛，如狼一般，却没一点狠意，只有极力忍耐的痛苦和煎熬。

“你还有没有药？”白术低声问。

在一片血色中，顾野看到了白术的眼睛，干净澄澈，宛若玻璃弹珠，不掺一丝杂质。

她一向不知害怕和退缩，坦荡且明亮，像一团引领众人前进的火焰。面对如鬼一般的他，她轻而易举就接受了。

顾野嗓音有几分哑：“吃了。”

白术一眼识破他的谎言：“你没吃。”

“没了。”没再继续编造谎言，顾野松开她的手，安抚道，“没事，你回去吧。”

白术想都没想地拒绝：“不回，我陪你。”

她话说完，顾野还没来得及拒绝，就见白术翻身跳了上来，直接坐到床边。

“你——”

顾野声音沙哑地开口。

可是他只说了一个字，就被白术接下来的举动震惊得将剩下的话咽了回去。

白术抓住被子一端，将其一把掀开，随后往下一倒，就在他身边躺了下来。被子落回去的刹那，她从身后抱住了他。

她的身体柔软而温暖，可一举一动都有一股134劲儿。

顾野浑身发冷，钻心刺骨的疼痛蔓延到身体每一处，实在没力气挣脱白术，但他嘴上依旧没闲着：“你要流氓啊？”

“帮你暖身子。”

白术刚一说完，就打了个哆嗦。

她哪里是抱着个人啊，简直就像是在抱一块千年寒冰。

顾野不知出了多少汗，贴身的衣服都湿透了。可冷成这样他还出了这么多汗，摆明了是疼的，白术只能紧紧抱着他。

顾野不说话了，疼的。

时间似乎过得格外慢，一分一秒都被拉得无限漫长，而所有的感官也被扩大。

这样的场景似乎格外熟悉。

在某个瞬间，一股难以形容的悲怆情绪蹿上来，白术将脸埋在顾野被汗水浸湿的后背上，将一些记忆碎片拼凑成块。

十年前。

南方的夏天来得早，刚刚入夏，气温就居高不下，知了叫个没停，宣告着盛暑即将到来。

那个夏天，纪远和白青梧不在长宁市，将小白术交给纪常军照看。临近暑假，别的同学都在做假期计划，唯有白术，被纪常军压榨得像个只能喘息的提线木偶。

只有完成规定任务后，小白术才能拿着滑板溜出门。

她爱极了各种危险游戏。

对年幼的她来说，任何刺激和冒险，都是跟“自由”挂钩的。

那段时间，她在一家奶茶店遇见了一个玩滑板的大哥哥。早已能驰骋业余滑板圈的白术，被他称之为“菜鸟”，时不时指点一下她的动作。

他还经常请她喝奶茶。

她得空了就去找他。

那一天傍晚，天气燥热，知了不停歇地叫着，一声又一声，直叫得人心情烦闷。

小白术坐在画室里，听到纪常军在隔壁阳台打电话。

“九岁开画展，这里面的新闻价值有多大，你不是不懂……嗯，拍卖会那边安排一下，把她的作品价格抬高一点，我们私下再打包送两幅画，等她的价值抬上去了，保证不会亏……嗯，什么风格都可以画，她是个天才……”

无外乎都是些商业炒作的事宜，小白术越听越烦。

两个小时，画架上的纸，一个墨点都没留下。

终于在某一刻，小白术将画笔一扔，拿起斜放在墙边的滑板，冲到阳台，一跃而下。

“白术，你做什么去——”

隔壁的纪常军看见了，朝小白术喊。

小白术就当没听到。

她踩着滑板驾着风，傍晚的阳光还有些炽烈，落在皮肤上火辣辣的。不多时，她身上就沁出一层汗水，浸湿了衣服，贴在皮肤上黏糊糊的。但很快，又被掀起的风吹干了。

在她抵达奶茶店时，空气凉快了一些，小白术猛地一停，踩着滑板一端，滑板一瞬弹到她的手上。

小白术炫酷的动作引来不少路人的注目。

她冲到店门口，没见到大哥哥陆野的身影，只见到几个眼熟的店员。

“姐姐，陆野呢？”小白术朝一个大姐姐问。

“白妹妹又来找陆野啊。”大姐姐认出了她，露出温柔的笑容，“他请假了。”

“什么假？”

“病假吧。”大姐姐回答，“他就请了一天，明天应该会来，你要不要——”

话还没说完，小白术已经踩着滑板远去。

遥望着小白术的背影，大姐姐无奈地笑了笑。

小白术是知道陆野住哪儿的。

他带她去过一次。

在城市被遗弃的角落，那是一片混乱的区域。

十年后，那一片早拆迁了，成了欣欣向荣的新城区。但十年前，那里聚集着社会底层人员，鱼龙混杂，有外来打工的，有本地的混混，有流窜的逃犯……什么人都有。

踩着滑板在狭窄小巷里穿梭的小白术撞到了个文身青年，那人二话不说就要拎起小白术痛殴，结果被小白术一滑板砸中了脑袋。

文身青年摸着后脑勺的血，被小白术吓到了，震惊地看着小白术离开。

小白术进了一栋三层居民楼，一楼是主人住的，二楼和三楼被租了出去，住着一些在附近工地干活的人。

小白术径直奔向三楼。

门锁着。

敲门，没人应。

锁是老式的，很好开，哪怕小白术没学过开锁，只用一根铁丝，也轻易打开了。

这套房是两室一厅，陆野跟别人住，不过，没一点生活的气息。每次来，小白术都没见过跟陆野合租的人，只看到鞋柜处有不适合陆野脚码的鞋，很大。

她没有私闯民宅的自觉，在门口甩了鞋，赤着脚就往里闯。

陆野的卧室门没关，跑到门口时，小白术僵了一瞬。

“陆野！”

小白术跑过去，连滑板都扔了。

少年蜷缩在床上，夕阳的余晖洒在他身上，橘黄的，带着温暖，跟惨白虚弱的他形成鲜明对比。

他的衣服湿透了，整个人像是从水里捞出来的，连身下的竹垫都被汗水浸湿。

小白术从没见过一个人流那么多汗。

“陆野！”

小白术爬到床上，跪坐在陆野身边，伸手去推陆野。

陆野吸了口凉气，迷蒙中恢复一点意识，眼睛睁开，却露出一双赤红的瞳仁。

那是一双野兽的眼睛，不是人的。

小白术明显一僵，往后缩了下。

她的反应太明显了，陆野哪怕疼得意识混沌，也察觉到她的躲闪。他重新闭着眼，声音虚弱却温和：“我吓着你了？”

小白术静默了片刻。

最后，她向前挪了一点点，小心地抓住陆野的手，问：“你病了吗？”

“嗯。”

少年睫毛颤动了下，眼皮微颤，却没有再次睁开眼。

下一秒，小白术松开他：“我给你叫医生。”

陆野却猛然睁开眼，一把拽住她的手腕，将她往回拉。他手上的力道没控制住，有些重，她跌倒在他身边，脑袋撞到他肩膀，疼得她喊了一声。

“别叫医生。”陆野怕小白术乱跑，没松开她的手，但力道放轻了些，哑声说，“哥哥休息一会儿就好。”

小白术半信半疑，皱着眉问：“你不是很难受吗？”

“不难受。”陆野糊弄她。

小白术当然不信：“你说谎。”

陆野说：“别戳破。”

小白术叹息：“那好吧。”

陆野便松开了她。

小白术将手肘撑在竹垫上面，眨着疑惑的眼睛朝陆野靠近，仔细观察了半天后，她问："要我帮你倒杯水吗？"

"不用。"

"等你好了，我请你吃饭。"

"好。"

"吃林记酸辣粉？"

"好。"

小白术没生过几次病，但经历过病人睡过去就叫不醒的事，所以平时挺正常一小孩，这会儿却说个没停，不肯让陆野休息。

陆野凭借着仅存的意识回应着她。

"你好受一点了吗？有没有什么我能帮到你的？"过了约莫半个小时，小白术说得有些困了，询问过后打了个哈欠。

陆野叹了口气："有。"

"什么？"

"闭嘴。"

眼睛滴溜溜一转，小白术明显有些惊讶，不过她还是顺从了病人："好吧。"

她实在有些困了，干脆在陆野身边躺下来。陆野身上很冷，但在这夏天让人很想靠近，于是她揪着陆野汗湿的衣服，问："我给你取暖会好一点吗？"

"会。"陆野哄她。

于是，尚且年幼单纯的小白术便缩进他怀里，伸手抱住他，奢望着传递一点温度给他，能让他好受一点。

可是，九岁的孩子，在一通狂奔和闲聊后，一停歇，疲惫和困倦就涌了上来，哪顾得了那么多，没两分钟就打着哈欠睡了过去。

夏天那么热，陆野又那么凉，她意识模糊时，直接将陆野当空调使了。

睡得香时，她还在陆野怀里蹭一蹭，像一只小猫。

忽然想起这一切的白术回过神。

她把手掌贴在顾野的手臂上，发现不再那么凉了，顾野的呼吸也平稳了些。

白术用手指戳着他的肩膀，小声喊："顾野。"

"嗯。"顾野的声音轻轻的。

白术问："你还记得过去的事吗？"

"记得。"

"那你对我印象深吗？"

"嗯。"

怎么会不深呢？

那个从不按套路出牌的小姑娘，是他年少时遇见的最璀璨的一束光。

白术觉得自己记忆出现了问题，很多事情都记不太清了。尤其是九岁到十二岁的记忆，像是蒙上了一层纱，有些特定的事和人被挖走了。

就像她刚想起来的那段回忆，她拼命地往下想，也想不起她睡醒后的事了。

但现在不是想这个的时候。

白术呼出一口冷气，问："你身体暖和多了，还那么难受吗？"

"好多了。"

"我想睡会儿。"白术的眼皮在打架，声音也没那么有活力了，"你难受了就跟我说。"

"好。"

顾野捏了下她的手，示意她放心睡觉。

于是，白术松了口气，缓缓闭上眼睡着了。而她无论如何也想不起的后续，却在睡梦中想了起来。

那一天，小白术醒来时，天早黑了。

她睡得昏昏沉沉的，用手背揉着眼睛，发现自己还躺在陆野怀里。陆野睁着眼，眼里没了血丝，眉宇舒展着，似乎不难受了。

"陆野，你病好了？"刚刚睡醒的小白术，嗓音奶声奶气的。

"嗯。"

"几点了？"

"九点。"

"去不了林记了。"小白术有点惋惜。不过，她心宽得很，以为陆野没事了，注意力一下转移，"我饿了，你呢？"

"嗯。"

听到陆野给了准确回答，小白术立即坐起身，往床下跑。

"我去买晚餐，你吃什么？"

小白术一边问一边翻着陆野的书桌，动作之大，让人怀疑她不是在翻书桌，而是想砸书桌。

陆野还没缓过劲来，听到她闹出这么大的动静，掀了一下眼皮，问："你在翻什么？"

"你的钱包。"小白术头也没抬地回答，"我没带钱。"

"客厅，沙发上。"陆野哭笑不得。

"哦。"

小白术停下翻找的动作，站直了身子，转身就跑到了客厅。她没有穿鞋子，赤着脚，像个顽皮吵闹的小孩。

不一会儿，她找到了钱包，又跑回来，趴在房门口问：“你吃什么？”

“跟你一样。”陆野说。

“行。”小白术点头，“你等我啊。”

她交代完就转身跑了，一看就是饿极了。

陆野看着她跑没影了，手指轻轻蜷缩一下，半晌后，费劲地坐起身。

他出了一身汗，臭烘烘的。

他起身去冲澡换衣服。

他带小白术来过一次，小白术知道附近有一条街上有吃的卖，他也带她去过，所以不用担心。他换好衣服下楼，正好可以去接她。

不过，他没想到的是，小白术遇到了意外。

小白术买了两份炒面以及一屉包子。

但是，刚走进一条回去必经的小巷，她就撞上被她用滑板砸破脑袋的文身青年。

文身青年身边还有两个人。

当时文身青年被吓蒙了，眼睁睁看着小白术逃跑，后来越想越咽不下这口气，叫了两个朋友过来蹲着，果然瞧见小白术的身影。

小白术花了一秒衡量了双方武力值，转身就跑。

她忘带滑板了，不然一溜烟就能跑没影，肯定不会被他们追上。这次失算，她腿短，没跑赢他们，被他们包围了。

就在这时，小英雄从天而降。

“啧。”

漆黑闷热的巷子里，传来少年的声音，有点不耐烦。

三人听到动静，回首一看，借着朦胧月光看清少年的身形，又瘦又高，有着这个年龄独有的清冷感。他两手空空，踱步而来，气势上很唬人，可他的年龄却让三人放下心，稍有退却的熊心豹胆又起来了。

三人嚷嚷着让少年滚远一点，气焰嚣张，可没等他们威风多久，他们就一个接一个地被踢飞，等回过神时全趴在地上喘气。

把人放倒后，陆野走到小白术面前，接过她手中的晚餐，才想起问一句：“怎么回事？”

“先前我来找你时，磕了他一下，被他记恨上了。”

小白术实话实说，指了指其中一个青年。

借着微弱的光线，陆野顺着小白术所指的一看，瞧见青年后衣领上大片的血，又“啧”了一声，抬手就将小白术的头发揉得稀乱。

他无奈：“小姑娘学点法吧。”

“我当时是急着见你。”小白术解释，然后乖乖听话，“回去我就背《刑法》。”

陆野一怔，随后垂眼看她，少顷后牵起她的手，把她带离了这条混乱的街道。

小白术足够幸运，那三人都是不法之徒，没敢把事情闹大，只能自认倒霉。

小白术跟着陆野回家，吃着炒面和包子。

饿得慌，她吃得急，险些被呛到，陆野起身给她倒了杯水。

“你找我做什么？”陆野将水杯放到她跟前，问。

眼珠一转，小白术将炒面吞下。

小白术将筷子放下，拿起桌上水杯，咕咚咕咚喝了两口，然后把水杯放下来。

她偏着头，看着少年仍显苍白的脸，说：“陆野，我不想画画了。”

陆野一顿：“为什么？”

他记得小白术有个“天才小画家”的美誉，于是道：“你不是画得很好吗？”

“厌了。”

小白术轻轻蹙起眉尖。

“别任性。”陆野说，“学习一门技能，本就是个枯燥的过程。”

小白术仰视着陆野：“我想要自由。”

陆野放下筷子，静静地盯了小白术一会儿。他没有说教和责怪，只是问了一句：“你觉得自由是怎样的？”

“像你一样，”小白术向往着陆野的生活，“没有人管，没有约束。你想做什么就做什么，不被一切束缚。”

陆野说：“自由是没人会为你负责，所以你要为自己负责。自由和责任是相对应的。”

“这个责任有标准吗？”

“需要你自己衡量。”陆野眼帘垂着，顿了顿后掀起来，朝小白术露出个极淡的笑容，“每个人都有不同的尺度。”

这时候的小白术似懂非懂。

陆野给小白术夹了个包子，问：“你喜欢画画吗？”

小白术咬了口包子，腮帮一鼓一鼓的，想了半天后，她诚实地回答：“喜欢。我只是不喜欢被爷爷逼着画。”

“那就继续画吧，画自己喜欢的。”陆野建议。

小白术琢磨了很久，最后决定接受陆野的建议，点了点头：“行。”

白术从睡梦中醒来。

她不知自己睡了多久，但感觉冗长又沉重，她睁开眼的时候，有点恍惚和茫然，几秒后才想起此刻的处境。

她下意识去搂身边的人，却发现自己被人搂在怀里。她怔了下，听着身边之人均匀绵长的呼吸声，把心放了下来。

她动作很轻地将手掌贴在顾野的锁骨附近，是温暖的。

顾野的体温恢复了正常。

她这一动作惊扰了顾野。

“醒了？”顾野的嗓音略哑。

“嗯。”白术仰起头，在昏暗的光线里瞧着顾野的脸，“你现在怎么样了？”

“没事了。”

他身体还有些虚弱，但是最难熬的时间度过了，只需休息一阵缓过来即可。

白术柔软的手掌贴着他的锁骨，他想将白术的手拿开，可在碰到白术手腕时，忽地听见白术轻轻地倒抽了口凉气。

顾野回想起她来时的那一下碰撞，眼睑低垂着，问：“手疼吗？”

“疼。”

“抱歉。”顾野缓缓松开她的手腕，用粗粝的指腹蹭了蹭她的手背，“待会儿给你上药。”

白术满不在乎道：“小意思。”

磕碰一下罢了，疼归疼，但不是什么大事。

“你衣服都湿了，被褥也是。”白术手指捏着顾野的衣领，感觉轻轻一拧就能拧出水来，她皱着眉问，“要换吗？”

她记得陆白过敏那次，情况也差不多，顾野在陆白睡前把他的衣服和被褥都换了新的，说是这样睡得舒服一点。

顾野现在连动一下都为难：“等会儿。”

白术“哦”了一声。

片刻后，她磨磨蹭蹭地开口：“我给你换吧。”

顾野表情黑了：“不用。”

“驳回。”白术现在睡意全无，完全清醒了，活力满满，加上她是个行动派，下定决心后就从床上爬了起来，“新的衣服和被褥在柜子里吗？”

顾野装死，不想搭理她。

不过，白术压根儿不需要他的回应，把他的沉默当默认，直接交代：“你等着啊！”

话音尚未落，白术就站起身，跳下床。

装死的顾野抬手捂着脸，很快，他手指张开一些，透过指缝看到已经拉开柜门的白术，绝望地闭上了眼。

哪怕他还有一点起身的力气，都得将白术这不听人话的家伙赶走。

不多时，白术就踩着木梯爬上来，怀里抱着新的被褥以及一套衣服。

顾野偷偷看了眼，觉得不对劲：“你手里拿的是……”

将被褥堆在床尾，白术抓着那套衣服：“我先给你换衣服。”

她的手抖了一下，一条四角裤从衣服里滑落下来。

要命了。

顾野的表情很难看，可光线太暗，白术看不到。她将那条滑落的四角裤捡起来，征求他的意见：“我选了一条黑色的，可以吧？”

顾野重新把手盖在脸上，决定来一回自欺欺人，眼不见为净。

顾野抱着能不搭理就不搭理的想法，偏偏白术这个行动派很快就凑上来，揪住他的衣摆就往上掀，想给他脱衣服。

顾野赶紧制止：“先换被褥。”

“也行。”

思考片刻后，白术答应了。

反正没什么区别。

于是，白术回到了床尾，在一通窸窣的动静后，盖在顾野身上的被子被掀开，刮起一阵又一阵的冷风，凉飕飕的。

听了一会儿动静，顾野将手掌挪开，眼睛眯成一条缝，借着光线看床尾，这一看，登时眼皮一跳。

白色的被子立在床尾，宛若幽灵，呈不规则形态，左动一下，右抻一下。白术消失不见，同被芯一同裹在被套里折腾，只有一双小脚露出来。

顾野有点想笑，将脚掌挪了挪，蹭了下白术细嫩的脚踝，问：“你扮鬼呢？”

白术没吭声。

不多时，足有一人高的“被子山”慢慢矮了下来，白术蹲着身子，抓着垂到脚底的被套一点点往上推，半晌才将自己折腾出来。

“呼。”

她长长地吐出口气，像是潜水到极限后重获新生。

“你这床太小，我施展不开。”白术抹了把脸，把乱糟糟的头发拨开，很认真地说，“我的内务一直很好，不信你去问陆白。”

顾野眉毛动了下：“你放着，我待会儿来。”

“用不着。”白术极力给自己“挽尊”，“虽然环境恶劣，但我能克服。”

顾野成功被她逗乐了。

他乐了一会儿，在白术颇有不满的注视下，渐渐转换神情，拍了下床铺，然后举起手肘，朝白术竖起个大拇指：“我相信你。”

“你觉得我对你的喜欢已经到了让我神志不清看不懂你在奚落我的地步了吗？”白术一口气没停地问了一句。

顾野还是想笑，这次憋住了，说：“是我骄傲了，我道歉。”

白术撇了撇嘴。

她没再跟顾野计较，重新开始折腾被子。

顾野不提醒，不指挥，安静地看她瞎胡闹。

一会儿，见她钻到被套里，把这个角抻好，在她钻到另一边去抻时，另一个角慢慢滑落。一会儿，见她罩着被套做各种各样的形状，明明是在办正事，却活生生被她演绎成小孩过家家。

“垃圾。”白术反复了几次，脾气上来了。

顾野眼皮轻撩，接话：“别骂自己。”

白术抓着被套喘气，闻声，难以置信地扭头。

顾野轻咳一声：“您继续。”

“就这样吧。”

白术拽着在被套里蜷缩成一团舒展不开的被芯，将其扔到了顾野身上。但是，扔了两下，发现团在一起的被子连顾野半个身子都罩不住，她一撇嘴，劲儿又上来了，不甘心地瞪着顾野。

顾野见着了，懒洋洋地说：“不兴拿我撒气啊。”

白术磨了磨牙。

“哎，”顾野怕她真的气着了，用腿碰了下她，冲着对面床给她使了个眼色，“大聪明，隔壁还有一张床呢。”

白术朝对面看了一眼，微怔，然后一边爬起来，一边咕哝：“我想得到。”

顾野心想，她还挺要面子的。

白术扛着被子去了对面。她的内务确实没问题，换了一个宽敞的空间，她三下五除二就将被子收拾妥帖了。

眼瞅着白术重新爬回来，顾野悠闲地说：“我能夸你吗？”

“用不着。”骄傲的白术瞥了他一眼，“你还是闭嘴吧。”

“好吧。”

顾野从了她。

被套换好后，剩下的床单就没什么困难的，在顾野的配合下，白术干净利落地把床单换好了。

不过没等顾野松口气，白术就拿起先前那套衣服，说：“来，我帮你换。”

顾野嘴角微抽，叹息：“你歇会儿吧。”

白术道：“我不累。”

顾野觉得自己挺累的。

看着被白术毫无顾忌抓在手里的衣服，顾野无奈道：“我会自己换。”

白术猜到他的顾虑，说：“我只给你换上衣。”想了想，她又威胁一般补充了一句，“我希望你不要敬酒不吃吃罚酒。”

顾野笑了笑：“罚酒怎么吃啊？”

白术说：“我把你这副模样拍下来，挂到漫亘 NO.1 官网。”

顾野配合道：“太狠了吧？”

“别贫了。”白术丢给他一个白眼，“先换衣服。”

该来的躲不掉，顾野只能随她。

顾野上身就一件 T 恤衫，很好脱，白术拽着他的衣摆，往上一推，他腹部的肌肉露出来。白术余光一瞥，见到条理分明的腹肌，没一丝赘肉，线条流畅。她摸了一下，硬邦邦的，很有力量感。

“小流氓，手往哪儿摸呢？”顾野一眼瞪过去。

“就摸一下。”白术坦然地说。

说着，白术又摸了一下。

手感真好。

顾野“啧”了一声，冷冷地提醒：“我希望你见好就收。”

“行吧。”

看了两眼，白术将视线一收，然后继续给他脱上衣。

一看就是没照顾过人的，T 恤衫的圆领卡在他下颌，白术拉了两下，没拉动，力道有点粗暴。顾野差点被她勒死，将衣领往上一拉，让她把衣领顺利地拽出来。

呼出口气，重见天日的顾野望着白术，语重心长地说：“你要是觉得我还没受够罪，就直说，让我有点心理准备。”

“行，我轻一点。”白术将新的 T 恤衫往顾野头上套，动作轻缓了一些，同时不忘损他，“我刚看了一眼，你是长了嘴的。”

直觉告诉顾野，白术肯定又想损他。他的脑袋从 T 恤衫领口钻出来，颇为警惕地接过话：“所以？”

白术理所当然道：“下次疼的时候及时说。”

这话听着挺怪的，可顾野琢磨了下，却发现一点毛病都没有。

他接受了白术的批评。

费了一点心思，白术将 T 恤衫给顾野换好，并体贴地将衣服的褶皱捋平了。

原本顾野觉得这事怪尴尬的，但白术一举一动都没体现出什么柔情蜜意，而是满满的果断粗暴，以至于顾野非常自然地接受了。

“我给你整理一下，你恢复力气了把裤子换上。”白术抱着换下来的衣服和被褥，在交代了顾野一句后，就又一次下床。

因为白术换被褥和衣服耽搁了不少时间，顾野的力气也恢复了一些，便趁着她这番折腾，把裤子给换好了。

他心里琢磨着由头，想让白术赶紧回去睡觉。

这时，白术再次爬上他的床，坦然地说：“我跟你睡吧。”

顾野呛了一下，差点被她噎死。他瞪着白术："你现在可不是九岁的孩子。"

白术已经坐在他旁边了，正儿八经地说："我充分地相信，你是一个正人君子。"

"床上没君子，你给我下去。"顾野指了指她。

白术视他为空气。

将被子掀开，白术坐在他身边，仰面躺了下去。

枕头就一个，白术还要占一半，她的脑袋直接跟顾野磕在一起了。顾野心里弥漫着挥之不去的绝望，预感自己今晚是睡不成了。

"你不要紧张。"白术安慰他。

"没紧张。"顾野从头到脚每一根神经都绷得紧紧的。

白术挤着他，说："我们聊一点正事。"

顾野头一偏，不想看她："不聊。"

白术素来习惯把不爱听的话当作废话，于是压根儿没理会顾野的回答，自顾自地说："那碗板栗鸡汤里是不是有 BS09？"

虽然说了不聊，但顾野这时候还是应了一声："嗯。"

白术琢磨着问："是巫教官吗？"

顾野沉默了一秒："不知道。"

白术便扭头问他："你猜是谁？"

顾野口吻肯定地道："巫教官。"

"那就是她了。"白术完全不顾严谨，直接把这口"锅"盖在巫教官身上，"她偷偷让我服用 BS09，是想让我上瘾，跟她沦为一丘之貉吗？"

"应该是。"顾野分析道，"她这人自卑敏感，心态不稳，做出什么事都不稀奇。"

白术表示赞同，继而又问："你怎么发现那个员工有问题的？"

"去朱主任办公室时，我看到过他。他是个倒茶的。"

白术恍然大悟。

这个疑惑得以解开，白术马上问下一个问题："你和陆白服用 BS09 都会过敏，跟你们背上相似的文身有关吗？"

白术问得挺平静的，没有谨慎和试探。

这些问题对顾野而言是禁忌，可被白术如此随意地问出来，倒也没什么情绪波动，他含糊地说了一句"睡觉"，然后就不再搭理白术了。

白术适可而止，没再追问。

白术保持着对顾野的信任，精神一放松，眼睛一闭，少顷便陷入睡眠，呼吸清浅。

顾野却辗转难眠。

虽然他不是第一次跟白术睡一张床，但以前白术只是个九岁的小姑娘，天地可鉴，他什么都没想过。现在不一样了，小姑娘长成了大姑娘，他不可能一点想法都没有。

何况，这宿舍的床是单人的，两人挤在一起，丁点缝隙都没有。

白术睡着后不守规矩，狭窄的床铺不够她发挥的，手脚全往他身上搭，蹭来蹭去的，跟八爪鱼似的扒拉着他不放。

顾野一动不动，瞪着眼念经，就为了白术那一句——“我充分地相信，你是一个正人君子。”

不到六点，白术就醒了。她想翻身，却碰到身边的人。

脑袋混沌了几秒，白术睁开眼。

缓了片刻后，她注意到被子全裹在她身上，身侧躺着的顾野就搭了个外套。大冷天的，他就这么睡着，睡梦中眉头都没皱一下。

白术蹙眉，手脚一抬，将被子撑开，往身侧一抖，被子一侧便掀起，伴随着一阵风，重重地落到顾野身上。

顾野睡眠浅，这么一番动静，让他猛然惊醒。

“早！”

白术朗声跟顾野打招呼，同时欲要起身。

然而下一刻，顾野就捂住她的嘴，把她按了回去：“小点声。”说着，他用余光瞥了瞥旁边的墙面。

白术眨眨眼，乖乖地不动，声音从他指缝里飘出来：“哦。”

顾野吐出口气，把手松开了。

白术干脆不起来了，缩在被窝里，侧着身子，用手指揪了揪顾野柔软的头发，她小声地说：“哎。”

顾野抬了下眼皮，跟她对视了一眼，又把眼睛合上了。

白术继续揪他的头发：“哎。”

“是要我伺候您起床吗？”顾野再一次抬起眼皮，问。

“不用。”白术玩着他的头发，用极低的声音跟他密谋，“今天有一场戏，你想当演员吗？”

顾野认真地看她一眼：“我可以拒绝吗？”

白术也很认真地回答：“不可以。”

听到这回答，顾野也见怪不怪了。

他顺从地说：“您请吩咐。”

这个清晨像被冰冻过一样。

寒风呼啸，冰冷刺骨，宿舍楼下的杂草丛里，枯叶冻结成冰，形成一条条冰柱。风吹过，枯草随之摇曳，间或有冰柱掉落，砸在冰冷僵硬的地面，一下碎成好几块，长短不一。

基地依旧是寂静的。

路灯孤零零地伫立，洒落一个个朦胧暗黄的光圈。

一场阴谋即将展开。

大年初二，天空少见地出了太阳，阳光暖洋洋地洒落大地。

小超市门前放了一把椅子，一个小孩坐在小圆凳上，伏在椅子上做习题，被深奥的奥数题搞得头昏脑涨。

前方的石阶上，白术坐在最上面一阶，身子倚着一张长桌。她长腿往前一伸，右脚跟靠着左脚，两只手交叉叠在脑后，懒洋洋地往后枕着。

阳光洒落在她身上，伴随着微风，她舒适地眯起眼。

反正她不用学习，她没事做的时候，就爱晒晒太阳。小超市这里地段好，最合适。

顾野过来买烟，从后门进，前门出，一眼就瞅见斜躺着晒太阳的白术。

他在不远处站定，没说话，将烟盒拆开，挑了根烟叼在嘴里，点了烟，在一丝一丝的烟雾里开口："在这儿享受呢？"

"最后一次了。"白术叹息，余光一瞥，从兜里摸出几颗糖扔过去，"少抽点烟。"

三颗糖扔过来时错了位，不过顾野手掌摊开，顺着一条线晃了下，那三颗糖全部落入手中，没一颗落地。

收了糖，顾野没急着走，衔着烟立在一旁。

他看了眼远方的操场，又看了眼近处的白术。

白术一身作训服，长手长脚地舒展开，姿态舒适又惬意。帽檐拉得高，阳光落在她眉眼，镀了一层暖光，她的皮肤细腻光滑，见不到一点毛孔，整个人白得发光。

没一点变化。

但是，以往仅限于欣赏的顾野，此刻看着同样的眉眼鼻唇、细长手脚、纤细身材，却无端地生出一些邪念。

早已埋下种子的念头，在滋生过一次后，便生根发芽肆意生长，如春日的杂草般野蛮，收不住。

昨晚的一幕幕总在顾野脑海里挥之不去。

"你在看我吗？"一直看着前方的白术，忽然开口。

顾野差点被一口烟呛到。

他别开视线："没有。"

偏过头，白术眼帘往上一掀，眼眸清澈，她挑眉说："虚伪。"

"是虚伪。"顾野并未否认，叼着烟，悠闲地往下走了两个台阶，似笑非笑地拿眼瞅她，"你能怎么办？"

白术跟他对视片刻。

旋即，她将帽檐微微往下拉，遮住小半张脸，嘴角轻轻弯起，答得懒散又自然："你等着。"

顾野掐了烟，将烟头弹到垃圾桶里，往前走时手一抬，摆了摆："走了。"

白术目送他离开。

冰雪消融，骄阳正好。

良久，白术伸了个懒腰，将右脚放下来，然后站起身。

今天放假。

按理说，这一批学员应该拿着假条外出"浪"的，可这天下午，大部分人都因食堂员工这两日偷偷传播的一句话，聚集在食堂。

他们这六七十号人，坐在食堂内面面相觑。

终于，有人按捺不住了，主动询问身边的人："你们也是听说了演习的事过来的？"

"对啊。"那人抻着脖子环顾一圈，站起身，抬高声音询问，"大家都是吧？"

听得他这么问，众人纷纷响应。

他们都从食堂员工那里收到了"大年初二下午有演习，食堂集合"的消息，并且被叮嘱不允许私下传播、讨论。

据说是专门为从未进过前五的学员准备的特殊演习。

他们对这场演习期待已久，都以为自己是天选之子，没想到哗啦啦来了六七十人，心中那点自豪和骄傲被冲得烟消云散。

食堂渐渐变得热闹起来。

与此同时，通过时正安插在基地内部的眼线，确定计划可以实施的白术，收了手机，施施然走进了如炸了锅一样的食堂。

白术嘴里叼着一枚哨子，用力一吹，顿时"哔"的一声响，扫平了所有的声音。

二队的寸头小哥见到白术就两眼放光，一拍桌站起来："小天才，你怎么也在这里，这次演习不是专门为我们差等生准备的吗？"

白术脊背挺得笔直，视线一扫，一本正经地说："我因为过于优秀，所以被派过来协助你们。"

众人已经习惯了她的猖狂，竟然没有一个人出声吐槽。

有人问道："这场演习谁主持啊？"

白术耸肩："教官马上到。"

她说完这话后，不到一分钟，食堂内又走进来两个人。

顾野除外，还有个陈教官。

白术抬眼见到陈教官，愣了一下，然后探究地看向顾野。

顾野给了她一个肯定的眼神。

原本的计划是由顾野负责的，但自陈教官出现后，顾野就让陈教官主持大局，讲解此次演习的具体流程。

对此次演习目的心知肚明的白术，越看陈教官越觉得他已经投诚我方。

白术挪了两步，挪到顾野身边，小声问："你怎么把陈教官扯上了？"

"被他发现了端倪。"顾野压着声音回答，"我顺势把你起草的演习方案给他看，因为你写得太专业，他竟然信了。我寻思着他的出现能多一分可信度，就叫上他了。"

白术睇了他一眼，却模糊了重点："我写演习方案简直就是大材小用。"

顾野怔了两秒，说："你狂成这样是我没想到的。"

不管怎样，白术的演习方案确实质量过关，经验丰富的陈教官硬是没看出半点问题，反而觉得这次培训增加的环节特别有意义。

陈教官非常配合。

这一次演习命令是秘密下达的，除了在场的学员和教官，没有其余人知道。

给学员安排的演习任务是：排除一切阻碍，找到隐藏在基地的违禁药物。

此次行动中，他们享受特权，可以向基地任何人下手，包括领导、教官、工作人员以及没有参加演习的学员。

由于演习任务设置新鲜，并且趣味性很高，学员们纷纷响应。

最后，他们在陈教官的安排下，五人划分为一组，选定组长后，由组长带队分开行动。同时，每组都配备了一个对讲机，以便随时联系。

经过一番整理后，寸头小哥精准地找到白术，问："小天才，你不是来协助我们的吗，有什么主意？"

"有。"

白术气定神闲地走到众人的视野中。

她朝陈教官伸出手。

陈教官不明所以地看着她。

她"啧"了一声，指了指陈教官手里的喇叭，勾了勾手指，然后摊开手。陈教官脸色微黑，无语地将喇叭塞到她手上。

于是，白术满意地举起喇叭："宁可错杀，不可放过。我建议把所有人都制伏。另外，作为被歧视的差等生，想必各位有不少怨气，咱们有仇报仇，有冤报冤——"

没等白术把怂恿的话说完，顾野赶紧把她手里的喇叭抢走了。

但是，已经晚了。

在场学员听到白术的话，个个跟打了鸡血似的，嗷嗷叫个没停，袖子一撸，恨不得现在就跟结了梁子的人大干一场。

白术斜了眼一侧的顾野，没有将喇叭抢回来，而是将哨子往嘴里一塞，猛地吹了一声，在学员们安静的刹那喊了声：“冲啊——”

不到半分钟，学员们就喊着“冲啊”，然后一股脑跑出了食堂。

顾野抬手摁了摁太阳穴。

陈教官是个正直的人，在端详白术须臾后，评价：“不知道的，还以为你唯恐天下不乱。”

就是唯恐天下不乱的白术没作声，酷酷地戴上了作训帽。

陈教官低头看了眼腕表上的时间，看着冷冷清清的食堂，略有奇怪地问：“食堂的人呢？”

阿绫作为唯一一个现身的食堂员工，听到陈教官的询问，主动站了出来，不慌不忙地回答：“他们都在后厨。”

陈教官不疑有他，点了点头，就先一步离开了食堂。

他不知道的是，那群员工虽然都在食堂后厨，但一个个都被绑起来塞住嘴，挤在狭窄的杂物间欲哭无泪。

白术的计划很简单。

她利用阿绫传播“特殊演习”的消息，组织这群学员。然后又让顾野这个教官现身，增加这场演习的可信度。

基地的教官、学员、员工对他们都毫无防备，在偷袭中基本不会有反抗能力。

而行动的学员只把这场行动当演习，加上对“前五名学员享受特殊待一事积怨已深，所以肯定会死守演习的规矩，在宣布演习结束之前，他们绝对不会将演习一事透露半句。

此外，白术还让陆白想办法让朱主任再一次拿出ES09，到时候白术正好可以带人闯进去，将他们抓个正着。

事情进行得很顺利，一切都按照白术预料的进行。

白术活动了下脖子，将对讲机扔给阿绫，说：“我们也行动吧。”

“是。”阿绫神情严肃。

白术看向顾野：“陆白有消息了吗？”

“他的定位在办公楼。”顾野看着手机上的定位，“停下了。”

一分钟后，白术、顾野、阿绫三人离开食堂，径直前往办公楼。

办公楼此刻乱成了一锅粥。

时正刚收到墨川发来的“一切顺利”的短信，松了口气，就听到外面传来嘈杂的声音，细细一听似乎是有人在打斗。

在好奇心的驱使下，他打开了办公室的门。

结果，门刚被拉开，他就见到一个眼熟的教官被按在旁边的墙上。站在他身后的，是三个年轻力壮的学员。

“发生什么事了？”时正不明所以，迷茫地问。

教官挣扎着抬起头，冲他喊：“造反了——”最后一个字未落音，他后颈就挨了一拳头，两眼一翻昏了过去。

时正震惊地看向那三个学员。

其中一个学员走过来，两手抓着一根粗麻绳，朝时正露出友善的微笑：“大明星，委屈一下吧。”

到底是怎么回事啊，副部长造反都不敢放到明面上来，怎么你们这群待了不到一个月的学员，就胆大包天明目张胆地造反了！

十分钟后，时正和那个教官都被捆住了手脚，扔在了办公室角落。

三个学员把门一锁，离开了。

时正这会儿人还是傻的，搞不清楚到底发生了什么，于是用肩膀撞了两下旁边那个教官。教官被他撞得滑倒了，脑袋磕在墙面，在疼痛中悠悠转醒。

“家都被偷了，你还不清醒一点？”时正又用鞋子踢了踢他的脚，“你们对这些学员做什么了，他们到底为什么要造反？”

教官原本脑袋昏昏沉沉的，听时正这么一问，登时清醒了不少。

他也很茫然：“我哪里知道？今天放假，谁关心他们。先前他们过来找我，说是要请教问题，结果问题没等到，等来他们一顿暴揍。”

“他们疯了吧？”时正一脸呆滞，感觉要变天了。

教官说：“能不疯吗？连教官都敢打，我看他们怎么收场。”

“是啊，连教官都敢……”

时正说到一半，忽然想到无法无天的白术，悚然一惊，下意识地舔了舔嘴角。

他记得，白术昨天要走了他所有靠得住的眼线，说是要准备个计划。当时他心里都是墨川的事儿，压根儿没多过问。

他仔细一想，怂恿学员造反这种事，对于白术来说易如反掌啊。

时正小心地问：“他们还说了什么吗？”

“不清楚，”教官摇了摇头，“就问了个药什么的……”

听到“药”这个字，时正倏地一震，心里慢慢有了底。

他猜得八九不离十了。

只不过，白术煽动造反也就罢了，怎么还带无差别攻击的？如此盲目地误伤友军，她的良心难道不会痛吗？

像时正这般处境的，整个基地不在少数。

一门心思都是演习的学员，一间接一间地敲响了办公室的门，然后乘人不备陡然袭击，不管是谁一律绑起来。

问题是，所有遭了殃的受害者，从头到尾都不知发生了什么。

五楼，朱主任办公室。

办公室门窗紧闭，压抑的氛围令人喘不过气。陆白坐在椅子上，他面前站着朱主任和巫教官。此外，门口附近还站了两个人，虎视眈眈地看着陆白。

陆白目不转睛地盯着朱主任。

朱主任慈眉善目的，冲陆白友善一笑，继而吩咐巫教官："把药给他。"

"好。"巫教官点点头。

办公室很宽敞，隔开两间，这里是办公区域，隔壁是生活区域。巫教官轻车熟路地走向生活区域。

陆白耳朵动了动，听到了按密码的声音。

不消片刻，巫教官就拿着药走了过来。透明的玻璃瓶里面装着蓝色液体，没有贴标签，但瓶壁上有"BS09"的字样。

巫教官将药递过来："喝了它，第一就是你的。"

陆白慎重地"嗯"了声，双手去接药瓶。不过，在接过药瓶时，他心里仍是有些紧张。

他是过敏体质，对药不会上瘾，喝了后只会难受一段时间。他不怕这个药，哪怕是真的喝了，他也不觉得有什么。

但他怕白术计划没成功，这一次打草惊蛇，没准会竹篮打水一场空。

"笃笃。"门被敲响了。

办公室内，几人陡然一惊，互相对视了一眼。

朱主任皱着眉头，抬高声音："谁？"

外面有人回："你大爷！"

在第三基地，朱主任等人几乎是横着走的，就连部长都不敢这么叫嚣。此刻听到那句话，几个人竟没反应过来。

他们眼里全都是震惊和迷茫。

谁啊，这么胆大包天？

"快开门！"门被拍得震天响，外面的人扯着嗓子吼。

朱主任等人迷茫又错愕，完全忘了该如何回应。

"这是谁的办公室啊？"

"管他是谁的呢，里面有人，先撞开再说！"

一问一答结束后，办公室内几人顿时警觉，不约而同地冒出“第三基地被强盗打劫了”这种不切实际的想法。

外面的人是行动派，没两秒，就听到身体撞门的声音。

这可是老式建筑，经历风吹雨打早就不牢固了，老旧的木门被这么一撞，颇有摇摇欲坠的趋势，头顶的天花板扑簌簌地掉灰。

朱主任头顶落了一层灰，他用手一抹，顿时暴跳如雷，怒喝道：“把门打开！甭管外面是谁，都给我抓起来！”

守门的二人应了声“是”，对视一眼，然后前去开门。

他们以为外面就两三个人，打开门的刹那，他们就准备干架，结果外面七八人呼啦啦地拥进来，直接把他们干翻了。

巫教官是有点拳脚功夫的，但双拳难敌四手，没反抗两下就被按在墙上绑了起来。

朱主任就更不用说了。

两三分钟，屋内四个人，加上一个陆白，全都被绑了起来。

巫教官被粗暴地扔到地上，气得肺疼，她认出了这些人都是学员，愤怒地道：“你们想造反吗？！这里可是第三基地！”

带头的寸头小哥摸了摸后脑勺，朝她嘿嘿一笑：“巫教官，我们都在这里待了快一个月了，怎么会不知道这儿是第三基地呢？”

巫教官差点被气得心梗。

“您歇着吧，我们不会对你们怎么样的。”寸头小哥笑呵呵地说。

“组长，你看这像不像我们找的那药啊？”

有人从陆白手里找到药瓶，献宝似的递给了寸头小哥。

寸头小哥看了半天，觉得挺像这么回事的，于是拿起对讲机想跟顾野汇报一下。然而他还没开口呢，门口就又来人了。

正是顾野和白术。

顾野大步流星地走过来，朝寸头小哥挑了下眉：“完事了？”

“是的。”方才还趾高气扬的寸头小哥，见到顾野顿时成了狗腿子，他恭恭敬敬地将瓶药送上，“是这玩意吗？”

顾野接过来，跟陆白交换了个眼神，继而点头：“嗯。”

“陆野！”

发现是顾野带的头，朱主任震惊得无以复加，可张口喊人时，猛地灌入一口气，呛得他咳个不停。

好歹是个五十来岁的大爷了，顾野见他咳得不成人样，怜悯地看了他一眼，扭头就训斥寸头小哥：“你怎么能对老领导下这么重的手？”

寸头小哥茫然地眨着眼，心想自己就绑了一下人啊。

然后，他就听顾野问：“绳子绑紧了没有？”

“绑紧了，绑紧了。”寸头小哥连忙说。

“那成。”顾野说，“给老领导道个歉，冒冒失失的。”

寸头小哥在顾野手下待了这么久，对顾野唯命是从，当然听顾野的话，态度很好地跟朱主任道歉。

然而，道歉归道歉，绳索是不会松的。

朱主任脸都气成了猪肝色。

白术慢悠悠地转了一圈，又重新走回来，指了指同样受到牵连的陆白，说：“把他放了。”

寸头小哥不明白了，问：“不是说一视同仁吗？”

“他是受害者。”白术赏了他一记白眼，“你家会把受害者绑起来啊？”

“是是是，小天才说的是。”寸头小哥一拍脑门，赶紧道歉，让人把陆白身上的绳索松了。

这会儿，巫教官再不明白状况，也知道是白术和顾野搞的鬼了，而他们的目的就是冲着 BS09 来的。

一心想将顾野拉入伙的巫教官，此刻如同遭到背叛，她树立起来的精英伪装顿时土崩瓦解，近乎撕心裂肺地控诉：“陆野，你到底什么意思！”

顾野没答话，瞥了眼巫教官后，就跟寸头小哥说：“把场子清一清。”

“好嘞！”

寸头小哥领命，立即招呼着几人离开办公室，安排两三个人在门口守着。他和另一个组长则留下来，等待事情后续发展。

白术和顾野都默许了他们旁观。

“陆野，你知道你在做什么吗？”朱主任也猜到了什么，紧盯着顾野。

“跟他说没用。”白术搭了腔。

陆白将朱主任先前坐的那把椅子拖出来，放到白术身后。白术坐下，跷起了二郎腿，优哉游哉地开口：“我才是主谋。”

“你？”

朱主任瞪圆了眼睛，跟见了鬼似的瞧着白术。

一个年仅二十岁的女生，竟然是主谋？

白术懒洋洋道：“没错，是我。”

“你是墨川的人？”巫教官警惕地盯着白术，而后又像是惊醒一般，抬头看着顾野，“你也是墨川派来的？你们俩都是一伙的？”

顾野和白术互相看了对方一眼。

巫教官不知脑补了什么，缓缓吸了口气后，她皱了皱眉，沉声道：“你们快把我们放了，不然你们谁都吃不了兜着走。”

白术晃了下跷着的腿，单手支颐，饶有兴致地说：“证据确凿，你们还有脱身之法不成？”

巫教官嗤笑：“哪来的证据确凿，那瓶药是什么东西，我们不知道。”

她看起来有恃无恐，继续说：“你们以为煽动学员造反这事，就可以全身而退吗？真以为新队长是吃干饭的，容得下你们这群不按章法办事的人？”

“那可说不准。”白术气定神闲地说。

巫教官似乎听到了个天大的笑话：“真不知道墨川怎么想的，跟我们斗了这么久，还看不清现实吗？新队长要真站在你们这边，怎么会对第三基地放任自流？第三基地多少元老，她讨好还来不及，敢向他们——”

朱主任忽地撞了巫教官一下。巫教官自知失言，闭上了嘴。

门口，寸头小哥拽着身边的组长，嘀咕：“怎么回事，我怎么越听越觉得奇怪呢？”

组长匆忙地点头：“我也觉得，这不像是演习，反而像逼宫谋反……”

“不可能吧？”寸头小哥“啧啧”惊叹。

紧接着，寸头小哥被顾野盯了一眼，他条件反射似的站直身子，冲顾野笑了笑，然后跟旁边的组长说：“就是演习，不用瞎想。”

组长慎重地点头。

甭管这事的背后动机是什么，对于他们来说，这一场行动只能是演习。

白术坐在椅子上吃了两个橘子。

顾野和陆白在隔壁房间找到了藏在墙里的保险柜，砸开后拿到了里面剩下的几瓶药物。

白术见状，将橘子皮扔到垃圾桶里，站起身，拍了拍手，跟寸头小哥说：“把他们带走。”

寸头小哥讪讪地问：“带去哪儿啊？”

白术眼皮一掀：“楼下。”

“白术！”

巫教官怒不可遏，猛地从地上蹿起来，凶狠地瞪着白术。

白术偏过头，斜眼看她。

旁边的朱主任轻咳一声。

巫教官怒火中烧，却不得不忍，她深吸两口气，放缓了声音：“我们谈谈。”

“不谈。”白术一点兴趣都没有，果断拒绝。

“你想要什么都可以！”巫教官连忙道。

白术笑了笑，一只手往兜里一揣，淡然地瞥向她，不疾不徐地说：“那你可给不起。”

顾野通过对讲机联系其余的小组，宣布演习结束，让他们将抓到的人都放了。

办公楼下，停了一辆警车。

寸头小哥等人押着巫教官、朱主任，跟在白术、顾野、陆白三人后面一起走出大楼，见到警车时不由得愣住了。

车门被打开，段子航走了下来，他满面春风，见到白术后，便摆手打招呼道："白队！"

他的指向性太明显了。

白队？队长？

寒冬腊月，本就是零下的温度，瞬间又降了好几度，周遭的空气似乎被冻住了，结成了冰霜。

何止寸头小哥等学员，巫教官、朱主任、顾野以及陆白都下意识地朝白术投去了目光，一道道视线里都裹着复杂的情绪。

白术僵了几秒。

"哦，忘了自我介绍，"白术将作训帽一摘，没有半点局促和尴尬，落落大方地说，"我是BW救援队第三任队长，白术。"

空气彻底凝固。

放眼看去，每张脸的表情都跟克隆的一般，全是一副"我怕是见了鬼"的惊悚和茫然。

寸头小哥扶起掉落的下巴，磕磕巴巴地开口："您这是……微服私访吗？"

巫教官难以置信地盯着白术，讶然出声："你……"

"是我。"白术慢悠悠地接过话，"你口中那个会讨好你们的队长。"

巫教官顿时脸色煞白，失了声。

旁边的朱主任仍是没搞明白情况，他不知道队长为何要潜入第三基地，不清楚他们是如何发动这场演习的，但他唯一知道的是，队长既然会亲自出手，他们肯定完蛋了。

一个都逃不掉。

他腿一软，直接跪了下去，整个人丧失了生机，被颓败和灰暗笼罩。

白术却活力满满，手指转动着帽子，对寸头小哥说："把这位大爷请上车。"

"得令！"

寸头小哥嬉皮笑脸地答应，其他人也赶紧帮忙。

BW救援队发展到现在，他们这些普通员工若没有特殊的机遇，是很难跟队长见面的，何况救援队素来对队长身份保密。

现在他们得知队长就在身边，不仅做出以普通员工的身份潜伏的骚操作，还是个傲娇、毒舌、自信却极其聪明的女生，这种反差让他们想不喜欢都不行。

顾野静默地站了会儿，舌尖轻抵腮帮，玩味地出声："队长？"

“嗯。”

白术看着他。

“厉害。”顾野朝她竖起个大拇指，笑了笑，随后转身就走。

“哎。”白术不仅叫住他，还拽住了他的衣袖，“你去哪儿？”

顾野将衣袖挣脱出来，说：“回家洗洗脑子。”

白术虽然清楚自己是很理亏的，但她张口却说：“虽然我故意不说是不对，但你能不能大度一点？”

顾野被她的不要脸惊到了：“你说能不能？”

“能啊。”白术果断地说。

顾野无言以对。

陆白站在旁边看戏，心想这社会实在太复杂了，这支救援队也太会玩了。

“白队，一起回去吗？”段子航走过来，人逢喜事精神爽，他笑眯眯地说，“墨川晚上就来第三基地，剩下的事他会来处理。”

白术问：“名单上的人呢？”

时正给了白术一份名单，顾野也给了白术一份名单，上面都是疑似跟副部长、朱主任合作的人，白术整合了一下就交给了段子航。

段子航说：“阿绫正带着人控制，不会让他们逃跑的。”

“嗯。”白术指了指顾野，“我跟他们一起走。”

顾野闻声，朝白术扬了扬眉，意思是：我答应了吗？

白术视而不见。

管他答不答应，这车她都要蹭。

第五章

白术缺失的部分记忆

■ ■ ■ ✦ ■ ■ ■

NI SHI WO DE GUANG MANG

这一场名义上的特殊演习，最终还是按照“演习”做了处理。

白术是 BW 救援队队长的事被压了下来，除寸头小哥那几人外，没有别的学员知道。至于白术、陆白以及顾野的离开，也找了理由搪塞了过去。

这一天，当大部分学员都沉浸在演习成功的喜悦中时，第三基地盘根错节的关系网被彻底根除，笼罩在基地三年的阴霾得以清除。

后面要处理的事很多，不过白术当了甩手掌柜，把活儿都甩给段子航他们。

她拿回自己的物品，跟陆白一起坐上顾野的车，回封城。

天黑了，陆白在睡觉，顾野在开车，白术坐在副驾上，看着镇上风景。

手机铃声响了几次，她只是看了一眼，没有接通。

“不接？”铃声又一次响起时，顾野问了一句。

“是时正。”白术拿起手机，点了拒绝通话，“他估计刚知道我的身份。”

顾野沉默了。

提到白术的身份，他就憋屈。

他真的以为白术只是 BW 救援队一个重点培养的员工罢了。

“卖药的接头人在墨川手上，他那边有进展会跟你联系。”白术换了个坐姿，歪头瞅着顾野。

“嗯。”

白术饶有兴致地问：“你们的行动，需要我帮忙吗？”

顾野想都没想，直接回绝：“不需要。”

“好吧。”白术没有强求。

回程的时间有点长，白术却一刻都没停歇。关于第三基地一事，她有接不完的电话，各个部门都需要她交代。

深夜两点，顾野将车开回封城，刚下高速，白术就让顾野停车。

顾野怔了下，一边往路边停车，一边疑惑地询问：“怎么？”

“接我的人来了。”白术回答着，将自己的物品检查一遍，最后把手机塞回兜里。

“哦。”

顾野淡淡地应声，视线落到在路边招手的青年身上，一个字都没多说。

车停了，白术解开安全带，等了会儿没听到顾野再说别的，偏头看着顾野的侧脸，问：“你不问我去哪儿吗？”

顾野瞟了她一眼，回避了她的话题，只说：“注意安全。”

白术略有些失望地推开车门。

外面的寒风呼呼地刮进来。

白术下了车，下一秒，她又回过头来。

“我回长宁市，”白术弯下腰，将脑袋探进来，眼睛闪亮亮的，“过几天就回来。”

顾野下意识偏头，猛然撞入她的眸子，心跳霎时漏跳一拍。

他定了定心神，抿了下唇，说：“再见。”

“再见。”

白术跟他告别，再次撤出车里。这一次，门关上了。

顾野没有急着开车，他看着白术走过满是积雪的人行道，跟那个年轻朝气的青年会合，然后被人恭敬地请上了车。

车辆没停留，转眼驶出视野。

“顾野。”

陆白忽地趴在两个座位中间，将脑袋伸过来，神情严峻地瞧着顾野。

顾野看了他一眼。

陆白一字一顿地说：“白术很好。”

顾野斜眼看他，伸出手，按着他的脑袋把他按回去：“去睡你的。”

跌回后座上，陆白抬起眼，紧紧注视着顾野的侧影。

第二天上午，白术打着哈欠离开机场，第一时间奔向杜峰家，将白猊领回了出租房。

大年初三，白术睡了一整天。

醒来时已是天黑，白术迷糊地坐起身，看着卧室有些迷茫。这时，在床边守了一天的白猊兴奋起来，跳上床后狂舔白术，白术这才回过神，意识到自己身处何地。

白术抱着白猊蹭了蹭，又摸了摸它的头："走，姐姐带你去放炮。"

白猊听懂了，越发兴奋，蹦跶个不停。

现在是晚上七点，白术不急着出门，先叫了个外卖。在等待的时间里洗了个澡，等外卖来了，她吃饱喝足后，才换了身外出的行装。

她拨了个电话，聊了两句后，就喊了声"白猊"。

白猊朝她狂奔而来。

白术给它戴上狗绳，一手拿着滑板，一手牵着白猊，出了门。

跟平时的热闹相比，小区显得寂静冷清。

小区的房子起码三分之一是拿来出租的，面向学生和上班族，现在放春假，他们基本都回家过年了。平时这个点，还可以见到老人带小孩遛弯，现在人影儿都难得见到一个。

"东南门。"

白术踩上滑板，握着狗绳，跟白猊嘱咐了声，就让白猊拖着她在小区穿梭。

半个小时后。

白术以同样的姿势被白猊遛回来，但手里却提着一个大红袋子，里面装着一挂鞭炮。

"汪！"

来到楼下时，白猊忽然兴奋起来，一路狂奔。

白术不知它怎的这般兴奋，欲要喊它，但刚张了张口，就见一道身影立在楼下。

路灯零星亮着。

顾野咬着一根烟，一抹微光时明时灭。他身后是一棵树，树影落下，将他罩在其中。有风吹来，吹得他额发一起一落，线条轮廓被微光笼得模糊不清。

白猊拉着白术跑到他跟前，停下，然后围着他团团转。

顾野弯下腰，揉揉白猊的脑袋，伸出手肘稳住它两个爪子，掂了掂重量："二狗胖了啊。"

"它叫白猊。"

白术觉得顾野一声"二狗"，把白猊勇猛无敌的形象都给拉低了。

"哦。"顾野从善如流地改口，"白猊胖了。"

"你胖了，它都不会胖。"白术护犊子的时候，谁的面子都不给。

顾野被她一呛，睇了她一眼："怎么说话呢？"

白术轻哼一声，微仰起头，问："你来找我的？"

"想得美。"顾野顿了一秒后，找了个理由，"我来给老师拜年。"

“哦。”白术恍然点头，晃了晃手中的狗绳，把白猊强行拉回来，“白猊，我们走。”

她踩着滑板路过顾野，悠悠然说道：“你住酒店去吧。”

顾野扬眉：“我怎么就得住酒店啊？”

白术脚尖抵着地面，停下来，回头看他：“你房子还能住人吗？”

顾野顿时卡住了。

他的房子一直租着，但空了两个月，按理来说，是要做一次大扫除才能住的。现在这么晚了，他确实只能住酒店。

见他安静了，白术往后滑了半米，定在他跟前，眉眼藏着笑：“我能把书房让给你。”

“再请一顿晚饭。”顾野当即得寸进尺。

白术翻了个白眼：“想得美。”

她踩着滑板，牵着白猊往大楼走，顾野自觉地跟在她身后：“我儿子这段时间住哪儿？”

“别乱认亲戚。”白术话语一顿，回，“住在一个警察家，顺便当警犬使，赚点伙食费。”

顾野问：“杜峰？”

白术诧异：“你认识？”

“认识。”顾野狐疑地打量着白术，“你真不记得了？”

“记得什么？”白术下意识地反问，回味过来后，重新问了一遍，“记得你跟杜峰认识？”

顾野停了几秒，神情若有所思。

白术不记得他，这件事本就很奇怪。按理说，那时白术已经九岁，跟他又待了大半年，总归会留下一点记忆的。

可白术最初表现得完全不认识他一样。

直到后来，她才陆续想起一些事。

他又想到先前见杜峰时，杜峰提过一茬。杜峰说，白术自他走后，时常往警局跑，向杜峰打探他的事情，可几年后就不记得他了。

“喂。”

白术喊了一声，手在顾野面前晃了晃。

顾野回过神。

“你发什么愣啊？”白术走进电梯，招呼他，“走吧，我请你吃面。”

白术说请顾野吃面，指的是方便面，而且只负责提供食材。她在点外卖时，又点了一些零食，其中包括两桶方便面和一盒鸡蛋。

顾野倒是不挑，拿了方便面和鸡蛋进厨房，花了不到十分钟，给自己煮好面条，外加两个鸡蛋。

“煮好了？”

白术顺着香味走过来。

顾野刚拿起筷子，瞧着白术的馋猫模样，笑问：“吃两口？”

“好。”

白术答应一声，然后就去了厨房，拿了干净的碗筷来。

她刚吃了外卖，还不饿，纯粹就是馋的，所以就夹了两筷子面，附加一个鸡蛋。她一边吃，一边陪顾野聊天。

夜晚寂静且安逸。

“你想放鞭炮吗？”等顾野吃完面，白术神秘兮兮地凑上来。

那一瞬，顾野觉得后脖子冒凉风。

一如他每次得知白术要搞事一般。

“放完后我们一起去派出所喝茶？”顾野说完，忽地想到什么，偏头看向玄关，赫然看到那一挂喜庆的鞭炮。

顾野又问：“城里有鞭炮卖？”

因为城里禁烟花爆竹，商店基本没得卖。

白术买的更少见，一般购物网站都买不着。她买的是大型鞭炮，起码两千响，早些年出现在过年、结婚、丧事等场合，现在也不常用了。

“专门找人从乡下捎来的。”白术回答。

“你想在哪儿放？”

“我家。”

“你玩完了，我再来串门。”顾野说着就要走。

白术抓住他的手腕，把他拉回来：“我爸家。”

顾野怔了怔：“家里有人吗？”

“我爷爷以及……”白术咂了下嘴，阴阳怪气起来，“可能是他情妇吧。”

顾野露出恍然大悟的神情，大致明白了什么。

“你去不去？”白术兴致勃勃地问。

“行。”

面对这样颇具吸引力的邀请，顾野完全拒绝不了。

纪常军有别的房产，但这两年，每逢春节，他都会来白术家待一段时间。因为程珊珊和纪依凡都在白术家。

今年春节，纪依凡参加漫画集训，过年放假两天，就在白家待着了，没回来。

不过纪常军还是去找程珊珊了。

出发时，白术背了一个大背包，将鞭炮放到包里，又拿了一本笔记本、几个气球以及一个望远镜，一并塞到里面。

“请教一下，”顾野站在白术身后，看着白术的一举一动，“笔记本和气球是拿来做什么的？”

“你到时候就知道了。”白术打了个哑谜。

五分钟后，两个人外加一条狗，一起出门。

他们打车来到白术家所在的小区。在进小区之前，顾野看了眼白术的背包，真心诚意地问：“我还有一个问题。”

白术点头：“你问。”

顾野满脸真诚道：“如果鞭炮质量不好，没响怎么办？”

完全没想过这个问题的白术，脑袋竟然卡壳了。她这了好半晌才没好气地回了一句：“闭上你的嘴比什么都好。”

顾野乐了。

白术自幼在这里长大，熟悉小区的一草一木，包括所有的摄像头。

她让白猊先去家附近等着，然后带着顾野轻车熟路地在小区穿梭，避开沿途的摄像头，来到一座独栋别墅前。

“来，听我指挥。”白术活动着手腕，颇有种大干一场的意思。

顾野将她跃跃欲试的模样看在眼里，失笑，将肩上的背包取了下来。

“您说。”顾野拉开背包，从善如流。

白术说：“气球。”

顾野找到气球，塞了两个给她。

白术捏着气球，却没说下一步指令，而是走到顾野身边，拍了拍顾野的肩膀，指着前面一棵樟树：“你看到那棵树了吗？”

南方的冬日，不如北方那般萧瑟，到处是郁郁葱葱的景象，樟树枝繁叶茂。

顾野看了眼：“嗯。”

白术说：“把气球吹好，绑上字条，再挂上去。”

顾野听完，觉得有点不对劲：“那你做什么？”

“我写字条。”白术答得理直气壮。

顾野哑然。

被当作工具人的顾野，按照白术说的，将气球吹好，接着用一根细绳绑好字条，然后翻身上了树，在白术的指挥下把四个气球绑好。

完成后，顾野在树上吹了声口哨。

白术会意，从背包里找出那一大挂鞭炮，掏出打火机一按，火苗蹿起来，点燃了引火索。

白术没有及时扔出去，等到引火索燃到一半，才将鞭炮往里面扔。

庭院内霎时传来“噼里啪啦”的鞭炮声，颇有震耳欲聋之势。在杂乱的鞭炮声里，夹杂着纪常军和程珊珊怒骂的声音。

“白术，你给我滚出来！”程珊珊喊得撕心裂肺。

白术怎么可能现身，在顾野跳下树后，拉着顾野叫上白猊跑到绿化林里，找了个隐蔽位置躲藏，然后拿出了望远镜。

顾野听着院子里的女声一个劲儿地在骂白术，有些莫名其妙，问道：“你怎么被发现的？”

“很明显，”白术举起望远镜，欣赏着程珊珊和纪常军暴跳如雷的模样，“这不是第一次了。”

顾野哑了两秒，感慨：“不愧是你。”

鞭炮放完，纪常军和程珊珊怒气未消，小区保安就闻讯赶到，关切地询问发生了什么。

“你爷爷会报警吗？”顾野问。

“不会。”白术胸有成竹道，“他丢不起这个脸。”

顾野眯眼，瞧着气得面红耳赤的程珊珊，低声问：“那女的……真的是他的情妇？”

“不清楚。”白术举着望远镜看戏，看得正兴起，随口回答，“她是在我爸离家出走后，以‘我爸情妇’的身份进门的，还带了个女儿。”

随后，白术又慢吞吞地补充：“我爸不可能有情妇。但他们都觉得，我爸死了，而死人是不会为自己澄清的。”

顾野被这狗血故事惊到了。

他看着身边仍在看戏的白术，心情有些难以形容。

他以为白术这样的恶作剧，只针对她爷爷以前利用她画家身份谋利，加上看不惯她爷爷大把年纪找情妇的行为。

他没想到，白术连家都没了。

距离二十米远的别墅，是她从小到大住的地方，可现在被鸠占鹊巢，她成了被排挤的那个。

别墅院子里，保安们听完纪常军的敷衍解释后，指了指高空：“纪先生，要不要我们把那几个气球摘下来。”

听到这话，纪常军和程珊珊抬眼看去，等他们看清楚是什么后，脸瞬间就黑了。

四个气球在空中迎风飘荡。

气球上挂着小彩灯，小彩灯从气球上一直蔓延到绳索以及下面的纸张，灯一亮，纵然是在黑夜里，照样将气球和纸张照得一清二楚。

每一张纸上都有一个字，组合起来正是——“奸夫淫妇”。

前院顿时陷入谜一般的寂静。

“啊——”

程珊珊跟疯了似的尖叫一声，用最恶毒的语言诅咒着白术。

隔了那么远的距离，顾野都能清晰地听到程珊珊的咒骂，他紧紧皱眉，将白术的望远镜夺过来：“别看了，走吧。”

白术拍了拍手，欲要起身时，忽然又顿住，偏头问顾野：“你知道我爷爷叫什么吗？”

顾野接过话：“什么？”

白术嘴一咧，说：“纪常军。”

她一字一顿地简单说出三个字，背后隐藏的信息量，足以让顾野惊愕。

这三个字如同一根线，将所有的线索全部穿起来，牵引着顾野识破一个恶心又无耻的阴谋。

白术又说：“我随母姓，我妈叫白青梧。”

顾野紧紧地盯着她，在昏暗的光线里看清了她淡然的眉眼，沉声问：“所以，纪依凡现在顶替了你的身份？”

“嗯。”白术懒懒地应了声，站起身，对藏在灌木后的白猊说，“走了。”

白猊立即扑上来。

顾野却拽住了白术的手腕。

白术一怔，回过头，见到顾野缓缓起身。

“我想你应该有个计划。”顾野漆黑的眼里映着她的容颜，没有怜悯和震惊，只是很平静地问，“需要我打配合吗？”

白术笑了起来：“好啊。”

白术和顾野在长宁市待了十天。

白术原本是计划待五天的，可因为待得太安逸了，所以延长了五天。

这几天，顾野干脆住在了白术家，一日三餐都由他负责，闲时陪白术玩游戏，画漫画，晚上带着白猊去散步。

至于他们俩的婚约一事，双方都默契地选择避而不谈。

临行前，白术和顾野将白猊送回杜峰家，拜托杜峰再照顾白猊一段时间，然后直接前往机场，坐上了去封城的飞机。

从封城机场出来时，天快黑了。

拦了一辆出租车，白术坐好后，问：“你们家规矩多吗？”

“挺多的。”顾野答得很敷衍，“最好的应对方法就是无视。”

白术挑眉：“这个我会。”

“老夫人要注意一下。”顾野想了想，还是提醒了一句，“把她气疯了，全家都不得安宁。”

白术玩着手机，问：“你跟老夫人关系不好吧？”

“嗯。”

“她为什么要跟你过不去啊？”

顾野想了会儿：“说来话长。”

白术认真地问：“你看我像是缺这点八卦时间的样子吗？”

“不像。”顾野一笑，没有遮遮掩掩，“你知道我是怎么成为陆野的吗？”

“三四岁被拐卖，之后在外漂泊，陆野是你那会儿用的名字。”白术回答。

“嗯。但我不是被拐卖的，”顾野的语调云淡风轻，仿佛是个讲故事的局外人一般，“我是被老夫人扔掉的。”

白术身体微僵。

她脑补了一堆狗血戏码，最后承认自己想象力不够，虚心地询问：“为什么？”

顾野用最平淡的口吻说着最劲爆的豪门秘密：“我撞见了她和管家私通。”

别说白术震惊了，出租车司机都差点把油门当刹车踩了。

顾野继续说：“我记事早，她心里清楚。她跟管家都等着我说出来，可我不说，他们就更不安宁。她一直不待见我，后来做贼心虚吧，就想了个一劳永逸的办法，直接把我遗弃了。”

“你那么聪明，不知道回去吗？”

“我哪有那么神，顶多知道找警察、在原地等、找面善的路人求助。”顾野说，“不过，我都来不及做，就被人抱走了。”

白术追问：“被拐了？”

顾野颔首：“嗯。”

他们俩聊往事时，一向平静，鲜有带入情绪的时候。似乎过往之事如浮云，不曾在他们心里留下痕迹。

归根结底，被过去所困和怜悯自己，都不是他们的行事风格。

过了会儿，白术问：“那你怎么跟那位叔叔住在一起的？”

“他叫陆侨。”顾野说，“这就是另一个故事了。”

白术眼里又升起八卦的小火苗。

顾野说：“八卦到此为止。”

“好吧。”白术没有强迫他，但话锋一转，又说回原来那个话题，“老夫人和管家的事，你爷爷知道吗？”

顾野一点都没有家丑不可外扬的自觉，白术问什么他答什么：“知道。他们是家族联姻，没什么感情，分居有二三十年了。”

“哦。”

满足了八卦心的白术，满意地点了点头。

白术知道顾家有钱。

不过，当出租车在一处宅院前停下时，白术才意识到顾家多有钱。

偌大一个宅子，气派庄严，雕梁画栋，庭院阁楼，每一处细节都透着厚重和古韵，能看出主人家厚实的底蕴。

这还是白术第一次见到这样的私人宅院，她挺新奇的，自进门后就左顾右盼，像极了没见过世面的小姑娘。

“小少爷。”

等候多时的徐管家走过来，看似恭敬地跟顾野打招呼，眉眼却带着淡淡的不屑。

徐管家说：“老夫人要见你。”

顾野随口回：“我待会儿过去。”

“给白小姐的房间已经准备好了，由我带她过去就行。”徐管家不卑不亢地说，“老夫人身体不好，再过半个时辰就得歇下了。”

顾野眉目冷下来：“那就明天再见。”

“小少爷。”徐管家微微抬高声音，语调略沉，“别让你父亲再因你挨训了。”

提及这茬，顾野强硬的态度缓和了些。

“你去吧。”白术主动劝说，“完事了来找我。”

顾野迟疑了下，点了点头，“嗯”了一声。

他交代白术随意一些，然后就去老夫人住处了。

但是顾野一走，徐管家面对白术，就没那般客气了，冷漠道：“这边。”

白术皱了下眉。

她确实不想守规矩，得罪顾家也没什么，可她闹完事洒脱地走了，顾野怕是更得看顾家人的脸色了。顾野虽说没关系，但她也不至于真就毫无负担。

她跟着徐管家走。

徐管家领着白术来到三楼时，她嗅到一股陈腐的味道，鼻尖动了动，随后起了些警惕心。她一边缓步往前走，一边扫视着周围的情况。

徐管家走到一个房间前，将门推开，跟白术说：“这是你的房间。”

里面没开灯，看不清陈设，白术抬步走进去。她刚想找寻灯的开关，就听得门被关上，钥匙在锁孔里转动，门被锁了。

看到这情况白术没太意外，只是回过神后，面朝门出声：“秃子，你想好了。”

钥匙转动的声音一停。

白术继续说：“请神容易送神难。”

“白小姐，你断人后路的时候，就该想到今日的后果。”徐管家拔出了钥匙，语调阴沉沉的，末了阴阳怪气地说，“你好自为之。”

随后，徐管家的脚步声远去。

对于这个下马威，白术觉得挺正常的。

顾老夫人疼爱顾永铭，在集训营时，白术挑衅顾永铭，直接导致顾永铭退出，令顾永铭成了漫画圈的笑话。

此外，顾野的婚约尚未取消，她就跟着顾野进了顾家，像是示威一样，看重规矩的老夫人又怎会容忍她。

不过，他们挑错了对象。

她正好也想给老夫人一个下马威。

白术将手机拿出来，周围应该安装了信号屏蔽器，手机没有信号。她用手机照明，找到开关的位置，反复摁了几下，灯没亮。

她打开手机的手电筒模式，环顾整个房间的情况。

这根本不是人住的房间。

房间挺宽敞，约莫四十平方米，放置了些杂物，全用黑布盖着，布上是厚厚的灰尘，空气中弥漫着腐朽的味道。

明显是一间搁置已久的房间。

白术转了一圈，最后停在窗前。两扇窗户，全被木板钉死，一点光都漏不进来。这里成了一个彻底的密封空间。

白术眉一挑，离开窗户，开始逐一掀开黑布，查看下面的杂物。

三个小时后，门忽然被敲响了。

“笃笃笃”。敲门声略显急促。

随后，就是顾野的声音：“白术，你在里面吗？”

“我在。”

白术走向木门，答应了一声，也敲了一下门。

顾野说：“你等一下。”

“我不出去。”白术及时制止他，“你明天再来。”

顾野静默片刻，问：“你想做什么？”

白术不紧不慢地答：“等秃子请我出去。”

门外又安静了。

良久，随着一阵轻叹声，顾野的声音再度传来：“你闪开。”

话音一落，白术还没反应过来，就听到顾野撞门的声音。她退开几步，见到门被持续撞击几下后，倏地弹开，重重地砸在了墙上。

顾野闯了进来。

他第一时间顺着唯一一点光亮找到白术，见她好端端地站着，松了口气，然后抬手揉了揉肩膀。

白术走过来一点，视线在他肩膀上顿了一秒：“你就不能用工具开锁吗？”

顾野皱眉："没那时间。"

白术说："我不想走。"

顾野不由分说地牵起她的手："先去吃饭，再来'坐牢'。"

"这也行？"白术被他牵着走出门，问。

"有什么不行的？"顾野教训她，"为了对一个秃子出一口恶气，待在这破地方受一夜的苦，有意义吗？"

白术仔细地想了想，觉得他说得挺对的："是哦。"

见她没有反驳，顾野停了下来。走廊灯光昏暗，他垂眸看着一脸赞同的白术，忽地笑了下，揉了揉她的头发。

顾野说："你想吃什么？我让厨房给你做。"

白术可没客气，张口就点了一串。

顾野全应了。

于是，白术在报复的路上偷了个懒，跟着顾野胡吃海喝，又美美地睡了一觉，临近天明时，她才重新回到那间房。

翌日，清晨。

夜晚又下了一场雪。徐管家起来准备去照顾老夫人的路上，拦住了一个路过的用人，问："昨晚三楼有什么动静？"

用人回答："那位小姐待了三个小时左右，之后就被小少爷带走了。"

徐管家满意地点头："行了，走吧。"

顾野带走白术是他意料之中的事。

他本就是想恐吓一下白术，让她以后别那么嚣张，只要让她害怕就行了。

徐管家赶着去见老夫人，但刚走了两步，就听到玻璃碎裂的声音，似乎来自某高处。他细细地分辨了下，想到什么，连忙赶了过去。

赶到庭院里，徐管家连忙抬起头，赫然见到三楼一窗口伸出了一块黑布。黑布长达三米，从窗口落下，迎风飘扬，上面的字和图案清晰可见。

最显眼的是"救命"二字。

往下是一幅卡通连环画，表达的意思简单明了。讲的是徐管家在老夫人的授意下，将一个小姑娘关在三楼的故事。画中的徐管家和老夫人如何面目可憎，那个小姑娘就如何委屈可怜。

徐管家看清楚连环画，气得差点喷出一口鲜血：你都直接把窗户扒了，还有脸把自己画得那么可怜？

"徐管家。"先前那个用人匆匆走来。

徐管家一把揪住他的衣领，抬手指着那块黑布，质问："你不是说她被小少爷带走了吗？"

用人仓皇道："是啊，她真的被小少爷带走了。小少爷还叫厨房做了好多好吃的。我去三楼看过，门锁都被撞坏了。"

见鬼了。

徐管家在心里暗骂一声，继而冷着脸道："跟我去三楼看看。"

徐管家和用人风风火火地赶到三楼。

门是破损的，边缘有被撞开的痕迹，然而门锁却安然无恙，似乎被重新安装了一遍，门依旧关得紧紧的。

徐管家隐隐有种不祥的预感。

他心里一个激灵，赶紧掏出钥匙插进锁孔，将门打开。

"早。"

二人走进门，听到一个清脆的声音。

徐管家抬眼看去，赫然见到白术坐在被毁坏的窗口。

窗户敞开，她斜坐着，左腿踩在窗沿上，右腿沿着墙面垂落。风吹起她的发丝，她侧头看过来，眼眸很亮，眉眼透着散漫和戏谑。

徐管家板起脸："你下来。"

白术接话："不下。"

想到窗户下那块谁都能瞧见的黑布，徐管家心情有几分急切，哪管白术乐不乐意，径直就朝窗户走了过去。

白术哂笑一声，忽地抬手抓起靠墙的一根竹竿，捏着一端就朝徐管家扫了过去。

徐管家会一点拳脚功夫，身体灵敏地躲闪，可躲过一两招后，还是挨不住白术那一根竹竿的扫荡，被竹竿狠狠扫中膝盖，他当即就疼得跌倒在地。

徐管家恼羞成怒，对身后年轻力壮的用人喊："给我把她拖下来！"

用人把衣袖一撸，深吸口气，朝白术冲过去。但是，不到十秒，他就被白术打了回来，把刚站起身的徐管家又撞倒在地。

徐管家"哎哟"一声，往后摔了个结实。

白术手中的竹竿抵在地面，坐姿不变，朝徐管家挑眉："要请我出去吗？"

在用人的搀扶下，徐管家再一次起身。

房间久未打扫，到处都是灰尘，他滚了两次，一身熨烫得妥帖的黑衣就起了褶皱，沾满了灰。

徐管家拍了拍身上的灰，被灰呛得咳嗽两声。他更恼火了，但眼下要紧的是如何把白术弄开，将那块黑布取下来。

于是，徐管家在经过一番天人交战后，总算低下了高昂的头颅，他朝门口一指："请。"

得到他的妥协，白术笑了笑，一动不动："我还偏不出去了。"

“你……不要敬酒不吃吃罚酒！”徐管家怒火攻心，用颤抖的手指着白术。

白术嗤笑，嚣张地朝他抬了抬下颔：“来试试。”

聚集在庭院里的人越来越多。

用人们都起了床，准备工作了，可听到三楼的动静，大家纷纷围聚在庭院里旁观着黑布上的连环画。

顾家宅院一向很热闹，尤其马上就是元宵节了，除了一些上门拜访的客人，还有急着回来团圆的顾家小辈。

等天彻底亮了后，这事怕是遮不住了。

徐管家找了四五个人帮忙，硬是一个人都没能靠近白术，眼下急得如同热锅上的蚂蚁。

徐管家又一次妥协了，直接跟白术谈条件：“你要怎么才肯出去？”

“我说过……”白术冷淡地看了他一眼，没有一点好商量的意思，不疾不徐地重复昨晚的话，“请神容易送神难。”

又一次听到这句话，徐管家的心咯噔一下，远没昨晚那般淡定。

如果白术有需求，他可以好好谈，但白术没需求，为的就是将事情闹大，他哪来的筹码跟白术谈？

徐管家怎么也想不到，自己的本意是治一个不可一世的小姑娘，结果却往家里引了一个瘟神，现在竟然将他逼到进退两难的地步。

就在这时，一个用人匆匆跑到门口，道：“徐管家，段医生来给老夫人看病了。”

徐管家一惊：“他不是说下午来吗？”

“他说下午有点事，就上午过来了。”

“他人呢？”

“我让小丁把他领到老夫人屋里去了，但这边……”用人瞥了眼白术，没把话继续说下去。

他的意思很明显，倘若这里的动静不消停，被段子航看到是迟早的事。

这大冷天的，房间里没开暖气，可徐管家此刻急出了一身热汗。他从口袋里摸出一块手帕，擦了擦额角的汗水。

徐管家心一横，冷冷地盯了眼白术，然后跟其余人厉声道：“你们给我一起上！”随后他又嘱咐前来报信的用人，“你再去叫几个人来。”

“是。”

这个用人脚下生风，飞也似的跑没了影。

然而，十秒钟不到，用人就倒退着回到门口。他看着走廊，满脸惊恐，像是遭遇了什么大事。

徐管家见他又回来，眉一皱，刚想训斥，就见用人的脚踢到门槛，腿一软，直接摔进了屋里。

徐管家意识到不对劲时，门口又出现了两个人影：一个是老夫人的救命恩人段子航，一个是他的助手阿绫。

两人一出现，原本扑向白术的用人们，下意识停了动作。

“段医生……”徐管家恭敬地喊。

段子航眉目一冷，指向窗口的白术，质问道：“徐管家，这什么意思！”

徐管家连忙解释：“段医生，不好意思，家中晚辈不懂事，打扰到您了……”

段子航冷冷地打断他：“叫她晚辈，你也配？”

徐管家神情茫然。

下一刻，他就见到在他面前趾高气扬的段子航，扭头看向白术时，毕恭毕敬地喊：“白队。”

“白队？那她岂不是……”徐管家知道段子航是BW医疗部的部长，听到段子航的称呼，他很快联想到什么，如同五雷轰顶。

段子航给了他准确答案：“她是我们队长。”

徐管家张了张口，却发不出声，表情都呆滞了。

一支队员数量庞大、遍布全球的救援队，队长竟然是个年仅二十的女生？怎么可能！

偏偏这个时候，白术还火上浇油，用竹竿指着徐管家，幽幽地道：“我被这秃子关了一晚。”

徐管家双腿一软，差点给白术跪下。

以顾家的根基和实力用不着怕一支救援队，可是现在老夫人的病还仰仗着段子航医治，情况就不一样了。

“这个……”徐管家一边擦汗一边解释，“误会，误会。”

他话刚说完，阿绫蓦地闪到他身后，把他手腕往后一拧，押着他的肩膀使之弯下腰，冷声道：“误会什么？把你关一晚，也能用一句‘误会’打发吗？”

徐管家这下是哑口无言了。

他算是看明白了。

昨晚白术明明被顾野救走了，还要在清晨回到这里，搞这么大一阵仗；段子航明明说好下午才来，结果忽然将时间调到上午……分明就是挖了一个坑给他跳。

然而这事是他理亏在先，哪怕明知道他们在给他挖坑，他照样得往下跳。

“白小姐，”徐管家艰难地抬起头，放下了所有傲慢和不敬，“您说，这件事该如何解决，我都听您的。”

白术靠着窗户，将竹竿倾斜着在地面敲了敲，说：“把使唤你的人找出来，当面道歉。不然，你家老夫人治病这事，另请高明吧。”

“是，是。”徐管家忙不迭应声。

白术给阿绫使了个眼色。

阿绫松开了徐管家。

徐管家不敢停留，赶紧招呼了几个用人，步伐匆匆地离开了。

当白术挂起那块黑布时，事情只关乎顾家的颜面。而当段子航出现之后，就关乎老夫人这条命了。

徐管家不得不赶紧处理。

虽然这事是老夫人默许的，但事情跟顾永铭有关，让老夫人去给白术道歉不现实，徐管家只能找顾永铭。不知徐管家是如何说服顾永铭的，最终顾永铭还是老实地来了。

两人上次见面还是在漫画集训营 PK。

当时顾永铭在白术的戏弄之下，颜面丢尽，之后又惨败于顾野手中，导致他离开集训营后，发誓再也不碰漫画。

虽然这次见面是在他的家里，可他却不得不卑躬屈膝地向白术道歉。

“对不起。”顾永铭站在白术面前，低下头，说得心不甘情不愿。

“来。”

白术没搭理顾永铭，朝旁边的阿绫伸出手。

阿绫将一个喇叭递给她。

喇叭到手，白术从窗沿上跳下来。徐管家等人见状，登时松了口气。

然而，白术却走到顾永铭面前，将喇叭递给顾永铭，一字一顿地道：“你站在窗户前，举着喇叭喊‘白术，我对不起你，我是个龟孙子’。”

顾永铭倏地抬头，紧紧握拳，气得青筋暴突，怒道：“你不要太过分！”

白术冷笑：“比不得你们囚禁我过分。”

顾永铭噎住了。

“二少爷。”徐管家站在他身后，沉沉地喊，语调悠长。

顾永铭一个激灵，从暴怒中回过神。他眼睛充血，愤怒地盯了白术一会儿，最后，他一把夺过那个喇叭，走向窗户。

将喇叭举起来，顾永铭深吸口气，闭上眼，大喊：“白术，我对不起你，我是个龟孙子。”

他一口气喊了三遍，话音落地的瞬间，他将喇叭狠狠甩在地上。

此刻，与他心境完全相反的白术，饶有兴致地问阿绫：“录下来了吗？”

阿绫将举起的手机放下来，跟白术点头：“录下来了。”

白术满意地说：“保存起来，反复欣赏。”

“是。”

“走吧。”白术看了眼段子航和阿绫，把手中的竹竿一扔，终于抬腿往外走。

段子航和阿绫紧随其后。

庭院里围了好些人，有用人，有客人，也有小辈，他们多数是听到顾永铭那一嗓子跑过来的，探头探脑地张望，但他们来晚了一步，只来得及看到黑布被收回的一幕。

“白队，还给老夫人治病吗？”段子航询问。

“治。”白术简短地回答，见到迎面而来的顾野，她交代段子航，“你们先过去吧。”

段子航看了眼顾野，低头说：“行。”

说完，他带着阿绫去给老夫人复诊了。

顾野走到白术跟前，眼里含笑，打量了白术半刻，说：“气消了吗？”

“消了。”

顾野笑了笑：“我爸根据线人的现场直播，对你佩服得五体投地。他让我转告你，是否可以请你吃个早餐。”

“当然。”白术正好饿了，眼眸一转，问，“你爸是个怎样的人？”

仔细想了想，顾野认真地评价：“傻白甜。”

白术眨了眨眼。

白术跟着顾野离开庭院，在走上长廊时，她似乎察觉到什么，回头看去，赫然跟一双沉静如水的眼眸对上。

那是一个三十出头的男人，西装革履，举止优雅，气质从容，长得儒雅清秀，戴着一副眼镜，身上笼着淡淡的忧郁。

白术轻皱眉头。

男人极有涵养地朝白术点点头，然后泰然自若地转移了视线。

白术心里有种说不出的古怪和熟悉，她拉住顾野的衣袖，下颌朝男人一抬，问：“他是谁？”

顾野驻足，顺着她的视线看了几眼，道：“他叫仲淮，一个心理医生，是顾永铭的朋友。他跟老夫人走得近，所以时不时来住几天。”

顿了顿，顾野问：“你认识？”

白术仔细回忆了一下，继而摇头：“好像认识，又好像不认识。”

顾野说：“他是东川大学的知名校友，你听说过也不一定。”

“哦。”

白术颔首，觉得不像是在学校见过。但是，她一点记忆也追溯不到，于是只能作罢。

因为对老夫人和顾永铭的印象很差，白术对顾野除外的顾家人印象都很一般，于是在见到“傻白甜”的顾天驰时，她的成见被打破了。

“白术，你好。”

刚见到白术，顾天驰就热情地迎上来，像是接待贵宾一般。

顾天驰话很多，拉着白术说个不停。等早餐端上桌后，他稍稍清醒一点：“抱歉，我儿子第一次带女生回来，我有点紧张。”

“没关系。”白术大方地说。

顾野坐在一边，听着二人辈分颠倒的对话，嘴角微抽，他权当自己聋了，将注意力放到丰盛的早餐上。

顾天驰傻乐着，给白术夹了很多食物，然后问：“对了，你们俩是在交往吧？”

白术摇头，坦然道：“没有。”

顾天驰脸上的笑容僵住了。

过了几秒，顾天驰瞪了眼顾野，在桌下踢了顾野一脚，意思是：你能不能有点出息？

“她家在长宁市，来这里住两天。”顾野把白术碗里她不爱吃的食物一一夹走，重新夹了蟹黄包和虾饺给她。

顾天驰不信顾野的说辞，看着从未给自己夹过菜的顾野，他酸溜溜地说：“你们关系很好吧？”

“是的。”白术咬了口虾饺，满足地咽下，“我们十年前就认识了。”

顾天驰恍然大悟，羡慕极了：“青梅竹马啊。小白啊，以后常来叔叔这儿坐坐，叔叔有很多事要向你学习。”

顾野莫名：“你学什么？”

“我在小白身上看到很多美好的品质，这些都是值得我学习的。”顾天驰义正词严地说着，把一盘虾饺朝白术推了推，“事先没问你的喜好，今天让他们都准备了些，可能有你不喜欢吃的。明天让他们按照你的口味来。”

顾天驰对白术殷勤极了。

他这般热情，除白术是顾野带回来的以及白术是 BW 队长外，还有一点就是白术能把徐管家治得服服帖帖的。

顾天驰性格不算强硬，在老夫人面前总是挨批，但老夫人一直不待见顾野，他还是有怨气的。

这些年他独自创业，事业有所成，本以为能给顾野撑腰，可顾家家大业大，老夫人瞧不上他的那点成就，对顾野的打压反而变本加厉。

白术今天闹的这一出，着实让他痛快了一把。

顾天驰不遗余力地追捧白术，不顾及长辈的架子，也不玩虚与委蛇那套，他是真心实意地喜欢白术，对白术的态度像极了对失散多年的女儿。

偏生白术是个脸皮厚的人，接受所有的夸奖和称赞。于是她和顾天驰越聊越起劲，一个上午的时间全在聊天了。

顾野在一旁虚度光阴。

然后，他看着顾天驰在听说救援队平时的英勇行动时，感动得热泪盈眶，迫不及待地想从小金库里划出一千万资助救援队……

晚上，顾天驰终于不再围着白术转了，饭后把顾野叫到书房。

“顾永铭今天有什么动作？”顾天驰喝着茶，问。

顾野坐在一旁，闲散地回：“他陪在老夫人身边。”

“行。你多关注一下小白。顾永铭这种睚眦必报的性格，今儿个吃了这么大的亏，想必不会轻易放过小白。”

“我留了心。”

顾天驰将茶杯放下，沉沉地叹了口气。

顾野知道他在感慨什么。

自从顾天驰发现顾永铭狼子野心、针对顾野后，就一直后悔同意领养顾永铭的事。可顾永铭是老夫人亲自抚养的，他又特别擅长讨老夫人欢心，顾天驰哪怕有意见也没法向顾永铭下手。

“你能跟小白发展一下吗？”顾天驰搓了搓手，兴致勃勃地跟顾野道，“虽然你不务正业，即将面临退婚，博士还没毕业，甚至比小白大四五岁，确实不大配得上她，但她心系天下，不拘小节，我觉得她不像是在乎这些的人。”

顾野一不留神就被亲爸埋汰了一通，有些无语。

顾野说：“你少操心。”

“行了，我不操心你，我就操心小白。”顾天驰哀叹。

“你操心什么？”

顾天驰想了想，问：“你知道那支救援队的目标是什么吗？”

“诺贝尔和平奖。”他听白术说过，纯粹当笑话。

顾天驰说：“哎。这支救援队我早些年就关注了，先前做事稳扎稳打，默默救援，不在乎宣传和名声。这两年做法却很激进，直接把救援队搬到明面上来了。我猜不到她究竟想做什么，但我感觉，她不成功便成仁。”

“不至于。”顾野瞧不出白术将多少心思放到救援队上，“她还有漫画比赛。”

“儿子，这你就不知道了吧。”顾天驰瞧了眼门口，神秘兮兮地说，“你们那个漫画大赛，背后跟这支救援队有牵扯。”

顾野一怔，道：“说详细点。”

顾天驰摇了摇头：“具体的我不清楚，就是听到点风声。”

他这一番话，如同在顾野心上挠了一爪子，不到位，没个痛快。

他站起身，想走。

这时，顾天驰抬起头，忽然说：“你还记得你白姨白青梧吗？”

“嗯。”

“作为同辈，我们自叹不如。她有悲天悯人的情怀，有不破不立的气魄，以及义无反顾的决心，她是一位非常优秀的女性。但在这个时代，女性获得成功的路途遍布荆棘。”顾天驰感慨不已，“我和你妈一直很遗憾，在白青梧跟白家决裂时，我们没能力帮助她。”

然后，他神情严峻起来：“今天，我从白术身上看到了她的影子。哪怕你们俩走不到一起，我也希望，在必要的时候，你可以站在她身后。”

顾天驰的嘱托和期盼，让顾野有些震惊。

顾天驰和白术相识不到一天，怎会如此肯定白术，并且不惜捆绑他来力挺白术。

沉默须臾，顾野问：“你跟白术聊了什么？”

“她的信仰。”顾天驰的眉宇渐渐舒展开，和颜悦色地说，“人类的信仰。”

从顾天驰的书房里走出来，顾野去找白术，转了一圈没有见到人，只得给白术打了一通电话。

白术接了电话，说：“我在后院喝茶。”

“一个人？”顾野纳闷儿。

白术说：“还有仲淮。”

顾野登时一惊，一股寒意从脚底直接蹿到了头顶，他说：“我现在过来找你。”

白术很爽快：“好。”

后院有一个凉亭，天黑后，挂着的大红灯笼亮起，光线并不明亮，却添了一种别样的意境。

坐在凉亭石凳上的白术，挂了电话后，把手机收起来。

“是顾野？”仲淮将茶杯放下，嘴角带着温和的笑。

“嗯。”

白术答得有些敷衍。

“很抱歉，我不是催眠师，对修改记忆的事情并不了解。”仲淮重新接回他们先前的话题，“白小姐身边有这样的案例？”

白术说：“我是个漫画家，搜集素材。”

“我很乐意为你提供素材。”仲淮将一张名片抵在桌面，朝白术推了过去，“白小姐若有问题，随时可以找我。”

白术瞥了眼那张名片，问：“要咨询费吗？”

“不用。”

白术毫无兴致地说："那算了，我怕你别有所图。"

仲淮怔了下，笑了笑，说："我尊重所有愿意为世界做贡献的人。"

白术说："虚伪。"

"哈哈。"仲淮竟一点都不生气，反而笑了，清秀的容貌多了丝生动，"白小姐，我很愿意帮助你，只要你需要。"

瞥见顾野匆匆而来的身影，仲淮站起身，说："我先告辞了。"

"再见。"

仲淮转身要走，但在走到台阶时，他忽然回过身，眼里有一闪而过的哀伤和愧疚。他真诚地说："希望你能拥有圆满的一生。"

忽然得到这样的祝福，白术莫名其妙，她眉一皱想说点什么，但仲淮欠了欠身，已经离开了。

顾野走到凉亭里。

他看了眼仲淮离去的背影，有些担忧地问白术："你跟他聊了什么？"

白术说："跟他打听了点事。"

"什么事？"

"有没有催眠师能消除一个人的记忆。"

顾野忽然想到被白术遗忘的事："你怀疑你被——"

"嗯。"白术颔首，"我怀疑我的记忆被人动过手脚。不过，仲淮说他不是催眠师，对这方面并不了解。"

顾野奇怪地皱眉："仲淮说他不是催眠师？"

"嗯。"

顾野又看了眼仲淮离去的方向，仲淮的身影已经消失不见。收回视线，顾野跟白术说："他读硕士和博士期间，钻研的就是精神催眠。"

白术怔住了。

她跟仲淮第一次见面，仲淮完全可以回绝她，为何非要隐瞒？

顾野眉头一皱："是仲淮找你的吗？"

"不是。"白术说，"我逛到后院的时候见到他，主动搭的话。"

顾野稍稍放松了些，说："没必要的话，你以后跟他少些接触。"

"嗯？"

没有直接回答，顾野暗示道："他跟顾永铭走得很近。"

"成。"

气温下降，白术和顾野没有久留，往回走。

"对了。"走到半路，顾野忽然说，"白阳一直在找我旁敲侧击，他说明天会好好配合你，你还愿意进 WIN 战队吗？"

两个月前，白阳想拉白术进 WIN 战队，但因为纪依凡编造的谎言，他跟白术闹得不欢而散。

后来白阳去了长宁市公安局，发现白术的确是白青梧的女儿，纪依凡才是冒名顶替的那个。白阳想不通这事是谁策划的，背后又有怎样的阴谋，一直想联系白术问个清楚。可是白术先是在集训营待着，后来又去了第三基地，压根儿没有理会白阳。

前几天，白术终于将白阳从手机黑名单里拉出来，跟白阳密谋了一番。

白术说："看他表现。"

顾野建议："让他加钱。"

白术认同："让他加钱。"

过了片刻，白术问："一支战队最起码四个人，第四个人你们找到了吗？"

"听说有消息了，还没具体了解。"

"挖来的吗？"

"好像是个搞兼职的，得抽时间比赛。"顾野说完，发现白术表情怪怪的，他反应过来，笑道，"没错，我们战队除了白阳，都是搞兼职的。"

白术说："重在参与。"

顾野笑："世界冠军。"

白术没有跟他争论，但在心里已经将"重在参与"跟 VIN 战队画上等号了。

第六章

区区世界第一

NI SHI WO DE GUANG MANG

第二天，顾家宅院的氛围稍显低沉。

“顾野被退婚”一事，早就传得沸沸扬扬，时间就定在今天。被退婚不是光荣的事，就连用人闲暇时都在议论，纪依凡是瞧不上顾野，才在得知有婚约后就迫不及待前来退婚的。

退婚流程倒也简单，纪依凡亲自上门，跟顾家父子吃顿饭，把婚约的事说清楚，这件事就算翻篇了。毕竟当初也是口头婚约，没有正式下聘。

天色蒙蒙亮，白术坐在长廊的栏杆上，靠着一根柱子，捧着手机点击屏幕。

“你跟谁聊得这么起劲？”顾野从后面踱步而来，路过白术时一把将她的手机夺过去，乜斜着她，“‘八卦’二字都写你脸上了。”

白术伸手去拿手机：“时正。”

顾野躲开，晃了晃手机，挑眉：“聊什么呢？”

白术说：“聊你的婚事。”

微顿，顾野瞥了眼手机屏幕，极稀罕地跟她说：“我的不是你的？”

“你的婚事跟我有什么关系。”白术回答着，随后左右看了一圈，适当将声音压低了些，“我跟你说个八卦。”

顾野眼睑微垂：“我听着。”

“你知道纪依凡为什么要退婚吗？”

顾野不乐意了，提醒：“注意措辞。”

白术眨眨眼，笑了，顺从地改了称呼：“你知道冒牌货为什么要退婚吗？”

“你继续。”

“她觉得你没有墨川优秀，想跟你退婚后，再跟墨川订婚。”白术揭秘，“墨川是个孤儿，被墨家收养，这种事由养父做决定，他没有话语权。”

顾野明白了：“所以时正一直看纪依凡不顺眼？”

“嗯。”

“就因为这点事，你跟时正八卦了一早上？”顾野眉头一皱。

白术惊讶：“你怎么知道？”

顾野给了她一个眼神，看向二楼的一扇窗户。那里正是顾野的卧室。

白术露出原来如此的表情。

“你就这点出息。”顾野将手机扔给她。

白术扫了眼时正新发来的消息，却没有回复，而是从栏杆上下来，把手机揣在兜里。

“走吧。”白术冲顾野挑眉，“抚慰一下你被退婚的心情，我请你吃早餐。”

“你亲自给我泡一包方便面？”顾野这嘴损极了。

白术赏了他一个大大的白眼：“去外面吃。”

“我去拿车钥匙。”从这里去早餐店，可不能靠走的。

“不用，我开车。”

“你不是没拿到驾照吗？”

“摩托车。”白术晃了晃手中的车钥匙，“我刚找徐管家要的。他碍于面子，没法不给我。”

顾野觉得白术不是想请他吃早餐，而是存心想硌硬徐管家。

昨天闹了那么大一出，今儿个还当没事人一样找人要摩托车，这事一般人可真做不出来。

今天纪依凡会上门拜访，按理说顾野该在家里待着等候，不过顾野可不在乎这个，这一趟出门，直至中午才回来。

二人一进门，就遇见了徐管家。

徐管家表面上是恭敬的：“白小姐玩得可尽兴？”

“车不错。”白术手指转着钥匙扣，没有将车钥匙还给徐管家的意思。

“这辆车是二少爷的。不过，想必他很乐意将车给您。”徐管家憋屈地说。

“谢了。”白术笑眯眯的，扭头就将车钥匙给了顾野，“我送你呀。”

顾野收了车钥匙：“好。”

白术前脚刚将车要过来，后脚就将车给了顾野，摆明了不是真的喜欢车，而是故意让徐管家和顾永铭难堪。

徐管家窝火得很，却不能发作。

他停顿了几秒，跟顾野说："小少爷，纪小姐已经到了，跟白缺一起来的。二老爷正在招呼他们。"

"嗯。"

徐管家哪怕被白术治得服帖了，仍旧是瞧不上顾野的，别有深意地提醒："老夫人交代了，千万不能拂了白家的面子。"

白家来退婚，本就是白家理亏在先。如今却被叮嘱不该拂白家的面子，摆明了没有将顾野的个人感受放心上。或者说，顾野怎么想，他们根本不在乎。

作为一个外人，白术很不识相地接话："听说老夫人曾是铁娘子，管理顾家产业时，底下没一个不服的。没想到她老了后性情大变，宁愿让儿孙受委屈，也不敢得罪白家。"

徐管家被呛得脸色铁青。

瞧了眼伶牙俐齿的白术，顾野嘴角含着浅浅的笑意，拉着她一起离开。

白术和顾野一起去了会客厅。

顾天驰正在招待白缺和纪依凡，气氛相对轻松。可是，在白术和顾野进门之后，氛围瞬间就跟冰冻了一般，白缺和纪依凡脸上那点笑意消散得无影无踪。

纪依凡神情有明显的慌乱，她紧张地攥住提包，眼神下意识回避了白术。

被蒙在鼓里的白缺就不一样了，见到白术就拉下了脸，直接跟顾天驰提议："顾哥，今天要谈的事，外人不适合在场吧。"

"也不是什么不光彩的事，没必要这么避嫌。"顾天驰脸上笑呵呵的，"何况，马上就要开饭了。"

白缺被顾天驰一噎，沉着脸没再说话。

"来来来，顾野，小白，一起坐。"顾天驰招呼着顾野和白术坐下，"你们仨都参加了集训营，应该都认识吧？"

顾野说："认识。"

他淡淡地瞥向纪依凡，悠悠然道："在学校画展上见过，她被人指认抄袭，印象挺深。"

被顾野如此揭了底，纪依凡却没有恼火。她现在如热锅上的蚂蚁，坐立不安。

她是冒名顶替的，事先做好了充足准备，到现在都没被白家发现。他们计划退婚后赶紧跟墨家订婚，事情就妥了。毕竟，一旦跟墨家的婚约定下来，她是冒牌货的事就算暴露，白家也会忌惮墨家而护着她，强行认定她的身份。

谁承想半路杀出个白术。

"顾哥，依凡执意退婚的事，我一开始还不赞成。现在一看，依凡的选择大概是没错的。"白缺面色铁青地说着，一点都不客气。

纪依凡心急如焚，赶紧打圆场："可能有什么误会吧。"

"哼。"白缺看了看纪依凡，又看了看顾野，冷言冷语地说，"真是高下立判。"

"我倒是一直忘了问我儿子的想法。"顾天驰不恼不怒，笑着说，"早知道，该是我带着顾野这浑小子去白家登门拜访的，也省得你们跑这一趟。"

空气中的火药味瞬间就浓了起来。

白缺表情僵了。

作为白家的老来子，白缺素来心高气傲，眼下顾天驰不给他递台阶，他也咽不下这口气，黑着脸道："我看饭就不用吃了。既然双方都不同意这门婚事，约定就算了，以后谁也不要再提。"

他一刻都不想停留，说完就跟纪依凡道："依凡，我们走。"

"好。"

纪依凡简直迫不及待，当即拎着包起身。

"等等。"一直没开口的白术，这时候忽地出声，她微抬起头，漫不经心道，"退婚这事，我同意了吗？"

白缺本来就憋着一肚子气，现在见白术不识趣地撞上来，登时就压不住火了。

"你不会真如依凡说的，想成为依凡的魔障了吧？"白缺语气很冲，压根儿不给白术留面子，"他们俩的婚约，什么时候轮得到你说话？"

白术眯了下眼，视线在白缺身上停留两秒，随后缓缓转移到纪依凡身上。

跟白术视线对上的那刻，纪依凡猛地一个激灵，她推了推白缺，赶紧劝说："小舅，我们还是走吧。"

"等一会儿。"白缺站在原地没动，看着白术越发恼火，威胁道，"白术，我不管你是存心硌硬人，还是真有精神病，你最好给我识相一点。别以为改成白姓，你就是白家的人了，你这种自欺欺人的行为，可笑又可耻。"

白术的眼神一点点冷下来："我姓白，可耻？"

白缺冷笑："还不够可耻？我都替你妈觉得羞耻！"

白术站起身，不过，没等她有什么动作，顾野就紧跟着起身，拉住了她的手腕。

顾野的目光锐利如刀，落到白缺身上，沉下来的语气里藏匿着危险："我劝你现在道歉。"

"你算个……"白缺没有骂完，因为下一刻，顾野的拳头已经砸在他脸上。这一拳不遗余力，白缺直接被打蒙了，整个人晃了一下跌倒在沙发上。

他缓了两秒，抬手捂着脸颊，抬头时眼里尽是震惊之色，似乎料不到顾野真的会动手。

纪依凡惊呼一声，连忙查看白缺的伤势。

身为父亲的顾天驰，看到顾野动手，坐得稳如泰山，完全没有出声制止的意思。

"小叔！小叔！"

外面响起白阳急切的声音。

须臾，白阳就闯进会客厅，气喘吁吁的。他喘了两口气，见到白缺被揍后的狼狈样，呆了。

白缺剜了他一眼，极不待见地说：“你来做什么？”

“我这……”白阳环顾一圈，意识到自己来晚了。不过，他没慌，在扫了眼纪依凡后，继续说，“你自己看吧。”

他拿出一个信封，抽出一沓照片，往茶几上一放：“这些是白术一家三口的照片。”

他又拿出一沓：“这是程珊珊和纪依凡的照片。”

白缺随意一看那些照片，整个人顿时僵住了，如同被浇了盆冷水一般，浑身僵硬，巨大的恐慌和震惊将他包裹。

愣了几秒后，白缺推开瑟瑟发抖的纪依凡，朝那些照片扑过去。

但是白阳没有到此结束。

他拿出一张纸，拍在茶几上：“这是公安局开的证明，白术才是姑姑的亲生女儿。”

白缺颤抖地拿起那张盖了章的证明。

“我还跑了白术的小学、初中、高中。”白阳继续说，“线索很明显，白术从小成绩优异，老师都记得她，对姑姑印象也很深。”

白阳从兜里掏出一个U盘，扔到白缺面前：“这里面有更多的证据，图片和视频，还有一些资料，你自己看吧。”

把所有准备的证据一股脑拿出来后，白阳深吸一口气，扭头看向脸色惨白的纪依凡：“一个一戳就破的谎言，结果在你和你爷爷的遮掩下，竟然没有一个人起疑。杀人诛心啊，白术明明是姑姑的亲生女儿，被你们硬生生抹黑成一个冒牌货，你们的心都是什么做的？”

白缺翻看着那些照片，良久，他紧紧捏着U盘，充血的眼睛盯着纪依凡，一字一顿地质问：“这些都是真的？”

纪依凡怯怯地道：“小舅……”

“别叫我小舅！你不配！”白缺朝纪依凡吼着，吼得纪依凡瑟缩了下，不敢再说话。

下一刻，白缺急切地起身，看着白术道：“白术，我……”他的声音哽咽了。

愧疚、悔恨、慌乱的情绪涌上来，白缺没经过思考，抬手就扇了自己两巴掌。

“别找补了。”白术不咸不淡地开口。

她忽然觉得这场闹剧有些无聊，心中没有揭露纪依凡谎言的畅快，反而觉得这一切都挺没意思的。她本就不在乎白家，看到白家识破真相后，竟没一点触动。

白缺将手缓缓放下来，近乎无力地道歉：“对不起。”

“没意义。”白术抬腿往外走，走了几步后，她停了一下，斜眼看着白缺，说，

“我姓白，是因为我是我妈生的，我理应跟她姓。不过，我想你是不会理解的。”

她离开了。

顾野跟着白术一起离开。

白阳茫然地站在原地，不知是该跟白缺商量该如何处理白术的事，还是跟上顾野和白术问明刚刚发生了什么。

顾天驰从头到尾很淡定。

他等了一会儿，才站起身，准备处理这个烂摊子。

院子里有一架秋千，是供小辈们玩乐的。绳索上爬了藤蔓，原本叶子早已枯败，剩下光秃秃的藤，这两日却长了几片绿叶，青翠欲滴。

白术坐在秋千上，一晃一晃的，顾野偶尔给她推一下。

午后阳光透过云层漏下来，明亮又耀眼。

白术微微眯起眼，悠闲地开口：“你知道我妈为什么会跟白家断绝往来吗？”

顾野说：“听说是重男轻女。”

白术说：“难怪。”

听她的语气，像是不知道那一段往事。

顾野继续道：“你妈刚上大学那会儿，白家的产业有衰败的迹象，她临危受命接手了，一边读书一边管理企业，竟让企业起死回生。”

白术侧头看他：“后来白家过河拆桥了？”

“对。企业发展蒸蒸日上时，她的兄弟就想分一杯羹。当时你外公……就是上一任白家家主，一言堂，全家他说了算，他站在你妈兄弟那边，被你妈起死回生的企业，就这么被他们瓜分了，只给你妈留了百分之一的股份。你妈有志气，没要股份，直接跟白家决裂了。”

“哦。”

白术记忆中的白青梧，一直有忙不完的事。她自幼跟白青梧聚少离多，现在对白青梧的印象已经不深了。

白术开口：“我妈……”

“嗯？”

“她走之后，我爸每次提起她，都是欢喜和崇拜。”白术说，“我相信她的选择是对的，所以我不会跟白家有牵扯。”

“没事，你还有——”顾野的声音戛然而止。

白术似乎猜到了顾野没说完的话，微微歪了下头，注视着顾野的眼睛，眉头一扬，问：“有什么？”

沉默须臾，顾野语调如常地说：“我爸。他会把你当亲生女儿的。”

“没意思。”

没得到想要的答案，白术有些扫兴，从秋千上跳了下来。

“白术，”顾野叫住她，“我没什么能给你的。”

“你啊。”白术转过身，自然而然地接过话。

顾野忽然怔住了，他望着白术那双平静有力的眼睛，轻声说：“如果可以，我会愿意。”

白术说：“但你不可以。”

顾野没说话。

“我曾在枪林弹雨中逃生，命悬一线。我去过瘟疫爆发地，朝不保夕。我在化学爆炸品里救人，九死一生。我在生死中看明白，及时行乐是有必要的。哪怕是世界的逆行者，也不该踽踽独行。”白术说话时声调很平和，“顾野，我不会视你为生命的全部，失去你不会要我的命。但我很乐意我生命里有一段时间是跟你一起度过的。”

顾野看着白术，她像是挣脱了年龄、性别的束缚，她的灵魂成熟且自由，活得通透。

他忽然有点明白，为何顾天驰在跟白术短暂接触后，就无比认可白术。

过了几秒，白术眼神坚定，继续说：“我一直在想，是否非你不可，我心里没有答案。唯一可以确定的是，你是让我心动的。而且，当以你为标准去衡量的话，我很难遇上第二个。最起码在我心里，你是独一无二、不可取代的。”

“你过去的事，我会知道的。”白术转身离开，留下一句话，“到时候我会告诉你，希望你能给我一个答案。”

顾野一动不动，倚着秋千的杆子，看着白术离去的背影，面上不动声色，但心里却翻江倒海。

她的话语直白有力，意图明确，将所有顾虑和阻碍踩在脚下，只问他要一个答案。

就一个答案。

这个勇敢、自信且强大的女生，他真的配得上吗？

白缺极力想找白术道歉，最终被顾天驰劝走了。

纪依凡是自己一个人走的。

揭露真相的白阳，原本想留下来跟白术示好，可家里一个电话打过来，问他白术究竟是什么情况，他不敢停留，拿上所有的证据赶回去了。

顾天驰留了一张白术的全家福。

“小白，来来来，”顾天驰笑容满面地招呼白术，“让厨房按照你的口味做的菜，你看看这些合不合你胃口。”

白术觉得这话让白缺和纪依凡听到，又要气炸了。

明明是为他们退婚一事准备的饭菜，结果完全是根据白术的口味做的。

餐桌上，顾天驰乐呵呵地跟白术聊了半天，一抬头发现就他们俩，登时诧异地问："咦，顾野呢？"

白术咽下一口米饭，说："不知道。"

"这小子，吃饭都赶不上趟儿。"顾天驰拿出手机给顾野发消息，过后，他又将心思放到了白术身上。

"对了，这婚……"顾天驰犹豫再三，将这话题挑了起来。

白术想都没想，直接回："退了吧，不作数。"

"行，强扭的瓜不甜，伯伯也不勉强你。"顾天驰虽然惋惜，却也尊重白术的想法。

"顾伯伯，"白术问，"我的身份，你是不是早猜到了？"

"瞎子才看不出来。你跟你妈啊，就跟一个模子刻出来的一样。"顾天驰得意扬扬地说，"昨儿个我就打电话去东川大学一问，顿时真相大白。"

顾天驰感慨："这么容易戳破的谎言，你爷爷怎么想的，不怕被当场识破吗？"

白术说："正因为太容易被戳破，没人想过会在这环节动手脚，所以才不会怀疑。"

"也是。"顾天驰点点头，"小白啊，你再在伯伯家待几天？"

"不了。"白术拒绝，"我下午走。"

顾天驰纠结了会儿，只说："那我叫顾野送你。"

白术摇头："有人来接。"

顾天驰没法劝："行吧。以后有时间你常来坐坐。"

下午，白术手机响了很多次，都是白家那边打来的电话，白术一个都没接。白家找不到白术，只能给顾天驰打电话，全被顾天驰打太极糊弄了。

白术铁了心不跟白家有牵扯。

天将黑的时候，顾野一直没有现身。白术没有眼巴巴地等顾野，给他发了一条消息，就坐上段子航的车离开了顾家。

一摞文件被砸在书桌上。

段子航说："这是第三基地的。"

又一摞文件被砸在书桌上。

段子航说："这是人事部门的。第三基地那破事，清走了我们近百人。"

第三摞文件被砸在书桌上。

段子航说："这是上年度的合并报表。你放心，赚钱的人很给力，但你还得过目一遍。"

白术坐在书桌前，面如死灰，没一点生气。

“我现在申请去图卢国出差还来得及吗？”白术盯着那三摞大山般的文件，毫无灵魂地发问。

段子航冲她露出友善的笑容：“您说呢。”

“我才二十岁，就要过枯燥乏味的上班生活。”白术拿起一个文件夹，打开，不忘给段子航找不痛快，“我交代你的事办得怎么样？”

段子航悻悻地摸鼻子：“还在找。”

“段部长，你不会连这点事都办不成吧？”白术奚落道。

“我可是搞医疗的，除了职责范围内的事，还负责给你打杂，很不容易了。”段子航靠近了些，商量道，“话说这工资……”

白术翻了个白眼：“找牧哥去，我一分钱没有。”

段子航挑眉，半真半假地感慨：“要不怎么说当队长的都是圣人呢。”

BW 救援队最苛刻的规定，都是要求队长本人的。

不能以公谋私一类的道德约束就罢了，队长不仅领不到一分钱工资，用钱的审批也是最严格的。此外，因为种种原因，队长不能公开身份，一旦全面公开，队长必须卸任。

别的人不图钱财，也图个名声，或是一点权力，但 BW 救援队的队长，这些都没有。

这种事情，没有点圣人心态，一般人干不来。

“我也就是摊上了这么个爹。”

白术浏览着文件，嘴上说着抱怨的话，却也没真有什么不满。

虽然她待在BW救援队的时间不长，但管理如此庞大的一支队伍，没有一点“以身作则”“牺牲小我”的意识，团队很容易分崩离析。

她是在知道队长什么都得不到的前提下，决定留下的。

人性的贪婪和丑陋是永恒的，一有机会就会从缝隙里钻出来，驱使人做出不理智的事。得到太多的人，总担心失去，于是会变得焦虑和失控。

但 BW 救援队对队长的约束，很有意思。

此外，她也想看看，站在这个位置看世界，会看到什么。

这一批因第三基地内乱清走的人里，有两个白术的心头肉，都是白术费尽心思挖来的人才。她在书房看着那两份履历，独自待了一个晚上。

段子航觉得她是难过的。

她可能想不通，她给予了他们最大的优待和自由，给他们发挥才能的空间，提供高于市价的工资，为什么他们还是会被诱惑。

但白术没跟任何人说这些。

第二天一大早，白术还是那个毒舌、任性的队长，压迫剥削他的手段一点都没变。

段子航相信白术只是自己把负面情绪消化了。

就像她第一次参加救援任务时，所有人都把她当作累赘，她累倒在货车里没人记得，像是被遗弃的物品。可第二天，她却没一句抱怨继续做事。

她从不诉说委屈。

段子航进BW救援队的时间晚，没有在纪远手中经历过什么事，所以在遇见白术后，他才真正意识到，BW救援队给那些真正愿意为这个世界做点实事的人，提供了一片净土。

在这里，你只管凭借自己的努力和才华去做事，只要你做的是对的，都会有人给你兜底。

原本白术是计划提前半个月回漫画集训营的，可第三基地太多事情需要处理，她预判失误，等她能喘口气时，距离集训营结束只有一周了。

苏老师亲自打电话过来，催白术回集训营。

得到白术要回学校的准确回复，苏老师松了口气，转念一想又问："白术，国内选拔赛的题目已经出来半个月了，你的画稿完成得怎么样了？"

白术顺手打开电脑，问："什么题目？"

苏老师脸上刚浮现的笑容瞬间僵住，如五雷轰顶："你不知道？还有一周就要交稿了！"

"不知道。"

白术淡定得很，敲击着键盘，搜了下比赛题目。

苏老师直接沉默了。

"我晚上过来。"白术浏览完题目，把电脑关了。

"你画得完吗？"苏老师倒吸了口气，让自己不要崩溃。

白术随意地说："听天由命。"

电话那边的苏老师已经濒临暴走了。

两个月前，白术和顾野以黑马姿态出现，成了集训营的传奇。

一个月前，第一期综艺播出，以白术和顾野收集积分为主线，吸引了千万观众，他们俩一度成为热议话题。但是，他们俩就跟神隐了一般，没有任何动态，让观众们苦苦等待。

在很多人心里，以顾野和白术的能耐，绝对会拿走两个进军世界的名额，毫无悬念。

谁料，在比赛进行得如火如荼之际，白术压根儿没有参与。

苏老师沉吟半刻，紧张地问："顾野呢？"

白术说："不知道。"她最近太忙，没跟顾野联系。

“你们俩不在一起？”苏老师错愕地问。

白术不知苏老师哪来这种错觉，回答：“没有。”

于是，苏老师马上去给顾野打电话了。

苏老师急得火烧火燎，白术却不慌不忙地洗了个澡，然后简单收拾了下行李，提着行李箱坐地铁去漫画学校。

下午五点，白术抵达学校。

白术的积分实在太多，足够她请两个月的假，外加保留甲班宿舍。她早用积分留住了宿舍，所以宿舍跟她记忆中的一样，没一点变化。

天色暗下来时，白术离开宿舍楼，准备去食堂。

然而，刚到楼下她就见一个身影直冲她而来，她愣了一下，没有及时躲开，结果被人狠狠抱住。

“白妹妹！”抱着她的江南枝兴奋得嗷嗷叫。

白术下巴磕在江南枝肩上，她眼睑一抬，见到一脸桀骜的即墨诏迎面走来。

即墨诏挑眉：“我还以为你弃权了呢。”

白术挣扎着从江南枝怀里脱身。

被江南枝一通揉搓，白术的帽子歪了，头发乱糟糟的，集训服的衣领歪歪斜斜的。她叹了口气，把自己整理了下。

白术想到什么，问：“你们进甲班了吗？”

“必须的呀！”江南枝眉飞色舞。

即墨诏点头：“嗯。”

“白妹妹，我和即墨诏都在积分排行榜前十了。”江南枝挽着白术的手，兴奋地说，“我在第九，即墨诏在第七。我感觉我们拼一拼，可以去 DY 漫画大赛东亚赛。”

“加油。”

白术虽然觉得江南枝希望渺茫，但还是保留了一丝仁义。

江南枝问：“你的参赛作品准备得怎么样了？”

白术往嘴里塞了一颗糖，回答：“还没开始。”

在她说完话的一瞬，原本轻松的氛围顿时变了味。江南枝和即墨诏停下来，不约而同地对视了一眼。

即墨诏打量着白术：“你现在是要去哪儿？”

“吃饭。”

“我永远佩服你这一颗强大的心脏。”即墨诏真情实意地说。

白术点头：“谢谢。”

即墨诏连按头逼她画漫画的心都有了。

但他不敢。

江南枝急得火烧火燎的，拽着白术就往食堂跑："我们赶紧吃饭，吃完回来赶漫画！"

白术叹息，将帽檐压低了些。

来到食堂，白术、江南枝、即墨诏直奔四楼。

一路上有不少人盯着他们看。

"他们怎么回事？"白术扫了一圈，觉得有些不对劲。

虽说她当初拿下周榜第一的事确实引起了些轰动，但都两个月过去了，这些人看到她不该这么稀罕才对。

"自你和顾野离开后，他们铆足了劲练级，一直想等着你们回来PK呢。"江南枝解释说，"加上综艺节目播出后，你和顾野都火出圈了，他们看到你也觉得新鲜吧。"

白术问："同步播出的综艺节目？"

看着白术仿佛第一次听说的表情，江南枝眼睛都瞪直了："你别跟我说你不知道。"

白术实话实说："没来得及关注。"

江南枝爆了句粗口："你和顾野上个月成了最热门的话题人物，你不知道？白妹妹，你这两个月到底干吗去了？"

"搞副业。"

"啊？"江南枝陡然一惊，傻了。

四楼到了。

白术饿得很，没有跟江南枝掰扯这个问题，顺着香味觅食去了。

还是漫画学校的资金充足，食堂的饭菜百般花样，任由他们挑选，不像第三基地，抠抠搜搜的，每天就提供那几样。

不多时，三人选了张桌子坐下来。

近三个月过去，学员被淘汰了不少，留下来的就两百来人，食堂也冷清了不少。

隔壁桌不知在聊些什么，好几次谈到"简以楠"。江南枝听到一半，忍不住放下筷子回过头，问："简以楠怎么了？"

"你们不知道吗？M国的艾伦正在找各国集训营积分排名第一PK，简以楠不是我们的第一吗？她被艾伦找上了，输得惨不忍睹。"隔壁桌一个女生回答。

江南枝好奇心上来了，手肘搭着椅背，问："怎么个惨法？"

女生犹豫着该怎么形容，这时，坐在她身侧一人指了指白术，说："真要说的话，大概像白术虐云沉那样。"

江南枝目瞪口呆。

即墨诏听完思索了下，问白术：“你大概是什么水平？”

白术认真地想了想，用谦虚的口吻说：“也只是世界第一的水平。”

即墨诏嘴角微抽。

然而，白术还得寸进尺了：“如果拓展到宇宙的话——”

“你闭嘴吧。”即墨诏一点都不想听她吹牛。

她说话总是一本正经的，说得跟真的一样。

江南枝对白术的说辞见怪不怪，想了会儿，她担忧地问：“简以楠会不会跟云沅一样退出啊？”

白术说：“不会。”

“为什么？听说越是天才，越受不了打击。”江南枝犯愁了，“苏老师说，她是不可多得的天才，这两个月进步神速。”

白术不咸不淡地说：“她已经习惯打击了。”

江南枝诧异：“谁能打击到她啊？”

缓缓抬起筷子，白术朝自己一指，说：“我。”

即墨诏抚额。

江南枝扑哧一乐：“白妹妹，你别开玩笑啦。你还没跟她 PK 过呢。”

见他们俩都不信，白术便没有再说，低头继续吃饭。

一个小时后，包括白术在内的一帮尖子生，被几个班主任叫到一间教室。

简以楠跟艾伦的PK，不只在集训营，甚至在全国漫画行业，都引起了不小的恐慌。

这才三个小时过去，网上就有唱衰东国漫画的言论，持这想法的都表示东国漫画跟国际上的差距有四五年。

班主任们将这批尖子生找过来，是想稳定军心。

郝老师在讲台上讲话时，苏老师来到白术身边，指了指隔壁一个位子。白术看了他一眼，往旁边挪了挪。

苏老师在她的位子上坐下。

苏老师轻声问：“简以楠和艾伦的比赛，你看了吗？”

“没看。”

苏老师说：“你看一下。”

白术拒绝：“我没兴趣。”

“很精彩的一场比赛，让我们看到差距。我们和 M 国顶尖的漫画选手，根本没有可比性。”苏老师字字句句皆是叹息。

“我被迫移民了？”白术白了他一眼。

苏老师以前觉得白术这股骄傲劲儿得治一治，但现在听她这么说，不知为何只觉得安心。他高悬的心往回落了落。

苏老师跟哄她似的，说：“这个事，你说说。”

白术摇头：“不说。”

苏老师继续劝：“你在M国学习过，你说说。”

白术干脆转过头，不看他：“不说。”

“郝老师。”苏老师忽然喊了一声，正儿八经地说，“关于这个事，我们的白班长有话要说。”

一时间，所有视线都投过来，震惊地看着白术。

白术也很震惊，只不过是面向苏老师的：“你被人夺舍了吧？”

“客气了，”苏老师推了推眼镜，谦虚地说，“向你学习。”

白术蓦地一笑，佩服地朝他竖起了拇指。

讲台上的郝老师有些惊讶，不过他怔了怔后，很快回过神来，鼓着掌说：“欢迎我们的白班长上台讲话。”

教室里响起稀稀拉拉的掌声。

白术虽不大乐意上台，但都到这份儿上了，不上台显得很尿，于是她站起身。

苏老师的笑容如春风拂面，叮嘱她：“鼓舞一下他们的士气。”

白术刚被他坑了一把，现在不大想理他，一个正眼都没给他，直接走上讲台。

“白班长，”郝老师将正中央的位子让给她，“你有什么话，敞开说，不要拘束。”

白术睇了他一眼，说：“我会的。”

不知为何，郝老师感觉背脊有点发凉。

白术站在讲台上，面朝教室里二十来个学生，神情自若，不紧不慢地说：“国际水准的事，你们用不着在意。”

台下的苏老师认可地点头，期待白术下面的讲话。

郝老师也很期待。

教室前门突然出现了一抹人影，是姗姗来迟的顾野。

白术傲慢地俯视全场，大言不惭道：“反正除了我，大概也没第二个人能进全球赛，你们压根儿在瞎操心。”

不愧是你！

在场的所有人惊叹。

“你不要一回来就找抽啊！”

“来人哪，把这龟孙给我拉下去！”

“还有完没完，刚回来就这么缺德，小心阴沟翻船，DY漫画大赛东亚赛都进不去。”

台下的同学都被白术的话气炸了，一时间他们统一战线同仇敌忾，不约而同地对白术进行火力输出。

可惜白术心理素质过于强大，他们这些话，对她而言不痛不痒。

“肃静。”

郝老师摆了摆手，示意他们安静下来。

待教室里的声音渐渐归于平静时，郝老师无比哀怨地看了苏老师一眼。苏老师悻悻地摸了摸鼻子，他也想不到白术会这般挑衅。

然而，白术还没说完，继续开口：“你们能做的，除了努力缩短跟我的距离，其实也没别的事情可以做。毕竟国际上以我做标杆来评判东国漫画，那可是太瞧得起你们了……”

“叉下去！”有人愤愤地喊。

郝老师和苏老师无语地对视着。

在同学们群起而攻之时，顾野不知何时来到白术身后，他架着白术的手臂，一边把人往台下拖，一边说：“我马上带她回去吃药。”

白术被顾野拎到讲台下。顾野拍了下她的鸭舌帽，让她安分点。

但是，顾野自己却抢占了讲台的位置，吊儿郎当地开口：“非常抱歉，白班长说得不够准确。因为她只说了自己，忘了还有一个我。”

白术给他鼓掌，说：“我欣赏你的自信。”

顾野很客气：“谢谢。”

他们俩你一句我一句，相互奉承。台下的同学在沉默片刻后，彻底爆发，一个两个撸着袖子就冲上来了。

郝老师怕他们真的打起来，赶紧冲上讲台维持秩序。

苏老师身心俱疲地将白术和顾野拽走。

他们是从后门走的，中间即墨诏拦了他们一下，百思不得其解：“你们俩有毒吧，得罪他们，有什么好处？”

白术想了一秒，笑说：“爽。”

即墨诏后悔自己问出这么“脑残”的问题。他就知道白术说不出什么正经理由。

江南枝也凑过来，怯怯地提醒：“白妹妹，这场反思会可是要录播的……”

“录就录吧，反正我不看。”白术无所谓地摆手。

苏老师实在是听不下去了，推着二人赶紧离开教室。

“你们俩……”走廊上，苏老师指了指二人，表情格外纠结，“你们俩——”

“我们俩好着呢。”白术接了句话。

苏老师咬牙切齿道：“我看出来了。”

“不要这么焦虑，”白术一改吊儿郎当的模样，像个老气横秋的老年人，“你们该做的事，都已经做了。剩下的，得靠他们自己。”

苏老师噎了一下，说：“说得好像你不是他们之中的一员一样。”

“确实不是。”白术摸了一下帽檐，表情酷酷的，“我俯视他们很累的。”

如此嚣张的白术，把苏老师都看得手痒了。

“我把她带走。”

顾野也是哭笑不得，跟苏老师说了一声，就拽住白术的手腕，强行把白术拉走了。

顾野把白术往电梯里一塞，两人一起下了楼。

他们有小半个月没联系了，但经过刚刚那么一出，气氛自然而然就热络起来。

“你也是今天来的？”走出电梯时，顾野问。

“嗯。”

“参赛作品画得怎么样了？”

“没开始。”白术回答完，察觉到顾野的沉默，马上意识到什么，“你开始了？”

顾野顿了下，说：“准备收尾了。”

白术眉眼间浮现出明显的被背叛的神情。

她转身就走。

“哎。”顾野想叫住她。

“我现在不想理你。”白术乜斜着他，一副看他很不爽的样子，“比赛结束后再见吧。”

顾野被她逗乐了，琢磨后点头：“专心比赛。”

白术摆手，直接走了。

宿舍楼下，简以楠站在树影里，接受来往之人的打量。见到白术现身后，她匆忙迎上来。

“白术。”简以楠语调有些焦急。

“没空。”

白术看她一眼，就知道她在想什么，敷衍地回应后，抬腿就走。

简以楠都在楼下等了白术两个小时，怎么可能让她这么走掉，手一抬，拦在了她面前。简以楠紧锁着眉盯着白术，如火炬般的目光似要将白术看穿。

“白术，我现在是集训营排行第一，你答应过我的，”简以楠真诚且倔强，“跟我比一场。”

白术挑了下眉：“有必要吗？”

简以楠肯定地点头：“有。”

“我怕你一蹶不振。”

白术说得过于直白，简以楠怔了会儿，说：“不会。我只想看清楚我跟你们的差距。”

“败了呢？”

“那就重来。”

白术偏了下头：“走吧。”

十分钟后，简以楠拿着电脑、外接键盘和数位屏，出现在白术的宿舍。

白术把书桌腾出一半给她。

“常规 PK ？”白术登录了账号。

简以楠点头：“可以。”

白术向简以楠发送 PK 申请。

没两秒，就听到简以楠将鼠标摔在地面的声音，白术露出困惑的目光。

简以楠没去捡鼠标，眼里尽是震惊：“NO. 1 向我发送 PK 申请了。”

“我知道。”

“你怎么知——”简以楠反应过来，哑巴了。

白术问：“比不比？”

简以楠在难以形容的震惊中，吐出一个字：“比。”

这一天，在继艾伦和简以楠 PK 引起小范围讨论后，NO. 1 和简以楠的 PK，则引起了世界各国漫画圈的关注。

简以楠输了，没有谁意外。

意外的是，沉寂多年的榜单 NO. 1 竟然会跟一个在国际上名不见经传的漫画家比赛，并且在比赛结束后，将一直空缺的国籍，改成了东国。

因为简以楠的失败，全网质疑东国漫画选手的水平，逼迫集训营赶紧召开反思会，而现在 NO. 1 的国籍认证，又将舆论扭转回来，风向一变，全网开始感慨“高手在民间，东国未来可期”。

国际上，只是因 NO. 1 这一举措，就开始重视东国漫画。

接下来一周，全网都在热议 NO. 1 的国籍。

至于当事人，则是待在宿舍赶了一周的漫画，日常需求除外，她都待在电脑前创作漫画。

直至截稿的最后时刻，白术一一提交稿件，神情有些沮丧。

半个小时后。

白术正在收拾行李，江南枝风风火火地敲门。

白术刚拉开门，江南枝就急切地说：“白妹妹 你的画稿完成了吗？我看到有人的画稿就完成了一半！剩下的一半是草稿。好家伙，那人的作品名字就叫《半截》！”

“是我。”白术平静地说。

江南枝傻了眼。

良久，她震惊道：“为什么啊？！”

“没时间了。”白术将门敞开，转身回卧室。

“那你早说啊！”江南枝大步跟上白术的步伐，“我正好闲着呢，可以帮你。”

“全国赛请助手是违规的。”

江南枝嘟囔道：“又没人知道。”

白术扫了她一眼。

江南枝不敢辩了，只说：“《半截》明明有进前七的实力，只交一半肯定会影响成绩的，你不觉得可惜吗？”

“我尽力了。”白术把最后一件物品放进行李箱里，“听天由命。”

江南枝脸都皱成了苦瓜。

瞧见白术拖着行李箱往门口走，江南枝追上去：“你现在就要走？”

“嗯。”

“有人来接你吗？我家人会来接我，要不我们一起走吧。”

“朋友来接。”

江南枝疑惑：“谁啊，顾野吗？”

“不是。”

白术走出宿舍。她等江南枝出来后，将门关上。

正巧此时，又一扇宿舍门打开，简以楠拖着行李箱走到走廊。

见到白术后，简以楠问：“要走？”

“嗯。”

简以楠拖着行李箱走过来，问：“参赛名单看了吗？”

白术说：“没看。”

简以楠同她点头：“你说得对，东国漫画选手确实不需要焦虑。”

说完，她便离开了。

江南枝稀里糊涂的：“她在说什么呀？”

江南枝的疑惑很快就有了答案。

东国参赛选手名单公布，名单上标明了每个选手在漫画NO.1的账号，并且都注明了世界排名，看得人目瞪口呆。

选手NO.1，账号NO.1，世界排名第一。

选手问鼎，账号寄居兽，世界排名第九。

选手楚逍遥，账号一丈风，世界排名第十二。

这三个都是青年漫画家选拔赛中的黑马，当时名震一时，但他们没来集训营，慢慢被淡忘了，没想到他们会以这样令人震惊的方式出现在人们的视野。

他们如同一针强心剂，让浮躁焦虑的漫画人安了心。

漫画集训结束后，就是电竞比赛，白术将行程排得很满。

白阳特地来学校接白术。

白阳眨着水汪汪的猫眼，殷勤地接过白术的行李箱，喊：“妹妹。”

“我们去哪儿？”白术走向车。

“我们战队。”

白阳将行李箱放好，坐到驾驶座，仔细系好安全带后，说：“顾野已经过去了。”

白术问：“另一个呢？”

白阳答：“他说晚一点到。”

白阳将战队训练场地选在一栋别墅，据说是白阳的私有财产，前三个月他找人装修了一下，供他们战队使用。

夜幕低垂，华灯初上。

白阳把车停到车库，拎着行李箱，和白术一起进了别墅。

顾野听到动静，从茶水间走出来，手里拿着一杯茶。

“顾队长！”

白阳号叫一声，把行李箱一放，就朝顾野奔了过去。顾野避闪不及，被白阳抱了个满怀。

“你松开。”顾野将手臂一抬，防止茶水洒落。

“我不松。”白阳说，“我想死你了。”

顾野扬眉：“不松是吧？”

“不松！”

“行。”

顾野玩味地点头，手指捏着白阳的后颈，在他嗷嗷叫时，扯着他的羽绒服帽子迫使他转圈圈，几圈后他就晕头转向了。

顾野将他甩到一边。

“喝茶吗？”顾野看向白术，举了下茶杯。

“喝。”

白术朝他走去。

三人围在茶水间喝茶。

白阳辛苦这么久，眼见着战队有奔头了，他情绪激昂地畅想未来。

白术悄悄贴近顾野，轻声问：“他真的以为我们能拿第一吗？”

“有点志气，我们就是奔着世界第一去的。”

“你是在安慰他，还是在糊弄我？”

“你就是来捞钱的吧？”顾野反应过来。

白术理所当然地点头：“是啊。”

顾野失笑。

捞钱就捞钱吧，反正白阳不缺钱。

等喝完茶，白阳积极地将白术的行李箱搬上楼，给白术介绍别墅的格局。

一楼是工作区，训练、开会、吃饭都在那里；二楼是休息区，每人一间卧室。

白阳有钱任性，什么都提供最好的。

“妹妹，你先整理。阿姨要过两天才来，我和顾野去买晚餐。”白阳敲了敲门，叮嘱，“待会儿新队员过来的话，你招呼一下。”

“好。”

白术答应了。

半个小时后，白术走下楼，听到开门的声音，她抬眸看去。

来人是个少年，他提着行李箱进门，穿着黑色羽绒服，带了一身风雪。

白术看清他的长相，微愣：“来找谁？”

“我找……”即墨诏抬起头，错愕地道，“你怎么在这儿？”

白术不答反问：“你是新成员？”

“我是。”即墨诏颔首，“你呢？”

“你队友。”

即墨诏瞬间哑了。

而后，他怔怔地开口：“你再说一遍。”

“你队友。”白术边说边走完最后两个台阶。

即墨诏沉默几秒后，爆发：“队长呢！白阳呢！我要退队！”

白术心平气和地问：“你签合同了吗？”

即墨诏黑着脸道：“签了。”

白术惋惜地说：“那你没戏了。”

“怎么哪儿都有你！”即墨诏想不明白。

白术回：“咱们半斤八两。”

即墨诏一个中学生，成天搞兼职，漫画、电竞、围棋，相较于她，一点都不逊色。

即墨诏无言以对。

“你住楼上左手边第二间。”白术指了指天花板。

“哦。”即墨诏提着行李箱走了两步，顿了下，他又倒退回来，“那个《半截》是不是你画的……”

“嗯。”

即墨诏露出果然如此的表情。他特地腾出一只手，竖起大拇指：“你真是我师父。”

“谢谢。”

“你就是来玩的吧？”

“我是来正经比赛的。”

“你要是被淘汰了，DY 漫画大赛东亚赛来做我助手”即墨诏异想天开。

白术摇头，说：“我预感你的排名比我的《半截》还要低。”

即墨诏备受打击，哼一声，上楼了。

顾野和白阳带着晚餐回来时，即墨诏和白术正在玩游戏。原本专心致志的二人，嗅到香味后，立即退出比赛，围了过来。

“打完了？”白阳眼如一汪春水，笑眯眯地问。

白术说：“没有。”

即墨诏说：“退了。”

“退赛？”白阳笑容登时消失，“你们是专业的电竞选手，怎么能中途退赛？就为了一口饭？”

“别理他。”顾野拎着晚餐绕到白阳前面，跟白术和即墨诏说，“来吃。”

白术和即墨诏接过顾野手里的晚餐，径直前往茶水间。

白阳攀着顾野的肩膀，痛不欲生：“你是队长，为什么不说他们两句？”

“小事。”顾野推开白阳的手。

“电竞精神！电竞精神！怎么能中途认输呢？！”白阳的包子脸被气红了。

顾野揉了揉他的后脑勺：“你要这么较真，跟他们俩待一起，得气死。”

“你管他们啊！”

“管不了。”顾野说。

“可你是队长，管不了也得管。”

顾野笑说：“我的态度比他们还儿戏。”

白阳噤声，怒视三人，憋得泪眼汪汪的。

餐桌上，即墨诏把一盒饭递给白术，问：“白阳是你什么人？”

白术把盒饭递给顾野，回：“表哥。”

“哦。”即墨诏瞅了眼白阳微红的猫眼，“他的眼睛长得跟你一样，为什么差距那么大？”

白术说：“用钱养出来的少爷，惯的。”

即墨诏恍然：“怪不得。”

他们俩是当着白阳的面说的，不加遮掩，白阳听得一清二楚。

白阳气得眼睛更红了。

顾野赏了他们一人一个栗暴："下次你们别当着面说。"

白术："好哦。"

白阳更气了，瞪着他们："你们仨是一伙的！"

"我们仨当然是一伙的，"白术接过话，"毕竟是刚参加完集训营的革命伙伴。"

白阳被噎住了。

"给。"即墨诏将一盒米饭推给白阳，"别哭了。"

白阳辩解："我没哭！"

"好吧。"即墨诏没逗他，"你花重金组建战队的理由，是不是可以说了？"

以白阳的财力和人脉，想要组建一支正统战队，是再容易不过的事。

有钱就是大爷，不用受他们的气。

偏偏白阳选择联合顾野，找白术和即墨诏这俩歪门邪道的组建了一支野路子战队。

"我……"白阳一开口，竟然哽咽了。

场面忽然安静下来，白术、即墨诏、顾野互看一眼。

最终，顾野按了按眉心，解释："他是被半个电竞圈的人逼走的。"

白术惊讶："那他岂不是得哭出一条河了？"

即墨诏乜斜着她："你可真会说话。"

"妹妹。"白阳眼里蓄满了泪水。

白术被他看得眼皮一跳，说："好的，我错了。"

白阳抿紧唇，不哭。

"他有天分又有钱，身为FIU队长，却傻憨憨的，不会处理关系，让不少人眼红。"顾野慢慢讲述，"前年国际赛之前，现任FIU队长联合半个电竞圈的人指控他品行恶劣、仗着家境为非作歹，就他这心理承受能力，直接崩溃了，比赛时连败，赛后他就退圈了。"

"所以这次是复仇？"即墨诏立马来了兴致。

"差不多。"顾野说，"白阳很喜欢M国一个电竞选手，那人去年被采访时，说他退圈很可惜，他一激动就想回去了。"

即墨诏问："但他不喜欢圈内人，所以找了我们？"

顾野点头："是这么个意思。"

"早说啊！"即墨诏冲白阳挑眉，"不就一个世界第一吗？我们帮你拿回来。"

一直坚持重在参与的白术，此刻也附和：“是哦，区区世界第一。”
“你们说真的？”白阳眼泪要绷不住了。
“真的。”顾野扔过去一包纸巾。
白阳眼泪吧嗒吧嗒地掉，一边擦眼泪，一边说感谢。
见他这样，白术和即墨诏一点想欺负他的心都没了，兀自坐下来吃饭。

第七章

倘若败了，与你共沉沦

这天晚上，顾野组队，拉着他们仨玩了两个小时，试了他们的实力。

比赛结束后，顾野花了一个晚上的时间，根据他们的特点，分别制订了针对性的训练方案。

第二天一大早，四人来到会议室开会。

顾野挨个儿给了他们一份文件。

“你赶出来的？”白术翻看着文件，觉得惊奇。

“嗯。”顾野一夜没睡，捏了捏眉心，“你们看看。”

白术大致扫完：“我没问题。”

即墨诏说：“我也是。”

“怎么给我安排得那么宽松？”白阳举起文件，不明所以。

“你自己看着练吧。”顾野看向他，“高兴就好。”

白阳感觉被抛弃了：“为什么？”

顾野手掌按在桌面，问：“你前面半年在做什么？”

“训练啊！”白阳理所当然道，“请了俩教练呢。”

即墨诏瞧着白阳迷茫的神情，叹息一声，帮忙解释：“他的意思是，你拿世界第一的水平够了，常规训练就行。”

白阳感慨：“我真厉害。”

顾野白了他一眼：“你都占了三个月的国服第一了。”

“那我比你们都强了？”白阳沾沾自喜道。

白术："你想得美。"

即墨诏："你在做梦。"

一连被他们否定，白阳有点受伤，他悻悻地摸着胸口，发现心脏已经不疼了。

或许正如顾野私下里跟他说的一样，只要他跟白术、即墨诏组队，哪怕技术上没什么成长，心理上的成长肯定是巨大的。

这钱花得一点不亏。

虽然白术和即墨诏嘴上说着白阳不如他们，不过，他们已经很久没碰这款游戏了，还真不敢保证在碰上白阳时会取胜。

于是，在会议结束后，二人就奔向工作区，坐在电脑前专注地训练。

毫不知情的白阳被他们这拼命劲儿又感动了一番。

中午，白术来到二楼，敲响了顾野的房门。

"笃笃笃"。

不一会儿，门被拉开。映入眼帘的顾野神情疲惫，还穿着早上那一身衣服。

"叫你吃饭。"白术眨眼，"你没睡？"

顾野眼眸微垂："没来得及。"

"你在做什么？"白术的脑袋往里面探。

顾野按着她的脑门，把她推回去，失笑："干吗呢？"

"看看。"

顿了下，顾野干脆将门拉开："请吧。"

每间卧室的格局都一样，顾野的卧室没什么特别的。白术扫了一眼，直奔他的书桌而去，上面一堆资料，她翻看了一下，全是催眠方面的资料。

"你要转行？"白术问。

"了解一下。"顾野走过来，"自仲淮跟顾永铭接触后，老夫人就格外偏心顾永铭，到了言听计从的地步。我爸怀疑老夫人被催眠了，一直在查。"

"有证据了吗？"

"差不多了。"顾野笑了下，"这几天就收网。"

白术问："顾永铭会怎样？"

"坐牢，然后被逐出顾家。"

"哦。"白术放心了，眼眸微转，她问，"仲淮真的能用催眠让老夫人鬼迷心窍？"

"嗯。"

白术觉得这事儿很稀奇。

她翻着这些资料，发现顾野看得很仔细，全是标注和笔记。

忽地，一份文件出现在视野，白术瞥见"记忆缺失"几个字后，顾野倏地伸出手，将一沓文件按回去。

“别看了。”顾野说，“不是要吃饭吗？走吧。”

白术慢吞吞地看了他一眼：“行吧。”

刚要走，她视线落到顾野的床头柜上，顿住：“你答应给我的周年保温杯。”

“专门给你带来的，”顾野走过去，拿起那个保温杯，递给白术，“收好了。”

白术捧着保温杯，眉毛挑了下：“当然。”

这天下午，即墨诏发现白术喝水特别频繁，跑了好几趟饮水机，状态也比上午要好。

看得出她心情不错。

当白术又一次接水回来时，即墨诏将耳机摘下来，好奇地问：“你这杯子哪儿来的？”

白术说：“顾野给的。”

“他还有吗？”

“没了。”

“哦。”

即墨诏颇为失望。

“我有啊！”没眼力见儿的白阳走过来，“我有一套呢，情侣款的。我可以送一个给你。”

即墨诏说：“谢了。”

白术表情僵硬。

于是，几个小时后，他们四个人的位子上，都有一个一模一样的保温杯，只不过有红、蓝两种颜色的差异。

白阳开心地表示他们竟然连保温杯都是统一的。

三人都没有搭理他。

后知后觉的即墨诏察觉到自己犯了蠢，尴尬得喝水都不知该怎么咽。

而白术因保温杯维系了一个下午的快乐，没有了。

她一头扎进了训练。

“还不睡？”临近午夜时分，顾野发现白术仍坐在电脑前。

白术头也没抬：“再练练。”

顾野颇为惊奇：“这么努力？”

“想要得到什么，就要付出相应的代价。这是欲望。”白术操控着游戏角色的走位，瞧着屏幕，声音波澜不惊。

顾野敲了下她后脑勺：“说话一套一套的。”

白术“哦”了一声。

“不就一个保温杯吗？”顾野叹息一声，将她手边的保温杯拿起来。

白术乜斜着他，格外不满。

顾野笑了下，看向另外两个座位上的保温杯，低声说：“反正他们俩都不在，把他们的保温杯扔了就行。”

白术抬眸，心动了。

与此同时，茶水间的门被推开，刚结束围棋训练的即墨诏听得一清二楚。

他怔了下，由衷地问：“我是不是要装作没听到？”

白术看向他：“你可以装梦游。”

“行吧。”

即墨诏挠了挠头，打着哈欠，跟没发现二人一样，兀自上了楼。

待即墨诏没了人影，白术眨着眼，问顾野：“丢吗？”

顾野晃着保温杯：“我有个更好的主意。”

“什么？”

“你先练。”

“好吧。”白术犹豫了下，答应了。

白术做事效率高，除聪明外，跟她的专注力是分不开的。顾野一走，她就将注意力集中在训练上，专心投入训练。

《BUG》这款游戏灵活性高，操作难度大，但趣味性也很强。

它是一款“吃鸡”游戏，地图原型出自《Q20》这部漫画，其中迷宫、雾岛、失落城三幅地图最为经典，比赛时在其中随机抽取。

所以，选手必须对这些地图一一掌控。

它的门槛很高，对于一般选手而言，光是记地图就得花不少工夫，但对于白术这类记忆力超强的人而言，有得天独厚的优势。

据说，在《BUG》上线之初，打的就是“天才游戏”的噱头。

结果这游戏过于真实、有趣，体验感好，一上线就火了，受到全球玩家的支持，几年过去，现在它仍是全球最火的游戏之一。

夜色深沉。

不知过了多久，白术听到脚步声。

她停下动作，侧头，掀起眼帘，见顾野来到身侧，微弯下腰，把保温杯放到桌上。

“看看。”顾野嘴角一翘。

白术的目光顺着他的手臂延伸，落到他刚放下的保温杯上。

杯壁上多了个卡通人物，是个戴着鸭舌帽、踩着滑板的小姑娘，气质跟白术一模一样，软萌中带着桀骜。

“你的呢？”白术看向他另一只手。

“喏。”

顾野将藏在身后的另一个保温杯拿出来，搁在桌上。

他的保温杯上同样有个卡通人物，不过是个小男孩，手里捏着一根棒棒糖，不知道在逗谁。

瞧着这两个保温杯，白术的不快一扫而空。

“满意了？”顾野看着她，眼里含笑。

“嗯。”

白术坦然地承认。

“那就早点睡，”顾野说，“明天再练。”

白术问：“你呢？”

顾野说：“我也去睡。”

白术点头：“那一起走吧。”

她关了电脑起身，在离开椅子前，她顿了下，把那个保温杯捎上了。

顾野抿唇轻笑，眼神是柔软的。

第二天，缺心眼的白阳就看中了白术和顾野保温杯上的卡通人物，他也想找人画一个，但白术、顾野、即墨诏三个漫画家都不搭理他，他只能失望地离去。

作为一支不正规的战队，除了白阳，白术三人都有其他事，无法将全天都拿来训练。

其中，白术事最多。

她要烦心的事很多，如BW救援队的各种事务、BS09的追踪以及DY漫画比赛。

比赛投票过程中，作者是匿名的，但《半截》的作者是白术，很多人都猜出来了，苏老师和裴启升都打电话找白术求证。

白术承认了。

他们俩现在很头疼。

他们知道白术有登上国际舞台的实力，希望白术能为国争光。然而，《半截》这种敷衍的作品，想要晋级基本没可能。

“国内赛结束后，还有专门为被淘汰者举办的复活赛，由各国漫画协会推举参加，晋级者直接参加全球赛。裴校长问你，要不要定一个名额？”苏老师忧心忡忡地问。

白术回答：“我有需要会直接跟顾会长谈。”

“那就行。”苏老师放心了，“你也该长点教训了，有实力不代表能胡作非为……”

苏老师说个没完。

白术将手机搁在茶几上，吃着阿姨切好的水果，等苏老师说个尽兴。

等苏老师念叨完，白术的手机也快没电了。她找了个理由结束通话，刚想松一口气，电话又来了。

是段子航。

“白队，人找到了一个，你要亲自来吗？”段子航直奔主题。

“在哪儿？”

“百顺山，邹家村。”段子航说，“你坐高铁过来，阿绫来接你。”

白术犹豫了下：“好。”

“白队，”段子航给她打了预防针，“不一定能问到有用的消息。”

白术很果断：“等问了再说。”

“嗯。”

顿了半刻，白术忽然问：“你想过第一任队长是谁吗？”

段子航实话实说：“想过。”

“有人选吗？”

段子航分析：“据我所知，纪队的前任队长是七年前卸任的。而你的母亲白青梧，正好是七年前去世的。我们都知道，第一任队长是女的。”

白术表示赞同：“我也猜是她。”

每一任队长在卸任后，都会成为普通员工档案，不会有任何记载。

白术曾百般打听第一任队长的身份，想知道 BW 救援队为何而成立，可得知内幕的人都是人精，硬是一个字都不肯透露。

思来想去，白术得出的结论，跟段子航一致。

她记得白青梧经常和纪远参加救援行动，但白青梧在 BW 救援队的档案里只有一个“普通员工”身份。总不能纪远都混成了队长，白青梧还是个普通员工吧？

“邹沉是知道第一任队长身份的，”段子航说，“就看他说不说。”

“嗯。”

白术交代段子航买好高铁票，然后挂了电话。

警方审问第三基地副部长时，副部长爆了一个料。

他说 BS09 来自一个叫“五芒星”的组织。这个组织现在在国外活跃。但是，在十年前，五芒星曾在国内的长宁市近乎全军覆没。

而差点将五芒星根除的，就是 BW 救援队的第一任队长。

十年前，长宁市。

这个时间和地点让白术很在意。

于是，她让段子航去找十年前在长宁市待过的老员工，最好是职位比较高的。排查下来，只有四个。

可四个都离开了。

本以为找到他们很简单，没想到他们离开 BW 救援队就销声匿迹了。段子航查了个把月，这才查到一个邹沉。

也不知道能问出点什么来。

当天晚上，白术跟白阳说她要离开两天，临走前，她又去会议室找到顾野。

会议室的长桌上放着三个沙盘模型，是一比一复原的三幅《BUG》地图。顾野闲得没事时，会待在会议室做沙盘模拟，拟订作战计划。

此刻顾野手里捏着个小人，正在研究雾镇的布局。

"来透气？"顾野瞥向白术。

白术踱步过来，停在他身前："我要出去一趟，大概离开一两天。"

顾野颔首："批了。"

"十年前，长宁市。"白术拨弄着一个小人，"你有什么想告诉我的吗？"

玩小人的动作顿住，顾野沉吟半刻："没有。"

"好吧。"白术没追问。

室内安静了一会儿。

终于，顾野将小人放下，问白术："你什么时候走？"

白术回："半个小时后。"

顾野说："我送你。"

"好。"

白术要去做什么，去哪儿，顾野一个字也没问。至于顾野的想法和答案，白术也没有探究。

他们俩对着沙盘聊了会儿战术。

不多时，白术就去简单地收拾了下，准备出门。

"妹妹！"白阳接了个电话，跑过来，"我有点事想跟你说。"

白术问："是我爱听的吗？"

白阳噎了下，迷瞪了片刻，回答："我也不知道你爱不爱听。"

顾野无奈地插话："你说吧。"

"哦。"白阳忙道，"小叔一直想找你道歉，但你不是不想见他吗？刚刚他跟我说，他留了一点姑姑的物品，问你要不要。"

白术没迟疑："要。"

白阳松了口气，说："那我给你安排……"

白术淡淡地道："你去给我拿吧。"

"啊？"白阳傻了眼。

白缺拿出白青梧的遗物，就是想跟白术见一面，缓和一下关系，但白术连他面都不愿意见，岂不是计划全泡汤了。

“不行？”白术睨着他。

“不是。”白阳底气不足，低下头，“我跟小叔说一说，明天我给你拿过来。”

“谢了。”

白术拉开门，走了出去。

顾野从白阳身边经过，拍拍他的肩膀，随着白术一同出门。

顾野开车送白术。

天色有些晚了，霓虹灯遍布城市，路边的绿植抽出新芽，夜晚的城市也散发着初春的气息。夜幕之下，生机盎然。

一路上，顾野话不多，似有心事。

白术话也少了些。

车开到高铁站时，顾野打算找停车位。

“不用送。”白术说。

顾野将车停在路边。

白术解开安全带，在她打开车门时，忽而听到顾野的声音：“白术。”

白术回过头。

车内没开灯，外面光线昏暗，顾野看过来，神情落在暗影里。他的声音有些低：“你不一定需要知道一切。”

安静了会儿，白术问：“那你能放下过去吗？”

顾野没有说话。

没有急着下车，白术将车门关上了。

她仔细瞧着顾野，说：“世间安得两全法。顾野，我要么知道一切，接受你的过去；要么你放下过去，我可以不知道。你能做出选择吗？”

晚上十一点的高铁站，人来人往，热热闹闹，人们拖着行李来来去去。

“我还可以退一步，只要你说，不想让我知道，那我就不问一句。”白术又问，“你过得了你心里那个坎儿吗？”

良久，顾野松了口，说：“你去吧。”

白术有点惊讶：“你确定？”

顾野肯定道：“确定。”

“那我走了。”

顾野说：“路上小心。”

“嗯。”

白术重新拉开车门，下车。

她走前，回头看了眼顾野，摆摆手，然后头也不回地去了高铁站入口。

顾野一直看着她，直至她的身影消失很久很久，他才回过头。

没有开车，他点上一根烟。

车内烟雾缭绕，顾野开了车窗，烟雾很快被风吹散。

白术的勇气和自信，是他永远看不透的。

正如她说的，她不一样。

第二天，夜空还是漆黑的，刚过凌晨四点，白术困得眼皮打架，随着人群离开高铁站。

天冷，她穿得多，刚一出门，就被风刮醒了。

"白小姐。"阿绫的声音传来。

周围蓦地响起"嗬""哈"的动静，其中夹杂着一些窃笑声。

白术抬眼看去，赫然见到身材高挑、气质高冷的阿绫，举着一个纸板，上面用白粉笔写着"白术"二字。

凌晨下车的旅客，原本都挺困的了，但见到阿绫举的纸板，顿时就清醒不少。

白术宁愿不认识阿绫，转过身想避开阿绫。

架不住阿绫眼尖，发现了白术，连喊了两声"白小姐"，然后朝白术扑过来。

于是周围的视线都转移到了白术身上。

白术将帽檐压得低低的，恨不得将整张脸都遮住。

阿绫拦在白术面前，又喊："白小姐——"

白术一把夺过她手中的纸板，对折了一下，继而匆匆往前走。

阿绫不明所以地跟在她身后。

"车呢？"走到一半，白术止住步伐。

"那边。"阿绫指了指停车场。

于是白术转移方向，直奔停车场。中间遇到一个垃圾桶，白术松了口气，毫不留恋地将纸板扔了。

坐到车上时，白术语气不善地问："举着纸板这个主意，是谁教你的？"

"少爷。"阿绫实话实说，"他说您最近喜欢排场，需要这个，不然不高兴。"

"呵。"

白术假笑一声，扭头就给牧云河发了条消息，扣掉段子航半个月薪水。

十分钟后，段子航给白术发了一堆"我错了"的表情包，但最后用一张"我还敢"的图收了尾。白术气得又扣了他半个月薪水。

白术把手机关了，问阿绫："过去要多久？"

阿绫答："五个小时。"

又是一趟艰难的旅程。

白术闭上眼，说："我睡会儿。"

“好的。”阿绫将空调调到适宜温度。

白术在车上睡得并不安稳。

好不容易撑到目的地，白术扭动着僵硬的脖子，感觉脖子随时会断掉。

不过，她一跳下车，活力又回来了。

天色阴沉，春风料峭，但挡不住这如墨画般的山水风光。白术吸了口气，空气清凉，呼吸舒畅。

“白队。”

段子航从一栋小洋房里走出来。

阿绫下车，喊：“少爷。”

“这边。”段子航朝她们招手。

小洋房外面是个院子，用墙围着，地里种了些蔬菜瓜果的苗儿，收拾得一根杂草都没有，看得出主人的精心照料。

“人在哪儿？”白术打量了一圈院子，问段子航。

段子航指了指楼上：“二楼关着呢。”

白术一怔：“关着？”

“嗯，他找到机会就跑，半夜发出求助信息，招了一帮人来，差点闹到报警。”段子航活动着肩膀，斯斯文文地说，“我就把他们全关起来了。”

白术睇了他一眼，以示赞赏。

段子航拱手，客气道：“一般一般，区区拳脚功夫。”

白术立马又给了他一记白眼。

“他为什么要跑？”白术走进小洋楼，问。

“他说他早辞职了，跟BW救援队没关系了，BW救援队不可能大费周章找他，能找他的只有仇家。”段子航提起这个就头疼，“说什么他都不信。”

“他仇家很多？”

“不知道。他是做古董生意的，估计没少坑人。”

“他对BW救援队什么态度？”

段子航想了想，说：“说不上好，也说不上坏，反正他坚持说自己跟BW救援队没关系。”

白术眉宇轻锁。

谈话间，二人上了二楼。

二楼的客厅里绑了四个人，嘴里都塞了块布。几人见到段子航就满眼充血，嘴里哼哼唧唧，不用想都知道在骂人。

这四个人都挺年轻的。

白术问：“哪位？”

段子航指了指一扇门，彬彬有礼地说："这边请。"

看了眼门，白术走过去，把门推开。

映入眼帘的是个年近五十的男人，很瘦，皮肤黑，但眼睛很亮，炯炯有神，右脸上一道长长的疤。他被绑在椅子上，嘴也被塞住。

白术觉得他看自己时的眼神有些不一样。

她走过去，将他嘴里的布扯了。

"你是……"邹沉声音微哑，清了清嗓子后，疑惑地道，"白术？"

"是我。"白术将布扔到一边，"你认识我？"

"我怎么会不认识你……"邹沉话语一顿，眼珠转了转，神情闪过一丝讶然，"这么说，真的是 BW 救援队在找我？"

白术纠正道："是我找你。"

"你找我？"邹沉不明白了，"你找我做什么？"

白术说："想跟你打听点事儿。"

邹沉沉默了片刻，随后身子慢慢往后一仰，靠着椅背，把长辈的姿态端上来："小女娃，这就是你打听事儿的态度？"

"松开他。"白术跟段子航说。

"他精得很，"段子航提醒她，"跟耗子似的，一松就跑。"

邹沉不满意了："你这后生，怎么说话呢？"

段子航哼了声。

白术靠近段子航，低声说："让阿绫在楼下守着。"

"行。"段子航点了头。

他先是给阿绫发了条信息，然后才拿出一把弯刀，割开了绑住邹沉手脚的绳索。

邹沉站起身，扭动着手腕，吩咐段子航："去把我的人给放了。"

"说个事而已，用不了多长时间。"段子航朝他露出和善的笑容，却不肯松口，"咱们聊完，再请你的人离开。"

段子航跟邹沉待了一天，得知这人性格狡诈，满肚子花花肠子，自是不会轻易信他。

何况，他在找邹沉时，发现邹沉的风评并不好，有人骂他是奸商，有人骂他品行不端，总之不像个能待在 BW 救援队多年的能人。

他现在对邹沉防备得很。

"小女娃，你说呢？"邹沉询问白术，笑眯眯的。

"我觉得我时间宝贵，就在这里说吧。"白术一点都没客气，只是放宽了条件，"你有什么需求，可以说。"

为了见邹沉一面，白术在高铁上待了五个小时，又坐了五个小时汽车，她现在困得很，不想跟邹沉浪费时间。

"给我一根烟杆。"邹沉重新坐下来，"在楼下。"

邹沉被关在一间书房里。

书架上满是书，多数是历史类的，墙面挂了些字画，不知真假。书桌上，摆着一套精致的文房四宝，砚台下压着一张纸，一幅山水画完成了一半。

白术瞧着那半幅画，又抬眼看向窗外，山水田园，风景一致。

邹沉坐在靠窗的椅子上，一条腿踩在椅子上，吧嗒吧嗒地抽着旱烟。好一会儿，他缓缓吐出一口烟圈，享受地眯起了眼。

"说吧，你们费这么大劲儿来找我，是为了什么？"邹沉问。

白术离开书桌，朝他走过去。

她问："十年前的秋天，你是不是去过长宁市，参与了一次围剿五芒星的行动？"

"是有这么回事。"邹沉舔了舔嘴角，问，"你想知道这件事？"

"嗯。"

邹沉又抽了口旱烟，说："你爸呢？这事他比我清楚。"

白术平静地道："他离家出走了。"

邹沉跟听到天方夜谭似的，瞪圆了眼，然后咳嗽了几声，好不容易才缓过来。

"他怎么……"邹沉难以置信地问。

段子航给白术搬过来一张椅子："白队，坐。"

"离家出走。"白术坐下后，慢悠悠地说，"我现在是 BW 救援队队长。"

邹沉又是一惊："你？！"

"嗯。"

"你才多大……"邹沉刚想感慨，随后又想到什么，笑了笑，"不过你妈创建 BW 救援队时，比你也大不了多少。青出于蓝啊。"

段子航忍不住插了句嘴："BW 救援队真的是白青梧创立的？"

邹沉怔住了，一脸迷茫："你们连这个都不知道？"

白术和段子航对视了一眼。

"你们到底知道些啥？"邹沉狐疑地盯着他们。

"先说说十年前，你在长宁市做的事吧。"白术绕开了话题。

"十年前的事，你们又翻出来做什么？"邹沉继续抽着旱烟，有打马虎眼的意思。

看他这架势，段子航想揍他。

白术顿了两秒，直截了当地说："五芒星卷土重来了。"

邹沉又呛了一下。

白术直视着他的眼睛："我妈去世，我爸不在。但十年前的事，我必须搞清楚。"

邹沉跟她对视几秒，然后将旱烟袋倒扣在烟缸上，敲了敲。他把旱烟杆放在桌上。

“十年前那个事，我参与得不多。”邹沉终于开了口，“白队，也就是你妈，她当时安排我跟踪一个男人，我想想……哦，他叫陆侨。”

陆侨。

听到这个名字，白术心神一凛。

这不是跟顾野住在一起的那个男人吗？

“他当时住在西城一个城中村，跟一个小少年住一起。”邹沉说，“你应该认识的，那少年叫陆野，我经常看到你跟他一起玩儿。不过，后来听说陆侨死了。”

白术愣了下：“死了？”

“是啊。”邹沉没察觉出白术的异常，继续说，“我跟了陆侨一段时间后，事无巨细地汇报给白队。后来，白队让我报警称陆侨是逃犯，陆侨很快就被带走了。没多久，陆野主动去了警局，但没了消息。我打听了一下，警方说陆野身体有后遗症，去世了。”

说到这里，邹沉连连摇头，骂了两声缺德。

白术追问：“什么后遗症？”

邹沉摇头：“搞不清楚。”

“是什么导致的后遗症？”

“五芒星在他们身上做试验啊。”邹沉说，“五芒星这个组织想研发一种把普通人变成天才的药物，但是需要资金和试验品……”

白术脑袋轰地炸开，明白了。

她弄清了顾野不怕冷的特殊体质，因为那是试验过程中的后遗症。

她弄清了顾野优秀外表下的自卑，因为他被剥夺过成为人的资格。

一股难以言明的悲怆从心底袭来，白术的双手不自觉紧握成拳，良久，她才缓缓吐出一口气，把拳头松开。

“陆侨是怎么回事？”情绪缓和后，白术继续问。

“他是五芒星的研究人员。不过，他可能是忽然觉醒了，带着陆野从组织里逃了。他们流窜了两年，直至他被抓。”

“他坐牢了？”

邹沉说：“不知道。他被抓后，再没消息了。”

段子航忍不住问：“没有一个公开的说法吗？”

“陆野死了”的事明显是假的，毕竟顾野还好端端地活着。估计是顾家为了让顾野彻底跟组织划清界限，把“陆野”的身份抹除了。

既然陆野的事有猫腻，陆侨这事背后，没准也有隐情。

“没有。我就知道白队追踪五芒星十来年，终于在长宁市将五芒星一网打尽。”邹沉神情中流露出些微疑惑，“五芒星真的死灰复燃了吗？”

白术说：“嗯。他们流窜到国外了。”

“这个确实有可能。”邹沉沉吟了片刻，忽然想起一茬，“说起来，你打听这个事，应该去找仲淮啊，他跟你那么亲，对这事也比我了解。”

“仲淮？”

念出这个名字时，白术忽然觉得自己又失去了一段记忆。

“是啊，你把他忘了？”邹沉一脸的古怪，“他是你妈最疼爱的学生，是个天才，经常往你家跑。你跟他挺熟的啊。”

白术听着邹沉的话，都感觉自己被“替身”了。

这事圆不回来。

段子航出来给她打圆场：“她先前生过一场病，很多事都不记得了。”

“难怪。”

邹沉点点头，不疑有他。

他是丝毫不怀疑白术身份的，因为白术长得跟小时候一个样儿，除非是克隆人，不然没有这么像的。

“仲淮怎么会是我妈的学生？”白术理了下思绪，继续展开话题。

“他是学心理的，在东川大学读书。你妈是东川大学的博导，他是你妈的学生。”

白术忽然顿悟了什么：“我妈的研究方向是……”

“催眠术。”邹沉一拍手，用有些崇拜的口吻说，“哎，你不知道吧，你妈是国内，不，是世界首屈一指的催眠师。”

“修改记忆她能做到吗？”

“她好像在做这方面的研究，能不能做到我就不清楚了。”

果然如此。

白术觉得她忘记陆野、仲淮的事情，找到根源了。

可是，白青梧为什么要修改她的记忆？

除了陆野和仲淮，她还忘了什么？

跟五芒星有关吗？

眼前忽然出现一片迷雾，白术感觉自己越陷越深，看不清方向。她本以为自己站在局外，可没准她早在多年前就身处局中。

离开邹沉家时，白术交代段子航：“你查一下，邹沉为什么离开BW救援队。另外，找人去东川大学打听一下，白青梧和仲淮是怎么个情况。”

“为什么要打探邹沉？”段子航不明所以。

“邹沉很优秀。”白术眉目微敛，正色道，“像他一样优秀的老员工，走了很大一批。我想知道 BW 救援队为什么留不住他们。”

段子航愣了下，同意了：“好。”

他送白术上车。

段子航留在村里处理一下后续，阿绫则开车送白术去镇上一个旅馆歇息。

在旅馆洗了个澡，白术出来时，阿绫刚好买了午餐回来。

“阿绫。”

白术咬了一口烤馍，忽然抬头，看向站在身边的阿绫。

阿绫回答：“白小姐，我在。”

“你姓什么？”

“姓陆。”

“你为什么不跟着段子航姓？”

“不知道，”阿绫回答，“我只记得我姓陆。”

白术想了想，说：“你能脱一下上衣吗？我想看一眼你的后背。”

“好的。”

阿绫没有迟疑地答应了。

她转过身，背对着白术，依次将外套、毛衣、打底衫脱了。

她背部光滑，皮肤细嫩，没一点痕迹。

“白小姐，还要脱吗？”阿绫不知白术想做什么，继续问。

白术站在她身后，手指抚过她的肩胛骨，半晌后，说：“不用了。”

她将手收回来。

正在这时，段子航在敲了两下门后，喊了声“白队”，直接就掏出备用房卡进了门。

他刚往里踏进一步，就感觉空气凝固了。

“白队，你跟阿绫耍流氓是不是有点不正常？”段子航恼羞成怒地吼了一嗓子，然后迅速背过身。

阿绫没急着穿衣服，而是打招呼：“少爷。”

“把衣服穿上！”段子航大步走出门，“砰”的一声将门甩上了。

白术觑见了他耳后一抹红晕。

阿绫抓起一件打底衫，问白术：“白小姐？”

白术说：“你穿上吧，别冻着。”

“是。”

阿绫一板一眼的。

几分钟后，阿绫重新开了门，想叫段子航进来，却没见到段子航的身影。

过了约莫半个小时，段子航才回来。

这一次他只敢敲门，不敢开门，待阿绫拉开门后，他第一时间把房卡塞给阿绫，可从头到尾都没多看阿绫一眼。

“你妈、仲淮，还有邹沉的事，都让人去查了。”段子航径直走到白术跟前，“你先睡一觉，等醒来应该就能出结果。”

“行。”

“还有……”段子航欲言又止。

“还有？”

段子航瞥了眼阿绫，似乎对白术让阿绫脱衣服的事颇有不满。

白术轻描淡写道：“看一眼而已。”

段子航无语极了：“换个性别，你这会儿都进局子了。”

“小题大做。”

二人拌了两句嘴，段子航看向阿绫，几秒后，对白术沉声说：“我知道你想看什么。”

白术在椅子上落座，刚拧开一瓶汽水，闻声诧异道：“你知道？”

“我捡到阿绫时，她背后有个编码，时间正好是十年前。”段子航皱了皱眉，“我也怀疑她是从组织里逃出来的。”

喝了两口汽水，白术狐疑地问：“她的编码文身呢？”

“看着碍眼，给她洗了。”段子航不快地说。

白术挑眉，调侃：“那你看过不少啊。”

段子航噎住了，表情尴尬。

过了片刻，白术继续问：“除此之外，还有什么？”

“我是在一个大雪之夜捡到阿绫的，那时她快冻死了，救过来后很多事她都记不清了。”段子航说，“她说她是逃出来的。我问她名字，她说她叫陆绫。”

顿了顿，他又道：“她不识字。我问她是哪个‘ling’，她答不上来，所以这个字是我随便取的。我怀疑她说的是数字零。”

“数字编号？”

“她的编码，最后面就是两个零。”

“你的意思是，他们在组织期间，用的都是代号？”

“不排除这个可能。”段子航目光沉沉地看了白术一眼，“或许你可以问一下顾野。”

白术撇嘴。

以顾野现在拧巴的状态，能跟她聊这些事，那才是见鬼了呢。

“我还记得一个人。”一直被忽略的当事人阿绫忽然发话了。

段子航一怔，忙问：“谁？”

“她叫陆遥。”阿绫神色认真，却没一点情绪，“她说人是有姓名的，不能是数字。管我们的人姓陆，那我们都姓陆。是她拉着我逃出来的，不过我们跑着跑着，她就不见了。”

听她逻辑如此清晰，段子航错愕：“你不是记不清了吗？”

阿绫回答：“我最近想起来的。”

“什么时候？有什么契机吗？”段子航追问。

“前几天，看了几篇正在投票的漫画。”阿绫回答。

“谁的漫画？”

阿绫仔细地思索了下，直接拿出手机，搜到那篇漫画。她把手机递给段子航，但段子航指了指白术，于是她又将手机递给白术。

漫画作品取名叫《白桦林》，因为投票结果未确定，所以对作者身份暂时保密。

故事很简单，主要讲两个小女生如何从人间地狱里逃出来的。不过，作者功底深厚，将故事讲得惊险刺激，情绪渲染到位，画面感十足，整体刻画得非常精彩。

不出意外，是能进DY漫画大赛东亚赛的作品。

“这个故事，跟你的经历很像？”看完漫画，白术将手机还给阿绫。

“嗯。”

“你还想起别的什么了吗？”

阿绫摇了摇头。

想不出也没办法。

不过，暂且可以判断，阿绫确实在组织里经历过虐待。只是阿绫比较幸运，把那些都忘了，不会被过去牵绊。

对于有那般经历的人而言，失忆反而是老天爷的眷顾了。

昨儿个一夜没怎么睡，白术脑子乱糟糟的。跟段子航和阿绫聊了会儿，发现理不出更多线索后，就去睡觉了。

她睡了一个并不安稳的午觉。

醒来时已是天黑，白术看着窗外有些迷茫。过了好一会儿，才回过神，揉着太阳穴坐了起来，迷瞪着打了个哈欠。

缓了半刻，她从枕头旁摸到手机，开了机。

她一边给顾野打电话，一边走到窗前，把窗户推开。

镇上没有城市的繁华，推开窗户，只见旅店荒芜杂乱的后院，零星亮起的灯里，也只见杂乱的房屋。

“喂。”

电话响了三声后，顾野接通了。

白术困得很，听到顾野清朗的声音，登时清醒不少。“晚上好。”

“晚上好。”顾野回了一句，跟她闲聊，“吃饭了吗？”

“没有，刚睡醒。”白术说，“你呢？”

“刚吃。”

“吃的什么？参考一下。”白术揉了揉肚子，有点饿了。

“我爸亲手做的蛋炒饭。”

“嚯。”白术很是惊讶，“你爸还会做饭？”

顾野低声笑了，说：“他不会，但他想学，做完了没人敢吃，就把我叫了回去。”

白术十分同情：“你辛苦了。”

顾野的笑声懒洋洋的：“客气。”

小镇的夜色很宁静，只偶尔传来一些声响，远远地，像是来自另一个世界。

白术跟顾野闲话家常。

她打电话给顾野，本想跟他说十年前的事，可聊着聊着，白术就不愿意说了。

过去多扫兴，何必添纷扰。

聊了半个小时，顾野主动开了口：“说说你的收获吧。”

终于还是把话题绕了过来。

白术转过身，背靠着窗户，瞧着没开灯的房间，说：“收获很大。”

“嗯。”顾野的声音轻轻的，很耐心地聆听。

“我妈是催眠师，曾在东川大学任职，还是仲淮的老师。”白术选了个容易开口的事，“你觉得我的记忆问题，跟我妈有关系吗？”

“你问我？”

“嗯。”

顾野说：“我觉得有。”

“你怎么想？”白术问。

“我今天很闲。”顾野忽然扯开了话题。

“啊？”

“我跟我爸聊天，聊到你妈去世的事。”顾野继续说，“牧云河说，你妈是在地震中去世的，为了保护你。”

“嗯。”

“当时牧云河还不认识你们，消息是从你这里听到的？”

“对。”

“不对。”

“哪儿不对？”

“哪儿都不对。”顾野说，“去年，我爸得知你妈去世后，第一时间打听到原因。你妈去世的时间和地点都没错，但原因是意外。我事后查了一下，那一年，那个城镇，根本没有地震发生。”

白术倏然怔住了。

顾野所讲的，跟白术记忆中的完全不一样。

记忆里的画面是那么鲜明。

白青梧得知白术厌恶爷爷和画画后，带她去散心，结果遇上了一场地震。在被压在废墟下的两天两夜里，白青梧一直护着她。

最终，她得救了，但白青梧不在了。

现在顾野说，你没有经历这些，那一场地震根本不存在。

“白小术。”不知过了多久，顾野喊她。

白术从迷茫情绪中回过神：“嗯。”

顾野的声音是温和的：“我有一个猜测。”

“你说。”

顾野的语调缓慢：“你和你妈去的时间、地点，甚至起因和结果，都没有变。但你妈不想让你知道她是如何去世的，所以给你催了眠。”

将分析说完，顾野给了白术一定的缓冲时间。

倘若这些假设是真的，白青梧可以通过催眠修改白术的记忆，那么，理由呢？

往下一深究，细思极恐。

在地震中遇难，已经足够悲惨了。可白青梧要隐瞒的事情，恐怕要比这个恐怖得多。

要不然，白青梧不会多此一举，特地在死前对女儿搞这么一出。

“如果是……”白术想到第二个理由，“仲淮呢？”

顾野否定了这个猜测：“仲淮没那个能力。要不然，他可以轻松地控制老夫人。”

白术忽然想到顾野桌上的一堆资料，问：“你研究的资料里，是不是有我妈的论文？”

“有。”

“你觉得她可以办到吗？”

“按照她留下的资料来看，理论上是可行的。不过，至今没有一个催眠师可以做到。”

白术抬手抵着太阳穴，皱起眉：“你让我想想。”

顾野便安静下来，等着她。

乌云遮月，夜空深远辽阔，一阵风拂过耳侧，白术忽而偏头，看向广阔的天空。

良久，整理好思绪的白术缓缓开口：“我忘记的有你、我妈的死因以及仲淮。我妈是七年前去世的，我跟你认识是十年前。我能想到的，唯一需要忘记你的原因，是五芒星组织。”

顾野被她这么一提醒，忽然将线索串联了起来。

白术说：“我妈正好是让七年前组织覆灭的人，如果组织要报复，找到她并不意外。她或许死得很惨，所以不想让我知道，抑或是不想让我卷入其中。可是，我忘记仲淮是因为什么，仲淮在里面扮演了怎样的角色？”

顾野接上她的话：“仲淮在你妈去世后，离开了东川大学，前往封城发展……他主要做心理咨询，跟催眠关系不大。”

“你怎么想？”

沉吟了下，顾野说：“就凭他装不认识你这一点，就有问题。”

“嗯。”

白术表示赞同，有了通过仲淮入手调查的想法。

须臾后，顾野冷不丁地问了句：“还有呢？”

“什么？”白术没反应过来。

听筒里响起了沙沙声，顾野似是很轻地笑了下。

他问：“你没打听到我的事吗？”

白术一顿。

久久没等到她的回应，顾野声音轻轻上扬：“嗯？”

白术总算开了口：“打听了。”

她又说：“我给你复述一遍，你听一下，对不对。”

顾野没有及时回答。

白术并不急着说，跟他一起安静下来，等着他的回答。

不一会儿，顾野缓缓开口：“好。”

虽然不想提这事扫兴，但有了顾野的许可，白术没再藏着掖着，将从邹沉那里得知的信息，都一一跟顾野说了。

说完，白术问：“有差错吗？”

顾野说：“基本没有。”

白术抿了下嘴唇：“陆侨去哪儿了？”

“活着。我在找他。”顾野回答得言简意赅。

过了片刻，白术说：“让邹沉报警的是我妈。”

“我知道。”顾野语调平静，“我可以把故事给你补充完整。”

白术望着窗外零星的灯火。

顾野讲了陆侨被带走后的故事。

陆侨被带走后，他主动找到警方，表示可以协助他们对付组织，前提是放陆侨一条生路。

警方同意了。

顾野的计算机天分展露得很早，他在陆侨办公室里看过不少书，包括计算机的，对这方面的知识一通百通。

陆侨带着顾野逃出五芒星组织前，顾野就在组织的资料库里藏了病毒。只要他一启动，不仅可以定位到组织的准确位置，还能将资料库一扫而空。

这是他逃亡被发现时的筹码。

他把这个筹码交给了警方，警方联合白青梧等人，将组织一举铲除。

之后，陆侨被秘密放了，他被顾家领了回去。

可惜，计划百密一疏，围剿组织时，跑了两个漏网之鱼。

那两人逃离了东国，之后不知去向。

等顾野等人意识到组织卷土重来时，为时已晚，藏了 Y9 因子的药物，早已秘密流通了。

白术听完，理了好一会儿思绪。

末了，她问："十年前，陆白才一两岁。他跟你们也是同一批的吗？"

"不是。"顾野说，"他是被程行知从国外救回来的。发现陆白后，我们才知道，组织又卷土重来了。"

白术一顿："那你们过敏……"

顾野的声音轻了几分："我们这些试验品，都对 Y9 因子有排斥反应。"

白术忽然没了声。

顾野提到"试验品"时，口吻轻描淡写，好像不在意。可这话落到白术耳里，她就没那般淡定了。

就在这一刻，听筒里远远飘来顾天驰的声音："顾野，你快来看看，我今天钓的鱼……"

白术敛了情绪，疑惑道："怎么了？"

"我爸叫我看鱼。"顾野敷衍着，话锋一转便问，"你什么时候回来？"

"明天吧。"

"等你回来再说。"

"好。"

挂了电话，白术久久没动弹。

不知在窗口吹了多久冷风，白术听到了敲门声，才将发散的思绪收回来。

她开了灯，去开门。

段子航站在门口，表情有些凝重。

"进来吧。"

说完，白术转身往里走。

段子航跟上："东川大学那边传来你妈和仲淮的资料。至于邹沉……他，不，是他们。他们离开 BW 救援队的理由，牧云河从一个老部长那里问到了。”

“什么理由？”察觉到段子航低沉的情绪，白术意识到背后的原因不简单。

段子航沉默了很久。

站了好半晌，他才缓缓吐出一口气，说：“自杀式的救援，一场又一场。他们在救援中受伤、牺牲，却不被理解。时间消磨了他们的理想，直到有一天，他们扛不住了，于是选择离开这个奉献青春却不被铭记的舞台。辛苦忙碌几十年，到头来什么都不剩，没人记得他们。”

他不知该如何讲述，可弯弯绕绕一段话，却把事情说清楚了。

“哦。”

白术明白了，理解了，也接受了。

段子航说：“让邹沉离开 BW 救援队的原因，是在一场国际救援中，难民抢夺物资时捅了他的朋友，他的朋友因抢救无效去世。”

“就一件事？”

“不是。”段子航摇了摇头，“邹沉是在二十年前的 327 惨案里活下来的人，类似这样的事情不断发生，绝望、痛心、愤恨，他应该经历过无数次。”

只是在救援队待了这么多年，有一天，英雄累了、倦了，所以选择离开。

而他往后余生需要背负什么，只有他自己心里清楚。

段子航继续说：“像邹沉这样的英雄，回到家乡后，就成了村民口中的怪人。没人知道他的过去，也没人关注他的存在。”

“跟邹沉一样遭遇的人，多吗？”白术拧眉问。

来BW救援队才两年多，白术关注的是在职的员工，对已离职的员工少了关注。

“不算少。”段子航估摸着说，“毕竟已有二十多年了。”

停顿片刻，白术缓缓开口：“让牧哥做好准备吧。”

段子航悚然一惊：“你又想干吗？”

“拟定离职员工补偿计划，给钱，给奖励，给宣传……”白术轻描淡写地讲了一个烧钱计划，然后说，“我们 BW 救援队的英雄，在离开后，没有享受到英雄的待遇，是我们的问题。”

“你又来！”

段子航被她吓得直冒冷汗。

他想起两年前在图卢国救援时，白术不知去哪儿晃了一圈，回来后召集他们开会，说要让世界关注 BW 救援队，让每个员工都以 BW 救援队自豪……

并且确定要拿诺尔贝奖。

当时无数人反对，只觉得这个刚成年的女生疯了，异想天开。

他们坚持救援队该默默奉献，如果没有一点牺牲精神，在乎名利的话，他们就不配加入救援队。并且做这一切，要投入不少资金。

但白术说："没有人的牺牲是应该的，人不该被神化。被神化的人，丧失了拥有情绪的权利。可是，没人该丧失这种权利。给英雄应有的荣耀，这钱花得值。"

她力排众议，把计划落实了。

这两年，他们这些支持白术的，成天被打压排挤，所幸近期计划略见成效，越来越多人以自己成为 BW 救援队员工而骄傲，团队凝聚力与日俱增。

白术乜斜着他："干不干吧？"

顿了一秒，段子航便笑了："当然。"

他喜欢当队长的白术。

她尊重每个人的价值，把每个人都当成人。

在这个资本横行、人人皆工具的时代，能碰到一个像白术这样的领导者，是一件很不容易的事。你只需将理想交予她，她会用尽一切办法不让你失望。

倘若真败了，她也与你共沉沦。

唯一不同的是，她想让每个人都得到该有的一切，可她自己什么都没得到过。

第八章

顾野为白术放弃名额

■ ■ ■ ✦ ■ ■ ■

NI SHI WO DE GUANG MANG

离开之前，白术买了两瓶酒，又让阿绫载她回了邹家村。

没人知道白术和邹沉聊了什么，但邹沉是亲自送白术出门的。待阿绫开车走了很远，邹沉还站在门口，目送他们。

白术一上车就倒在了后座上。

“白队。”

段子航坐在副驾驶座上，回头喊她，没见她有一点动静。

段子航又喊了一声。

这次白术很干脆，嫌他烦，把毛毯往脑袋上一罩，看都不看他。

“买的什么酒啊？”段子航问阿绫，“她酒量不是一直可以吗？”

阿绫回：“白酒。”

段子航登时肃然起敬，同时，不敢再骚扰白术。

回程的路很颠簸，阿绫开了五个小时的车，之后他们坐高铁回封城。等他们到封城时，已经是第二天下午了。

白术走出高铁站，头疼欲裂，把帽檐压得低低的。

她皱眉说：“我饿了。”

“我恐怕没法请你吃大餐了。”段子航说，“有人接你。”

白术疑惑地抬头，目光一扫，赫然见到站在人群口的顾野。他身形颀长，在人群中极其显眼。

“走了。”白术当即抛下段子航和阿绫，径直走向顾野。

顾野在等她。

“一股什么味儿？”顾野挑了下白术的帽檐，微倾上身，皱眉嗅了嗅，“你喝酒了？”

“嗯。”

顾野“啧”了一声：“出差喝酒，挺会应酬啊。”

“没有应酬。”

“行，没有应酬。”顾野附和地点头，“去哪儿啊？我送你。”

白术困得没心思跟他斗嘴，困倦地说：“吃顿好的，然后回家睡觉。”

她往前走了一步，身形却晃了下。

顾野一把拽住她的手臂。

“小酒鬼，”顾野打量着她疲惫的眉眼，“要我背你吗？”

白术不假思索地点头：“好哦。”

众目睽睽之下，顾野没有什么顾忌，在白术身前弯下腰。待白术往他背上一趴，他就背起白术往停车场走。

路上惹来众人的注目，二人都没有在意。

四月的天气仍有些冷，风凉飕飕的，白术趴在顾野背上，她的下巴抵着他的右肩，半眯着眼端详他的侧脸。

顾野问：“想吃什么？”

“烤鱼。”

“行，我知道一家味道不错的店。”

“好。”白术点头。

没一会儿，白术的余光觑见一群举着手机的人。她用手指勾着顾野的衣领，扯了扯，声音轻轻地唤他：“哎。”

“怎么？”

白术指了指那个方向：“他们是不是在拍我们俩？”

顾野看了一眼，说：“好像是。”

白术不明所以：“为什么拍我们？”

“我们俩好像挺有名气的。”顾野估摸着回答。

“听说我们俩在综艺节目上火了。”白术想起这么个事儿。

“我也听说了。”

“所以……”白术晃了一下小腿，兴致勃勃地猜测，“如果照片传到了网上，会有我们的 CP 粉（情侣粉）吗？”

顾野一噎，不知她在想什么，无语地扯了扯嘴角。

他走近车，把车门拉开，将白术扔了进去。

从第三基地回来后，白术和顾野就没怎么外出过。

他们并不清楚自己到底有多火。

于是，被偷拍的事情，他们都没放心上，一上车，就前往烤鱼店，开开心心地吃鱼去了。

吃饱喝足，顾野把白术带回战队。

白阳和即墨诏都不在。

“去休息吧。”顾野进门时，摘了白术的鸭舌帽，斜眼看她，“先洗个澡，你身上一股酒味和烤鱼味儿。”

“是吗？”

白术拎起衣领，放到鼻尖嗅了嗅，确实有点味儿。

顾野笑道：“快去，不然腌入味了。”

“行。”

白术走向楼梯。但走了两步，她又倒退回来。

她歪头瞧着顾野，眼睛一眨不眨。

顾野被她瞧着，嘴角轻轻上扬：“看什么？”

“你心情不错哦，是想通什么了吗？”白术忽然凑近他，猫眼大大的，纯净如弹珠。

顾野呼吸一窒。

“我先去睡一觉。”白术后退一步，问他，“晚上要请我吃饭吗？”

“好。”

顾野眼里带着笑意。

于是白术满意地上了楼。

回卧室洗了个澡，白术便睡了。

她不知道的是，一觉醒来变了天。

临近傍晚时，封城下了一场小雨，春雨冰凉，淅淅沥沥的。

下午四点，DY漫画大赛国内赛的结果公布，在整个漫画圈引起了极大的关注。然而，喜庆的氛围没持续多久，顾野一则“退赛声明’，掀起了轩然大波。

窗户敞开着，顾野站在窗口，看着院子里抽出新芽的梧桐树，眉眼轻皱着，在思考该如何跟白术交代此事。

他的手机响个没停。

电话被他一个一个地挂了。

正当他准备关机时，又一通电话打进来，他的目光在“程行知”三个字上停留两秒，然后接通电话。

程行知没有说话，话筒里传来呼吸声。

“你们的进展出问题了？”顾野敏锐地问。

“最新的抑制剂研发出来了，我们需要临床数据。”程行知的语气有些沉重。

他们已经不是十三四岁的孩子了。

十年前的他们，只能无能为力地等候救援；现在的他们，可以聚集技术、人才、设备，研发出应对 Y9 因子上瘾性的药物。

当年重获自由的孩子，现在组成了一支团队。

他们各有所长，有的提供资金，有的提供技术，有的拉拢人脉……不过，只有程行知知道，顾野是承担最多的。

他们所有的进展，都离不开顾野的配合。

顾野的神情渐渐凝重。

他微偏头，看向白术卧室的方向，良久后，应声：“好。”

晚上七点，白术睡饱了，打着哈欠，趿拉着拖鞋下楼。

即墨诏和白阳都在训练，但不见顾野的身影。

“顾野呢？”白术问。

“他请假了，说要回一趟顾家。”白阳回答着，身体往后一仰，靠着电竞椅，“你饿了吗？要不要吃饭，阿姨给你准备了。”

白术皱了皱眉，想给顾野打电话。

即墨诏将耳机摘下，盯着白术的举动，问：“你看网上的新闻了吗？”

“什么新闻？”

“漫画比赛结果出来了，顾野第一名，你是第八名。”

“哦。”

白术不觉得意外。

她退出通讯录，搜到比赛排名。

第一名：NO.1。

第二名：问鼎。

第三名：楚逍遥。

第四名：墨川。

第五名：简以楠。

第六名：某曹君。

第七名：Echo。

没有江南枝和即墨诏，更没有顾野。原本该排在第八名的她，却是第七名。

“顾野不是第一吗？”白术彻底清醒了，感觉后颈一凉。

“顾野退出了。”即墨诏别有深意地看向她，“你和顾野下午在高铁站被拍到，网友怀疑你们在交往。现在顾野退出，你正好顺位晋级，网上在猜顾野是不是为你退出的。我劝你这段时间最好不要上网，不然会被气出心梗。”

白阳听得目瞪口呆。

他就回家待了一下午，怎么发生了这么多事？

白术停顿几秒，一边拨顾野的电话，一边问即墨诏：“他的退出理由是什么？”

“不知道。”即墨诏摇头，“我得知消息时，给他打了电话，他没接。回来后，白阳说他请假了，不在。现在他的手机都关机了。”

白术没有拨通顾野的电话，顾野的手机仍在关机状态。

他明明答应请她吃饭的……

即墨诏的手机响了起来。

他站起来，走到一边接电话，一分钟后，他就走了回来。

“又出事了。”即墨诏深吸了口气，情绪已经麻木了，“墨川和某曹君都退赛了。第八的我和第九的纪依凡，都晋级了。”

白术思绪乱得很，搞不明白这几个小时里发生了什么。

听到即墨诏的话，她随口回答：“瞧网上这逻辑，墨川为了你退赛，某曹君为了纪依凡退赛？”

即墨诏挠了挠鼻尖，心想墨川为了他退赛这个事，不好说；但某曹君可能真的是为纪依凡退赛的。

白术把电话打给了墨川。

电话接通了，不过接电话的人是时正。

时正喊：“白队。”

语气是恭敬的，没一丝敷衍。

“墨川呢？”白术开门见山道。

“在工作呢。”

“他人在哪儿？”

“我家。”时正回答完，不知抱着怎样的心理，特地补了一句，“我怕他没日没夜地加班出问题，把他拽到我家了。”

白术说：“你让他接电话。”

时正说：“稍等啊。”

半分钟后，电话里传来墨川的声音：“白队。”

“你们退赛是商量好了吗？”白术直截了当地问。

墨川还以为白术要问第三基地的事，听到这个问题，过了会儿才反应过来：“不是。我抽不出时间参赛。何况，即墨诏未来可期。”

白术斜了眼在用手机刷八卦的即墨诏，背过身，问：“你是自己决定退赛的？”

“嗯。”

“顾野呢？”

“我打过他的电话，没打通。”墨川说，“漫画圈很多人都在找他。”

“知道了。”

白术没有跟墨川多聊，见打听不到什么后，就挂了电话。

“白阳。”白术将注意力转向看戏的白阳。

白阳赶紧站起来，殷切地说：“妹妹，我在。”

“我想去一趟顾家。”

白阳马上会意：“我开车送你。”

即墨诏还在看网上的言论，听到他们俩的对话，抬起头一看，只见白阳和白术已经走向大门了。

顾家灯火通明。

白阳把车一停，白术就下了车。

然而，双脚刚踩在地上，白术就停了下来，她见到宅子外停了一辆警车，大门敞开着，两个穿着制服的警察押着顾永铭走出来。

后面跟着个顾天驰。

顾永铭面无血色，被警察按着头送进警车时，他忽然瞥见白术，在最后一刻，留给白术一个充满恨意的眼神。

“辛苦了。”

顾天驰送警察上车。

警察跟顾天驰告别，然后开着警车，从白术面前驶过。

“小白！”

顾天驰见到白术，先是一愣，然后兴高采烈地迎上来。

白阳乖巧地跟他打招呼：“顾叔叔好。”

“你们俩怎么来了？”顾天驰很惊奇。

白术说：“我来找顾野。”

“顾野？他不在啊，我下午就联系不上他了。”顾天驰疑惑道，“因为他退出了个什么比赛，他爷爷到现在还气着呢。你们也是为了这事来的？”

“嗯。”

“他经常联系不上人，不过消失不了多久。”顾天驰摆摆手，招呼他们俩，“你们别在外面待着了，先跟我回屋。”

“不了。”白术拒绝了。

她看了眼警车离开的方向，问：“顾永铭怎么了？”

“他哄骗老夫人，把公司股权给他，被发现了。加上以前他在公司财务上也动过手脚，应该要在里面待一阵。”顾天驰轻描淡写地说着，好像不是在描述一个养子违法犯罪，而是在讨论一个陌生人。

白术目光微动，忙问：“这事……跟仲淮有关吗？”

“有一点。”顾天驰笑了笑，“警方应该去仲淮家了。”

“哦。”白术点头，继而跟白阳说，“白阳，我们走。”

“好。”白阳对她言听计从。

顾天驰不明白白术怎么这么急，问：“你们不进来坐坐？”

“下次。”

话音刚落，白术已经钻进车里。

白阳开着车扬长而去。

上车后，白术交代白阳把车开回去，然后给段子航打了通电话。

白术说：“听说警方要逮捕仲淮，你追踪一下仲淮的情况。”

段子航愣了愣，回答：“好。”

段子航办事效率很快，迅速去打探仲淮的情况。不到十分钟，他就给白术回了消息。

“仲淮跑了。”段子航言简意赅地说。

“怎么跑的？”

“警方去抓捕他时，发现他不在家，又查了下他的信息，发现他昨晚就坐飞机去了M国，应该是提前得知消息跑了。”

“他没必要跑。”白术想不通仲淮的逻辑。

“如果只是老夫人的事，肯定没必要跑。催眠这个问题，说不清楚，牵连不到他。”段子航分析道，“唯一的可能是，他背后还有别的事，一旦被警方盯上，就有可能被挖出来。他不得不跑。”

这个推测最合理。

白术沉吟片刻，说：“你找M国那边的关系网，尽可能找到仲淮的下落。”

段子航说：“行。”

一觉醒来，先是顾野将比赛名额让给自己后玩失踪，然后是顾永铭因证据确凿被捕，紧接着又是仲淮逃窜到M国……

白术叹了口气。

回去的路上，白术注意到某条街上的烧烤店，一套套桌椅露天摆放，围聚着不少食客，颇有一种人间烟火的味道。

“停车。”白术忽然出声。

白阳听话地将车停到路边，回头问：“妹妹，怎么啦？”

白术说：“饿了。”

“对哦，你没吃饭。你想吃什么？”

“烧烤。”

"啊？"

白阳吓了一跳，但没等他劝说，白术已经拉开车门下了车。

白阳便顾不得其他，赶紧解开安全带，跳下车，跟上了白术。

他望了眼沿街的桌椅和食客，只觉得肝疼："妹妹，咱们换一家店，去环境好一点的，这里不干净。"他路过一张空桌，被上面的油污惊得打了一个哆嗦，"太脏了。"

"就这儿了。"白术就当没听到他的话，选了一张桌子，然后跟白阳说，"你可以去车上等。"

拖出一张椅子，白术坐了下来，然后招呼服务员把菜单拿出来。

她看起来轻车熟路，应该很熟悉这种地方。

白阳僵在旁边看了会儿，最后一咬牙一跺脚，把心一横，拉开白术身边的椅子，闭着眼睛坐了下去。

用笔勾选着食物，白术觑着如坐针毡的白阳："你吃什么？"

"不吃，不吃。"白阳把头摇得像拨浪鼓，"我看着你吃就行。"

白术目光在饮品区停留，问："喝一瓶豆奶？"

"呃——"白阳迟疑了下，跟壮士断腕般悲壮，"好的。"

个人饮食习惯不同，白术没有强迫白阳，又选了两瓶豆奶后，就将菜单还给了服务员。

"妹妹，你常来这种地方吗？"白阳满脸的心疼。

"嗯。"

"听说你爸卷走了你的小金库？"

"嗯。"

白阳更心疼了："你别省着花，哥哥有钱。要不，我给你的签约费再加一倍？"

白术毫不犹豫地答应了："好呀。"

"我回去就跟你补签合同。"白阳非常积极地说。

过了会儿，一盘牛肉串被端上桌，白术抓起来就吃，毫无顾忌。

白阳看着胃都揪着疼，小心翼翼地说："要不，你将就着吃一点。我让阿姨给你备点夜宵，咱回去吃。"

白术一口回绝："不用。"

白阳看着她对着烧烤大快朵颐，越发觉得过意不去了。

烧烤全部端上桌后，白术吃到一半，忽地有个女生走过。

女生观察了白术一会儿，最后重重地"呸"了一声。

白术吃得正香呢，一个路人来这么一出，她反感地皱了下眉，抬眼看去。

对上白术的视线，女生一点都不心虚，反而理直气壮地指责："顾野都为了你退出比赛了，你还有脸跟别的男人一起吃夜宵？”

白术愕怔。

白阳倍感冤枉，举起手辩驳：“我没吃。”

这个女生原本站在道德制高点打算谴责白术，忽地被白阳打岔，她愣了下，扫视着桌上的烧烤，发现白阳确实没吃。

“没吃就没吃呗，有什么好争的。”

女生恼羞成怒地骂了一句，瞪了白术一眼，然后气呼呼地离开了。

白阳无辜极了：“我确实没吃啊……”

白术没把女生放心上，拿起一瓶豆奶往白阳跟前一放，说：“喝一点。”

“好的。”

白术递过来的豆奶，白阳当然不会拒绝，转眼就将这事抛诸脑后。

吃完一顿烧烤，白术心情好了不少，但跟白阳去找车时，暴脾气就上来了。

“这、这……”

白阳围着自己的爱车转圈圈。

他的车被划了好几道痕迹，轮胎被戳破了两个，挡风玻璃还被石头砸了。这情况，摆明了就是恶意报复，白阳气得直发抖。

白术冷静地看了一圈，说：“报警。”

“哦，好。”白阳被气糊涂了，经白术一提醒，才反应过来，赶紧报警。

派出所就在附近，接到报警电话后有两个警察赶过来，到现场一看，他们也傻了眼，赶紧调出附近监控抓罪魁祸首。

监控满大街都是，白阳停车的地方，好些个监控都能拍到。

监控调出来一看，果然是刚才骂白术那女生干的。

警察办事效率高，很快就通过视频和访问锁定了女生的身份，对女生进行抓捕。

深夜一点时，待在派出所的白术和白阳，等到了被警方带过来的女生。女生不肯认错，看到白术就破口大骂，情绪激动得竟要冲上来打白术。

“你臭不要脸！划你的车怎么了，还好意思报警。你个害人精，有本事自己晋级啊，除了拖顾野后腿，你还会做什么？”女生骂个不停。

白术是个有素质的人，没有骂回去，而是冷静地对女生报了个修车的费用。

聒噪的女生瞬间安静下来。

白术看了眼其中一名警察。

警察很机灵，当即跟女生普法，将严重后果跟女生讲得清清楚楚。听到“牢狱之灾”时，女生膝盖一软，直接倒下，好在警察反应及时把她扶住。

最终，白术和白阳得到该有的道歉。

又折腾了两个小时，白术和白阳才离开派出所，拦了个车回去。

白阳踌躇半天，安抚白术：“妹妹，你不要在意那女生说的，你是个很有实力的漫画家，不然也不会靠着个半成品拿第八名……”

白术打断他：“我知道。”

“啊？”白阳傻了眼。

“我有实力这一点，经得起质疑。”白术不疾不徐地说着，眉宇间尽是自信。

白阳很少见到白术这般自信的人，傻乎乎地看了她好一会儿，然后坐回去怀疑人生了。没多久，他就因为太困昏睡过去。

白术并不困，用手机翻看网上言论，见到铺天盖地的骂声，她才知道这事闹得多严重。

恐怕顾野自己都没想到，他的退出会让网友将惋惜和失望全部转为对白术的怒火。

回去时已经凌晨五点了，别墅一楼灯火通明，二楼一片漆黑。

二人进门时，即墨诏闻声过来，困得直流泪：“你们终于回来了。”

“顾野回来了吗？”白术皱眉问。

“没有。”即墨诏忍不住打哈欠，指了指茶水间，“不过，来了个客人，等你一晚上了。”

白术走进茶水间，一眼就扫到躺在沙发上睡觉的江南枝，她怀里塞了个抱枕，身上盖着毛毯，睡得正香。

沙发旁一地的啤酒瓶。

“她找我做什么？”白术将声音放轻了些。

“她没进DY漫画大赛东亚赛，心情不好。”即墨诏回答，“想跟你抱头痛哭。”

白术不能理解：“我为什么要痛哭？”

即墨诏反问：“你不是被骂得很惨吗？”

提到这个就让白术想到顾野，白术没有回话，而是走向江南枝。她掀开江南枝身上的毛毯，取走了抱枕，弯腰扶起江南枝。

即墨诏看出她想扶起江南枝，主动道：“我帮你——”

话未落音，即墨诏就见白术轻松抱起江南枝，登时愣在原地。

白阳也震惊极了，喃喃开口：“妹妹……”

“我带她去我房间，你们去歇息吧。”白术说完，就抱着江南枝上了楼。

白阳和即墨诏目送着她的背影，开始庆幸以前没有跟白术发生过肢体冲突。

折腾了一夜，白术却很精神，把江南枝放床上安顿好后，她去洗了个澡，然后在房间里转了一圈，翻出一根铁丝去了隔壁。

她站在顾野房间外，犹豫半刻，还是把铁丝插进锁孔。

偏在这时，住在对面的即墨诏听到动静，打开门探头出来：“做贼呢？”

“滚回去。”白术眼神凉飕飕地剜了过去。

“对于你是法学生这件事，我一直保持怀疑态度。”郢墨诏真切地扔下句话，然后飞速地关上门。

做坏事被发现，白术也不心虚，继续淡定地做着偷鸡摸狗的事。很快，听得门锁“咔嗒”一声，门应声而开。

她推门而入。

卧室的窗户没关，清凉的晨风灌进来，一阵寒意袭来。白术开了灯，先是环顾一圈，然后走向顾野的书桌。

那里摆着一摞资料。

白术拿起一沓，随意翻看起来。

她不想睡觉，想找点事做。

天蒙蒙亮时，又下了一场雨，雨声嘈杂错乱。随着时间推移，天依旧是昏沉的，似是被蒙上了一层灰色。

顾野进门时没打伞，淋了些雨，带了点潮气。

他轻声上楼，打开房门时，忽然见头顶有什么飘落。他抬眸扫了一眼，见到一张字条飘落下来。手一抬，他将字条夹住。

字条上写着一行字：

有本事你别回来。

顾野怔了怔，想到是白术，心情有些难言。他敛了目光，将纸张折叠收好，关上门。

经过一夜实验，顾野一分钟都没睡，浑身都疼。他拿了衣服去冲了个澡，准备等恢复点精神再处理白术的事。

但事情没有如他所愿。

从浴室出来时，顾野随意瞟了眼卧室，忽然觉得不对劲，定睛看去，赫然见到白术坐在被窝里，正用手揉着眼睛。

白术才睡了半个小时，头疼，她眯着眼看向顾野：“你回来了？”

顾野穿着一件灰色长袖和黑色长裤，头发没擦干，沿着发梢滴落的水珠浸湿了衣领。他胡乱用毛巾擦了擦头发，避开白术那双令他不安的眼睛。

他含糊地应了一声：“嗯。”

白术忽然怒从心起，直接掀开被子，从床上跳下来：“你食言了。”

她赤脚踩在地面，径直走向顾野。

“抱歉。”顾野仍旧回避她的目光。

“就这样吗？”白术目光灼灼，停在他面前，浑身都带着攻击性。

顾野终于正面跟她对视。

他知道白术在问什么。

然而，此时此刻的他无法给白术一个答案。

他曾被她的勇气和自信感染，想彻底揭开过去，放下心结，给她一个满意的答复。可是，他现在无法主宰自己，哪怕答复让白术满意了，他仍会惶惶不安。

顾野喉结滚动了一下，想说点什么安抚她，却一个字都说不出口。

白术却忽然问：“你把参赛名额让给我，是补偿吗？”

顾野怔了怔，张口：“不——”

“就这样吧。”白术不想听，直接打断他，“反正你不会承认。”

白术说完便转身。

“白术，”顾野叫住她，辩解，“不是补偿。”

白术冷眼看他：“我不信。”

顾野解释道：“真不是。”

下一刻，白术逼近他，锁定他的眉眼，一字一顿道：“那你说啊，什么理由？”

她的眼神是炙热且坚定的，看一眼便会被感染。

顾野觉得自己的灵魂一直藏在暗处，但此刻却被她点燃了，灵魂在燃烧，火焰在跳动。

“我想看你站在世界之巅。”顾野注视着她，语气坚定有力。

“我会站在世界之巅，”白术的眉宇浮现一丝戾气，“但我不需要你的怜悯和施舍。”

“我没这么想。”顾野说。

“你这么做了。”白术斩钉截铁道。

顾野失了声，无法反驳。

“你什么都可以做，什么都能牺牲。晋级名额说给就给，以身试药眼都不眨，我要什么你给什么，只要你能给。”白术的语速微急，缓缓舒了口气后，她的声音放缓了一些，可依旧强硬，“但是，顾野，你知道我不需要那些。”

顾野看着她，没说话。

几秒后，白术决绝地说：“你做不到心无芥蒂，那便算了。”

说完，她往门口走。

顾野叫她：“白术。”

“砰”！

门被甩上了，白术头都没回。

白术回到自己卧室，一进门，就见江南枝卷着被子滚到地上，惨叫着：“哎哟，把我给吓得……”她仰头见到白术，立即将痛苦的表情收了回去。

江南枝关心地问：“白妹妹，你跟顾野吵架了？”

“没有。”

白术走过去，拽着江南枝的手臂和被子，把卷成一团的江南枝扔回了床上。

“刚刚那门是你关的吧？”江南枝揉着自己的腰。

“不是。”白术面不改色地否认。

“那，好吧。”江南枝迟疑了一下，打量着情绪不佳的白术，用手拽了拽她的衣袖，“白妹妹，咱不生气，为了顾野不值当。”

“没生气。”白术脸上看不出什么情绪，“你让让。”

“哦。”

江南枝反应过来，赶紧往旁边挪了挪，给白术腾出了半张床。

白术爬上床，侧躺着睡下。

江南枝把卷着自己的被子扯开，抖了抖后，盖在白术身上：“白妹妹，你安心睡一觉，睡醒咱就不生气了。”

白术没说话，把被子往上一扯，遮住了大半个脑袋。

白术蒙头大睡，睡了个昏天暗地。

她做了个梦，似乎梦到了顾野，但她记不清内容了。这个梦冗长又烦琐。

她睁开眼时，天依旧是灰蒙蒙的，好像一切都凝固了，她分不清时间是否流逝了。

江南枝不在。

床下放了一双拖鞋，是她的，摆得整整齐齐。

白术有点饿了，从被窝里爬出来，踩着拖鞋去洗手间，胡乱洗漱了一下，然后就离开卧室，下了楼。

她刚走下来，就撞上从茶水间出来的顾野。

二人都愣了一下。

顾野主动开口：“阿姨给你留了吃的……”

没等他说完，白术就走进茶水间，完全没有搭理他的意思。

顾野瞧着她的背影，眉头轻皱着。

茶水间是他们休息和吃饭的地方，正值午饭时间，白阳、即墨诏、江南枝在抢夺帝王蟹的最后一只蟹腿，注意到白术进来，他们都不约而同地松了手。

气氛也安静下来。

“白妹妹，这是专门给你留的。”江南枝晃了晃蟹腿，而后又补充说，“对了，厨房还有，我去帮你拿。”

即墨诏主动站起身，清理着杂乱的桌面。

白阳拿起剪刀和蟹腿，主动说：“妹妹，我给你剥！”

“你们是不是在打我什么主意？”白术坐下来，目光狐疑地审视着他们。

“谁能打你主意？”即墨诏把垃圾扔到垃圾桶里。

“无事献殷勤，”白术皱了皱眉，“非奸即盗。”

“这不是怕你心情……”即墨诏一句话脱口而出，但没有说完，忍住了，“苏老师打电话来了，让我们几个晋级的去开个会。”

白术拒绝了：“不去。”

即墨诏疑惑：“为什么？”

江南枝从厨房走出来，端上热乎乎的午餐，放到白术面前。

白术拿起筷子，回答即墨诏：“心情不好。”

“行吧。”即墨诏没法说什么，点点头后说，“有什么重要的事，我转告你。”

三个人都不清楚白术和顾野之间到底发生了什么，唯一可以确定的是，白术和顾野吵了一架，并且没有和好的意思。

不过，他们都可以理解。

顾野给白术让出一个名额，让白术有前往 DY 漫画大赛东亚赛的机会，本质上是为了白术。但白术性格倔强又骄傲，现在因这事被全网谩骂，肯定会有情绪的。

“白妹妹，我决定参加全球复活挑战赛。”江南枝双手托腮，看着白术吃饭，眼里满是憧憬，“希望我们能有在全球赛上会合的一天！”

白术喝了口粥，觑着江南枝，说：“加油。”

江南枝紧紧握拳，肯定地点头：“我会的。”

“复活挑战赛是什么？”即墨诏好奇地问了一句。

“你不知道吗？”江南枝眨眨眼，解释道，“主办方给我们这些淘汰者一个复活机会，各国分配了一定的名额，报名后，各国漫画选手会被聚集在一起，进行培训和选拔，最后选出一批直接晋级全球赛。”

即墨诏听懂了，问：“那顾野不是也能参加吗？”

“是啊。”江南枝一张脸皱成了包子，“可我问过他了，他说不参加，不知道他在想什么。”

江南枝眼珠子一转，小心翼翼地靠近白术商量道：“白妹妹，要不你劝劝——”

白术没听完，偏过头，问白阳：“剥好了吗？”

“好了，好了。”

白阳赶紧将一盘子剥好的蟹腿递过来。

江南枝要说的事，自然而然被打断了。

下午，苏老师打电话给江南枝，成功地帮江南枝争取到复活赛的名额。江南枝亢奋地挂断电话，迫不及待地回家训练去了。

即墨诏松开一瓶酸奶，嘀咕道：“昨晚她还半死不活的。”

白术从他身后路过，敲了敲桌面，朝他伸出手。

即墨诏不明所以：“什么？”

“酸奶。”

看了眼手中的酸奶，即墨诏说：“最后一瓶了。”

白术点头：“我知道。”

即墨诏顿时警觉：“我的。”

白术不疾不徐道：“我的。”

“土匪。”虽然嘴上抱怨着，但即墨诏还是把一口没喝的酸奶塞给她。

接过酸奶，白术拧开瓶盖，喝了两口，说：“待会儿陪我训练。”

“行。”

平时都是顾野陪白术训练，不过现在他们俩闹僵了，即墨诏为了队友和睦相处，只能舍命陪君子，当白术的靶子。

白术回到自己电脑前。

刚开机，白阳就抱着一个大纸箱，磨磨蹭蹭地走过来。

白术打开游戏软件，睨着总算挪过来的白阳，挑眉：“我以为你是属蜗牛的。”

“嘿嘿。”白阳讪讪一笑，把纸箱放到桌上，“这个是……小姑的遗物。”

“哦。”

白术登录游戏账号。

白阳站了会儿，见她不大感兴趣，问：“你不打开看看？”

“看。”白术懒洋洋地答应着。

账号登录成功后，她松开鼠标，觑着眼巴巴地站在一旁的白阳。脚踩地面，她稍稍用力，椅子往后滑开一些。

她将纸盒拿起来，放到腿上，问：“你看过了？”

“没有。”白阳把头摇得跟拨浪鼓似的。

即墨诏从厨房里找到一瓶可乐，见到白术，也凑了过来：“是什么？”

白术说：“我妈的遗物。”

即墨诏差点被一口可乐呛到，他咳嗽两声，往后退了一步，不过没有走开。

白术打开了纸箱，里面是一些笔记本和书籍，都是心理学相关的，此外还有几件私人物品，基本都没什么用了。白术翻找了一圈，最后拿出了一个精致的木盒。

她将纸箱扔到地上，端详着这个木盒。一尺长、三寸宽，紫檀木做的，表面光滑，最上面刻有图案——是BW救援队的标志。

白阳见白术迟迟没打开，介绍道：“小叔说，木盒里是一幅画，特别古怪。”

“怎么古怪？”白术问。

“不知道，我没看过。”白阳摇头，旋即好奇心上来了，“要不，你打开看看？”

白术用手指挑开了木盒的盖子。

里面有一张画，被卷起来了。

白术拿起画纸，松开绑着的红绳，将画纸徐徐展开。

纸上的画呈现在三人面前，白术神情平静，不见异样，但即墨诏和白阳皆抖了下，表情微变。

那幅画是彻底扭曲的人脸，五官没有一处是协调的，人脸周围还有几个被虐杀的孩子。这画处处透着阴森恐怖的气息，让人心里升起阵阵寒意。

“你妈收藏这个做什么？”即墨诏定了定神。

“是啊，”白阳讷讷地道，“完全没听说小姑有这种爱好。”

白术仰起头，看了二人一眼，疑惑地问：“你们没看过这幅图？”

即墨诏虚心请教：“我们可以在哪儿看到这幅图？”

白术开口讲述：“十五年前……”

“我还不到三岁。”即墨诏不识相地打断。

白术一记冷眼扫过去。

即墨诏怕了，伸出两指一捏，在嘴边比画了一下，表示闭嘴。

“妹妹，你继续。”白阳跟好奇宝宝似的，耐心地聆听。

“十五年前，国外有个叫 SOS 的黑客组织，就是用这个图案做标志的。”白术言简意赅地介绍。

“但是，小姑留在家里的东西，都快二十五年了吧。”白阳疑惑道。

“嗯。”白术将那幅画放到桌面，轻描淡写道，“因为它存在五十年了。”

她话音刚落，即墨诏和白阳就不约而同地转过身，各自拖过来一张电竞椅，然后在她身边坐下。

即墨诏说：“你慢慢说，我们不急。”

白阳也说：“妹妹，你要渴了的话，就跟我说，我去帮你倒水。”

白术看了看即墨诏，又看了看白阳，眉头一挑，一左一右踹了一脚，他们的电竞椅顿时滑行了出去。

顾野前脚刚踏进训练室，后脚就见即墨诏坐在电竞椅上，转着圈滑了过来。他伸手抵着电竞椅，皱眉道：“几岁了？”

“三岁。”即墨诏朝他比画了下手势，催促道，“快，把我推过去。”

顾野不明白状况，但见到白阳朝另一个方向滑出去后，又坐着电竞椅朝白术的方向滑，顿时明白了什么。他手腕用力，手掌一推，把即墨诏的电竞椅朝白术的方向推去。

他则径自走向他的电脑。

不一会儿，即墨诏和白阳又凑到白术身边，觍着脸表示要听故事。

白术只得道：“这幅画是一个都市传说，流传甚广。”

白阳惭愧道：“我孤陋寡闻了。”

即墨诏说：“我还是太小。”

白术忍无可忍，一左一右地朝他们翻了个白眼。

“闭嘴，我们闭嘴。”白阳连忙说着，捂住自己的嘴。

即墨诏也紧紧抿唇，给了白术一个肯定的眼神。

他们的电脑桌是“U”形摆放的，四个位置连在一起，白术坐在一端，顾野坐在对面那端。他们聊天时，顾野开了电脑，却胡乱玩着鼠标，心思显然不在电脑上。

“这幅画在国内叫《一念天堂，一念地狱》，国外翻译成《潘多拉魔盒》，据说是20世纪90年代创作的。”白术总算开始介绍了，“作者未知，出处有好几个说法，但每个说法的后续几乎都一致——收藏它的家庭，都会被诅咒。”

“什么诅咒？”白阳听得津津有味。

“对小孩的诅咒。”白术说，“小孩的遭遇大变，比如从吊车尾一跃成为第一名，从运动健将变成体能残废，有的甚至会暴毙。这则都市传说是从国内传出来的，早些年在论坛很火，详细的内容现在还能搜到，你们感兴趣自己去搜。”

即墨诏问：“有没有说这幅画的下落？”

“没有。”白术毫不在意地说，“类似这样的传说，网上比比皆是。我一天闲得没事，都能编十个八个。”

即墨诏继续问：“这个传说最早可以追溯到什么时候？”

白术思索了下：“二三十年前吧。”

“那……”即墨诏停顿了下，猜测道，“有没有可能是你妈编出来的？”

白术表情冷漠：“给你十秒钟在我面前消失，谢谢。”

“好吧。”

即墨诏坐在电竞椅上，滑走了。

白阳轻咳一声，犹豫着道：“妹啊，我也怀疑……”

白术冷冷地看着他。

“我马上走。”白阳也识趣地滑走了。

虽然把即墨诏和白阳都赶跑了，但白术脑海里也忍不住浮现出一个疑惑：白青梧为何要收藏这样一幅画，这不是扯淡的都市传说吗？

她重新拿起那幅画，若有所思地研究着。

不一会儿，她余光落到精致的木盒上，又拿起那个木盒晃了晃，开始研究起木盒来。

《BUG》的训练赛安排在半个月后。

对于一支刚成立的队伍而言，他们的时间明显是紧张的。

顾野将白术、即墨诏的训练时间安排在十二个小时，不过白术和即墨诏在组队玩了几次后，因配合不当总死得很离谱，所以自觉地将时间调整到十五个小时。

深夜两点，白术打着哈欠回卧室。洗了个澡后，她连头发都没擦干，就想往被窝里钻。

桌上的木盒又吸引了她的注意。

她停顿了下，折回到书桌旁，坐下来。想了想，她打开笔记本电脑，搜索《一念天堂，一念地狱》的都市传说。

这个都市传说，她是在准备《求生游戏》素材时，搜集到的。

当时没追根溯源，现在一搜，发现想找出《一念天堂，一念地狱》出处的人并不少，她顺着线索往下找。

翻了约莫半个小时，白术找到最早的出处——一个自称“陆了了”的人，将这则故事发表到网上。当时只引起小范围讨论，后来论坛文化盛行，有好事者将这个故事搬到论坛上，帖子一下就火了，这个故事也因此传开。

最初的版本跟现在的版本，差别非常大。

陆了了是以第一人称写的故事，他的逻辑很混乱，词不达意，大概描述了几个小孩的故事，描述很血腥。

他在故事末尾写下几行“人类的诅咒”。最后，上传了那幅惊悚的画。

看了半天，白术觉得值得推敲的，就是“二十五年前”这个时间，还有这些无辜的人各种各样的死法。

但是，这跟白青梧有什么关系呢？

合上笔记本电脑，白术觑着木盒，用手指敲了敲盖子，拿起来，又敲了敲底部。

这木盒不大对劲。

谁都不知道，白术为何跟这个木盒较上了劲儿。

除了训练和吃饭，她的休息时间全都花在了木盒上。

又一日，白术待在茶水间玩木盒，白阳拽着即墨诏站门口旁观。

白阳一脸担忧：“我妹是不是想妈妈了？”

“不至于。”即墨诏推开他的手，说，“她不是这种人。”

白阳不满道：“哪种人啊，她才二十岁，想妈妈不正常吗？”

即墨诏说：“可她不是正常人啊。”

“你才不是正常人。”白阳推开了即墨诏，朝即墨诏翻了个白眼，“走走走。”

即墨诏对白术是否魔障的事，压根儿就不感兴趣，所以被白阳这么一推，顺势就走了，完全没有一点白阳惦念的队友之情。

白阳走进茶水间，端详着白术的表情，小心翼翼地喊：“妹妹……”

白术抬起头：“开饭了吗？”

“没呢，阿姨出去买调料了。”

“哦。”

白术又把头低下了。

在白阳看来，玩木盒跟玩木头没啥区别，反正都不是正常人能干的事儿。

见她这样，白阳担心极了，关切道：“你有什么心事可以跟哥哥说，不要在心里憋着……”

白术打断他，问：“你会机关术吗？”

“啊？”白阳傻了眼，不明所以。

于是，白术抱着木盒起身，一边往外面走，一边拨通电话：“姐，我这里有个机关盒，你想不想看一下。”

她再走远一些，声音就听不到了。

白阳奇怪地挠了挠头。

机关术？

机关盒？

啥玩意儿啊。

白术在院子里打完一通视频电话，又抱着木盒回来了。

白阳已经不在了，她在茶水间转了一圈，找了一块颇为宽敞的地。

“啪”！

木盒重重地砸在地面，声响来得令人猝不及防。

顾野刚开一局游戏，被这声音惊得手一抖，角色行动慢了一步，他一恍神，就已经落地成盒了。他看着电脑屏幕，抬手捏了捏眉心。

“啪”！

又是一声巨响。

顾野坐不住了，站起身，走向隔壁茶水间。

到门口时，顾野往里一扫，乍一眼竟没看到人，目光往下一移，他才见到蹲在地上的白术。

她抱了几天的木盒，此刻完整无缺地倒在地上，光滑透亮的表面，仿佛能映出白术的影子，像在嘲笑白术的无知。

白术的神情阴沉沉的。

她缓缓吐出一口气，重新捡起木盒，站起身，准备来一下狠的。

“等等。”顾野出声制止她。

白术回过头，见到顾野后，有些惊讶：“你在呢？”

顾野说：“我一直在。”

“好吧。”

白术想了想，决定换个地儿。

顾野打量她一眼，瞧出她跟木盒死磕上了，主动说：“我有锤子。”

白术顿住了。

这时，去楼上找零食充饥的即墨诏和白阳，因为那两声巨响跑了过来。他们还以为发生了什么惨案，看着好端端的白术和顾野，迷茫又困惑。

白术佯装无意地将木盒放到身后。

“发生什么事了？”白阳忧心忡忡，生怕白术和顾野打起来。

“没事。”顾野淡淡地回了一句。

他走进茶水间，来到右侧一个柜子前，拉开一扇柜门，从中拿出一个工具箱。随后，他看向白术，说：“你跟我来。”

说完，他提着工具箱走向院子。

白术犹豫了一下，最终决定以大局为重，跟上了顾野。

“我去看看。”白阳担心得紧，说着就要跟出去。

即墨诏拉住他：“别去了。”

白阳放心不下：“万一他们打起来怎么办？”

“打不起来。”即墨诏说，“他们又不是小孩。”

“可我妹不是不正常吗？”白阳理所当然道。

即墨诏噎了一下，竟无法反驳。

天快黑了，院子里开了几盏灯，足够照明。

顾野将工具箱放到石桌上，看着白术手中的木盒，问：“你要拆了它？”

“嗯。”白术将木盒也放在石桌上。

“为什么？”

白术解释：“这是一个机关盒，里面应该藏了什么东西。我咨询了懂机关术的朋友，她说解开流程很复杂，如果我急着用的话，直接砸开得了。”

白术不想再在这木盒上花时间。

她说完，就朝工具箱伸出手，打算大干一场。

在她的手触及工具箱的那刻，顾野的手忽然按上来，制止她的动作。在接触的那一瞬，二人动作皆是一僵。

顾野将手松开，稳了下心神，劝道：“这是你妈的遗物。”

“我知道。”

“可以留着。”顾野建议。

“人死如灯灭，不在了就是不在了，我怀念她，不靠这些东西。”白术并不在意，“她若真珍惜这盒子，也不会把它留在白家。”

顾野稍一思量，说：“我可以帮你打开。”

“不用。”白术果断地拒绝了。

她不喜欢强行赋予某件事物意义，沉浸于这些自我感动的仪式中。

她在这盒子上浪费了足够多的时间，现在除了暴力拆开它这个选项，其他的她都不会考虑。

顾野问："你确定？"

白术说："确定。"

于是，顾野退让了一步："我帮你砸。"

白术看着他，没有说话，等于默认了。

近日春雨绵绵，下午雨停了，很冷，风里透着刺骨凉意。

白术静静地站一旁，看着顾野的举动。

木盒做得很巧妙，外表看不出缝隙，也找不到衔接处，看得出木匠技巧之高超。

顾野在研究片刻后，找准了一处，用锥子抵着，再拎起锤子往下砸，"砰砰"几锤下去，木盒忽然裂开了。

木盒整个底部裂开，露出了里面的夹层。

夹层缝隙处，有一张纸漏了出来。

木盒裂了几处，但损伤不是很大，顾野见状，稍稍松了口气。他将那张纸捡起来，递给白术。

"谢谢。"

白术礼貌地道完谢，才接过那张纸。

纸张是折叠起来的，不过手掌大小，白术将其打开，发现是一张病历。

见到病人的姓名时，白术眼里闪过一丝惊讶，她仔细浏览完全部病历，抿了抿唇，将其递给顾野："你该看看。"

她的神情很凝重。

顾野有些疑惑，把锥子和锤子都放下，拿过病历。他垂眸扫了一眼，神情就变了，认真地看完整张病历，表情跟白术如出一辙。

这是陆侨的病历。

主治医生是白青梧，时间则是二十五年前。

"他们二十五年前就认识。"白术眉头皱着，分析道，"我妈离开白家是二十三年前，也就是说，在他们认识的那两年里发生了什么事，让我妈特地把陆侨的病历撕下来，藏在了机关盒的夹层里。同时，放了一张诡异的画。"

顾野目光微闪，说："陆侨进组织的时间，正好是二十五年前。"

二人不由得对视了一眼。

所以，二十五年前，到底发生了什么？

突如其来的遗物，将陆侨和白青梧牵扯到一起。

白术和顾野拧眉思考着，原本横在二人之间的僵硬氛围，不知不觉间发生了点变化。

好一会儿后，白术说："我让段子航去打听一下我妈二十五年前的工作单位，看能不能从她的同事口中问出什么。”

顾野“嗯”了声，随后说：“我有一点陆侨的线索。”

“他在哪儿？”

“青木城。”顾野停了下，才继续道，“有人说，他在那儿定居，但改头换面了，还得花时间找。”

这个情报，是他从爷爷顾诠那里换来的。

早在半年前，顾诠就答应他，只要他参加全国选拔赛，便将陆侨的下落告诉他。但顾诠出尔反尔，一直拖着他，让他参加集训营然后继续比赛。

直到那天下午，他拿到国内第一名后，终于从顾诠口中得到这情报。

也正因为拿到了这个情报，顾野才放心地退出比赛，正好可以给白术空出一个名额。

但他没有跟白术解释这些。

白术不疑有他，颔首道：“那你负责陆侨，我负责我妈。”

“可以。”

顾野答应了。

微顿，他冷不丁出声：“那幅画。”

“嗯？”

“都市传说……”顾野眼皮微垂着，眉头紧锁，“也是二十五年前出现的。”

“嗯。”

白术记得自己讲都市传说的时候，顾野也在场。虽然顾野没吭声，但不代表他没听。

看来他事后也查了都市传说的起源。

“陆侨的病历和那幅画藏在一起，说不定有什么牵扯。”顾野分析，“有没有可能，你妈是通过都市传说关注到组织的？”

“有可能。”白术也是这么想的，“讲故事的人，自称‘陆了了’。有一个巧合，他正好跟陆侨一个姓氏。”

顿了顿，白术问：“陆侨是哪里人？”

“清阳人。”

“陆侨是他的原名吗？”

“应该是后面改的。”

“你查过他的家庭吗？”

顾野蹙眉，说：“没有。他有一个弟弟，很早就去世了，就剩他一个。我没想过查他的过去。”

“我让人查一查。”

没再聊下去，白术抬腿要走，不过在路过顾野时，她停了下，把那张病历拍到顾野手里："你留着吧。"

手指紧了紧，顾野回过身："白术。"

"不说了。"

白术淡淡地开口，步伐未停。夜风吹起她的头发，轻轻飘扬。

第九章

论隐藏实力的重要性

白青梧的工作单位很容易找，但时间过去二十多年，以前的老同事基本不在了。段子航只能一一翻看档案，希望能顺着线索找到一两个。

陆侨的过去也很难调查，他住的小区早就拆迁了，建起了高楼大厦，小区的人早不知搬去了哪儿，找起来如大海捞针。

这两件事过去太久了，如今翻找起来，都需要耐心和时间。

白术把事情全权交给段子航调查，然后就全身心投入了《BUG》的训练。

他们战队没有教练，所有训练计划全部由顾野制订，从个人训练到团队训练，顾野每一步计划都有针对性，符合他们每个人的特征和特长，最大限度地挖掘他们能力的同时，兼具了他大魔王的本性，每一个战术都极其邪乎。

作为队员，白术等人都很放松，比赛时尽情发挥即可。

顾野就一句话：“玩得尽兴。”

于是，除了白阳，谁都没把比赛当比赛。

四月下旬，《BUG》春季赛如期而至。

春季赛分为海选赛和晋级赛，海选赛时间为五天，最终选出二十四支队伍，加上主办方邀请的八支队伍，一同参加晋级赛。

晋级赛第一名可以直接参加国际赛。

鉴于顾野这支队伍里，三个人都是兼职，能腾出来的时间不多，所以自决定拿世界第一后，他们的目标就是春季赛第一名。

赛前三天，顾野拉着他们熟悉几大种子战队的比赛视频，从战术战略到成员性格，事无巨细。

如此庞大的信息量，对于普通战队而言，需要大量时间消化，奈何他们都是老天赏饭的幸运儿，三天时间把该记住的，都记得清清楚楚。

比赛前一晚，白术半夜醒来，有些口渴，拿了杯子摸黑下楼。

倒好水后，白术听到训练室有动静，但灯没开，里面黑漆漆的。她以为进贼了，掏出手机悄声靠近训练室，在抵达门口时，摁亮手机屏幕往里一扫。

微弱的光线照亮靠窗的墙附近，那里趴着一个人影，正在做俯卧撑。

那人察觉到动静，眯着眼抬头，瞧着门口的身形，揣测道：“妹妹？”

“在干吗呢？”

看清了是白阳，白术颇为无语，把手机收了。

白阳坐在地上，抬手擦了擦汗，说：“我有点紧张。”

“紧张什么？”白术没开灯，踱步走过去，来到白阳身侧坐下，她喝了一口水，“逼走你的那一群人，不是不走海选赛流程吗？”

白阳“啊”了一声：“不是这个问题。”

“嗯？”

“就是，不适应。”室内光线昏暗，白阳背靠着墙，盯着前方的电脑桌，“以前比赛前，我们都很振奋，跟上战场似的。但现在……怎么说呢，没那种感觉，好像在走一个可有可无的过场。”

白阳忽然转向白术：“你能理解吗，我们战队气氛不对。”

白术仔细想了想，说：“有点儿。”

“是吧！”白阳感觉找到同道中人，“在FIU时，训练环境是紧张高压的，他们每天训练十二个小时，被逼得喘不过气来。我们也训练，你和即墨诏甚至是十五个小时，可你们从来不喊苦，不抱怨，没有负面情绪，为什么？”

“不知道。”白术被这个问题难住了。

“怎么会不知道呢？！”白阳急了，“训练那么久，你不觉得难受吗？比赛输了，你不觉得恼火吗？看不到结果，你不觉得焦虑吗？”

白术摇了摇头：“不觉得。我做一件事，负面情绪会让我内耗，影响我做事的效率。”

白阳对她的说法难以理解。

白术问：“说到底，不就是一场电竞比赛吗？”

“你怎么能说得这么平静？”白阳无比震惊，“多少人为了这个舞台，不眠不休地训练，承受着身体和心理的痛苦。电竞比赛存在争议，很多人都不理解，但他们都在咬牙坚持，就为了一个信念、一场胜利，它不只是一场比赛，它聚集了无数人的热血青春。”

听他激动地讲完，白术平静地说：“哦。”

白阳深吸口气，感觉自己要哭了：“你要气死我！”

“我没有。”

“还没有？”白阳气得胸闷。

白术小口地喝着水，笑了笑，说：“我们总是喜欢给事物赋予非比寻常的意义。好比你种了一个萝卜，你天天浇水照看，等它长大了，跟其他千万个萝卜长得一样。但你要说，这萝卜不一样。什么不一样？意义不一样，那是你种的。可说一千道一万，这萝卜吃到你嘴里，还是一个萝卜，跟其他的萝卜没什么区别。”

白阳思索起来，没说话，甚至有些迷茫。

他感觉自己的三观正受到猛烈的冲击。

“何况……”白术顿了一下，歪头看向白阳，很平和地说，“哪个行业没有人为之付出青春呢？”

“你……”白阳呆愣半天后，把思绪整理了下，“你说得确实有道理，但我没办法理解。”

白术继续说：“没关系。对于你们，这是一个至关重要的舞台，实现自我价值的机会，你们在乎无可厚非。对于我们这些半路出道的，它仅仅是一场比赛，没有那么多价值。”

白阳似懂非懂。

“看开一点。”白术拍了拍他的肩，劝道：“他们为什么说你脆弱？因为你太在乎自己感受了。哪怕你喜欢的东西，别人没那么喜欢，你都能糟心半天。”

稍作停顿，白术又说：“事实上，你没有那么重要，我也没那么重要，一切都没那么重要。”

“嗯。”

白阳被她的逻辑说服了。

白术站起身。她的水已经喝完了，打算重新倒一杯，再回去睡个好觉。

“对了。”

她走了几步，想到什么般，又倒退回来。

“什么？”白阳仰起头，看着她在黑暗里隐约的身影。

“你可能需要调整一下心态，配合我们。”白术说。

“啊？”白阳疑惑。

“多数时候，我们都处于不怎么努力就能赢，别人看着干着急的状态。”白术正儿八经地建议，“希望你不要拖我们的后腿。”

白阳倍感震惊，认真地点头：“我会努力的。”

白术离开训练室，路过楼梯时，忽然瞥见楼上一道身影，停下。

有人站在台阶上，倚着楼梯扶手，一只手揣在兜里。他的身形隐藏在暗处，乍看一眼，还真瞧不出有个人站在那儿。

白术根据身形分辨出他是顾野。

白术挑眉："偷听？"

缓步走下台阶，顾野举起手中水杯，坦荡地说："我来接水。"

白术才不信，说："我先。"

"你请。"顾野谦让道。

白术走向饮水机，而顾野跟在后面。

倒满一杯水，白术刚转过身，就听得顾野说："我决定了。"

水杯举到嘴边，白术闻声一顿，乜斜着他："什么？"

顾野往前走了两步，一边用水杯接水，一边不疾不徐地开口："开个赛前动员大会。"

"啊？"

白术缓缓地歪了下头。

凌晨五点半，别墅里忽然响起震耳欲聋的冲锋号，谁也不得安宁。

白术、白阳、即墨诏三人从楼上跑下来，闯进亮着灯的会议室，赫然见到顾野坐在椅子上，手指有节奏地在桌面敲着，而角落里是两个巨大的音响，正歇斯底里地咆哮着。

即墨诏捂着耳朵朝顾野咆哮："你是不是疯了！"

白阳也咆哮："快关了！"

白术明白顾野口中的"赛前动员"是什么了。

掀起眼帘看了他们一眼，顾野敲击了一下笔记本的键盘，冲锋号激情昂扬的声音戛然而止。

即墨诏等人松了口气。

然后，他们看到顾野将手指伸向耳朵，把两只耳塞取了下来。

这动作差点没把即墨诏三人气炸了。

挺能的啊！

你制造噪声扰民，还戴耳塞呢！

"今天，是我们海选赛的第一天。"顾野慢条斯理地出声，说话字正腔圆。

即墨诏捂着狂跳的心口，张口就呛："有什么特殊意义值得凌晨五点把我们吵醒吗？"

顾野压根儿没搭理他，自顾自地说："作为你们的队长，忘了给你们开动员大会，是我的疏忽。我现在给你们补上。"

如果可以的话，三个人只想扑上去咬死他，压根儿不想理会这劳什子的动员大会。

“坐。”

顾野跟披了层铠甲似的，压根儿不管他们杀人般的视线，指了指对面的三个空位。

三人对视了一眼。

白术和即墨诏打算造反，不过白阳用口型说了两句“他是队长”后，硬是把白术和即墨诏拽去了座位，一左一右地拉他们坐下。

顾野开了投影仪，幕布上跳出一个 PPT，标题是“论如何踩线晋级偷偷惊艳所有人”。

即墨诏扫了眼标题，就忍不住吐槽：“他最近中二漫画看太多了吧？”

白阳是不敢吐槽的。

于是，白术接过话：“可能是半夜三更想不出标题，找江南枝帮的忙。”

“笃笃”。顾野敲了两下桌子，提醒他们：“我听得到。”

白术马上跟白阳说：“我们俩换个位子。”

白阳有些迷茫，想看顾野的眼色行事，但顾野压根儿没管他们的意思。于是，白阳在白术的强迫下，跟白术换了位置。

白术和即墨诏坐在一起，是存心想吐槽顾野的，一肚子话都准备好了，就等着顾野说一句，他们回一句，在凌晨五点的时间里，表演一个现场拆台。

可是，顾野没有如他们的愿。

顾野的标题虽然取得无厘头，却有点内容。

顾野给他们安排了一个贼有意思的剧本。

他对战队的要求很低，唯有顺利晋级。

但是，对他们的个人要求很严格。表现最好的，只能是他们最不拿手的，其余的战术、技术，全都得低水平发挥。

总而言之，他们要隐藏实力、猥琐发挥，等到晋级赛再逐步展现出实力。

一般而言，战队隐藏王牌是常规操作，但白阳玩电竞好几年，第一次见到玩这么大的。

“玩脱了怎么办？”白阳无意识地抠着桌板，“我们这样一支潜力无限的队伍，如果在海选赛就被淘汰了，那可……”

顾野朝他旁边看了一眼，说：“你问问他们。”

白阳扭过头，只见白术和即墨诏眼睛发亮，跃跃欲试，一副迫不及待的样子。

如果只是拿第一，或许有一定挑战性，但过程相对无趣。若是照着顾野的剧本来，那就有意思多了。顾野完美地利用他们俩的恶趣味，调动了他们俩的积极性。

白阳抱着一点希望想说服他们："你们俩……"

"我去收拾一下，顺便试一试队服。"白术第一个站起身，丝毫没有理会心慌意乱的白阳。

"我也要准备一下。"即墨诏随后也起身。

顾野抬头，清了清嗓子："我说散会了吗？"

白术侧头看他，问："散会了吗？"

顾野一笑，把手中的笔一扔："散会。"

离开会议室时，白术看着惴惴不安的白阳，眉眼带笑："你现在有紧迫感了吗？"

白阳麻木地点头："有了。"

"你选队长的眼光真不错。"白术看着顾野的背影，中肯地评价道。

"是哦……"白阳附和着，旋即一喜，八卦道，"你们俩和好了吗？"

白术眉眼的笑意淡去几分，她将目光一收，耸肩道："我欣赏他，跟这事没关系。"

WIN 战队的队服，是白阳找人花了不少心思设计的。红黑相间的套装，专门为他们量身定做，板型很正，做工精致，背后印着他们战队的标志，穿在身上运动感十足。

白术套上衣服，准备下楼吃早餐，正巧碰见出门的顾野。

他们俩一起走向楼梯。

"动员大会是针对我的吧？"白术低下头，将外套拉链往上一拉，伴随着一阵刺耳声响，外套合拢，直至锁骨处。

"年轻人就该充满热血，"顾野顾左右而言他，"不能活得像个心如止水的老夫人。"

白术会意："还是针对我。"

顾野否认："没有。"

白术冷笑一声："整个战队就我一个女的。"

顾野想了一圈，说："还真是。"

"所以？"

"就是在针对你。"顾野坦荡如君子，承认了。

白术赏了他一个白眼。

"我没有活得心如止水，只是觉得比赛没意思，提不起兴趣。"白术沿着楼梯往下走，手指轻轻抚过栏杆，她倏然偏过头扬唇一笑，"但它现在有意思了。"

顾野莞尔，说："好好享受。"

他们俩走完最后一个台阶，然后一左一右地转身，一个去了茶水间，一个去了训练室。

《BUG》春季赛的场地就安排在封城一家电竞场馆，距离白术等人的住所并不远，开车二十分钟的距离，所以他们没有安排住酒店。

时间一到，他们开车前往电竞场馆。

“队长。”车上，即墨诏整理好队服，然后问坐副驾驶的顾野，“这个圈子，认识你的人，多吗？”

“多。”顾野言简意赅。

即墨诏推测道：“我和师父倒是没关系，反正第一次参加。你们俩稳坐大神地位，低水平发挥，是不是挺说不过去的？”

顾野稳如泰山：“没关系。只要你们表现够差，我们就不会露馅。”

不知道为什么，即墨诏和白术听到这话，都有一种不祥的预感。

结果，确实如此。

比赛一开始，顾野就因为“掩护两个不成气候的队友”，落地成盒。不多时，白阳也有样学样，为了保护即墨诏而光荣牺牲了。

白术和即墨诏不仅要表现得够菜，还要保证他们能够晋级，他们只能一边在心里骂顾野这不做人的狗玩意儿，一边集中精力满地图逃窜，以防表现过于突出而露馅。

因为种子队伍都是受邀进晋级赛的，参加海选赛的战队粉丝不多，关注度也不高，属于菜鸡互啄的档次。

不过，主办方还是安排了全天直播，事无巨细地报道每一场比赛。

WIN战队最开始被关注，是因为“WIN·Ego”这个账号。

众所周知，顾野在电竞圈大杀四方时，用的就是Ego这个名字。

刚开始大家还想着，嗬，还有人敢碰瓷野神，然后浏览了下这支队伍的其他成员，依次是Sun、SL和SY3298。

这下，网友们就不淡定了。

“Sun是两年前退出FIU的阳神吗，他怎么在一支名不见经传的队伍？”

“听说Ego和Sun关系很好，会不会就是他们本人啊？”

“不要侮辱野神和阳神好吧，就他们这落地成盒的表现，说碰瓷都是抬举他们了。”

“SL这名字很眼熟啊，隔壁漫画大赛的晋级名单里，就有他。如果真是他就有意思了，一个不会玩游戏的九段棋手，不是一个好的漫画家。”

“咦，这个SY3298，不是半年前公开叫Vine‘爸爸’的那位吗？SY3298竟然是职业选手？”

“半年前那一出戏，就是炒作吧？”

一支谁都没听说过的战队，光是四个眼熟的 ID，就引起了不小的讨论。不一会儿，神通广大的网友就将他们的身份扒了出来。

见到四人的真实姓名，网友们心态全崩了，当即在贴吧、论坛等社交平台奔走相告，宣告这一惊世的消息。

“你们的野神、阳神，带着俩菜鸟，以非常惨烈的姿态杀回电竞圈了！”

白术、顾野、即墨诏近日因漫画比赛热度很高，加上两年前白阳退出 FIU 的事闹得轰轰烈烈，所以消息一经传开，他们的关注度持续飙升，“WIN 战队成员”的话题在微博热搜上占领高地。

漫画圈的作者和读者见到了，都要大呼“你们究竟有没有考虑漫画圈的感受”。

当天比赛结束后，顾野四人被一众电竞选手围观——很显然，圈内人也觉得这事儿倍儿稀罕。

“妹妹，为什么被攻击的只有你？”

离开人群后，白阳用手机翻看着舆论，觉得匪夷所思。

讨论他们的人很多，有嘲讽白阳和顾野水平下降的，有骂他们把电竞当儿戏的，但半数的火力都对准了白术，他们骂白术技术烂、拖后腿，污言秽语，要多难听有多难听。

白术坦然道：“风评差。”

即墨诏纠正：“是偏见。”

顾野补充道：“看着好欺负。”

“要不，我给你买水军？”白阳瞧着那些不堪入目的言论，眉毛皱得都要打结了。

“不需要，”白术压了压帽檐，走出电竞场馆，“我又不看那些。”

除了白阳，没人在乎网上的言论。

当天晚上，白阳因为熬夜在网上骂架，被顾野没收了手机，所以白阳也不关注了。

一连四天，WIN 战队都表现平平。

起初因白阳和顾野对 WIN 战队抱有希望的网友们，失望地退场，在网上刷到这个战队时，还要骂上一句“垃圾”。

白术等人却玩得很欢快。

第五天，海选赛结束，WIN 战队以第 23 名的成绩，成功获得晋级赛的参赛资格。

收拾好外设后，四个人对他们超过第 24 名两分的事进行反思，每个人的反思都特别深刻，全都往自己身上揽责任。

“白阳。”

突如其来的一道声音，打断了他们难得一见的反思会。

四人不约而同地抬起眼。

来人是一个青年，约莫二十岁出头，很高，皮肤白，眉目清秀。他没有穿战队制服，但四人都知道他。

FIU 现任队长，林兴凡，逼走白阳的罪魁祸首。

“没想到你会重回电竞圈，还拉上了野神。”林兴凡走过来，很热情地跟白阳打招呼，“藏得很严啊，先前一点消息都没有。”

白阳在见到林兴凡的那一瞬，笑容就收了起来，冷冷地看着他，不见一丝和善，眼神里透着敌意。

顾野、白术、即墨诏三人都敛了笑，神情如出一辙，对林兴凡都没好脸色。

四人一字排开，气场还是挺强的。

林兴凡却跟没事人一样，面上笑容不减分毫：“怎么样，我们好久没见了，要不我请你们吃饭，一起聚一聚，顺便庆祝你们晋级。”

白阳冷着一张脸，眼神冰如刀刃。

偏偏，林兴凡视而不见。

“这年头，什么阿猫阿狗都配请我们吃饭了？”即墨诏不屑道，神情桀骜，目中无人。

林兴凡神情僵了一瞬，笑眯眯地自我介绍：“我叫 Four2，是 FIU 的队长，也是白阳以前的队友。我知道你，天才棋手，即墨诏。”微顿，他继续说，“能请你吃饭，自然是我的荣幸。”

俗话说得好，伸手不打笑脸人。

即墨诏一番讥讽的话被林兴凡轻而易举地化解，他不快地皱眉。

“客套话说够了？”白阳忍无可忍，对林兴凡怒目而视，“你来这里，不就是想看我们笑话吗？”

“怎么会。”林兴凡脸上的笑意更浓了，他和气地说，“白阳，你误会了。”

白阳冷哼一声：“是不是误会，你自己心里有数。”

林兴凡收敛笑容，颇为失望：“看来你是不肯原谅我了。”

他装模作样的，把白阳气得发抖。

即墨诏转动了一下手腕，非常想打人。

这时，一直旁观的顾野，终于开了口：“请我们吃饭？”

林兴凡一怔。

他本是硌硬白阳，没想真的请客。不过，既然顾野提到了，他只能顺势道：

“是的。如果能……”

顾野听他说话就难受，及时打断他：“我们在德修斋庆祝，饭钱就记你账上了。”

“当然。”

“饭也请了，话也说了。”顾野态度轻慢，完全没有给林兴凡留面子，“我的队员不待见你，你可以走了。”

他三言两语便扭转局面，将前来硌硬人的林兴凡，硬是说成舰着脸来讨好的。

林兴凡神情冷了下来，但仍是维持体面的笑容：“期待我们下周在赛场上见面。”

顾野颔首：“应该的，那是你们的荣幸。”

林兴凡的笑容僵在脸上。

他尴尬地笑着点头，跟他们告别。

他从白术身边走过时，因愠怒而心不在焉，忽地，叼着棒棒糖看戏的白术，伸出一只右脚，绊了一下他的脚踝。

林兴凡没有防备，狼狈地向前踉跄了两步，直至扶住前方墙壁，这才稳下来。

他站定，恼怒地回头。

白术歪头看他，皱着眉，先发制人：“走路小心些，你要摔了讹我钱，我可拿不出。”

林兴凡怒从心起，顿了几秒，他才从牙缝里挤出两个字：“抱歉。”

“别了。你长了张虚伪的脸，说的话，也见不得有几分真。”白术阴阳怪气地说着，不遗余力地给林兴凡添堵。

这下，轮到林兴凡气炸了。

“你少说几句，”即墨诏侧过身，看了眼白术，“你那么单纯，玩不过他的。万一他记仇了，没你好果子吃。”

白术似是醒悟过来了，点头：“是哦。”

他们俩一唱一和，听得白阳心情倍儿舒畅，而林兴凡则憋了一肚子火。

顾野嘴角微翘，说：“走吧。”

白术问：“反思会还开吗？”

顾野说：“边走边开。”

“行。”

于是，四个人边开着反思会，边慢悠悠地离开了。

徒留林兴凡一人站在后面，看着他们的背影，心里憋得慌。

手机铃声响起。

林兴凡将手机拿出来，扫了一眼备注。

是ABG战队的队长，Vine，真名蒋海棠。

顿了一会儿，林兴凡接通电话："喂。"

"见到他们了吗？"电话里传来蒋海棠轻柔带笑的声音。

"嗯。"

"怎么样？"

"嘴笨木讷的白阳，找了三个伶牙俐齿的队友。"林兴凡的声音是低缓温和的，可眸子里闪烁着暗光，"学聪明了。"

蒋海棠提醒："听说白阳跟顾野交情不错。顾野可不是省油的灯，赛场上的大魔王，出其不意捅你刀子，你可要小心被报复。"

林兴凡哂笑："凭借他们垫底的实力？"

"也是。"蒋海棠慢悠悠地说，"就这成绩，当炮灰还嫌他们碍眼。"

他转而又问："白术，你也见着了？"

"见着了。"林兴凡想起那一脚，冷冷地评价，"技术不怎样，嘴巴挺厉害的。"

"她三年前玩《BUG》还有些本事，很多战队都求着她去。没想到，三年过去她技术烂成这样。"蒋海棠讥笑。

林兴凡心领神会。

三年前的蒋海棠，还是一个普通青训生，想拜SY3298为师，结果丢了个大脸。这女人记仇，过了两年旧事重提，蒋海棠又盗了SY3298的账号，自导自演了一出"SY3298叫蒋海棠'爸爸'"的戏。

海选赛之初，蒋海棠见到SY3298，估计没少提心吊胆，如今看到WIN战队惨不忍睹的成绩，怕是能让她松口气了。

"你可以放心了。"林兴凡说，"晋级赛见。"

蒋海棠也说："晋级赛见。"

顾野带队去德修斋吃了一顿。

等他们吃饱喝足后，真把账记在了林兴凡头上。

"阳哥，你以前在FIU的时候，林兴凡就这么硌硬人吗？"走出德修斋时，即墨诏问了一句。

一提林兴凡，白阳脸色就变了："对，他一直这样。"

顾野落井下石："就这么一硌硬人的玩意儿，你阳哥却看不出来，傻乎乎地把真心都掏出去了，结果被反捅了一刀。"

"顾野，你能说句人话吧。"白阳感觉心脏又被顾野捅了两刀。

"说不出来，"顾野说，"怕磕着牙。"

白阳痛苦极了，跟俩队友告状："你看他……"

即墨诏说："我同情你。"

白阳转向白术。

白术忙摇头："我不看，太帅了，怕晃眼。"

白阳被他们俩气得半死。

"这个林兴凡，要治一治吗？"即墨诏把话题绕回来，"我看他很不爽。"

顾野拉开车门，请他们上车："当然。"

他看向白术，若有所指道："所有的仇，都得一起报。"

即墨诏和白阳挨个儿上车，白术走到顾野身边时，主动拍了下顾野的肩膀，说："谢谢提醒，我差点忘了。"

顾野眉一扬。

白术钻进车里，问白阳："把 Vine 的资料单独给我一份。"

"为什——"问到一半，白阳反应过来，一拍手，"行。这个仇必须报。"

"什么仇？"即墨诏不明所以。

白术提到这事就义愤填膺，跟即墨诏讲了蒋海棠如何恶心人的事，听得即墨诏一愣一愣的。

"这也行？"即墨诏长见识了。

白阳解释："她技术很一般，但在网上热度高，粉丝多，还能在 ABG 队长的位子上坐得稳稳的，就是因为她会来事。"

即墨诏搓了搓手，非常期待地与白术拱火："你能忍？"

白术眼皮一撩："不能。"

即墨诏满意了。

两天时间，别的战队都在加紧训练，尽可能克服缺陷，提高水平。唯有 WIN 战队，闲着没事就在研究 FIU 和 ABG 两支战队。

FIU 的林兴凡、ABG 的蒋海棠，都被当作重点对象。

周日晚上，白术收到一条信息后，向白阳请了假。

"这么晚了你还出去？"白阳问。

"嗯。"

"什么时候回来？"白阳想了想，决定陪同，"还是我送你吧。"

白术拒绝了："不用，有人来接。"

白阳左看看右看看，见顾野和即墨诏都在专心训练，遂鬼鬼祟祟地问："男朋友啊？"

"我哥。"白术说。

白阳点头："哎。"

过了几秒，他发现白术一脸"你在干吗"的表情，才反应过来："你不是在叫我吗？"

“不是。”白术肯定道。

“好吧。”白阳有点伤心。

他跟白术待在一起这么久，还没听白术叫过一声哥。白阳知道有白家的原因，白术不肯认白家，但心思细腻如他，还是有点介怀的。

“走了。”白术起身就走。

“早点回来。”白阳交代一句，想了想，又冲着白术的背影喊，“外面的好哥哥要少认。”

话一喊完，白术消失在他的视野，旁边的顾野和即墨诏却抬起头，目光幽幽地扫向他。

白阳噤声。

天色昏暗，别墅门口停了一辆车，牧云河站在车门旁，身姿笔挺，一袭风衣，站在橘黄的路灯里，玉树临风。

“小仙女。”牧云河笑容温和，朝白术摆手。

白术走过去，问：“有多远？”

“开车半个小时。”牧云河看了一眼表，“一切顺利的话，你十二点前能回来。”

白术偏了下头：“走吧。”

牧云河拉开车门，白术钻了进去。

关门时，牧云河弯下腰，说：“给你备了点零食。”

“好。”

白术轻车熟路地在储物盒里找到一袋零食。

她拿出那袋零食，发现储物盒里还有东西，看了一眼，将其拿了出来：“女士香水？”

牧云河在驾驶座上坐好，觑了眼，一边扣安全带，一边解释道：“别人落下的。”

“女朋友？”白术记得牧云河最近恋爱了，对象是一个女明星。

“嗯。”

“要带出来见一见吗？”白术把香水放回去。

“等忙完这一阵。”牧云河发动了车，“你制订一个计划，就上嘴皮碰下嘴皮的事，可我已经半个月没喘气了。”

白术剥开一颗糖果，说：“你这么忙下去，你的毕业证还能到手吗？”

牧云河悚然一惊，手一打滑，方向盘转动，差点没把车开人行道上去。他稳住后，皱着眉头说：“我忘了这事。”

“我提醒一下你。”

牧云河心累了：“你爸真就忍心在背后看我们俩瞎折腾？”

“他可能觉得我们做得太好了，躲在暗处自惭形秽呢。”白术说，“你适当歇一歇，把事情交给别人处理。”

牧云河想了想，仍是摇头：“我不放心。”

自白术成为BW救援队队长后，这条路走得太艰难了。白术所做之事，还没见到结果，他不可能放手离开。

白术倒是无所谓：“没关系的。”

无论谁要走，她都不会留。

车开到小区门口，前面排着几辆车，牧云河将车停了下来。

“你可是我妹。”牧云河偏过头，神情严肃地盯着她，“听说你找到外公家了，一帮子兄弟姐妹，可我就你一个亲人。让我走，你心里过意得去吗？”

白术理了下他的话，颇为惊奇：“你逻辑课成绩是零分吧？”

牧云河骄傲极了：“压根儿没上。”

要不是座位隔开了他们，白术非得踹他一脚不可。

自白术上高中后，纪远在她就读的高中找了份数学老师的工作，当了白术和牧云河三年的数学老师。

牧云河含着金汤匙出生的，实打实的富二代。但中考那一年，父亲破产跳楼，他和抑郁的母亲相依为命，一夜之间命运骤变。

他高中三年，一边刻苦学习，一边赚钱养家，经历了亲戚背叛和母亲离世，一无所有。

那段时间，纪远给了他不少照顾，几乎把他当亲儿子看。

因此，纪远离家出走后，牧云河全力帮助白术。这两三年下来，哪怕白术和牧云河没有血缘关系，也远超一般亲兄妹。

白术摊上了纪远这个爹，没有办法，但牧云河原本是可以过正常生活的。

过了半晌，白术问：“你女朋友不找你吗？”

牧云河挑挑眉：“她比我还忙。”

“要假期就说。”白术叮嘱道。

牧云河举起双手，投降了：“我错了，我一开始就不该跟你抱怨的。”

白术瞪了他一眼：“开车。”

牧云河轻笑，瞧着前面开走的车，重新启动，缓缓离开小区。

半个小时后，牧云河将车开到一条繁华大街，停在路边。

白术手里拿着个望远镜，透过车窗玻璃，对准对面一栋大楼的高层窗户。她调整着参数，找到目标位置。

白术边看边问：“蒋海棠和他什么关系？”

“金主关系。”牧云河说，“蒋海棠想等今年比赛结束后，就转型进入娱乐圈。”

“哦。”

“给你订的位置就在他们隔壁。”牧云河将一个信封交给白术，“这是偷拍的照片。”

“好。”

白术接过信封，将望远镜扔到后座，然后拉开门下车。

金碧辉煌的高档茶水间，来客皆是西装革履、华裙美服，穿着宽松运动服的白术，显得极其突兀。

蒋海棠正在跟人聊天，余光被一抹黑色人影吸引，她便看了一眼，在看清那人的长相时猛然顿住。

她的呼吸停了半刻。

是白术。

她被服务员领着在隔壁落座。

白术坐好后，忽而朝这边看了眼，见到蒋海棠不见惊讶，而是淡定地摆手，打招呼：“嗨。”

蒋海棠太阳穴突突地跳，一股气血猛地蹿上来，她端着饮料的手不受控地抖动着。

对面的男人问：“你认识？”

蒋海棠心神不宁地喝了口饮料，说：“电竞选手。”

“哦。”

男人没有多问。

这一顿饭，蒋海棠吃得很不是滋味，心慌意乱，一颗心飘在天上，落不到实处。

隔壁桌的白术，点了一堆吃的，吃得很豪放。

吃到最后，男人接了个电话，先走了。

蒋海棠松了口气，打算赶紧离开，结果她刚准备起身，一个身影就飘了过来，落到了男人先前坐的位子上。

蒋海棠眉头一紧。

白术手一抬，一个信封从她手里飞出，落到蒋海棠跟前。

她扬唇：“聊聊？”

信封没有封口，“啪”地落下后，里面的亲密照撒落出来，一张又一张，全都踩在蒋海棠的死穴上。

蒋海棠脸色煞白。

她手指颤抖着，沉声开口：“你想做什么？”

“盗我账号的，是你？”白术坐在对面，跷着腿，不紧不慢地询问。

蒋海棠嘴硬："我不知道你在说什么。"

白术眼睑轻轻一抬，淡淡地道："那就没得聊了。"

她缓缓站起身，伸手去拿信封。

"等等。"

蒋海棠按住信封，抬头时，眼里有愤恨和不甘，但最终都化作妥协。

"你既然拿出筹码，肯定还有要求。"蒋海棠压抑着怒火，一字一顿地说，"我们还可以谈。"

顿了一下，白术将伸出的手慢慢收回，然后又坐下来，吊儿郎当的。

在蒋海棠紧张的注视下，白术徐徐开口："我是个很正直的人。"

蒋海棠一怔，反应过来，差点把一杯饮料全洒她脸上。

暗中调查、偷拍照片、当面威胁，什么偷鸡摸狗的事都做了，她还好意思说自己"正直"。

不知道谁给她的脸。

白术眼一眯，说："这事好解决。"

蒋海棠警惕道："你说。"

白术轻描淡写道："你发一条微博就行。"

"什么微博？"

"代表 ABG 向 WIN 宣战。"白术一上一下地抛着一枚硬币，"赢了，我们相安无事；输了，你公开道歉。"

蒋海棠笃定道："你们不可能赢。"

白术扬了下眉："那是我们的事。"

"好。"

蒋海棠不假思索地答应了。

以 WIN 战队先前的表现，只有顾野和白阳有点实力，但他们俩被白术和即墨诏拖后腿，根本没有表现的机会。

想赢 ABG？

痴人说梦。

硬币垂直地落入掌心，白术手指合拢，再一次站起身："成交。"

蒋海棠紧盯着她的身影："希望你说到做到。"

白术踱步离开，手里的硬币再往上一抛，落下。她在半空中接住硬币，继而抬手晃了晃，闲庭信步一般离开了。

蒋海棠气得咬牙切齿。

当天晚上，ABG 队长 Vine 在微博上公开向 WIN 宣战，令整个电竞圈目瞪口呆，搞不清楚 Vine 闹的是哪一出。

白术被牧云河送回去时，顾野、即墨诏、白阳三人都没睡。

“你去找蒋海棠了？”即墨诏一见到白术，就直接发问。

“嗯。”

即墨诏好奇地问：“你用的什么办法？”

白阳和顾野也朝她投来视线。

“我找了三个人。”白术掏出一颗糖。

“嗯。”白阳点点头，问，“然后呢？”

“把她一绑。”白术将糖纸剥开。

“嗯？”

白阳眼睛猛地一睁，意识到不对劲。

白术又说：“眼睛一蒙。”

白阳呆住了：“啊？”

将糖果扔到嘴里，白术继续说：“微博一发。”

白阳紧张地咽了口唾沫。

白术摊手：“没了。”

“这……”单纯的白阳有点害怕，“犯法吧？”

白术肯定道：“嗯。”

白阳思绪凌乱：“那你……”

“你听她瞎扯淡。”即墨诏一脸的扫兴，扔给白术一个大大的白眼。

“啊——”白阳后知后觉地反应过来，“假的吗？”

“她要是用这么蠢的办法，我头都能扭下来给她。”即墨诏无语地说。

白术嘴欠地说：“就为了你这颗脑袋，我哪天也得绑Vine一次。”

“嘁。”

即墨诏白眼都翻到天上去了。

顾野正在用电脑刷微博，白术见到了，走过去问：“网上言论怎么样？”

“一边倒。”

整个电竞圈都在嘲笑WIN。

ABG放在国际上不够看，但放在国内，也算是数一数二的。每年参加国际赛的，就三支队伍，ABG哪怕只是走个过场，也会占个名额。

WIN就不一样了，虽然聚集了白阳和顾野，却拽上了白术和即墨诏这俩玩票的，成绩烂得让观众多看两眼都要骂人。

在这个凭实力说话的圈子，网友站在哪一边，可想而知。

白术弯下腰，凑过来。

顾野余光瞥她，视线在她侧脸上停留，喉结滚动一圈，他有些心不在焉。这时，白术拿过他的鼠标，点击刷新。

“还有凑热闹的。”白术“啧”了一声。

顾野微愣，抬眼一看，忽然喊：“白阳。”

白阳屁颠屁颠地跑过来：“怎么了？”

“看这个。”

顾野指了指宣战微博下面的一条评论。

白阳看了一眼，颇感惊奇：“咦？”

即墨诏见到他们的反应，也凑了上来。

看了半天，他没看出什么毛病，疑惑道：“什么情况？”

“林兴凡啊。”白阳说。

“他怎么了？不就是嚣张一点吗？”即墨诏搞不明白情况。

就在两分钟前，林兴凡评论且转发了这条微博，说了一句“你们慢慢争，第一FIU先拿了”。

即墨诏行事嚣张惯了，完全不觉得有问题。

“你不太了解林兴凡这人，”白阳解释道，“他逼走我之后，是靠人脉坐上队长之位的。战队里每个成员都比他厉害。虽然他做事周全，但在电竞圈，他技术烂就是最大的痛点，一般嘲笑他的人，也是抓准这一点。”

即墨诏问：“那跟这事有什么关系？”

白阳说：“他也知道自己技术差，所以公开场合发言都很谦虚。拿第一之类的话，他从来不说，他一直是以低调谦虚的形象出现的。”

白术问：“他膨胀了？”

“搞不清楚。”白阳皱了皱眉，想不明白，“你们看过资料的，他上次比赛，还是一个月前，因为他指挥失误，输了。”

沉吟须臾，顾野说：“先看林兴凡明天的表现。”

“可能喝高了呢。”即墨诏毫不在意地说，“我先去睡觉了，你们早点休息吧。”

顾野视线落到电脑屏幕右下角的时间，快十二点了，他直接关了电脑，催促白术和白阳快去睡觉。

白术上楼洗了个澡，准备睡觉时，发现手机落在训练室，便趿拉着拖鞋“嗒嗒嗒”地下了楼。

她找到手机，路过会议室时，瞧见门缝的光亮。

脚步顿住，她倒退回来，定在门口，抬手将门推开。

“喂。”

白术冷不丁地出声。

她不知道谁在里面，就是故意恶作剧整人。

门开了，顾野站在窗边，窗户开着，他手里夹着一根烟，手指修长，骨节分明。

顾野被这一声惊呆了，他朝门口看了眼，手指轻点着烟头，淡淡地道："说你三岁都嫌大。"

白术问："不去睡？"

"待会儿。"

扒在门口，白术往里环顾半圈，注意到桌上的电脑和一沓资料，问："你在愁什么？"

以顾野对电竞比赛的重视程度，绝不可能多花一分钟忧愁比赛。

只能是其他事。

顾野瞧了她两眼，垂眸，将烟头摁在窗台上掐了："愁明早吃什么。"

四月底了，晚风还是凉的，最后一抹烟飘散。

白术走进来，兀自来到顾野的电脑前。

顾野没有制止她。

白术移动了下鼠标，电脑屏幕亮起。上面是密密麻麻的页面，全是个人资料，各行各业，各个国籍。

惊了半晌，白术指着屏幕，皱眉问："这是什么？"

顾野将烟蒂一弹，烟蒂画出一条抛物线，精准落入桌上的烟灰缸里。

他问："你不觉得，这几年各行各业的天才，出现得比较频繁吗？"

"你是指，Y9 因子的传播？"白术狐疑地问。

"嗯。"

顾野点了点头。

"你刚刚在意林兴凡，也是想到了这个？"

"嗯。"

"这些自愿为了欲望陷进去的，你帮不了。"白术手指轻轻敲击着桌面，唇轻扬，"但是，如果真的碰上了，可以让他们知道，有些鸿沟不是仅靠药物就能跨越的。"

顾野注视她良久。

在她面前，天大的事，也不算是事。

她永远能把复杂的问题简单化。

"你说得对。"顾野看了眼腕表，"但你该去睡觉了。"

白术耸了下肩。

她走出会议室，但没两秒，又斜斜地倚在门口，回头看顾野。

她出声："喂。"

顾野看向她。

白术说："我还是会把你当朋友的。"

她没等顾野有什么反应，直接离开了。这一次，她没有再回来。

顾野愣怔地看着门口，好半晌后，缓缓吐出口气，目光忽明忽暗。

他知道。

白术这人，看着睚眦必报、小肚鸡肠，实则活得通透、心境豁达。

晋级赛要进行两周，第一周的比赛时间是周一到周五，每天6局，一共30局。

第一周比赛结束后，排名前16的战队晋级，参加第二周的比赛。第二周决出最终名次。

比赛第一天，热搜榜上出现两个话题：WIN，FIU。

都是电竞战队，但这两个话题下的评论，却有着天壤之别。

WIN战队的表现之烂，较之海选赛，有过之而无不及。

白阳和顾野一如既往地落地成盒，白术和即墨诏照样靠东躲西藏的战术，没有一点观赏性和趣味性，看得人只想爆粗口。

他们是被骂上热搜的。

与之相反的是FIU的表现。

自一个月前失常发挥后，FIU就选择了闭关，没有再参加公开比赛，这次重回赛场，他们不负众望，给了电竞迷们一个大大的惊喜。每个成员都有极大的进步，尤其是技术一直被诟病的林兴凡。

这一天，被骂得体无完肤的顾野四人，一回去，就找了FIU的比赛视频。

他们在比赛时没有跟FIU碰上，只能赛后再找比赛视频回顾了。

看完后，顾野关了视频，问："你们怎么看？"

"林兴凡把所有的缺点都克服了。"白阳挠了挠头，很是困惑，"有这个可能吗？"

即墨诏也起了疑："他三年都没克服，现在一个月就克服了。这不科学吧，他搞特训了？"

白阳眼珠一转："我去打探一下。"

他让三人稍等片刻，然后拿着手机出门了。不一会儿后，他就折了回来。

他说："一个月前，他们的教练组全部被辞退，接手的是一个M国的教练，据说展开了为期一个月的特训。"

白术眯了下眼："怎么特训的？"

"那就不知道了。"白阳叹了口气，重回自己座位，"他们口风很紧。"

"明天就跟他们碰上了，如果我们藏着掖着，任由他们再搜刮积分，下周我们发力的时候，很难赶超他们。"即墨诏把问题抛给了顾野，"队长，你怎么想，改计划吗？"

顾野道："改。"

白阳顿时激动起来，搓着小手："我已经准备好了。"

顾野有节奏地敲着桌面，慢条斯理地开口：“明天会我拖死他们。”

即墨诏：“啊？”

白阳：“啥？”

白术：“哈？”

第二天，不出意外，WIN 和 FIU 又上了热搜。

这次的原因并非白术和即墨诏拖后腿，而是 WIN 每一局都“不知好歹”地蹲守 FIU，并且每次交锋时，WIN 都会超常发挥，展现出让人怀疑他们是否开了外挂的技术。一般情况下，WIN 会以整队为代价，解决掉 FIU 两到三人。

偶尔，WIN 和 FIU 交锋后，WIN 会有一两个人逃出来。在观众对他们的态度改观时，他们马上就会以拙劣的技术被其他战队解决。

观众被 WIN 这一无法解释的表现整蒙了。

“WIN 怎么回事，技术那么菜，遇上 FIU 就觉醒了？”

“WIN 是 FIU 的克星吧？昨天 FIU 积分一骑绝尘，今天立马被拉下来了，直接掉到第五。”

“所以说，野神和阳神的技术还是有的，就是被另外两个拖累了。”

“看场比赛简直能被气死。白术和即墨诏，你们俩在看吗？这么菜早点滚蛋行吗，别来电竞圈碍眼。”

“作为路人，我看着好开心啊。白术今天贡献了好多高光时刻，她运气太好了，两次都是误打误撞打死了 Four2。”

“我怎么觉得不像巧合呢。谁还记得野神的外号是大魔王？”

接下来三天，WIN 的热搜从未缺席。

虽然他们整体水平很烂，但总在观众不抱希望时，出现意料不到的高光时刻，给人制造惊喜。

每天的比赛结束后，都有人复盘他们的表现，可看不出什么端倪，分析半天只能挤出一句“运气真好”。

最后一天，WIN 又一次在赛场上跟 FIU 碰了面，如法炮制地拽着 FIU 的后腿，把 FIU 从第一的位置拉下来，并且在谁也不对他们抱希望的时候，以第 16 名的成绩惊险地晋级下一周的比赛。

比赛一结束，电竞圈怨声载道。

没有人想过，局局表现不佳，只靠运气勇闯天涯的 WIN，竟然又晋了级。

电竞场馆内，结束一天比赛的顾野四人，收拾东西准备离开。

这时，FIU 战队的成员，主动找了上来。

“恭喜你们，晋级了。”林兴凡笑颜如春风，友善地向他们道贺。

白阳见到林兴凡就冷了脸。

白术让即墨诏给自己背着外设，她往嘴里扔了一颗糖果，问："谁啊？"

即墨诏提醒："FIU 队长，你见过。"

"哦。"白术似是认真地打量了林兴凡几眼，摇了摇头，"变脸大师，一天一个样儿，认不出来。"

林兴凡脸上的笑容收敛了。

林兴凡身后一少年皱眉，指着白术怒斥："你怎么说话呢？"

即墨诏上前一步，一把将他的手臂挥开："就这么说话，想打架？"

"江宁，冷静一点。"林兴凡跟少年说了一句，待满脸不服的江宁被队友拽走了，他才跟即墨诏道歉，又说，"你们很厉害，是在保留实力吗？"

白术飞速地接话："是啊。"

众人幽幽地看向她。

原本跟在林兴凡后面的几个队员，都是抱着疑问来的，现在看到白术的反应，忽然就断定他们确实全靠运气了。

顾野将背包甩在肩上，漫不经心地偏头，看着白阳，冷不丁问："你在队里混得这么差？"

"啊？"

白阳诧异地眨眼。

顾野看向对面一行人，冷冷地道："见到前队长，一声问候没有，尽是来找碴儿的。"

FIU 来找 WIN，是一件稀罕事儿，周围不少人旁观。

听到顾野的话，大家顿时议论纷纷。

FIU 众人表情一僵。

"我人缘不差，"白阳收敛了负面情绪，平静地看向对面几人，嘲讽道，"就是遇人不淑。"

对面四人齐刷刷地变了脸。

然而，大庭广众之下，他们不能对白阳等人做什么，嘴皮子斗不过，只能自己憋屈。

"走了，"顾野无意跟林兴凡沟通，同三个队员说，"再不快点，晚上的电影要错过了。"

白术："对哦。"

白阳："马上。"

即墨诏："快走。"

三人赶紧附和，仿佛他们要看的电影，比电竞比赛重要得多。

四人离开。

FIU众人面如土色。

良久，有人喃喃道："他们就是来玩的吧。"

马上有人接话："可不是嘛，一个富二代、一个大魔王、一个漫画家、一个少年棋王。搞不懂了，他们来电竞圈掺和什么啊。"

第一周比赛结束后，又迎来两天的休息时间。

这个周末，电竞圈为WIN这一支奇葩战队吵得天翻地覆。无数媒体想要采访WIN，探一探他们的底，但都被拒绝了。

时节步入五月，绵长的雨季过了，午后的窗外，是一片金灿灿的阳光。

白术待在会议室里，跟顾野研究FIU的比赛视频。

"他们进步太快了，"白术打了个哈欠，趴在桌上，下颌抵着手背，"以他们的资质，想在短短一个月的时间里，从国际中等的水平，一跃成为一流战队，没这个可能。"

顾野同意她的说法："是不可能。"

"你要查吗？"

"查了。"顾野说，"FIU的教练叫巴迪，以前他在M国带的队伍，维持了三年世界第一。但一年前，不知道为什么，他被辞退了。一个月前，FIU的老板花重金请了他。"

"BS09这事，能查到源头的对接人，是个M国人。件淮逃亡M国，不知所终。现在巴迪又从M国来——"白术抬起头，单手撑着下巴，"我怎么觉得这事就这么巧呢？"

顾野余光瞟向她，说："我也怀疑组织在M国扎根。"

随后，他又说："FIU是否用药一事，暂时没有证据。"

"巴迪在M国带的是什么战队？"

"WE战队。"

"巴迪离开后，WE战队怎么样了？"

"没有消息，一整年都没有。"顾野的眼眸微眯，"但今年，他们又参赛了。"

"哦？"白术来了兴致。

顾野用笔敲了敲桌面："拿下春季赛第一，我们就能碰上他们。"

白术好奇地问："你下周怎么计划？"

顾野将手中的笔一扔，往后一仰，靠在椅背上。他轻笑，侧头看着白术，说："稳步提升，一招获胜。"

白术提醒："FIU可是有所察觉了。"

"没用。两个小时前，他们接受了采访，宣布第一一定是他们的。"顾野评价，"骄兵必败。"

白术看着他。

顾野被她盯得不自在，蹙眉：“怎么？”

白术开口：“我一直是骄兵。”

顾野顿了下。

白术补充：“但基本没失败。”

“找碴儿呢？”顾野失笑，递给她一个大白眼。

“唉。”

白术叹了口气，摇头晃脑地站起身。

顾野被她搞得莫名其妙：“什么意思啊？”

白术摆摆手：“去训练了，下周有一场硬仗要打。”

看着她走出会议室的背影，顾野没来由地笑了下。

确实是一场硬仗。

他们起初能轻松获胜，是因为没料到FIU水平会提升到这般地步。

他活动了一下脖子，把电脑关了，跟着白术一起去训练。

他也得认真点才行。

吃过饭后，白阳和即墨诏上了一会儿网，不到半个小时，就被气得在电脑前疯狂地训练。

白术去泡了杯咖啡，回来见到白阳和即墨诏跟人较劲儿的模样，不明所以。

她朝顾野走了几步，问：“什么情况？”

顾野解释：“有好几支战队都接受了采访，在评价我们时，无一例外都说我们走了狗屎运。”

“我们要的不就是这个效果吗？”

“但他们俩去网上与人对骂，输了不说，还被拉黑了。”

“哦。”白术回头看向二人，帮忙出主意，“你们开小号啊。”

二人愤怒的情绪顿时被磨平。

于是，在打完这一局后，他们就创建了个小号，翻出拉黑他们的账号，一一骂了回去。

顾野没让他们自由多久，半个小时后，就将他们揪去了会议室，又捎上一个白术，进行了一场为时四个小时的会议。

顾野根据晋级队伍上一周的表现，初步进行数据统计和处理，并利用一套数据挖掘程序，分析出每支队伍的弱点、强项，根据结果，顾野做出应对策略，并进一步利用计算机模拟技术验证了策略可行性，大大节约了时间，省时省力。

即墨诏听完忍不住给他竖大拇指：“不愧是学计算机的。”

白阳看着顾野，满眼都是小星星：“你一直是外挂化身。”

只有白术很扫兴："我对于你用这种才华玩电竞表示震惊。"

顾野淡定地点头："我允许你震惊。"

白术："谢谢。"

顾野："不客气。"

两人对视了一眼，不约而同地结束了这个话题。

这一晚，几个人花了点时间，消化了顾野的会议内容。第二天，他们精神振奋地在训练室里待了一天，然后迎接新一周的比赛。

因为是最后一轮比赛，各战队粉丝热情较高，电竞场馆外围了一圈又一圈的人。

车辆靠近电竞场馆时，白术无意地往外扫了一眼，见到无数"野神""阳神"的灯牌，一时惊讶得忘了玩消消乐。

白术问队友："这就是传说中的应援？"

白阳认真地回："是的。"

白术有点酸："为什么没有我的？"

即墨诏接话："也没有我的。"

白术又补充："我们战队的都没有。"

即墨诏和白术你一言我一语，把被单独应援的顾野和白阳冷嘲热讽一通，不知情的人见到了，肯定得以为他们战队起内讧了。

顾野和白阳都知道他们就是嘴上不饶人，都没当回事，把车停好后，就拎着他们的背包，赶往了休息室。

路上，他们遇见了ABG战队。

蒋海棠带队，走在最前面。她一停，其余队员也停了。

蒋海棠的视线绕了一圈，最后落在白术身上。

"就剩最后几天的比赛了，"蒋海棠锁定白术，姣好的面容浮现出一丝笑意，"好好表现。"

白术没说话，跟着队伍离开了。

"队长，我们干吗跟他们较劲儿啊？"有队员疑惑不解。

他们至今都无法理解蒋海棠为何要代表ABG，对综合实力根本无法跟他们比的WIN宣战。

蒋海棠回头看了白术背影一眼，眼神冷了下来。

蒋海棠回："高估他们了。"

"是哦。不过，听说FIU觉得他们在隐藏实力。毕竟那是大魔王组建的战队。"

"你们上周又不是没跟他们交过手，"蒋海棠哂笑，"他们真有那个实力吗？"

队员们面面相觑，被她说服了。

"确实没什么好担心的。"

"还是向前看吧。"

"不过，话说回来，FIU 这个月长进也太快了……"

他们议论着。

蒋海棠目光黯淡了，想到白术那一沓照片，心里就极其憋屈。

新的一周，WIN 依旧没让人失望。

即墨诏和白术依旧是拖后腿的，操作烂得非常稳定，只有偶尔走运拿分。

顾野和白阳学聪明了，不再一味地保护菜鸟队友，而是看准时机做出取舍，所以最终拿到的分数好看了些。

第一天，他们积分垫底，倒数第三。

第二天，他们走狗屎运，倒数第五。

第三天，他们力挽狂澜，倒数第九。

第四天，他们维持稳定，倒数第十。

连续四天，WIN 温水煮青蛙，稳步提升名次，但少了一些高光时刻，关注度甚至不如上一周。

第五天。

比赛开始前，白术去了趟洗手间，刚一出来，就见到等候她的蒋海棠。

"最后一天了。"蒋海棠身高优越，垂眸瞧着白术，神情高傲地说，"ABG 排名第三，你们想要赢，最起码吃三次'鸡'。"

白术打开水龙头，默不作声地洗手。

蒋海棠继续说："你输定了。"

白术没理她。

见她这个态度，蒋海棠只当她在生闷气，心情好了不少。

"还记得三年前我是怎么求你的吗，我就想让你带带我而已，你不乐意。"蒋海棠翻起了旧账，"白术，风水轮流转，你没想到吧，你也有今天。"

白术抽出一张纸巾，仔细地擦拭着手上的水珠。

蒋海棠越说越痛快，不遗余力地讥讽道："三年前，你要是肯进电竞圈，或许还有得一拼。现在想要进圈了？就你现在的水平，没有白阳和顾野带着，连海选赛都过不了。"

白术将湿了的纸巾揉成一团，扔进垃圾桶。

"记得我们的约定，不要出尔反尔。"蒋海棠逼近她，低声威胁。

白术平静地对上她的视线，莞尔："我等着你道歉。"

"呵。"蒋海棠冷笑一声，"异想天开。"

她扔下话，转身走了。

就剩最后一天了，白术心情很好，没有管自说自话的蒋海棠。

她离开洗手间，路过楼道时，听到里面传来声音，有些耳熟。她侧耳听了会儿，走近了一些。

“白阳，你不要这么抗拒，我真的只想找你道个歉。”林兴凡的声音清晰了些，“当年的事，真的是误会。大家只是头脑发热，被带了节奏，看到你欺负青训生的视频，就义愤填膺，不管不顾了。”

白阳一开口，声音里就带着怒意：“他抹黑你，侮辱你，我帮你出气，到你嘴里，就成了我欺负人？”

林兴凡语调冷静且平和：“你当时的做法确实过激了。”

“你让开。”白阳烦躁地道。

“你和顾野带着WIN回来，是为了复仇吗？”林兴凡话锋一转，沉声询问。

白阳顿了两秒：“又来套我消息？”

“我只是觉得没必要。”林兴凡说，“不然，也太没出息了。”

白阳动怒了：“你——”

“准确来说，”林兴凡温和地打断他，“一支半数成员都属于半路出道的战队，你凭什么就觉得能够比得过我们这些没日没夜训练的？你离开电竞圈这么久，能不能不要这么天真了？”

林兴凡的脸色彻底变了：“天真到让我作呕。”

白阳瞪着林兴凡，呼吸蓦地重了些，极力遏制着心里的怒火。

“笃笃笃”。

楼道的门忽然被敲了三下。

二人冷不丁一惊，立即朝楼道门看去。这时，门被一推，白术探头进来。

“还带赛前搞心理战术的？”白术朝林兴凡挑了下眉，眼眸一转，举起了仍在录音界面的手机，“我录音了。”

林兴凡先是一蒙，随后震惊，最后转化为愤怒。

他僵在原地没有动弹。

“妹妹。”白阳见到白术，赶紧跑过来。

“回去吧。”白术嫌弃地睇了眼林兴凡，“跟他待在一个空间呼吸，你不嫌空气脏？”

白阳难得这么喜欢白术损人，瞥见林兴凡阴沉僵硬的脸，他开心极了。

他点头，赞同道：“是哦。”

刚刚在林兴凡跟前，白阳还是一头被激怒的小豹子，一到白术面前，白阳就成了一只温顺的小绵羊，被林兴凡搞崩溃的心态，瞬间得到了治愈。

他跟什么事都没发生过一般，跟着白术乐颠颠地离开了。

许久，林兴凡从楼道走出来，看着二人背影，眼神阴狠又恶毒。

白术保存好录音，收好手机，跟白阳说："你不用把林兴凡的话放心上。"

白阳点头："不会。"

白术质疑地看着他。

"真的。"白阳强调道，"顾野说了，这犊子越想让我生气，我就越不能生气。"

俄顷后，白阳清了清嗓子，低声说："虽然我刚刚确实很生气，但我的心态没有被他搞崩塌。"

白术"嗯"了一声，说："没有就好。"

话虽如此，但白术回到休息室后，还是把录音给即墨诏和顾野听了。

"林兴凡激怒白阳，有什么企图？"即墨诏想不透林兴凡的意图，"我们现在的积分，今天六局不能全胜的话，赢不了他们吧。"

"他是来试探的，"顾野坐在椅子上，眼帘一抬，淡淡地道，"他怕我们有底牌。"

白术赞同："没错。哪怕他确定我们没有底牌，他也会想办法激怒白阳。他嫉妒白阳、针对白阳，想让白阳重来一次两年前的遭遇。"

即墨诏皱眉："真阴损。"

白阳听明白了，愤恨地点头："太阴损了。"

"我们更损。"顾野站了起来，拎起椅背上的外套，给自己套上，"最后一天，该我们表演了。"

即墨诏愉快地吹了声口哨。

白术举起一只手，打了个响指，一枝白花赫然出现在手中。

白阳看着那一枝本该插在茶几的花瓶里的白花，震惊地眨了眨眼。

"好好表现。"白术将花送给了白阳。

白阳受宠若惊地接过："谢谢。我会的。"

他拿着那一枝花，又看着面前三个信心满满，差点把"搞事"二字写脸上的队员，忽然觉得心情平静，唯一一丝紧张和不安，在此刻也荡然无存。

"今天要连胜六局，不能有任何闪失。"即墨诏伸出一只手。

"你们尽管玩，我给你们兜底。"白术伸出一只手，盖在他的手背上。

"那我就……"顾野也把手盖上去，"冲锋上阵，大杀四方。"

三人说完，不约而同地看向白阳。

白阳深吸一口气，将手放上来，大声喊："第一是我们的。"

这一声吼，气势冲云霄。

正好有一支战队从门口路过，冷不丁听到这一声，瞥了眼WIN的牌子，震惊道："这大白天的，怎么还有人做梦啊！"

声音隔着门传了进来。

四人互相看了一眼，眼角眉梢都染了笑。

做梦？

谁说不是呢。

对于所有对手而言，今天的比赛，注定是一场噩梦。

最后一天的比赛，电竞迷和解说员都将注意力集中在角逐第一的三支战队身上。

第一场随机抽到的是迷宫地图，这个地图最难的一点在于，小地图不会显示他们的具体位置，而建筑、道路、标志都是相近的，专注于交战的话，极容易忘记身处何地，迷路概率很大。

每一支战队都会尽可能熟悉地图，但是，想要完全吃透难度太高。

于是经常会出现跑毒时，选手在迷宫里被毒死的情况，死得窝囊，死得憋屈。

开局五分钟，ABG 和 FIU 就展开正面交锋，解说员讲得心潮澎湃，利用经验分析这场遭遇战的后续走向，然而不到一分钟，走向就已超出他们的预料。

WIN 四个人偷偷摸摸地潜过来，在 ABG 和 FIU 激烈交锋时，他们出其不意发动攻击，约莫半分钟后，ABG 和 FIU 全都惨死于他们之手，一个都没能逃掉。

在这场突袭战里，他们展现出的精湛技术、巧妙配合以及对地形的熟悉程度，完全可以证明，这一场突袭不是临时起意，而是他们经过多次配合熟练掌控的完美战术。

解说员直呼“精彩，太精彩了”。

观看现场直播的电竞迷们全都看傻了。

“白术一枪爆头，提前预判，超一流水准。”

“即墨诏以一敌三，干掉两个全身而退，你们说他是菜鸟？”

“他们前几天都在干吗？！”

“被他们耍了！”

“最后一天绝地反击，非常符合野神的风格。”

“大魔王，不愧是你。”

“玩太大了吧，就他们现在这成绩，稍微有一点闪失，连前三都难进，更别说第一了。”

“那他们玩这一出，挨了那么多骂，又是图什么？”

……

没人能看懂 WIN 这一番操作。

不过，WIN 在比赛中的精彩表现，却让他们挪不开双眼。

WIN 四人，一直被人诟病的缺点，摇身一变全成了他们最擅长的，他们把比赛当游乐场，游刃有余地穿梭其中，像是一场疯狂到极致的表演，看得人酣畅淋漓。

第一局，WIN遇神杀神，遇佛杀佛，最后顺利“吃鸡”，排名一跃成第四。

第二局，WIN开局遭围攻，一番激战后，一共击败了11个目标，损失一人，逃出包围圈，最后也成功“吃鸡”，排名跳到第三。

第三局，WIN分散行动，把四排玩成了单排，他们一路捡漏在决赛圈会合，以绝对优势取得胜利，排名到了第二。

还剩三局，他们跟排在第一的FIU，尚有一定差距。

中场休息时，解说员兴奋地讲着WIN的操作，一遍又一遍地回放他们的高光时刻。电竞迷看得激动雀跃，大呼“痛快”，对WIN接下来的三场比赛，抱以极大的期待和热情。

比赛区。

白术摘下耳机，拧开保温杯，喝了一口水。

她扫了眼ABG战队的方向。

蒋海棠一改往日温和优雅的形象，大发雷霆，怒斥着队友的失误和不配合，气氛闹得很僵。他们的经理和教练赶紧跑过去打圆场。

“挺精彩啊。”白术评价了一句，把保温杯扔背包里。

一旁的顾野接过话：“心态崩溃了。”

白术挑眉：“不足为惧。不过，另一个……”她说着就看向FIU战队。

但是，FIU的队员都不在了。

顾野说：“被他们的教练叫走了。”

白术由衷地说：“希望他们能稳住。”

“嗯？”

“不然下面不好玩了。”白术扬唇一笑，眼里闪过一丝促狭。

他们演了近三周，挨了无数骂，为的不就是这天吗？

对手心态一下就崩溃了，他们玩起来没意思，岂不是亏得慌。

“如果他们的进步如我们所想……”顾野拎起包，在白术身后站定，微微俯下身，一字一顿地说，“下面三场，包你满意。”

白术怔了下。

顾野却没多言，叫上他们仨去休息室了。

休息时间两小时，转瞬即逝。

有的战队无能地狂怒，有的战队内部调整，有的战队如获新生。

比赛即将开始，顾野带队离开休息室，没走几步，就在拐角处遇上FIU一行人。

他们的队员和替补以及教练、经理都在。

前三局比赛给他们带来的负面情绪，看起来被彻底消化，他们的士气不仅没受到一点打击，反而个个神采飞扬，眉宇间尽显自信。

“这不是今天的大黑马战队吗？”叫江宁的少年阴阳怪气地奚落道。

“这不是今天的手下败将们吗？”即墨诏反唇相讥。

江宁欲要向前，被林兴凡抬手按住。

林兴凡没再维持虚伪的表面客套，而是跟他们撂下话：“赛场上见。”

他一摆手，带队离开。

在走出几步远后，他们一个接一个地举起了手，伸出一根中指，是对WIN的蔑视和挑衅。

然而，在他们身后的WIN，完全没他们预料中的愤怒。

白术的声音脆生生的：“今天拿了第一后，你们要庆祝吗？”

即墨诏说：“算了。我明天要代表东国参加个围棋研讨会。”

白阳说：“我爸忍我很久了，让我玩完后赶紧滚回去帮他管公司。”

顾野说：“算了吧，玩个游戏而已，又不是什么大事。”

“哦，”白术点头说，“那我回去玩游戏。”

顾野很配合地问：“什么游戏？”

白术一本正经地说：“消消乐，我马上就是世界冠军了。”

顾野说：“那得好好庆祝一下。”

白术说：“必须的呀。”

即墨诏和白阳不约而同地摸了摸鼻子，觉得他们俩确实有些过分。

他们聊得兴起，走在前面的FIU战队气得只想回来揍他们，而跟在他们身后的两支战队，也觉得手痒痒。要不是规定不能打架，他们早就被围殴了。

缺不缺德啊！

这种时候这么搞人心态！

在电竞选手们的高素质和自我要求之下，白术、顾野、白阳、即墨诏四人，最终逃脱了被打的命运，安然无恙地重回赛场。

这一次，刚一开场，WIN的关注度就居高不下。

WIN没有让他们失望，刚一落地，就展开了一场激烈厮杀，每个队员的操作，都令人惊叹不已。

解说员感慨：“WIN太会玩了，每个人的打法都很突出，又配合得恰到好处。如果他们继续保持这个状态，没准能创造奇迹，夺得本次春季赛第一。”

电竞迷们也是一通分析。

“WIN全员强心脏，发挥太稳了。难怪能忍着被骂三周后再发力。”

“第二是稳了，但想超越FIU，希望渺茫。”

“FIU状态回来了，怎么感觉他们团队的水平又提升了？不愧是FIU！”

“这下完蛋了。哪怕WIN昨天发力，今天还有争第一的可能。”

“太可惜了。不过，WIN 未来可期。”

“WIN 是怎么做到全员兼职的前提下，还维持着一流专业战队的水准的？”

……

接下来两局，WIN 又取得胜利，但 FIU 每局都紧咬着他们，他们的积分差距始终无法缩小。

解说员已经提前为 FIU 庆祝了。

最后一局。

白阳下意识地回过头，看向 FIU 战队，赫然对上林兴凡挑衅的目光。

白阳心下一怒。

“稳住。”顾野跟后脑勺长了眼睛似的。

白阳“哦”了声，迅速调整下来。

顾野冷静地开口：“雾镇地图，跳眺望塔。”

他对地点做了标记，白术等人按照他的指挥行动。

眺望塔物资多，但地点偏僻、地形复杂，所以跳的人不多。但是，FIU 一向喜欢去这里，先搜刮装备，等富足了，再去屠杀别的战队。

果不其然，这一次，FIU 也是选择这里。

直播现场，两个解说员发现 FIU 和 WIN 都跳眺望塔后，瞬间就激动了，纷纷猜测 WIN 是想跟 FIU 在眺望塔决一死战，他们解说得唾沫横飞。

事实上，WIN 确实是冲着 FIU 去的，却完全没想跟 FIU 决一死战。

他们解决掉 FIU，只花了三分钟。

在顾野庞大的数据库里，FIU 每个人的习惯、行动轨迹，都被摸透了，WIN 早就烂熟于心，只需按照计划来，就可以出其不意地将他们解决。于是，三分钟后，FIU 几乎没跟 WIN 硬碰硬，就全员被歼灭。

FIU 的队员破口大骂，怒到极致，竟直接摔了键盘。

谁会想到，最后一局比赛，排在第一的 FIU，竟全员落地成盒。

“冷静一点。”林兴凡保持着心态，紧紧盯着 WIN 战队的方向，“他们离我们还有差距。”

他这么一说，众人看向排名后面的积分，暴躁的情绪被渐渐安抚。

另一边。

解决掉 FIU 后，顾野等人不见丝毫喜色，仿佛刚刚干掉的，不过是一支普通战队。

“分开行动，尽量拿分。”顾野吩咐。

三人应声。

离开眺望塔后，三个人不再留有余力，哪里有枪声就往哪里跑，能干掉一个是一个。

排名第一的FIU开局就没了，积分不会再涨，他们只需超越FIU现有的积分即可。

他们以一敌多，仗着高超的技术和对地图的掌控，四处乱窜。

跟第一名的积分差距，正以肉眼可见的速度缩减。

FIU的队员如坐针毡。

解说员和电竞迷持续关注动态，紧张到浑身发抖。

“超了！超了！”忽地，解说员激动地站起来，猛地一拍桌子，“比赛还没结束，WIN的积分已经超过FIU了。春季赛第一名，WIN！”

与此同时，大屏幕上一直稳定不变的排名，蓦地调换了位置。

NO.1：WIN。

NO.2：FIU。

一直密切关注这一场比赛的电竞迷们，无论是现场观看的，还是观看直播的，都尖叫出声。

场馆内的电竞迷们，哪怕不是WIN的粉丝，都因见证了这一奇迹时刻，而拥抱在一起，欢呼雀跃。

最后一局，毫无悬念，以WIN“吃鸡”而结束。

摘下耳机的那一刻，四个人互相看着，看似没一点情绪，可过了片刻，都不约而同地笑了起来，眉眼染着轻松愉悦的笑意。

一个春季赛冠军，对于他们而言，没什么值得夸耀的。

但是，不妨碍他们为之高兴。

没多久，有工作人员过来，提醒他们上台领奖和接受采访。

“对领奖和采访没兴趣。”白术活动着脖子，跟顾野说，“能逃吗？”

顾野真诚地建议：“不要给你为数不多的好评雪上加霜。”

即墨诏也说：“我们要是现在跑了，主办方会把我们拉黑吧。”

白阳劝道：“妹妹，你辛苦一下。”

“好吧。”白术妥协了。

虽然领奖和采访很无聊，但FIU和ABG全员黑脸的表情，实在是过于有趣，白术兴致便上来了，不遗余力地给FIU和ABG添堵。

当然，顾野、白阳和即墨诏，态度跟白术如出一辙。一场简单发言后，他们战队“嚣张狂傲”“目中无人”的形象被定格了。

第十章

来自二十五年前的线索

领完了奖，顾野四人去了停车场，打算离开。

从电梯里走出来，视野有些昏暗。即墨诏侧耳一听，提醒他们："好像有动静。"

停车场很安静，没什么人，其他三人放轻声音，听到有人在用英语骂人。

白阳小声说："好像是 FIU。"

顾野停顿了下，道："去看看。"

离得不算远，四人循着声音走过去，很快就见到 FIU 一干人的身影。

他们站成一排，低头挨训，教练巴迪站在他们面前，叽里呱啦地骂着他们，凶神恶煞，情绪上来时，直接对准江宁踹了一脚。江宁整个人砸在车上，捂着小腹痛苦地呻吟，却没一个人敢上前扶他。

更不用说制止巴迪了。

"喂。"

在巴迪准备向第二个人下手时，白术忽然喊了一声。

她这一声喊，把所有目光都引了过来。

巴迪见到他们，眼神更加凶狠。

白术淡定地举起手机，用英语问："要帮忙报警吗？"

即墨诏上前半步，晃了晃手机："帮你们留了视频证据。"

顾野看着他们俩的动作，没有制止。

白阳不明所以，不明白白术和即墨诏反应为何这么快，他还在吃惊巴迪对 FIU 的态度和 FIU 的反应呢，他们俩就已经掏出手机录好证据了。

“你们不要多管闲事。”林兴凡朝他们走了两步，威胁道。

白术哂笑，问：“被人打骂，还要维护的，叫什么？”

即墨诏悠悠地接话：“贱骨头。”

“这样啊，”白术将手机一收，优哉游哉道，“那就由他们去吧。”

顾野适时开口：“走了，别惹一身骚。”

既然被欺凌的人是这般反应，他们也没有插手的必要了。

反正，一个愿打一个愿挨。

白阳跟着他们一起上车，有些蒙：“他们平时一个个都挺傲的啊，怎么教练都对他们动手了，他们却不敢反抗？”

顾野发动车，别有深意地说：“没准他们被捏着什么把柄呢。”

“不会吧，能有什么把柄，让他们都尿了？”白阳摸不着头脑。

但是，坐在后面的即墨诏，却听明白了点什么。

即墨诏眼珠一转，悄悄贴近坐一旁的白术，低声问：“你觉得有可能是嗑药吗？”

白术眼皮一跳，打马虎眼：“不知道。”

“他们重回赛场后，状态很不对劲。”即墨诏分析说，又摇了摇头，“算了，反正不关我们的事。”

顾野和白术都保持沉默。

车开出电竞场馆，华灯初上，外面灯光蔓延成河，这座城市的夜晚，喧哗又平静。

春季赛结束不到一个小时，属于他们的狂欢，已经开始落幕。

顾野开着车，问：“你们想吃什么？”

白术第一个回答：“烧烤。”

白阳想到上次陪白术吃街边烧烤的经历，猛地打了一个哆嗦，说：“要不，换一个吧。”

“火锅怎么样？”顾野想了想，问。

白术没迟疑，应了：“可以。”

见白术点头，白阳和即墨诏都没什么意见，便将今天的晚餐确定了。

四人选了一个包间，点了一堆吃的。

等候期间，白阳拿出手机刷了一会儿八卦，说：“网上已经开始吹我们创造奇迹，能带领东国勇夺世界冠军了。”

“这也不算吹，”白术吃着冰西瓜，态度中肯地评价，“算是合理的提前预判吧。”

白阳已经习惯白术的说话风格了：“好吧。”

顾野从锅里捞了一碗牛肉给白术。

白术接过来，吃了一口肉，问："蒋海棠公开道歉了吗？"

"我看看。"白阳一边说着，一边将空碗递给顾野。

顾野斜眼看他："做什么？"

白阳眨眨眼："肉啊。"

顾野懒得理他："自己捞。"

刚捞了小半碗肉的即墨诏，忽然说："我给你捞。"

白阳顿时一喜。

"但它没了。"即墨诏用漏勺搅了一下，很遗憾地说。

白阳再迟钝，也意识到被耍了，哼了一声，把碗放下。他也不管他们了，搜到蒋海棠的微博。

白阳扫了一眼，立马告状："妹妹，她没吭声。"

白术嘴里塞着肉，慢条斯理地咽下后，才说了句："知道了。"

她抽出一张纸巾，擦了擦嘴，然后掏出手机。

她在相册里选了几张照片，发送给蒋海棠，然后就继续吃火锅了。

这一顿火锅还没吃完，蒋海棠的微博就更新了。她发了一个道歉声明，承认去年白术账号被盗，并非白术本人向她挑战，同时郑重地向白术道歉。

她的微博一发出来，白阳就截图发到群里。

即墨诏评价："避重就轻。"

顾野扫了眼就放下了："在应付你。"

白术摇了摇头，批评："你们太苛刻了。"

"你怎么想？"顾野觉得她这态度很稀罕。

"算了。"白术把一盘鹌鹑蛋扔进火锅。

即墨诏讶然："不管了？"

"嗯。"白术说，"筹码在手，是威慑，起码她以后不敢惹我；将筹码扔出去，要是炸了，容易溅自己一身血。"

"也是。"白阳赞同，"反正给你澄清了，她面子上也不好看。"

顾野和即墨诏都没说话，只是默契地转了蒋海棠的微博，让蒋海棠的道歉声明借着 WIN 这一波热度传得更广一点。

中场休息时，白术等人聊的话题，在别人听来或许是夸大其词，但他们说得确实不假。

火锅刚吃完，即墨诏就要去赶飞机了，白阳被他爸一个电话骂回了家。

等回去的时候，只剩白术和顾野两人。

四个人待在一起时，热热闹闹的，但即墨诏和白阳一走，车里就安安静静的。

白术坐在后面玩消消乐。

顾野主动找话题：“距离DY漫画大赛东亚赛还有一周，你有什么计划？”

白术抬起头，看着他的侧影，说：“没想好。”

“不回长宁市？”

“时间不够，不回了。”

“嗯。”

“你呢？”

“有点事。”

“哦。”

顾野没有明说，白术就没追问。

白术再低头看消消乐，忽然没什么心情继续玩，退出了游戏界面。

前面大半年，他们都因各种事情待在一起，早就成了习惯。现在聊到计划，白术才发现，除“五芒星”的事情进展以及后面的电竞比赛，他们俩基本没有什么牵扯了。

顾野没再说话。

白术思绪飘了会儿，手机忽然响了，是一个久违的电话。

她接通：“喂。”

“师父。”声音干净，语调轻快，如夏日和风。

白术问：“放假了？”

“放假了。放三天。要出来玩吗？”

“好啊。”白术不假思索地答应了。

“你在长宁市吗？我过去找你。”

“封城。”

“在封城做什么？”

“玩。”

“那行。”他的态度很爽快，“你给我个地址，我明天来接你。”

“好。”

他们俩很久没见，白术态度很好，聊了好一阵后，才挂了电话。

第二天，白术起了个大早。吃了点早饭后，她就待在卧室里翻箱倒柜。

顾野路过她卧室，听到动静，又见门半敞开着，他抬手敲了敲门：“早。”

“早。”

白术正蹲在行李箱前找东西。

顾野狐疑道：“在找什么？”

“我的衣服太旧了，想找一身新一点的。”白术拿起一件厚外套，抬头看他，表情颇为纠结，“好像没有那种东西。”

顾野顿时了然。

在集训营、第三基地以及 WIN 战队，白术穿的都是制服，平时的便装都一个样儿，就是有薄厚的区别。

比赛之初，天气有些冷，白术带的外套偏厚，现在五月中旬，厚的穿不了了。

她能穿的那两套衣服，确实有些旧了。

顾野问："你不是一向穿得很随便吗？"

"今天要出门，想穿好点儿。"白术将衣服扔回去，把箱子合上，"算了。"

少顷，顾野试探地问："去约会？"

"玩。"

在顾野看来，玩儿跟约会没什么区别。

他忽然想到白术昨晚那通电话，讲了很长时间，言语态度都很轻松，似乎跟对方关系很好。

过了片刻，白术忽然问："你不走吗？"

"啊？"

白术晃了晃手中的 T 恤衫，说："我要换衣服。"

"你换吧。"顾野看着她手里那件被洗得发白的 T 恤衫，沉默了会儿，说，"你还是买几件新衣服吧。"

他退后一步，贴心地给白术关了门。

白术换好衣服，然后就在一楼瞎晃悠。

她一边吃零食，一边玩手机，时不时张望一下外面。

顾野倚着楼梯栏杆，舌尖抵了抵后槽牙，将白术迫不及待的样子看在眼里。

他还从来没见白术这么急切地等过人。

白术又一次从他跟前走过。

顾野忽地叫住她，问："去哪儿玩？"

白术回答："街上。"

顾野把这两个字理解为"逛街"，毕竟白术确实需要添几套新衣服了。

"接你的人，什么时候来？"顾野又问。

"马上。"

白术刚说完，门铃就响了。

顾野觑了眼墙上的可视门铃显示屏，见到一张青年的脸庞，清爽帅气，比白术大个一两岁，眉眼满是笑意和期待。

白术赶紧去开门。

想了下，顾野跟在白术身后。

别墅外，白云在蓝天游走，清风吹过，沿街的绿植振起一抹盎然绿意。青年站在阳光里，穿着运动服，衣摆轻轻摆动，他眼睛弯弯的，在笑，少年气尚未褪尽。

白术拉开门，喊：“邵植。”

“师父。”

邵植见到白术的身影，第一时间迎上来，眼里笑意更甚。

白术走过去，问：“吃饭了吗？”

“啊。”邵植有一秒的迟疑。

白术看出来了，没等他找借口，直接说：“那路上吃吧。”

邵植想了想，点头：“行。”

尾随在后的顾野，见到这一幕，不合时宜地问了句：“什么时候回来？”

“我可能过两天再来拿行李。”白术回答，随后疑惑，“你不回去吗？”

顾野哑然，说：“回去。”

“嗯。有事打电话。”

白术说完，就跟邵植走了。

邵植走在白术身侧，问：“他是谁？”

白术想了一秒，回答：“朋友。”

“哦。你怎么又穿这么旧的衣服？”

“忘了买。”

“我给你买。”

“用不着。”

“就当我孝敬你的。”

“想孝敬我的太多了，不缺你这一个。”

邵植走到车旁，拉开副驾驶的车门。白术没有犹豫，钻进了车。

邵植将车门关上。

他忽地偏了下头，视线精准地朝顾野看过来。他的眼睛很亮，目光锐利，像是在挑衅。

顾野没有避让。

片刻后，邵植才将视线一收，走去驾驶座坐进去，开车离开。

车上，白术将安全带系好，问：“训练怎么样？”

“挺好的，教练帮了不少忙。”邵植说完，冲白术一笑，“我学了几个新招，待会儿给你看。”

“行。”

邵植说：“你再指导我一下。”

白术点头：“可以。”

顿了顿，白术问："你最近有什么比赛吗？"

"最近的是 R 国举办的极限运动盛会。"邵植声音很放松，"你知道吗？"

"知道。跟 DY 漫画大赛合作的。"

"好像是。"邵植不是很清楚，"听教练说，是跟 DY 漫画大赛东亚赛合作，极限运动是漫画选手的主题，是吧？"

"嗯。"

邵植犹豫了下，用余光打量白术几眼，抓着方向盘的手紧了紧："月底开始比赛，你要来看吗？"

白术随意道："看。我是参赛选手。"

邵植一惊，差点踩了刹车。他略微诧异道："极限运动？"

"漫画大赛。"

他对比赛一无所知，白术觉得挺正常的。

邵植，天才滑板运动员，自三年前第一次夺得世界冠军后，就一发不可收拾，成了各大比赛的常驻冠军。然而，去年他在训练中意外受伤，手术过后重回赛场，耽误了半年，这半年一直在特训，为重回赛场做准备。

在训练期间，他几乎与世隔绝。

半路上，白术注意到街边的早餐店，让邵植停下，先去吃早餐。

邵植乖乖地听她的话。

"距离你说的地儿有多远？"坐在邵植对面，白术捧着一瓶豆奶，帽檐压得低低的。

"过去还有六七千米。"邵植回答完，有点明白她的意思，问，"你是想滑过去吗？"

"嗯。"

邵植一点脾气都没有："听你的。"

他们俩今天是来玩街头滑板的。

邵植选了一个广场，地形有些复杂，很多滑板爱好者都喜欢去。广场附近有一条老街，并不宽敞，障碍物多，有一定技术又喜欢挑战的话，玩起来会很有意思。

从早餐店出来，白术和邵植从后备厢里拿出两个滑板，踩着滑板朝广场而去。

五月的阳光还没那么晒，暖洋洋的，空气里弥漫着早餐香味，街上行人来往，而他们灵活地在人群中穿梭，自由恣意。

邵植跟白术并肩滑行，喊："师父。"

"嗯？"

他们路过一个篮球场，白术手一伸，接住从她头顶飞过的篮球。她侧过身，将篮球抛了回去，精准无误地落入网里。

篮球场上的少年们朝她欢呼，极个别的吹着口哨。

邵植见着这一幕，早就习以为常，淡定地忽略了，问：“你真的不想试试滑板比赛吗？”

“不想。”

“以你的技术，不需要怎么训练，就能拿世界冠军。”

“我知道。”

白术将帽檐往上一抬，神情坦然又平静。

邵植有些失望。

白术继续说：“极限运动是自由的，不该被规则和场地束缚。”

邵植知道她的想法，但不希望白术被湮没。他尝试着争取一下：“偶尔比个赛呢？”

白术想了会儿，没把话说得太死：“碰上了再说。”

“行。”

邵植舒了口气，笑了。

今天是周末，广场上有不少人。如邵植介绍的那样，玩滑板的年轻人不在少数。

邵植本想和白术玩个尽兴。

然而，白术刚晃了一圈，想去买一根冰糖葫芦，就被一个十三四岁的少年拦住了。

“姐姐，你是白神吗？”少年仰头看着白术，有些迟疑。

白术绕过他，回答：“不认识。”

她滑向卖冰糖葫芦的老人。

少年又跟上她：“姐姐，你是白神吧。”

白术没有搭理他，找老人买一根冰糖葫芦，而邵植自觉地掏出手机付钱。

少年不依不饶：“姐姐，我教你玩滑板，你玩高兴了，给我要一个野神的签名，行吗？”

“我跟你比赛，”白术咬了一颗冰糖葫芦，观察了下最近的地形，指着前面的喷泉，“从这里到喷泉，谁先到，听谁的。”

“行啊。”少年信心十足地说。

邵植在一旁看着，眼里满是笑意：“冰糖葫芦，我帮你拿着。”

“不用。”

白术压根儿没把跟少年的比赛当回事。

她喊了一声“开始”，少年迅速踩着滑板向前，她过了几秒才跟上。滑板上的她，像一只自由的鸟儿，谁也抓不住，但处处引人注目。

前往喷泉的路上，要滑下两段楼梯，少年有些迟疑。这时，身侧一道白影闪过，他偏头，见到白影轻盈地跃起，滑板在空中翻转一圈，落下时，精准无误地砸在楼梯扶手上，随着白影飘落，宛若蝴蝶。

少年看清那是白术，一急，把心一横，就踩着滑板一路往下跃，极力稳住平衡，可在落地的那一刻，他脚下打滑，重重地摔倒在地。

少年疼得脸都皱起来了。

一块滑板出现在视野，他视线随之而动，随后，滑板在他跟前停下来。

白术一只脚踩在地上，另一只脚踩在滑板上，问他："服吗？"

"服。"

少年手在地上一拍，朝她竖起拇指。

白术说："那你滚蛋吧。"

"哦。"少年艰难地爬起来，捡起滑板，一瘸一拐地走了两步。

忽然，他停下来，又一瘸一拐地走过来，诚恳地问："姐姐，我能要个你的签名吗？"

白术拿着冰糖葫芦，酷酷地回："不能。"

"好吧。"

少年彻底死心了，耷拉着脑袋走了。

送走少年后，白术想到漫画大赛和电竞比赛的曝光度，意识到自己的自由又少了一点，叹了口气，把帽檐压得低低的。

"师父。"邵植跟上来，递过来一个冰激凌，"给你买的。"

他打量了眼白术的帽子："你怎么把帽子戴成这样？"

白术咬了口冰激凌，被冻得一个激灵。她缓了两秒，才说："容易被认出来。"

"哦。"邵植表示理解，"这边人比较多，我们先逛一逛，待会儿去老街那边。"

"行。"

虽然待在广场有被认出的风险，但尽量避免跟人交流，自顾自地玩的话，被认出的概率远没那么大。

白术和邵植一边玩儿，一边聊天，间或白术看着邵植的技术动作，指点一下，时间很快就过去了。

临近中午时，邵植跳过一个障碍物，滑到白术身边。

他擦了擦额角的汗："去老街看看？"

"好。"

"穿过老街，有一家饭店，味道很不错，我们到时候去吃。"

邵植在前面带路。

不知何时起，白术不笑了，神情添了些严肃。她看着邵植的背影，视线往下落到他的腿上。

终于，她出了声："邵植。"

邵植停了下来，疑惑地问："怎么了？"

"你的伤势不能再复发了。"白术盯着他的左脚，一字一顿地说，"再有下一次，你就得退役了。"

邵植愣了下，有些意外，随后微垂着头，眼里的光渐渐暗了。

"我知道。"邵植低声说着，似喃喃自语，随后他又笑起来，跟少年时一样青春灿烂的笑容，他眉眼一弯，语调轻松地说，"就知道瞒不住你。"

看着他的表情，白术止了劝说的话语，慢慢地滑过去，说："走吧。"

邵植跟上："你不劝我吗？"

白术淡淡地说："我不想说废话。"

邵植粲然一笑。

老街在老城区，年代有些久了，沿街的楼又矮又旧，连阳光洒落下来，都像是过了一层时代滤镜，光线黯淡了几分。不过，跟附近的高楼大厦比，这里颇有一股古老的韵味。

白术和邵植站在街上，看着被封锁的一段路，表情一言难尽。

"我是不是忘了看皇历？"白术皱起眉，将鸭舌帽摘下，给自己扇风。

邵植张望一圈，目光落到几个身影上，轻轻皱眉，说："好像是我们协会的人，我去问一下。"

白术说："行。"

老街的路段被封锁大半，但维持秩序的保安不多，就零星几个。

待邵植走后，白术等了一会儿，闲得无聊，注意到有一群人围在一起，便拎着滑板进了封锁路段，想看看情况。

刚一靠近，就被一个中年人看到了。

中年人冷着脸，呵斥："你站住。"

白术皱眉。

中年人朝她走了几步，沉着脸打量她，语气不善道："你是程鸢的粉丝吧，不要站在这里，去封锁线外面。"

"我不是粉丝。"白术莫名其妙。

"你穿成这样，还不是粉丝？"中年人压根儿不信她的话，恶声恶气地说，"快走，不然我赶人了。"

他的嗓门很大，人群里有几个人朝这边看了眼，却不大在意。有两个保安听到动静，朝白术走了过来。

白术手指抵着滑板转动，滑板在她手里转了两圈。

她没有一点想走的意思。

中年人向保安使眼色。

“等等，”邵植及时赶到，解释，“她是我朋友。”

“邵植。”中年人惊讶地瞧着他，“你不是放假了吗，怎么在这儿？”

邵植言简意赅地回答：“出来玩。”

“哦。”

中年人点头，视线落向白术。

邵植重复了一遍：“她是我朋友。”

跟白术待着时的状态不一样，邵植脸上没一丝笑意，神情敛着，甚至有些冷淡。

中年人还是不信，只是给邵植面子：“那你好好看着她，别影响程鸢的拍摄。”

邵植回：“你让她好好发挥，别影响别人就行。”

中年人不满地皱眉，不过想了想，没跟邵植计较，不太愉悦地回了人群。

“谁啊？”

白术将滑板往地上一扔，一只脚踏上去。

“协会一个不大不小的领导，不用管他。”邵植看了一眼表，“他们在拍滑板视频，做宣传用。下午三点结束，我们吃了饭再过来，应该差不多。”

白术却没了兴致：“算了，到处都能玩。”

“好吧。”邵植有点遗憾，“那下次来。”

“嗯。”

白术踩上滑板，准备离开封锁路段时，倏地回过头，瞥了眼被人群簇拥的女生，忽然想到什么。

程鸢，这名字挺耳熟啊。

去年暑假白术拍宣传视频，结果把功劳全揽自己身上的女生，不就叫这名儿吗？

白术问邵植：“程鸢是谁？”

“最近挺火的滑板运动员，”邵植跟上她，“她也是我们那儿的。”

“长宁市？”

“嗯。”

白术越发怀疑：“她怎么火的？”

“去年暑假，长宁市的滑板协会拍了一个宣传视频，就是请的她。”邵植说，“谁都没想到，那个视频在网上火了，收获了不少粉丝。她也因此被我们队特招进来。”

邵植讨论程鸢时，态度很冷硬。白术看出来了，问：“你不喜欢她？”

“不太喜欢。”邵植没有藏着掖着，直白地道，“她实力一般般，但粉丝多，领导看重，抢了别人不少机会。”

“这样啊。”

白术跳过前面的封锁障碍，滑板向前移动，她回过身，远远地朝人群方向看了一眼。

跟邵植玩了一天后，白术去了段子航家。

第二天，她收到邵植寄来的一堆衣服。

阿绫不在家，给段子航跑腿去了，包裹是段子航拿的。段子航抱着一个大箱子回来，就开始抱怨：“你把我这儿当二手衣物回收站了吗？衣服是论斤称的。”

白术正在吃果冻，听到段子航的话，重新撕开一个果冻，慢悠悠地走过去：“什么衣服？”

段子航指了指箱子上的快递单：“物品，衣服。寄件人，邵植。”

“你打开。”白术指挥他。

“我堂堂万人敬仰的神医——”

白术递过去一把小刀，帮他接下去：“结果阿绫不在，就成了一废物。”

段子航接过小刀，认命地给她开快递：“不就让你吃了两顿外卖吗？怨气这么大。”

“我想吃个烤地瓜，你把机器都踹坏了。”

“不是给你买了吗？”

“没有阿绫烤的好吃。”

段子航知道她杠精附体，叹了口气，不再跟她辩驳。

打开箱子后，段子航看到一堆衣服，随手拿起几件一看，都是新款的夏装，价格都不便宜。衣服款式都是运动类的，看起来不是盲目挑选的。

“他把新上市的夏装都给你买了是吧？”段子航震惊不已，“你是不是拿什么要挟他了？”

“没有。”

“那他怎么给你买这么多？”

“不知道。”白术又撕开一个果冻，皱眉说，“他总喜欢给我买东西，可能是想扶贫吧。”

昨儿个她特地想选一件新衣服，就是为了避免这样的情况发生。

“他扶贫……”段子航觉得挺有道理的，可这滑稽事件只让他想笑，他乐了一会儿，问，“这人谁呀？”

“我徒弟。”

“听牧财务说，你连翻个花绳，都要收俩徒弟。这个是哪方面的，跳房子吗？”

“滑板。”白术冷飕飕地看着他，“你要是再跟牧哥一样，阴阳怪气地说话，我能让阿绫三个月不回家。”

段子航一秒变脸：“我错了。”

他翻了翻箱子里的衣服：“这些衣服，够你穿半辈子了。你打算怎么处理？”

“我挑几件，剩下的你处理吧。”

“你徒弟不会介意吗？”

“不会。”白术已经摸透了邵植的操作，“他就是拿来让我选的。”

晚上，没有阿绫的段子航，又叫了一份外卖，跟白术将就着解决了温饱问题。

白术在书房处理工作时，接到了即墨诏的电话。

“你怎么成别人粉丝了？”即墨诏没头没尾地问。

“什么粉丝？”

“我问你呢。热搜上说有个滑板运动员在拍视频，粉丝围观，结果有人发现，其中之一就是你。”

听了即墨诏的话，白术想到那个态度恶劣的中年人，至今想不明白：“怎么认出我是粉丝的？”

“你被拍时穿的那一身衣服，跟滑板运动员去年一个走红视频里穿的一模一样。”即墨诏说，“听说她的粉丝就喜欢这么模仿她。”

白术想起来了。

她昨儿个穿的衣服，确实是她去年拍视频时穿的那套。

“你真的是她的粉丝吗？”即墨诏难以置信地问。

白术肯定地道：“不是。”

即墨诏松了口气，又疑惑道：“那是怎么回事？”

“路过。”

“衣服呢，怎么解释？”

“视频是我拍的，衣服也是我的。”

白术简单的一句话，透露的信息量巨大。

即墨诏思考了好一会儿，才把这些信息消化掉。良久，他无语道：“你身上怎么总有这么多离谱的故事？”

白术叹息：“可能因为我是天选之女吧。”

“你就当我没问。”即墨诏挂了电话。

网上的传言，白术没空去管，专心处理手头的事情。

第二天下午，阿绫从清阳市回来，给白术带来了一个好消息。

“陆了了，有可能是陆辽，陆侨的弟弟。”

书房里，白术坐在沙发上，手里捏着一张老照片。

这是一对兄弟的合影，大哥陆侨，十九岁，小弟陆辽，十一岁。

这是阿绫从一个年过八十的老人那里拿来的，那人曾是陆侨、陆辽的邻居，照顾过这对兄弟。

白术将照片放回茶几，问："陆辽怎么去世的？"

"死于火灾。"阿绫回答，"二十七年前，他十一岁，曾走失过一年，回来后就神志不清，变得不太正常。老大爷说，他开始自闭不说话，畏光，经常表现出攻击性。这样过了一年，老大爷家意外起火，他好像忽然清醒了，把老大爷救了出来，自己却死在那场大火里。"

白术微微一怔，没想到是这样的故事。

想了会儿，白术继续问："怎么推测他是陆了了的？"

"陆侨不在时，会把陆辽交给老大爷照看。老大爷是知识分子，赶潮流买了一台电脑。陆辽偶尔会玩一玩。"阿绫一顿，又说，"那一幅画，老大爷也有点印象。"

白术颔首，随后，她将目光转向段子航："你怎么想？"

"不好说。"段子航摇摇头，"重要的是，陆辽消失的那一年，是否跟组织有关。"

"赞同。"

"如果真的有关，那么陆侨进组织，可能是为了报仇。他知道一个人不行，所以要找个帮手，或许你妈就是他的目标。"段子航摊了摊手，"但矛盾点又来了，要是报仇的话，为什么会中途带着顾野跑了呢？难不成是临阵逃脱了？"

白术不置可否，转而问："我妈的同事，有消息了吗？"

"找到两个，都只记得你妈，不知道陆侨。"段子航对此不抱希望，"一个病人而已，二十五年过去了还能记得，不太现实。"

"那先这样。"

白术让阿绫把调查到的资料收起来。

谜团是解开了不少，但事情一点进展都没有，还是不知道白青梧和陆侨的关系。

段子航喝了口茶，问："顾野不是在查陆侨的下落吗，还没找到人？"

"没消息。"

"活人比死人难找。"段子航感慨。

白术想到了纪远，深感赞同。

白术结合现有的线索，整理了下头绪，给顾野打了个电话。

手机关机。

后来她又尝试几次，仍旧是关机。无奈之下，白术只得把刚获得的线索编辑成信息，发给了顾野。

奇怪的是，接连两天都没得到回应。

这一次，白术没有再大张旗鼓去找顾野。

DY 漫画大赛东亚赛确定在 R 国举行，国内参赛选手统一从封城出发，由苏老师和郝老师领队。

出发前一天，白术去了一趟战队基地。

天朗气清，阳光正好。

BUG 春季赛一结束，他们这个临时搭伙的战队就各奔东西了，别墅里空荡荡的，白阳、顾野、即墨诏都不在，连做饭的阿姨都不在。

白术去卧室里收拾她的物品，该留下的留下，该带走的带走。

半个小时后，她提着行李箱下楼，本想走，却鬼使神差一般，来到了训练室。

她一眼就见到摆在桌上的机关盒。

完整的机关盒，底部有破损迹象，但修补之人顺着裂痕刻了一根树枝，花与叶点缀，做工不算精致，却巧妙地弥补了缺陷。

看了半晌，白术捎上机关盒，离开了。

傍晚，白术去集合的酒店时，又给顾野拨了通电话，仍是没人接。

酒店门口，苏老师特地来接她。

“白术，你来了。”苏老师一见白术，眉宇就舒展开了。

白术将行李箱交给他：“你松了口气的表情让我总觉得哪儿不对。”

“心眼真多。”苏老师推了推眼镜，“你一直不来开会，我们怕你不参赛了。裴校长觉得你是个定时炸弹，让我把你盯紧了。”

白术点头：“可以理解。”

苏老师拖着行李箱进酒店，打量着她：“你的游戏玩得不错。不过，多把心思花到漫画上就更好了。”

白术慢吞吞地说：“我所有老师都这么说。”

“为什么？”

“因为我什么都玩得不错。”

苏老师决定闭嘴不说话了。

他带着白术办好入住手续，叮嘱道：“晚饭你可以在酒店吃，别走远了。晚上八点，我会召集你们几个开会。”

“来了哪几个人？”

“你，即墨诏，简以楠，纪依凡，楚逍遥。”

电梯门打开，苏老师和白术走进去，里面没人。

苏老师按了楼层，继续说：“NO.1 和问鼎申请不到场，到时候会在漫画

NO.1 网站的防作弊机制下参赛。”

“哦。”

白术想起拿到第三名的楚逍遥，作品是《白桦林》。而《白桦林》的故事，疑似跟阿绫和陆遥的经历有关。

“另外，DY 漫画大赛东亚赛时间短，真正创作时间就一周，所以漫画选手可以带两个助手。纪依凡的助手是某曹君，他也一起。”苏老师说到这儿，问白术，“简以楠说不需要助手，即墨诏说找到助手了，但要比赛正式开始前才去 R 国，你呢？”

“没找。”

白术早把这事忘了。

苏老师又担心起来：“你还没吸取《半截》的教训吗？你创作速度这么慢，还不找个助手？”

“我不慢。”白术辩解，“就是时间紧张。”

苏老师仔细思索了下，没想明白：“有什么区别吗？”

白术想了一下，决定不跟他争了。

电梯门开了，苏老师等白术先走出去，再跟上：“顾野没有参加复活挑战赛，你要不要叫上他一起？”

白术从没想过这种可能。

以《犬牙》出道的顾野，怎么可能给她做助手。

苏老师继续游说：“以顾野的实力，跟你合作的话，如虎添翼。我看他跟你关系不错，他又不在乎名气，答应做你助手的概率还挺大的。你要是不好开口，我去帮你联系他。”

白术没拒绝，只说：“联系不上。”

“他怎么了？”苏老师不解。

“不知道，手机关机。”

“这样，我找人问问什么情况。”苏老师找到白术的房间，核对了门牌号，然后把房卡和行李箱交给白术，“晚上八点开会，不准迟到。”

白术惊奇极了：“我这么不靠谱？”

苏老师由衷地道：“实话说，是的。”

白术没再理他，用房卡开门，拎着行李箱走进房间，重重地甩上门。

晚上八点，白术准时来到苏老师和郝老师的房间，当了一回靠谱的人。

不过，总有不靠谱的。

楚逍遥一直没来。

苏老师在阳台打完电话回来。

"电话打通了吗？"郝老师连忙问。

"通了，"苏老师的心情极其复杂，"她说一时鬼迷心窍，迷失在大都市的繁华里，正在找人问路呢。"

郝老师愣了会儿，说："我去接她。"

"嗯。"

"你们先开会吧，不用等了。"郝老师拿起手机，跟苏老师交代道，"重点内容我会跟她讲清楚。"

苏老师颔首："注意安全。"

白术在嗑瓜子，搭了句话："早点回来。"

空气静了一瞬，郝老师轻咳一声，走了。苏老师指了指白术，希望她少说两句话。

"行了，我们先开始吧。"

苏老师一边说着，一边环顾周围。

没有座位。

沙发都被占领了，苏老师瞧了半天，硬是没找到能容身的地方。

简以楠、白术、即墨诏都没眼力见儿，压根儿没想到给他腾位置。

这时，纪依凡站起来，让出单人沙发："苏老师，你坐这儿。我和某曹君站着就行。"

坐在沙发扶手上的某曹君闻声，也站起身。

"没事，你们坐。"苏老师摆摆手，让他们坐回去，"要交代的事有点多，我们抓紧时间。"

白术嗑着瓜子："说吧。"

苏老师瞥了她一眼，忍不了，严肃道："白术。"

"什么？"

"尊重一下会议。"

白术晃了晃手中那包瓜子："郝老师给的。"

苏老师简直能被她气得心梗："我发誓你们郝老师会因为买这包瓜子写检讨。"

"好吧。"白术将那包瓜子放到茶几上，拍了拍手，"检讨能让我看一下吗？"

"请闭嘴，谢谢。"苏老师稳住心态，真挚地给她建议。

"好的，不用谢。"白术终于安静了。

所有人都松了口气。

毕竟，谁都不能保证，他们能忍得住暴揍白术的冲动。

苏老师花了半个小时讲纪律。

在东国，他们可以随意一些，但出国比赛，代表的是国家形象，容不得半点闪失。一些明令禁止的事情，绝对不可触碰。

讲完纪律，才是流程。

“DY 漫画大赛东亚赛比赛时间确定为四周。第一周参加极限运动盛会，供漫画选手们取材；第二周在 R 国漫画学校训练，供漫画选手们构思；第三周则是正式创作的时间，七天，你们必须完成作品。”

话说到这儿，苏老师特地看了眼白术。

他提醒：“决不允许交草稿的情况发生。”

“好。”

被单独提醒的白术，毫无羞愧之色。

苏老师推了下眼镜：“第四周就是投票时间，你们等结果就行。”

他拿起放在茶几上的包，打开后，拿出几份装订好的资料分发下去，人手一份。

“这是极限运动盛会的具体流程，包括参赛选手，你们仔细过一遍，以便你们找素材时轻松一点。”苏老师介绍，“另外，你们想单独采访哪个运动员，或是对某个项目感兴趣，都可以提出申请，我们会帮你们沟通。”

白术简单浏览一遍，将资料放到茶几上。

苏老师见到了，问：“白术，你有什么想法吗？”

“没有。”

“看仔细一点。”

“哦。”

白术嘴上这么说，却没有再碰资料。

苏老师也拿她没办法。

等其他人陆续将资料放下时，门铃忽然响起，郝老师带着楚逍遥回来了。

苏老师去开门。

最先走进来的是个女生，年龄二十出头，穿着吊带和短裤，短发齐耳，气质飒爽，未施粉黛，依旧光彩照人。

“苏老师。”她跟他们打招呼，大大方方的，“我叫陆遥，笔名楚逍遥。”

陆遥。

白术顿时多了些在意。

苏老师表情纠结，感觉这位也不是个省心的。

陆遥目光扫视着房间，大步走向长沙发，她来到白术身边，说：“让一让。”

白术摇头：“不让。”

陆遥一怔：“为什么？”

“迟到应该罚站。”

“有这规矩？”陆遥扭头看向两位老师。

白术一本正经地说瞎话：“有。”

即墨诏没忍住拆台的冲动，跟陆遥说：“她刚加上的。”

“好吧。”陆遥没跟白术计较，选了折中的法子，就在沙发旁坐下，“我坐这里就行。”

白术往后一倒，靠着椅背，余光一斜，见到陆遥的后背。

细嫩白皙的后背上，一只雄鹰在展翅翱翔，正好遮住了肩后某处位置。

陆遥注意到白术赤裸裸的视线，眯眼道：“想看吗？”

白术坦然地应声：“想。”

陆遥笑了：“开完会我脱给你看。”

“好啊。”

在厚脸皮这方面，白术就没有输过。

这两人之间的氛围很微妙，苏老师和郝老师怕她们俩打起来，赶紧走过来主持大局，接上刚刚被中断的会议。

有苏老师在，白术就觉得这会议不会简单结束，果不其然，又过了一个小时，苏老师才把该交代的一一说尽。

会议到尾声，苏老师问：“大家还有什么问题吗？”

“没了。”

昏昏欲睡的白术第一个回答。

苏老师看都没看她一眼，直接无视了。

白术看向坐在旁边的简以楠。

简以楠回看她一眼。

白术眨了眨眼。

简以楠明白了，捏着眉心，叹了口气：“苏老师，今天先这样吧，很晚了，明天还得赶飞机。”

“那就这样。”苏老师马上同意了，“散会。”

白术“啧”了一声，拿起茶几上的瓜子：“我为我说话没分量这事深感遗憾。”

苏老师回她：“我对你深表同情。”

即墨诏从白术身后路过，拍拍她的肩，嘲笑：“深表同情。”

简以楠也说：“深表同情。”

“世风日下，人心不古。”

白术坦荡地嘀咕一句，干脆把所有零食收入囊中，兀自离开了。

其他人也相继离开。

郝老师送走最后一个人，将门关上，跟苏老师打趣：“我还以为白术会因顾野退出的事有情绪呢，没想到她心态挺好，还是那个没心没肺的小毒舌。”

“她要是心态不好，就不会交《半截》了。”苏老师摇了摇头。

“她找助手了吗？”

“没有。我想找顾野做她助手，一来他们俩默契，二来顾野能压得住她。不过，顾野手机一直没开机。”

“问顾会长了吗？”

“顾会长因为顾野退赛的事，跟顾野闹得很僵，对白术也有些意见。”苏老师说，“反正距离比赛还有些时间，再等等。”

郝老师建议道：“顾野可能有什么事，你给他发个信息试试。”

苏老师答应了：“行。”

白术回房间时，发现后面跟了个尾巴。

是陆遥。

没有开门，白术站在房间门口，转过身，跟紧随其后的陆遥迎面撞上。

没等白术发难，陆遥眉一挑，主动道：“你挺有意思的。”

白术礼貌地说：“谢谢。”

“你叫什么名字？”

“白术。”

“你想看我的文身？”

“想。”

陆遥说：“吃的给我，我给你看。”

白术跟她商量：“可以给你一半。”

陆遥犹豫了下，说：“也行。”

于是，白术从袋子里拿出一半零食给陆遥，然后盯着陆遥的后背研究了两分钟。

白术问：“在哪儿文的？”

“工地上一大爷那儿。”陆遥慢条斯理地说，“据说他兼职文身三十年，文得不错吧？”

白术身子微微一偏，歪着头，向前微倾，几乎凑到陆遥耳边：“工地？”

陆遥偏头，跟她的视线对上，应声：“对，我以前是工地上搬砖的。”

白术退后两步，背倚着门，打量着陆遥的身形。

她评价：“不像啊。”

“是啊。”陆遥从兜里摸出一个小本子，晃了晃，露出英语词汇的封面，“我最近还开始学英语了呢。”

“加油。”白术“不明觉厉”。

“会的。”

白术耸了下肩，随后用房卡开门，但在进门那一瞬，她停住了。

她侧首，问："你跟在后面，是为了我，还是零食？"

"你啊。"陆遥坦然地承认，"我说过了，你很有意思。"

"哦。"

白术把门关上了。

几分钟后，白术站在窗前，拨通段子航的电话。

"白队。"

"我四体不勤五谷不分，需要人照顾。"白术张口就来。

段子航听完觉得怪瘆人的，语气都恭敬了些："您有事直说。"

白术直奔主题："把阿绫给我吧。"

段子航愣了下："能商量一下吗？"

"不能。"

"好的。"

段子航没有第二个选择。

第二天。

窗外阳光明媚，有鸟鸣声，风摇树叶，一片祥和。

顾野从冗长的睡梦中醒来，浑身酸软疼痛。他坐起身，右手握拳，感受着手指的无力，轻轻拧眉，而后又将手指缓缓松开。

"笃笃笃。"

门被敲响后，传来程行知的声音："顾野。"

"进来。"

顾野张了张口，嗓音有些沙哑。

嗓子疼得慌，他用指腹轻抵着喉咙处，轻轻捏了两下。

门被推开时，顾野眼皮一抬，见到站在门口的程行知。程行知穿着白大褂，气质清冷却斯文，手里端着一个餐盘，上面是顾野的早餐。

顾野问："过去几天了？"

"五天。"程行知把餐盘放到床头柜上，"数据搜集得差不多了，你可以走了。"

顾野坐在床边，觑了眼寡淡的早餐，吐槽："天天馒头、鱼汤，不能换个花样？"

程行知坦坦荡荡地道："不能，我只会做这个。"

"那就去学。"顾野拿起一个馒头。

程行知拒绝："我不想学。你可以学着适应我。"

顾野拿馒头的动作一顿。

"我猜你想把馒头砸我脸上。"程行知看着他，不卑不亢，"我建议你不要，因为这是最后一个了。"

顾野忍无可忍："我建议你十秒内在我面前消失。"

"这个我可以满足你。"

程行知说完，转身欲走，但又停了一下。

顾野掀起眼帘，乜斜着他。

"你的手机。"程行知从白大褂的兜里拿出一部手机，递到顾野面前，"电已经充满了。"

顾野惊奇地瞥他，意外他的贴心。

"不客气。"程行知抢先说。

静了一瞬，顾野从牙缝里挤出一个字："滚。"

程行知这次真的走了。

没胃口吃馒头，顾野把馒头放回去，将手机开了机。

他将信息筛选一遍，重点关注白术的。

看完白术发来的线索，他退出，想给白术回个电话，却注意到苏老师的消息。

想了下，他点开。

他刚浏览完信息，手机就振动起来。

来电提醒：白术。

顾野瞳孔微微一缩，没有迟疑地点了接听。

"喂。"顾野捏了下喉咙，让自己声音正常一些。

"有空吗？"白术的声音徐徐传来，伴随着机场嘈杂的背景音，"我需要一个漫画助手，想来想去，就你配得上我。"

清晨的阳光是温暖的，落到顾野身上残留温度。

手指微微蜷曲，顾野舒了口气，一口答应："有空。"

第十一章

你是我的光芒

R 国。

刚一落地，苏老师和郝老师就把白术等人塞上一辆车，拉到提前订好的酒店。

白术有语言天分，曾学过半年 R 国语言，可以流利沟通，在 R 国行动没有交流障碍，所以一放好行李，她就离开酒店觅食去了。

直至傍晚，她才回酒店。

苏老师正在找人，在酒店门口碰上她，打结的眉松了些，忙问：“你去哪儿了？”

白术随口说：“打架。”

苏老师神情逐渐严肃。

“假的。”白术补了一句。

“你正经一点。”苏老师差点被她吓死，他恨铁不成钢地批评了白术一通，最后想起一件事，“你的手机怎么没开机？”

白术将手机拿出来，按了两下，仍旧黑屏。她说：“没电了。”

苏老师完全拿她没办法：“下次给手机充满电再出门，省得找不到人。”

“哦。”白术乖乖地听了，随后问，“你找我有事？”

苏老师说：“想问一下你们有没有确定采访计划，我们提前帮你们协调。如果暂时没确定下来，就尽快想一想。”

白术说：“我不用。”

苏老师警备地道：“为什么不用？”

“我要当解说员，很忙。”

白术说得很正经。

可惜，白术说瞎话时也很正经。

苏老师一听，表情凝重地道：“白术，你再这么满嘴跑火车，我真的生气了。”

白术眨了下眼。

眼看着苏老师在暴走边缘徘徊，白术说了点合他心意的：“下次不会了。”

“你在酒店好好待着，最好别乱跑。想好了计划跟我说。”苏老师语重心长地交代完白术，急匆匆地要往外面走。

白术疑惑地叫住他：“你去哪儿？”

苏老师头也不回道：“找陆遥，她又迷失了。”

白术觉得苏老师真是操心的命。

酒店订的是双人间。

苏老师和郝老师分配房间时，显然是经过深思熟虑的。

他们清楚纪依凡和某曹君跟其他人不是一派的，怕他们在队里起内讧，所以将纪依凡和陆遥安排在一起，某曹君跟郝老师一间房，盯墨诏和苏老师一间房，剩下的白术和简以楠住一间。

白术进房间时，发现简以楠正在漫画NO.1上训练，一点都不意外。

简以楠素来属于“拼命三郎”的类型，勤能补拙是她的人生格言。

白术心情好，踱步到简以楠身后，主动问：“要我教你快速刷分的技巧吗？”

“我不刷分。”简以楠神情严肃道。

“你要实力。”

“嗯。”

“懂规则也是实力的一部分。”白术谆谆教导，“这不是一场比基本功的比赛。”

“谢谢。”

简以楠脑门上写着“我不听”三个字。

白术略有些遗憾地离开了，她打开自己的行李箱，拿出一套衣服来，准备去洗个澡。

“你找到助手了吗？”简以楠嘴上这么问，注意力在PK上。

“嗯。”

“谁啊？”

“顾野。”

“他是为了你才退赛的吧？”

“可能吧。”

简以楠惊了一秒，问："那他不知道你是NO.1？"

白术起身的动作顿了顿。

见她没反应，简以楠追问："真不知道？"

"到时候再说。"

白术含糊其词，拿着衣服去了浴室。

简以楠错愕不已。

明明成功晋级了，不说，让顾野退出一个名额给她，现在她还请顾野当助手。

知道真相的顾野真的不会在比赛时给她使绊子吗？

当天晚上，极限运动盛会举行了开幕式，第二天，比赛就热火朝天地正式开始了。

一大早，东国队组织他们去会馆参观取材，但是，连一天迷失三回的陆遥都准时到了，却还不见白术的身影。

郝老师和苏老师找了一圈，不仅没有找到白术，连电话都打不通。

"白术没跟你说她去哪儿吗？"苏老师压着暴脾气，问简以楠。

简以楠回答："她说去当解说员了。"

又听到这个说法，苏老师气得不知该说什么好。

郝老师疑惑："什么解说员？"

"就这次极限运动盛会的解说员，好像是讲解滑板的。"简以楠如实回答。

郝老师也哭笑不得："她可真是什么都敢说。"

简以楠却不那么想："没准是真的。"

"不可能是真的。"纪依凡忽地站出来，面对众人的目光，声音柔和不少，"白术说话一向不着边际，做事不靠谱，她可能去哪儿玩了。要不，我们还是先过去吧。"

本该置身事外的陆遥，睨着她，冷不丁道："你挺了解她啊。"

陆遥话里带攻击性，纪依凡轻皱眉头，忍了忍，没有回陆遥。

她冒充白术的事，被白家当丑闻压下来了，知道的人不多。但是，她仍旧尽量避免公开她跟白术的关系，以免白术那个说话没遮掩的疯子直接捅破这事。

苏老师和郝老师交换了下意见。

郝老师说："行，我们先过去吧。白术的事再说。"

两位老师带队上了一辆大巴，前往比赛会馆。

上车后，即墨诏主动坐到简以楠身边，问："白术要当哪个国家的解说员？"

"东国。"

"直播平台是漫画NO.1？"

"嗯。"

漫画NO.1作为一个全球性漫画平台，本不该掺和直播的事。但DY漫画大赛就是借助漫画NO.1平台进行的，衍生的全球综艺也在漫画NO.1上播出。在比赛阶段，与之联动的项目都选择跟漫画NO.1合作。

跟网络直播是一个性质。

白术负责的是面向东国观众的解说。

即墨诏搜索着解说员的名单，约莫一刻钟后，在小角落里找到了。他无语道："用了个神秘嘉宾代替，什么都没公开。"

简以楠问："什么时候？"

即墨诏说："上午十点的滑板比赛。"

简以楠中肯地评价："白术确实挺擅长玩滑板。"

"但她也特别擅长激怒人。"即墨诏热衷于给白术拆台。

简以楠仔细想了想，发现即墨诏说得没毛病，想反驳都找不到理由。

她说："如果这一切是真的，我已经能预料到这是一场怎样的灾难了。"

即墨诏不置可否。

然而，他们没想到的是，灾难不止于此。

东国，封城。

在程行知的实验室歇了一夜，顾野早上赶回家，准备收拾明天去R国的行李。

"顾野。"

听到声音的陆白，从书房里走出来。

顾野一看到他就皱眉。

陆白预感不妙，赶紧解释："今天周末，没有逃课。"

顾野在玄关换好鞋，走进客厅："不是让你住楚馥家吗？"

"她去约会了。"

"吃饭了吗？"

"嗯。"陆白见他往厨房看，补充道，"点了外卖。"

顾野放了心。

以陆白的厨艺，能把自己毒死。

"你上午有事吗？"陆白打量着顾野，小心地问。

"怎么？"

陆白正色道："白术说，她从今天起要转行当解说员了，你要不要看看她的表现。"

顾野整个人愣住了，搞不清白术玩哪一出。

停顿少顷，顾野轻捏着眉心，放平心态，问："什么解说员？"

"关于极限运动的。"陆白低头看了眼手表，"三分钟后开始。"他满怀期待，

“你看吗？”

顾野觑着书房：“电脑开着？”

陆白颔首：“嗯。”

顾野径直走向书房，陆白跟在他身后。

比赛即将开始，直播画面切到各个运动员，解说员挑关注度较高的进行介绍。

“两个解说员，女的就是白术。”陆白给顾野介绍。

搭档：“M 国的艾德琳正在热身。她昨天接受媒体采访时，说有拿第一的决心，看来信心满满啊。”

白术：“希望她能有拿下第一的本事。”

搭档：“森川恭子时隔两年没有参加比赛了，这一次重回赛场，不知道她能给我们带来怎样精彩的表现。”

白术：“摔倒了还能爬起来的人生，已经很精彩了。”

搭档：“程鸢状态似乎不错，希望她能赛出个好成绩。”

白术压根儿就不搭话。

“她的新饭碗刚端起来就要被砸了吧？”陆白虽然不大懂，但预感白术解说的方式不太对。

顾野将一张椅子拖过来，毫不意外地说：“你可以永远相信她砸饭碗的能力。”

如果白术真能做到公正客观地当解说员，那她平时也不会那么遭人记恨了。

陆白朝旁边看了眼：“你看弹幕区。”

观众已经发现解说员不对劲了，在怒斥解说员不专业，不客观，说话阴阳怪气的。

然而，对于白术来说，这些只是开胃菜。

艾德琳比赛失误。

白术说：“好样的，信誓旦旦的艾德琳，用她鲁莽的性格和浮夸的技术，以一个新手都不会犯的错误跟第一失之交臂。好在幸运之神是属于她的，如果再偏三公尺，她就要永远告别这个舞台了。”

森川恭子表现得可圈可点。

白术说：“森川恭子用她的成绩证明，所有嘲笑她的人都是笑话。当然，很可惜的是，那些人不会给她一个道歉，也不会觉得羞耻。”

程鸢的精彩表演让现场观众喝彩。

白术说：“以炫为主的表演，基本功差点火候。”

她精准无误地踩在每个雷点上。

“这女解说谁啊，自以为是，好像很牛的样子。”

“好家伙，所有比赛选手挨个儿全被她骂完了。”

"能投诉她吗？"
"主办方专门找个嘴损的来博关注的吧。"
"程鸢的表演还能挑刺？你行你上啊。"
"一无所知，不懂装懂。"
"她的声音好耳熟。"
"路人表示看得很爽，她讲得很有意思啊。"
……

观众纷纷在弹幕区发言，恨不得将白术的嘴撕了。

电脑前面，陆白浏览着暴怒的弹幕，感慨道："白术再这样下去，会被人暗杀吧？"

"可能吧。"

陆白满脸担心，跟顾野说："你劝劝她吧，她接下来五天的工作几乎全排满了。"

顾野怔了怔："五天？"

他以为白术就玩一玩，解说一场。

"五天，什么速降、滑板、滑雪、攀岩等，都有。"陆白从桌上翻找到手机，"她把行程安排发给我了，我转发给你。"

顾野点开图片，看到密密麻麻的解说安排，头疼不已。

白术要是兢兢业业工作完五天，怕是要将整个极限运动圈都得罪了。

一场解说结束，白术喜提热搜。

白术的身份没公开，没人知道她是谁，但这事瞒不了多久，等真相大白那日，白术必定会成为极限运动圈的公敌。

等比赛结束，顾野走到窗前，给白术打了通电话。

"喂。"

电话那头的背景音很嘈杂。

白术说了声"等一下"，过了会儿，那边渐渐安静了。

顾野跟她聊了几句后，直奔主题："你怎么混进解说圈的？"

"我后台很硬。"白术道，"你看了？"

"嗯。"

"怎么样？"白术语气很轻松，看来对直播时肆无忌惮的表现很满意。

顾野扬唇一笑："很讨打的水平。"

白术没有生气："证明还行。我得赶下一场了。"

"哎。"

想挂电话的白术一顿："什么？"

斟酌了半天，顾野只是平淡地叮嘱：“记得吃饭。”

“嗯。”

白术应了一声，把电话挂了。

顾野看着手机屏幕，半晌无言。

“顾野。”陆白放下鼠标，偏头看向顾野，问，“距离她下场解说还有半个小时，我们是自己做饭，还是点外卖？”

阳光从窗台斜斜地洒进来，在地板上留下明亮的方框。

顾野拿着手机想了半刻，回过身，做出决定：“点外卖。”

他想看看，白术接下来的解说能疯到什么程度。

这一天，白术做了三场比赛的解说。

她的解说能力没得挑，不仅对项目规则、专业技术很了解，她还了解运动员的职业生涯、生活八卦，随便拎出一个运动员，她都能说出一二。

但她没一句好话。

观众们忍了一场又一场，发现逃不掉她的魔咒了，骂骂咧咧地打探她的真实身份，直至天黑时，终于有大神给了准确消息——白术。

稍微知道白术一点事迹的观众，看到这个消息直接傻了眼。

“白术不是个漫画家吗？”

“她是玩电竞的没错吧？”

“她怎么当上解说员的？！”

“她不是程鸢的粉丝吗，怎么解说时这么不给程鸢面子，因爱生恨？”

“一个外行人来凑什么热闹。”

“我说她怎么讲得狗屁不通呢。”

“果然是官方炒作，我们的专业解说员要是烂到这程度，恐怕整个行业都没救了。”

……

国内的网友对白术展开了讨伐，甚至积极组织投诉她，希望能取消她后面的解说安排。

身处R国的白术，在完成第三场解说后，开心地下班了。

她一开机，就接到苏老师的电话。

“白术，你给我回来！”苏老师气急败坏。

白术戴上口罩，往会馆外走：“我想先吃饭。”

苏老师深吸一口气，彻底崩溃了：“回来再吃！”

“行吧。”

白术体谅他，答应了。

她避开人群离开会馆，拦了一辆出租车，先去了地铁站，然后坐地铁回了酒店。

苏老师正在酒店门口等她。

见到白术，苏老师刚平静的心情，又泛起了波澜。他气不打一处来，瞪眼："你戴口罩做什么？"

白术将口罩摘下，说："怕被打。"

苏老师眼睛都瞪圆了："你也知道啊！"

"别生气，别生气。"郝老师怕苏老师情绪太激动，拉住了苏老师。

他无奈地看了白术两眼，叹气："别在这里待着了，回去再说。"

"哦。"

白术跟着苏老师、郝老师来到酒店房间。

苏老师气还没消，指着一张椅子："你，坐好了。"

"气大伤身。"

白术善解人意地劝他，然后在苏老师愤怒地注视下，在椅子上坐好。

"你怎么当上解说员的？"苏老师按捺着火气，尽量平静地跟白术交流。

白术拿起桌上一个橘子，对半掰开："朋友邀请的。"

这是一个出乎意料的回答。

苏老师和郝老师茫然地互看一眼。

郝老师追问："什么朋友？"

白术掰了一瓣橘子，回答："极限运动盛会主办方的负责人之一。"

苏老师和郝老师登时无言。

她认识的都是些什么人？

"我猜你们这么生气，是觉得主办方私自联系漫画选手，没有通过你们，不合规矩。"白术分析完，把橘子塞进嘴里。

苏老师预感不对："不是吗？"

白术挑挑眉："这是我的私人关系，跟漫画大赛无关。"

苏老师和郝老师面面相觑。

空气是安静的，气氛有些尴尬。

良久，苏老师说："就算是这样，你也该提前说一声。"

白术睇了他一眼，提醒道："我昨天就跟你说过了，你不信。"

苏老师想起是有这么回事，顿时心虚，再看着自顾自吃橘子的白术，气消了，甚至有点惭愧。

他悻悻地摸着鼻子。

"好了。"郝老师把苏老师拉到一边，"你的解说方式，在国内引起不小的争议。你是就解说这一天吗，还是后面几天也会解说？"

白术将解说安排截图转发给郝老师和苏老师。

他们俩一看到密密麻麻的安排，头皮发麻，背脊发凉。

苏老师问：“你是第一次解说吧？”

白术颔首：“嗯。”

“那怎么给你安排这么多场？”

“不行吗？”

倒也不是不行。

主办方找谁进行解说，安排多少场次，都是他们的自由。而且网络直播本来就随意一些。

但是，一个敢找，一个敢接，其中的槽点简直数不完。

犹豫半晌，郝老师跟白术商量：“你要不要尝试着，换一种温和的解说方式？”

“不行。”白术一口回绝。

苏老师气呼呼地说：“多得罪几个人，你就开心了吗？”

“开心。”

白术明显开心极了。

苏老师又生气了，指了指白术，气得叉腰。

郝老师表情凝重，捏了捏眉心，叹了口气。

参赛选手都是自由的，不属于任何组织，他们只是负责协助参赛选手，不能掌控他们的具体行为。

最终，他们俩在劝说白术无果后，就放白术离开了。

“她这么玩下去，迟早得摔跤。”白术一走，苏老师就变得忧心忡忡。

郝老师放开了些，评价道：“我倒是挺欣赏她的，敢说敢做敢想，解说时虽然夹枪带棒的，但说的都在点子上。”

苏老师皱着眉：“但她的争议会越来越大。”

郝老师宽慰道：“你不就是担心她被骂吗？你都说她是金刚心了，她自己扛得住。”

“希望吧。”

苏老师沉沉地叹息，感觉在白术身上，把一辈子的心都操完了。

经过一夜的舆论批评，白术在第二天的比赛上，解说风格保持不变。

又迎来了一轮新的网暴。

这天只安排了两场解说，白术下午三点离开会馆。

“师父！”

从通道走出来的那刻，白术听到熟悉的声音。

她抬起眼，见到逆光站立的青年，他戴着一顶鸭舌帽，扬起手臂朝她挥舞，脸上洋溢着灿烂的笑，青春又阳光。

太阳有些晃眼，白术轻眯着眼，走向邵植："今天比赛完了？"

邵植笑着点头："嗯。"

"金牌？"白术问。

"金牌。"

邵植附和着，眉眼一弯，将手臂抬起的同时，张开了手，他的手指勾着红色带子，一枚金牌从他掌心落下。

白术扬唇一笑。

下一秒，邵植两手抓着带子，将其往白术头上一套，带子落下，那枚金牌戴在白术脖子上。

"送你的，"阳光下，邵植眨了眨眼，挑眉说，"最佳讲解员。"

白术本不想要，但听到他补的那句话，改变了主意："好。"

邵植暗自松了口气，笑眯眯的："请你吃饭？"

"行。"

"吃什么？"

白术想了想，说："寿司。"

邵植不假思索道："好。朋友刚好给我推荐了一家不错的店。"

白术把玩着那枚金牌，跟邵植往大马路上走。

"你怎么没解说我的比赛？"邵植不自在地搓着手指，余光观察着白术的神色。

白术看向他，说："怕说错话。"

"啊？"邵植不明所以。

"嗯。"白术道，"我要是在直播时骂了你，容易影响我们的师徒情分。"

她说得如此干脆直接，邵植心里那点期待荡然无存。

骄阳似火，空气炙热。

白术和邵植渐行渐远。

路边的指示牌落下一道影子，洒落在人行道上，跟一个人影重叠在一起。

顾野站在指示牌下，看着渐渐远离的二人。周围行人成伴，而他孑然一身。

吃了寿司后，邵植跟白术逛了一会儿，在天黑前将白术送回酒店。

白术戴着帽子和口罩，仰头看了眼酒店高楼。

"你下一场比赛是什么时候？"白术忽然回头，问了一句。

"后天。"

白术又问："闭幕表演是谁，确定了吗？"

在闭幕仪式上，安排了一个特殊表演，其中结合了跳伞、滑板、跑酷等项目，而表演者就一个人。

表演者的国籍是抽签决定的，选中的是东国，由东国内部决定具体名额。

邵植眼睛亮晶晶的，眨眼：“你猜。”

白术会意，吹了声口哨。

“名额本来就是在我和程鸢之中选择的，但程鸢经验太少，成绩一般，在教练据理力争之下，把名额给我争取到了。”说完，邵植冲她粲然一笑。

白术想到程鸢的比赛过程，说：“她这次表现还不错。”

“我看了重播，确实进步很大，跟半个月前的她相比，简直判若两人。”邵植分析道，“可能当时在隐藏实力。”

邵植这样的描述，让白术觉得熟悉，想了几秒后，才想到这话套用在FIU身上，似乎也可以。

白术没再细想，跟邵植告别：“我先回去了。”

“等我比赛完，再来找你玩。”

“好。”

白术跟他摆手，走进了酒店，没有回头。

邵植在门外站了会儿，直至见到白术身影消失，才转身离开。

白术在等电梯时，遇见了即墨诏。

即墨诏跟鬼似的飘过来，站在白术身侧，用余光瞟着白术脖子上挂着的奖牌。

白术提醒他：“打招呼。”

即墨诏内心不屑一顾，表面上却恭恭敬敬：“师父好。”

他光明正大地打量奖牌，好奇地问：“你哪儿来的金牌？”

经他提醒，白术低下头，看了眼奖牌，抬手将奖牌摘下来。她漫不经心地回：“别人送的。”

“送你回来的那位吗？”

“嗯。”

“我没认错的话，他是邵植吧。”即墨诏旁敲侧击。

电梯门开了。

白术将奖牌放到裤兜里，说：“是他。你师兄。”

一脚跨进电梯的即墨诏，闻声差点摔倒。他用手扒着门，惊讶地回头看白术。

白术一把将他推进电梯。

几秒后，即墨诏整理了下外套：“邵植是你徒弟？”

“嗯。”

“怎么收的？”

“教他滑板。”

“你教他？”即墨诏不可思议道。

“不然呢？”白术神情漠然地问。

即墨诏摸着下巴，沉思道：“他可是世界第一的滑板运动员。”

“现在是。”

“你是怎么收他为徒的？”

电梯停了，门打开，进来一拨人，把即墨诏和白术挤到角落。

白术往后靠着，双手揣兜，说：“他玩职业之前，喜欢玩街头滑板，但人菜瘾大，经常摔得一身伤。我年纪小，心肠软，看不下去，就主动教他了。”

“你的故事是合理的。不过，”即墨诏神情略纠结，“你自己评价自己心肠软，合适吗？”

白术微微一偏头，反问：“不够实在？”

“实在。”即墨诏秒怂。

电梯停了好几次，才到他们所在的楼层。

他们俩走出去时，发现身后还跟了个人。

似有所感般，白术往后面瞥了眼，然后定在原地。

“你怎么……”即墨诏走了几步，才发现白术停在原地了，疑惑地转过身，也见到来人。

顾野穿着件黑色卫衣，戴上了兜帽，脸庞藏在阴影里。见到二人，他嘴角轻轻翘起，将兜帽往后一拉，露出清秀的眉眼。

“顾野，”即墨诏朝顾野走过去，“你什么时候来的？”

顾野的视线从白术身上掠过，回答：“刚来。”

即墨诏打量着他：“行李呢？”

“我住楼下。”顾野说，“苏老师叫我上来。”

即墨诏问：“什么事？”

顾野乜斜着白术，颇有深意道：“大概是想让我管一管某匹脱缰的野马。”

白术“嘁”了一声。

即墨诏说：“苏老师跟我一个房间。”

顾野颔首：“嗯。”

“我手机应该没坏。”白术查看了下手机信息，继而眯眼看向顾野，“你来之后，第一个联系的是苏老师？”

顾野怔了下，无法解释。

他的沉默代表一切。

“再见。”

白术神色一冷，扔下这句话，背过身，径直去了自己房间。

望着白术的身影，即墨诏隐隐察觉到什么：“你为什么不联系她？”

目光躲闪了下，顾野将视线一收，淡淡地说：“前面带路。”

白术回到房间，跟往常一样，将明天需要的解说资料拿出来，坐在椅子上认真地记录。

但是，她时不时会瞥一眼手机。

手机屏幕一直没有亮起。

那一晚，手机收到的唯一一条消息，是苏老师给她发了篇小作文，劝导她行事作风要收敛，不然翻车时很难下台，恳切且真诚。但白术看了半天后，非常冷漠地回了一个“哦”。

第二天早上，白术和即墨诏、顾野在自助餐厅相遇，即墨诏本想跟她打声招呼，但白术端着早餐转身走了，一个多余的眼神都没给他们。

“她真记仇了。”即墨诏喃喃道。

他劝顾野：“要不，你认个错？”

顾野没说话。

白术需要的不是认错，而是一个解释。

不说真话，这事过不去。

对待解说员的工作，白术兢兢业业，尽职尽责，又在观众面前怒刷了两天存在感。

恶评如潮，网络暴力，投诉举报，丝毫不影响她的工作热情。

这天下午，白术结束了工作，想给邵植打一通电话，问问他上午的比赛情况，但电话没有人接。

她没太在意，去洗手间洗了把脸，出来时，听到两个工作人员在讨论什么。

白术愣了一秒，回过头，用英语问：“邵植怎么了？”

“比赛失误，成绩取消。”

“他从五米高台落下来的。”

两个人回答她。

白术脸色微变，拿出手机拨通另一个电话，一边戴上鸭舌帽，一边匆匆往外走。

傍晚时分，白术从出租车上下来。晚风是热的，吹得白术眯了眯眼。

她看了眼医院大楼，随着人群走了进去。

住院部，六楼。

白术找到邵植住的单人病房。

她站定，准备敲门，却听到里面传来谈话声。

“你好好休息。一场比赛而已，下次再来。”中年人嗓音低沉有力，给人一种安全感。

“我是不是不能重回赛场了？”

“你瞎想什么。”

“我自己的腿，我能感觉到。”

“感觉到个屁，是你能耐还是医生厉害，给你请的专家明天才能到，你瞎操什么心……”

中年人骂骂咧咧一阵，邵植都没有回嘴。

然后，中年人也安静下来。

不一会儿，门被拉开，中年人瞧见门口站着个人，愣了一下。他眼圈是红的，微微偏了下头，几秒后才重新看向白术。

中年人眼里带着打量：“你是？”

“白术，邵植的朋友。”

“哦，你啊……”中年人想起这么个毒舌的解说员，有点防备地说，“邵植可能心情不大好。”

白术淡淡地道：“他要是心情好也不正常。”

她说话跟传闻中的一样。

中年人不打算让她进屋给邵植添堵了。

但是，他话还没有说出口，就听得邵植的声音：“卢教练，让她进来。”

“好。”

卢教练先是答应了一声，但没有及时放白术进门。

“我知道你。”卢教练将声音压得很低，跟白术商量道，“咱们好好说话，好吗？”

白术点头：“好。”

得到她的许诺，卢教练终于放人：“进来吧。”

邵植躺在床上，背后靠着枕头，受伤的右腿被木板固定着，脸和手臂上都有擦伤。

“师父，你来了。”

见到白术的那一瞬，邵植脸上扬起了神采，眸中的阴霾一扫而空。

白术走到床边，从兜里掏出一个橘子，放到桌上。

邵植和卢教练都注视着她。

白术看了看两人，想了会儿，又从兜里掏出两颗糖，放在了橘子旁边。

她解释：“给你带的慰问礼。”

“哦。”还以为她在举行什么仪式的邵植，闻声反应过来，“谢谢。”

白术环视一圈，找到一张椅子，搬到床边，径直在椅子上坐好。

卢教练本想出去透透气，见到白术这架势，忽然不放心。他把病房的门关上，倚在墙边，双手抱臂，紧盯着白术的一举一动。

结果，白术张口就问："是单纯的失误吗？"

"啊？"

邵植傻愣愣的，没反应过来。

卢教练的神情瞬间严肃。

白术换了一种询问方式："发生失误的过程中，有没有什么不和谐的地方？"

邵植不由得思索起来。

"你问这话是什么意思？"卢教练阴着脸，语气不善。

"问问而已。"白术轻描淡写道。

卢教练起了疑："你是来做什么的？"

"卢教练，她是我师父，滑板路上的领路人，"邵植帮忙解释，"不是来挖新闻和热点的。"

白术看向卢教练："他都这么说了。"

"哼。"

卢教练偏过头，没搭理白术，保持着对白术的防备。

只是，他没再随意打断白术和邵植的谈话。

"我在路上看了视频，你落到高台时，滑板的轮子明显偏了一下。"白术从手机里调出那段视频，让邵植自己看。

邵植没说话，盯着视频翻来覆去看了几遍，然后把手机还给白术。

邵植抬起眼，看向卢教练，问："卢教练，我的滑板呢？"

"应该在队里。"卢教练皱起眉头，直接走过来，"你的滑板有问题？"

"不好说。"邵植无法确定，"今天比赛时，我感觉有点微妙。"

"我回去给你看看……"卢教练说着，又不太放心，"我让别人先给你检查一下。"

卢教练拿着手机去走廊打电话了。

病房里安静了一会儿。

白术站起身，将窗户打开，天边残阳如血，晚风吹了进来，吹起窗纱。

邵植迟疑地出声："师父，你在怀疑吗？"

白术背靠着窗，垂眸说："怀疑。"

"怀疑谁？"

"谁受益大，就怀疑谁。"

邵植几乎没有任何思考，脑海里闪现出程鸢的身影，但他又极力地将人影抹除了。

“就算她真有问题，也没有用，没办法判断是什么时候出现的。”邵植的声音很轻很慢，额前的碎发拂动着，他没有悲伤和愤恨，“有可能是比赛途中，也有可能是意外发生后。”

白术没有辩驳。

她往嘴里扔了一颗硬糖，咬碎了。

约莫十分钟后，卢教练回来了，带了个不怎么好的消息。

“滑板右下角的轮子裂开了。”卢教练深深地看了白术一眼，神情僵硬，却不能妄作猜测，只道，“不知道什么原因。”

“没关系。”邵植安慰他，“无论什么原因都改变不了结果。”

卢教练眉宇紧锁，压着怒火：“我让人排查一下。”

“不用了。”邵植叫住他，不恼不怒，很平静，“都是自己人，不能搞内讧。”

卢教练怒从心起，没好气道：“邵植，你傻了吗？如果真的是人为的——”

邵植打断他：“天下没有不漏风的墙，一旦排查，肯定会走漏消息的。想拿这事做文章的人，有的是。可您说的，出门在外，国家形象重于一切。”

卢教练沉默了。

半刻后，他一脚踹翻了椅子，怒气冲冲地走了。

白术全程旁观，一语不发。

待卢教练走后，她才开口：“教练对你挺好的啊。”

邵植的表情是紧绷的，听了白术的话，情绪缓和了些，他笑了笑：“他把我当亲儿子一样。”

白术看向他的腿。

“我早该退役了。”邵植主动提及这事，姿态很放松，“我爸隔三岔五骂我，亿万家产不要，非得拿身体开玩笑。这次回去，得被他挖苦死哦。”

“他知道了吗？”

“知道，他每次都准时蹲守我的比赛。不过，我没开机，让卢教练跟他报了声平安。”

“哦。”

“前两天，我爸跟我打电话，谈到你。他说你比我出息，谁都敢批评、讽刺。你跟我一样，从小爱玩滑板，可你没走职业道路，日子照样过。”邵植长长地吁出一口气，忽然笑了起来，“我觉得他说得挺对的。”

邵植望着白术：“你还记得我去年受伤时，你怎么安慰我的吗？”

白术想了会儿：“忘了。”

邵植乐了，并不意外。

“我说了什么？”白术问。

“当你站在世界之巅，你只需为自己骄傲；当你告别这个舞台，你得感恩幸运眷顾。”邵植缓缓地说着，情绪平和，“我以前享受第一带来的荣耀，也憎恨过为什么不幸会发生在我身上。是你告诉我，没有永久的荣耀，不幸没准是幸运。”

夕阳余晖洒入窗台，在地面落下一抹红。

白术静静地看着邵植。

室内清冷孤寂，他冲她暖暖地笑着，眉眼弯弯。

一颗明星的陨落，往往只有一瞬。

他闪耀过，人们记得。

他陨落时，无人惦记。

人们追逐的荣耀，是一代又一代人创造的光彩，一个又一个有意义的传承。聚光灯会一直照耀，但是身处其中的人，总是在交替变换，没有人会永远生活在灯光之下。

与其为荣耀而活，不如为自己而活。

夜幕降临，最后的余晖消散。

白术看了眼窗外，把窗户关上，说：“我先走了。”

说完，她走到门前。

邵植喊她：“师父。”

白术回头：“嗯？”

“等我退役了，可以追你吗？”邵植的眼神真挚而热烈，坦荡又直白。

突如其来的表白令白术愣了一下。

然而她想的是，这样的眼神，是她从未在顾野眼里见过的。

白术很快反应过来，回得也很直白：“我有心上人了。”

眼睑半垂下来，邵植遮掩了眼底的失望，略有不甘地问：“是那天在门口送你的人吗？”

白术承认：“是他。”

“为什么看上他啊？”

“谁知道呢。”

白术吊儿郎当地回答，拉开门走了出去。

白术一夜未归，电话打不通。

简以楠直至半夜才发现这事。

第二天早上，简以楠在用餐时，将这事告诉苏老师。苏老师按着自己的胸口，感觉心脏跳动的节奏不对。

顾野和即墨诏路过，苏老师叫住他们，问他们是否知道白术的情况。

“我们不是有个运动员受伤了吗，白术跟他关系不错，可能去探望他了。”即墨诏端着餐盘，推测道。

“不至于过夜吧？”苏老师推了推眼镜，提出合理的疑问。

即墨诏说：“那可说不准。”

顾野斜眼瞧着他，眼神如刀，微凉。

即墨诏改口：“她今天还有解说安排，反正都要去会馆，到时候问问她。”

“也行。”苏老师同意了。

苏老师的期望落了空。

每场解说开始前，白术都会花三五分钟跟观众隔空对骂。解说结束后，她还会对粉丝表现进行点评，时常妙语连珠令人捧腹。所以这几天下来，哪怕她的风评不怎么好，她的解说观看人数却是最多的，甚至有专门冲着她去的观众。

昨天下午，白术在解说时评价一个夺冠的E国运动员有技术性的缺陷，那个运动员脾气火暴、性格傲慢，事后有媒体采访那个运动员如何想。

谁料，运动员得知点评人是白术后，表示白术一针见血，并公开讲了他四年前滑雪偶遇白术并被她的勇气所折服的故事。

这一采访视频在网上点击率持续飙升，被转载到国内各大社交平台，引起广泛讨论。

成千上万的观众提前蹲守白术的下一场解说。

然而，在无数谩骂声中，依旧每天雷打不动硌硬观众的白术，却一声不吭地取消了后面几场解说，她的空位由两个经验丰富、专业客观的老解说员顶替。

老解说员是优秀的，可观众却大失所望。

“白术已经成为我观看比赛的动力了。”

“没有白术的解说好没意思。”

“我现在才知道，白术究竟有多牛。她的知识面囊括整个极限运动圈，一般解说员就负责一个项目，可她把所有项目都包揽了。一个恐怖小故事：白术还是漫画家、电竞选手。”

“习惯白术的阴阳怪气了，听到正经的解说，忽然有些不适应。”

……

当白术终于离开时，观众忽然开始惋惜。

对于苏老师等人而言，他们带来的人忽然失踪，联系不上，已经急得像热锅上的蚂蚁了。

一整天，苏老师和郝老师什么都没做，到处打听白术的下落。

他们正准备报警时，白术终于来了电话。

“白术！”苏老师接通电话就是一阵咆哮，“你到哪儿去了，电话不接，不回酒店，你做事之前能不能先吱个声！”

“吱。”

苏老师的满腔怒火顿时消失得无影无踪，只剩下空落落的茫然和难以形容的震惊。

过了几秒，他气急败坏道：“你少给我卖萌！”

“我手机没电了。”白术解释着，又说，“苏老师，我请两天假。”

“你人在哪儿？”

“体育会馆。”

“你去那里做什么！”苏老师余怒未消，说话气冲冲的，像一架机关枪，“你怎么把解说推掉了，是不是被骂了，情绪不好，要自己消化。你朋友受伤影响到你了吗？你给个准信——”

白术打断他：“你好吵。”

倒吸了口气，苏老师忍了又忍：“行，我不吵，你说话。”

“我没有情绪问题。”

“说实话，这个我是不太信的。”苏老师接上话。

白术被他噎了一下。

“还有吗？”

白术懒得辩解了，言简意赅道：“推掉解说，是有别的事要做。两天后你们就知道了。”

“不能说吗？”

“保密。”

“那你这两天都不回来？”

“嗯。”

“你就这么把你的助手撂下了吗？”苏老师愤然道。

白术哼了声：“谁啊？”

“顾野。”

“不认识。”

白术冷漠地扔下三个字，直接把电话挂了。

苏老师接电话时，一干人正在为白术失联开会，除了纪依凡、某曹君以及陆遥，其余人都在。

见苏老师打完电话，顾野走过来，问：“她怎么说？”

苏老师迷茫极了，重复着白术的话：“她说不认识你。”

顾野怔了下。

即墨诏咕哝："好家伙。"还记仇呢。

"你们俩还能正常合作吗？"苏老师对此很担忧。

顾野轻扯嘴角，有些无奈："能。"

苏老师拍拍他的肩："辛苦了。"

虽然苏老师这一天都着急忙慌的，非常担心白术，但白术一通电话后，苏老师就没跟她计较了。他把从白术口中问出来的消息，跟众人一说，就让他们散会了。

但是，苏老师不在意，有人在意。

晚一些的时候，白术练完一组滑板动作，汗流浃背地走到休息区，听到了手机铃声在响。

她将毛巾罩在脑袋上，拾起手机，扫了眼屏幕。

郝老师。

她接了："喂。"

郝老师一如既往地温和："白术，你有时间吗？我有点事跟你说。"

"嗯。"

白术应了一声，在长凳上坐了下来。

电话里，郝老师的情绪很平静，可说出来的话，并不算好听。

他细数着白术的缺点——冲动任性，缺少责任心，无组织无纪律，没有集体荣誉感……

他说得委婉又客气，但意思很直白。

他很欣赏白术，可他对白术的纵容，不像苏老师那么没底线。

白术平静地听完："郝老师，你直说吧。"

"我希望你能跟苏老师好好道个歉。"郝老师说，"倘若你这次比赛晋级，我们还需要相处一段时间，以后这样的事，不应该再发生。"

"好。"

白术答应了。

在郝老师的印象里，白术是个固执己见的小孩，没想到她答应得这么爽快。他愣了一下，下意识地说："谢谢。"

"很抱歉，让你们担心了。"白术先跟他道了个歉，随后抬起头，看着空旷的训练场，不疾不徐地说，"我想你还有些别的事想叮嘱我。"

郝老师犹豫了一下，说："是有一件事。"

"你说。"

"老生常谈，还是你的态度问题。"郝老师说，"你在国内交上《半截》，读者只会骂你；你在国外，再交出这样的作品，别人骂的不仅是你，还有东国团队。我希望你能重视这一场比赛。如果你办不到，申请退赛，或许是最好的选择。”

“我明白。”

“你不明白。”郝老师语气沉重，“白大那一堂《如何培养漫画人的文化输出意识》的公开课，你根本没有来听。”

白术忽然沉默了。

“DY 漫画大赛东亚赛是东国漫画第一次展现实力的舞台，这是很重要的一仗。不说东国的漫画作品，漫画人的态度、形象也很重要。白术，自你踏出国门的那一刻起，就不仅代表你自己，还代表东国的漫画行业。”

“哦。”白术答了一个字。

郝老师有些遗憾：“你还是不明白。”

他继续说：“对你而言，什么都只是玩。漫画 PK，你轻松能赢；电竞比赛，你能拿第一；你是保送生，甚至没参加过高考；来国外比赛，你甚至能轻松当解说员。你站得太高，机会无处不在，所以把一切都当儿戏。”

“可我们不是儿戏，比赛也不是儿戏。”郝老师叹了口气。

白术听完，只说：“做事才是最重要的。”

“这就是你的态度吗？”郝老师语重心长地劝她，“我从没见过像你这样的幸运儿。苏老师、即墨诏、顾野，甚至简以楠，对你都容忍到了一种无底线的地步。他们无一不是天之骄子，却总是围着你团团转。这样好的师长和同伴，你可以试着去珍惜一下。”

白术没说话。

伴随着一声哨响，卢教练咆哮道：“白术，你休息好了吗？”

白术朝他做了个手势，示意再给三分钟。

“郝老师，再见。”

白术尊重这样的老师，并没有跟他争辩，但也没给一个他希望看到的态度。

她把电话挂了，给苏老师发了条短信，关了机。

她站起身，把毛巾扯下来扔到长凳上，拎着滑板走向训练场。

白术又失联了。

苏老师收到道歉信息后，给白术回了消息，之后一直没得到回复。

后来他再打电话，白术的手机已经关机了。

不过，白术事先请过假，哪怕苏老师再担心，也没到慌乱的地步。

转眼来到极限运动盛会闭幕的那天。

除了运动员和持票观众，所有跟漫画比赛相关的人员，都被邀请到现场。

观众席人声鼎沸。

简以楠问坐在旁边的即墨诏："白术还没消息吗？"

"没有。"

简以楠轻轻皱眉。

陆遥坐在一边，倍感无聊，听到他们在聊天，过来搭话："落幕式有精彩的节目吗？"

"有一个。"即墨诏回答。

陆遥来了兴致："什么样的？"

"一个由多个极限项目组合的表演，环节设计得惊险刺激，是关注度最高的一个节目。"

"谁表演的？"

"程鸢，东国的。"即墨诏顿了下，"网上报道了。"

"我看看。"

陆遥拿出手机搜索。

这节目的期待度确实很高，光是听流程，就知道热血刺激，而且对运动员的各项技能要求极高。因为表演者是东国人，无数媒体争相报道，在国内热度一直居高不下。

陆遥浏览了会儿，问即墨诏："怎么有人说表演者是邵植？"

"原本确定是邵植，他前几天比赛受伤，所以换成了程鸢。"即墨诏解释完，诧异于陆遥的一无所知，"你没关注过吗？"

陆遥坦然地道："没有。"

即墨诏想起一茬："这几天好像没见到你。"

"我去雪山上待了几天。"陆遥把玩着手机，悠然自得地说，"体验一下山中滑雪。"

"省事。"即墨诏说，"不用迷失在大都市了。"

听出了即墨诏的嘲讽，陆遥坦然一笑，完全没有跟他计较。

闭幕式有条不紊地进行。

精彩节目接连不断，观众的热情逐渐升温，当最受瞩目的节目开始时，气氛瞬间被推向顶峰。

会馆陷入黑暗。

三秒后，偌大的屏幕上，呈现出同步的外景。

夜里的城市灯火通明，连成一片的绚烂灯光成就一景，从高空俯瞰，无尽的霓虹，辽阔又壮观。

镜头猛地一拉，直冲一栋高耸的建筑，在建筑顶端，一排排灯光接连亮起，汇成一条长河，而一抹身影立于其上。

夜风吹起她的运动外套，黑发在身后肆意飘散，那抹身形笔挺，高空之下，灯光之中，如一把直指云霄的利剑。

她脚踩滑板，从高空一跃而下。

观众席里，忽地传来“啊”“哇”“嚯”的喊声，无数人接连站起来。

简以楠僵着没动，目光紧锁着屏幕，说：“那是白术吧。”

即墨诏站起身，遥望屏幕的方向，紧张地咽了口唾沫：“是她。”

表演者是白术，而非程鸢。

一切真相大白。

邵植受伤退出后，原本该属于他的节目落到程鸢手上。然而，白术不知用了什么办法，顶替了程鸢。

白术就像一个奇迹。

一个无所不能的奇迹。

顾野坐在沸腾的人群里，他们惊呼、尖叫，无比振奋，而他就像个局外人，静坐着，看着屏幕上命悬一线的身影，目不转睛。

无数光影从他眼里掠过，照不出他眸里的情绪。

白术踩着滑板在建筑群里穿梭。

灯光为她而亮。

她起身、跳跃、旋转、落地。她身下是万丈高空，脚下是不规则的道路，每一个动作都惊险刺激，又极具观赏性。

在百米高的空中，她扔了滑板，一跃到另一栋建筑，然后她开始跑酷，脚踩地面，所到之处尽是路，所有障碍皆可跨越，中间所有的道具，都成就了她的表演。

她在朝体育会场前进。

观众无时无刻不为她揪心，又无时无刻不为她喝彩。

一架直升机在一栋高楼上等她。

这是她一路的终点。

直冲到边缘时，她从楼顶一跃而起，抓住直升机上扔下来的软梯，随之腾空而上。

直升机开到体育会馆上空时，白术已经穿好了降落伞。在灯光亮起那一刻，她跳下直升机。高处，寒风猎猎，她自由落体，在空中翻转两圈，随后有条不紊地操作着，在某一刻拉开降落伞。

体育会馆上空是敞开的。

众人不再盯着屏幕，而是仰着头，焦急又紧张地等待着。

煎熬的一分一秒度过，直至降落伞出现在视野中，现场爆发出雷鸣般的掌声，久久不息。

他们欢呼雀跃，为这一场精彩刺激的表演，为这一个创造奇迹的姑娘。

在看清楚白术的那一刻，苏老师两腿一软，直接瘫在了座位上。

“苏老师！”即墨诏怕他吓出心脏病，忙去看他。

“没事没事，”苏老师连忙摆手，“就是腿软，缓缓就好。”

“哦。”

即墨诏放下心，自己也回去坐着了。

他也腿软。

虽然很刺激，但任何细节出现失误，都是要付出生命的代价的。回想起来，他只觉得后怕。

但是，也有例外。

比如陆遥。

陆遥自见到白术起就开始尖叫，混在呐喊的人群里，一直叫到现在。要不是周围人多，即墨诏瞧她那激动劲儿，估计能直接冲向舞台中心了。

“她怎么能这么酷？”陆遥喊累了，还是很兴奋，冲着即墨诏嚷嚷。

即墨诏听得出她嗓音都哑了。

陆遥以为他没听到，对着他的耳朵喊：“她待会儿要去哪儿啊？”

即墨诏也喊：“不知道。”

陆遥继续喊：“她今晚会回去吗？”

即墨诏再喊：“不知道。”

陆遥又喊道：“你怎么什么都不知道？”

即墨诏心太累了，干脆不再回她。他张望一圈，想看一看顾野的动静，但当他找到顾野的座位时，发现顾野不知何时消失了。

白术以生命做赌注，换来一场惊艳全场的表演。

“白术”这个名字刷爆了网络。

国内各大平台全在为她疯狂呐喊。

有些询问“为何不是程鸢”的声音，全都被压了下去，连水花都没有冒起来。

闭幕式结束后，媒体蜂拥而上，欲要采访白术这个英雄，可他们却扑了个空，白术早就不知去向了。

凌晨两点，白术站在高楼的天台上，俯瞰城市夜景。

喧嚣和热闹与她无关，鲜花和掌声也与她无关。

电话响了，她接听。

“师父。”邵植喊她。

“嗯。”

“你跑哪儿去了，教练说找不着你。”

“出来走走。”白术随口说，敷衍得很明显。

邵植没有追问。

沉默了很久，邵植缓缓开口：“教练说，你把难度加大了，让程鸢知难而退，是吗？”

“嗯。”

“你干吗要拿命去拼！”邵植的声音哽咽了，“稍微一点失误，你命都没了！”

“是哦。”白术语调轻松。

“你……”

“但她必须退出。”白术字字坚定，“她一走，需要人顶上。”

因为团队名声，所以不能追查程鸢。

因为邵植一事，绝不能如程鸢的愿。

白术唯一能想到的解决办法，就是协调主办方增加节目难度，让不敢拿命拼的程鸢自愿退出。程鸢走后，节目没有人能顶上，规矩是她修改的，所以得由她来。

她确实是幸运儿，办这些事，几乎没难度。

邵植还想说什么，可很难保持冷静。

“邵植，我替你完成表演，你还会不平吗？”白术望着夜空，轻声询问。

“不会。”顿了顿，邵植的情绪缓和了些，肯定地说，“我很高兴。”

“那你准备退役吧，就当是我送你的礼物。”

良久，邵植低声道：“好。”

结束通话后，白术又关了机。

夜幕漆黑，不见星辰，天台没有灯光，只有城市霓虹的光洒落下来，隐约能看清周遭环境。

她坐到一张长椅上，一只手撑着身子，她低下头，伸出右腿，踢了踢易拉罐。

易拉罐被踢倒，骨碌碌地往前滚，忽然被一只鞋子挡住了去路。

白术拿起一听啤酒，刚扯开易拉环，见到出现在天台的身影，忽地怔住。

顾野。

夜里的光线是灰蒙蒙的，顾野的身影轮廓被勾勒，脸庞隐在黑暗里。夜风吹动着他的头发，他注视着这边，温柔且有力量。

白术看不太清，但知道是他。

扔掉易拉环，白术仰起头，咕咚咕咚喝了两口啤酒，然后问：“你怎么找到这儿的？”

顾野回答：“用了点手段，定位了你的手机。”

白术又问：“你怎么上来的？”

“又用了点手段。”

白术觉得顾野肯定很向往牢狱生活。

她不再说话了，继续喝着啤酒。

顾野看到满地的易拉罐。

长椅旁有两个纸箱，摞到一起，是某牌子的啤酒。

顾野朝白术走过去。

他从纸箱里拿起一听啤酒，在白术身边坐下，用手指拉开了易拉环，喝了一口。

他这才问：“你在做什么？”

“我在消化。”

白术往后靠着，手肘搭着椅背，食指轻轻地点着啤酒罐。

她看着东方的天空，情绪近乎淡漠：“天一亮，就好了。”

顾野不清楚她在消化什么，但隐隐又能明白她的意思。

他们俩坐在一起，肩并着肩，紧紧挨着。

白术看着天，顾野看着她。

顾野问：“你怕吗？”

白术怔了怔，眼帘低垂着，而后，她又喝了口酒，说：“不怕。”

顾野说：“我怕。”

白术动作一顿。

“我想，”顾野声音一低，专注地望着她，“你也怕。”

顿了几秒，白术“嘁”了一声，转过身，将双腿搭在椅子上，仰头喝着啤酒。

啤酒喝尽，她把易拉罐一扔，笃定地道：“不怕。”

然后，她往后仰，后脑勺磕在顾野肩上。她眨着猫眼，瞳仁还是亮亮的。

“你为什么怕啊？”她问，嗓音有些发软。

顾野抓住她的手，偏着头，注视着她的眼睛。他深情而平静，一字一顿地说：“你还在生我的气，没有原谅我。我也没来得及告诉你。我怕什么都没个结果，你就不在了。”

白术有些醉了，眼睛却睁得又大又圆：“告诉我什么？”

顾野说：“我想和你在一起。”

“喔。”

白术似乎很惊讶的样子。

她侧着身子，将腿放下椅子，手抵着椅面，歪着头，仔细盯着顾野，最后摇了摇头，说：“我不信。”

“怎么不信？”

“你说破了天，”白术手一挥，指向天空，还是摇头，“我也不信。”

顾野把她指着天空的手拿下来，低头问她：“你要怎么才信？”

“虽然我不觉得自己喝醉了，”白术仔细地想了想，“但还是等酒醒了再说吧。”

顾野用探讨的语气，认真地跟她说：“你说我今天犯三次法，还能获得你的原谅吗？”

白术觉得自己是个宽宏大量的人，想都没想就说：“能啊……”

话未尽，顾野吻住了她的唇。

双唇轻贴着，二人皆是一僵，睁着眼，四目相对。

顾野看到她的眼睛，浅琥珀色，染上一层朦胧的水雾，瞳仁又大又亮，清澈干净，像一汪未被染指过的清潭，很纯，可又很倔强，眼眸深处燃着的不屈，被烙在了灵魂上，成就她的闪光点。

白术愣了很久，才将手抬起，抱住了他。

一股火被撩了上来，顾野又亲了下去，品味着她的唇，混着清甜和酒香。

这个吻，又欲又甜。

有汗沁出，混在一起，沿着脸颊滑落，风一吹，又干了，在皮肤上留下一片冰凉，随后又恢复灼热。

夜风呼啸着，吹动了地上的易拉罐。

夜越发凉了。

顾野的额头抵着她的，呼吸灼热，皮肤滚烫。

他的心像是烧着了，连带着他的皮与肉、骨与血都在燃烧，像年轻的生命一样，烧得肆意又狂妄。

“顾野。”

白术仰起头，手攥着他的衣服，眼眶发红。

“嗯。”

“你想清楚了吗？”

“嗯。”

白术抿着唇：“我讨厌你反反复复的。”

“我知道。”顾野亲吻着她的嘴角，嗓音低哑温柔，“以后不会了。”

白术是不太信的，偏了下头：“你想好了再说。”

顾野抱着她，低声哄道：“你不要怕。”

白术回：“我没怕。”

顾野将她紧紧地搂在怀中，他贴着她的耳朵，轻声说：“我不是看到你冒险才想清楚的。我是来 R 国之前，就想好了的。”

“你来了都没跟我说。”白术一想起这事就来气。

顾野轻叹一声，看着她的眼睛，不闪不避：“我下飞机就去找你了。”

白术皱眉：“哪儿啊？”

顾野说："你当时和邵植在一起。"

白术不解："那又怎么了？"

顾野迟疑了下："我不知道以什么身份去见你。"

"后来你怎么不解释？"

"没想好怎么说。"

白术咕哝着："拧巴。"

"我拧巴，你也看上我了。"顾野揽着她，捏了捏她的鼻尖，压低声音哄她，"不生气了啊。"

"我。"白术指了指自己。

"啊？"顾野嗓子眼蹦出一个字。

白术非常嘚瑟地说："我这么恃宠而骄、得寸进尺的一个人。"

顾野憋住笑："想咋样？"

白术一本正经道："还是要生气的。"

顾野笑了："那我该怎么办？"

"陪我等天亮吧。"酒劲儿上来了，白术脑子昏昏沉沉的，靠在顾野肩上。

"好。"顾野不假思索地答应了。

他们俩依偎在一起，十指紧紧扣着。

天幕一片漆黑，凉风习习。

白术闭上了眼，渐渐困了。

顾野让她枕着他的腿。

顾野头脑清醒，半点睡意也没有。他将外套搭在白术身上，蓦地问："你真不怕吗？"

"不知道。"

白术没睁眼，声音轻柔。

"不能怕。"白术偏了下头，将脸埋在他腿上，低喃道，"我是白术，无所不能。"

他们只需要知道，白术无所不能，不存在软肋。

他们不需要了解她。

当他们需要一盏灯，如果可以，那她就是那盏灯。

顾野明白了什么，静坐着，抓着她的手，陪她一起等天亮。

阳光突破云层的那一刻，城市的灯光逐渐暗去，明亮的光芒缓缓铺满大地，照耀每一个角落。

白术醒了。

她睁开眼，被阳光刺得眯了下眼，抬手去遮，发现一道阴影先落下来，遮了光芒。

她愣了会儿，才想起先前的事。

顾野问："头疼吗？"

"有点儿。"

白术想坐起来，但顾野先扶住了她，托着她坐起身。

盖在身上的外套滑落，白术瞥了一眼，在外套落地前一把抓住。

顾野说："天亮了。"

"嗯。"

白术往后靠着椅背，眯眼望向东方的太阳。

他们俩安静地坐着，等待着太阳升起。

夏日的晨风，吹来了清新的气息。这座短暂安眠的城市渐渐开始苏醒，杂乱的声音从远处飘来。

"顾野。"

白术的手往旁边挪了挪，在触及顾野的手时，忽然被顾野抓在手心。

"我在。"

"你说要跟我在一起。"白术的声音轻飘飘的，扭头看他，眸里闪着亮光，"我现在酒醒了。"

顾野斟酌须臾，说："我喜欢跟你在一起。"

白术颔首："我知道。"

她自信的样子让顾野弯了下唇。

"我心思重，心是窄的，别人挤不进来。就算挤进来了，我也不承认。"顾野自我检讨。

"是的。"白术非常赞同。

"现在我承认了，你是头一个。"顾野又说。

"我了不得哦。"白术晃着腿，麻利地接话。

顾野差点被她逗乐了："别当捧哏。"

乐趣没了，白术有点遗憾："好吧。"

"人与人相遇，相聚再分离，走一段时日容易，走一辈子困难。我很贪心，想遇上一个能走一辈子的人，但我不觉得这样的好运气会落到我头上。后来幸运来了，我又开始怯弱，没有勇气让人陪我走完这一生。"顾野的嗓音如清风般和缓，娓娓地阐述。

白术安静地听着。

顾野继续说："白术，没有完美的人。我一身的缺点，我怕你看不到。"

白术张了张口："我……"

顾野抢过话："实际上，你清醒又透彻，你看到的，远比我看到的多。"

"是哦。"白术很坦然地接受他的称赞。

"我现在有勇气了，你给的。"顾野专注且认真地看着她，有一瞬的紧张，他停顿了下后，才问，"你的答案呢？"

"我在等你啊。"白术笑，懒散又轻快，毫不拘谨地道，"只要你开口，我就会点头。"

她的爽快和直接，总能轻松地消除他的疑虑。

她像太阳，永远灿烂。

偶尔变了天，也只是闹闹脾气，不会让黑暗降临。

顾野捏着她的手，问："你每次都这样吗？"

白术没明白："什么？"

顾野说："等天亮，消化负面情绪。"

白术想了想："我喜欢早上的太阳。"

白术闭上眼，感受着轻拂而过的风、带有温度的阳光。过了会儿，她又睁开眼。

她说："我羡慕有信仰的人，他们有前进的方向，能追随他人的脚步，什么都不用管，硬着头皮冲就行了。我没有，我是怀疑论者，又极度相信自我，所以我找不到我的信仰。"

顾野看着她。

她偏着头，也看着顾野，嘴角一弯："于是我选择了太阳。它周而复始，日复一日，永远不变。它离得太远了，离得太远的东西会有神秘感，我不会去质疑它。"

"太阳没有你耀眼。"

"我再耀眼，也会熄灭的。"白术很平静，仿佛随时都在迎接跌落的那一刻。

"没关系，"顾野的声音低缓有力，"真到那一天，我当你的助燃剂。"

你是我的光芒。

你是我的信仰。

你要是奋战沙场，我便是你的骑士，可为你摇旗呐喊，可成为你最强的武器。

我这一生，多数时候都是没意义的，直到遇到你，我才发现一点可以活下去的意义。

我不是试验品。

我不是复仇者。

我是有血有肉、活生生的人，一个真正意义上活在这世上的人。

白术缓缓地说："你已经是了。"

她反握住顾野的手，眼睛弯了一下："从来没人陪我等天亮。"

第十二章

征战世界的旅途，刚刚开始

极限运动盛会结束的第二天，漫画选手需要去学校报到。

顾野给苏老师发了消息，让他们先过去报到，他和白术下午再过去。

下午，白术和顾野来到酒店，收拾东西准备退房。

白术先下楼，在前台等顾野，把帽檐压得低低的。

“白术！”

身后冷不丁一声响，白术还是被认了出来。

白术觉得声音很耳熟，回头一看，觉得那人长得更眼熟。过了几秒，她想起了他的身份。

第二专业的班长，追求纪依凡的富二代，乔渡。

乔渡认出了白术，惊喜道：“你昨晚表现不错啊。”

毕竟是同学，白术没有给乔渡甩脸子，只问：“你来找纪依凡？”

“对。”乔渡点头，喜上眉梢，“她马上要比赛了，我过来陪她。”

他这表情让白术有了个猜测，于是问了出来：“你们在一起了？”

乔渡笑得更欢了：“是啊。”

白术有点被惊到。

“白术。”顾野背着包走过来。

乔渡认出了这个校园风云人物，有些惊喜道：“学长。”

顾野扫了他一眼：“你哪个学校的？”

乔渡回答：“东川大学，白术的同学。”

“哦。”顾野收了白术的房卡，一起递给前台，跟乔渡说，“你们回去再聚。”

“行啊。”乔渡笑道。

退了房，顾野礼貌地跟乔渡告别，一只手拉着白术的行李箱，一只手牵着白术离开了。

白术悄声说：“我吃了个瓜。”

顾野马上问：“什么瓜，饿了吗？”

白术忽然沉默，她望着顾野，一脸“你不懂”的表情。

顾野挑眉：“有话直说。”

白术把纪依凡、某曹君以及乔渡的三角关系抖出来了。

顾野拦了一辆车，调侃她：“你这瓜吃得有点晚啊。”

“你早就知道？”白术眨眨眼。

顾野笑着看她，先将行李箱放好后，然后跟白术一起上了车。

他掏出手机点开相册，找到几张照片给白术看。

照片是在同一条街上拍的，主人公是纪依凡，但跟她在一起亲密互动的男伴……很值得品味。

有两张是某曹君，有两张是乔渡。

白术惊奇极了：“你拍的？”

“即墨诏拍的。”顾野说，“他出去逛个街，撞到这件匪夷所思的事，回来跟我讨论。”

“这位，有钱。”白术指着照片上的乔渡，接着翻开一张，又指着某曹君，“这位，有才。”

她总结道：“不冲突。”

“你挺理解啊。”顾野将手机夺过来，眯着眼打量她。

白术一本正经地分析道：“纪常军这些年乱投资，手里应该没剩什么钱，本来想让纪依凡傍上白家，没成，只能换一种方式。乔家是个不错的选择。至于某曹君，他可以帮纪依凡比赛。就是不知道她能不能稳住这两条船……你乐什么？”

“你太正经了。”顾野敛了笑，嘴角略弯，“我对他们没兴趣。”

“好吧。”

“你想让纪依凡翻船吗？”

“没有想不想。只要她不在我面前碍眼，都无所谓。”白术并不在意，“她做这一切，都得付出代价。”

顾野不置可否。

去学校报到后，白术和顾野各领了一个手环。

跟集训营不一样的是，手环相当于出入证，可供他们出入宿舍、学校、教室、食堂等地。唯一不同的是，手环绑定了他们的漫画 NO.1 账号，记载了他们的个人信息。

白术和顾野的宿舍相邻。

顾野送白术到宿舍楼下："给手机充好电，晚上一起去食堂。"

"好。"

"再见。"

"再见。"

白术拎起行李箱，轻松地走进宿舍楼。进门后，她回过头，见到顾野仍站在原地，笑容扬起来，朝他摆摆手。

顾野笑着看她离开。

漫画选手的住宿条件都是统一的，没有等级积分，但条件相对简陋。普通的双人间，跟大学宿舍差不多。

白术住在三楼，她找到宿舍门牌号，先是敲了三下门，才用手环开门。

门后站了个准备来开门的人。

是日常迷失在大都市的陆遥。

"是你啊。"陆遥瞧见白术，有些意外，又有些惊喜。

"是我。"

白术回答得很酷。

但下一秒，陆遥就张开手扑过来，把白术紧紧抱在怀里："白术，姐姐爱你。"

这拥抱来得猝不及防，又过于热情，把白术勒得喘不过气，她连踹陆遥的心都有了。

白术威胁道："我劝你趁早松开。"

"好吧。"

陆遥颇为不舍地将她松开了。

白术拖着行李箱进门，整理了下被她弄乱的衣领，才打量这并不宽敞的宿舍。

一目了然的格局。

左右各一张组合床，此外再无其他，生活用品等都放在阳台。

白术先将手机充电，然后忙着整理被褥和行李，没空搭理陆遥。陆遥在一旁看着，吃着饼干，满眼都是欣赏。

等白术整理好，陆遥主动示好："去吃饭吗？"

"去。"白术拿了手机，瞥见顾野三分钟前发来的消息，一边回一边说，"我约了人。"

"那加我一个呗。"陆遥自来熟。

"不了。"

白术果断拒绝，迅速出门。

她跑下楼时，见到在楼下等候的顾野，颇为诧异："我不是刚回你消息吗？"

顾野笑了笑："我在楼下给你发的消息。"

"这样哦。"白术走过去，主动拉住他的手，"我很开心。"

"下次保持。"

顾野稳稳地牵住她。

食堂是统一的套餐，提供A、B、C三个选项，白术和顾野各排了一个队伍领套餐。

"白小姐。"

戴着口罩的食堂工作人员在递给白术套餐时，用中文跟白术打招呼。

白术抬眼一瞧，跟阿绫的眼睛对上，两秒后，二人不约而同地移开视线。

正巧此时，顾野走了过来，注意到阿绫："我看错了吗？"

白术肯定道："没有。"

两人往空的餐桌方向走。

顾野问："她是有个在食堂工作的梦想吗？"

白术分析："可能只有食堂在应聘。"

顾野挑眉："又是为了照顾你？"

"不是，"白术选了空位，坐下来，"阿绫是从组织跑出来的小孩。"

顾野顿了下，抬眼看她。

"她失忆了，就记得两件事：一、她叫陆绫；二、她是被一个叫陆遥的小孩带着跑出来的，但两人跑散了。"白术说，"楚逍遥，真名陆遥。"

顾野点头："我看过她的《白桦林》。"

"嗯。我们怀疑陆遥就是那个小孩。"

"这跟阿绫有什么关系？"顾野朝某个窗口看了一眼。

"这事不好直接问陆遥，想让陆遥跟阿绫接触试试，要么从陆遥口中套出些消息，要么没准能让阿绫想起什么。"白术讲完她的计划，随后狐疑道，"说起来，为什么你们都姓陆？"

"那群小孩就我姓陆。"顾野说，"陆白不好跟我姓，才让他姓陆。"

白术好奇地问："你姓陆的原因，跟她们俩姓陆的原因，会一样吗？"

顾野慢条斯理地切着牛排。

白术眼巴巴地盯着他看。

顾野无奈，放下刀叉，说："我确实想起一件事。"

"什么？"

“我姓陆，是因为在陆侨那里看了本书，意识到人不该是编号，还得有名有姓，所以我找陆侨要了个姓。”

“然后呢？”白术追问。

顾野拾起刀，在白术的餐盘上敲了敲，提醒：“先吃饭。”

“好吧。”白术捧起一个饭团，咬了一口，目光一直落在顾野身上。

“后来有一次，我去找陆侨，被一个女生撞见陆侨叫我陆野。”顾野语速很慢，尽量完整地讲述那一段回忆，“她问我，为什么我的称呼跟他们不一样。我说，你的编号，证明你是个工具；你要有姓名，才能成为一个人。”

“哦……”白术拖长了声音，开始思考起来，“会是陆遥吗？”

顾野切下一块牛排，用叉子插着，塞进白术嘴里，说：“你可以打探一下。”

白术将牛排咽下：“好吧。”

随后，她将另一个饭团放到顾野面前：“牛排太硬了，不好吃，你吃这个。”

“成。”

顾野笑着答应了。

走出食堂时，晚霞漫天，一地红光。清风徐徐，送来阵阵蝉鸣。

“去逛一会儿？”顾野提议道。

“好。”

R 国的漫画产业发展成熟，建校时间长，建筑都有些年头了。正因如此，学校的漫画氛围浓厚，经典漫画和当红漫画的元素无处不在，就连地上最新的涂鸦，都是跟漫画相关的。

白术看到有学生在路边发传单，扮演的是《求生游戏》中的角色。

她也看到《犬牙》的横幅挂在路边，庆祝《犬牙》第 ×× 话更新。大概是某个《犬牙》狂热粉干的。

“什么时候完结啊，哥哥？”白术抬起头，调侃顾野。

“《犬牙》？”

“不然呢？”白术反问。

顾野拧眉想了想，很遗憾地说：“这辈子的计划做完了，下辈子再说。”

白术抬腿就要踹他，被他提前闪开了。

躲开后，顾野又闪回来，捏了下她的脸，笑说：“快收尾了。”

白术惊喜道：“真的？”

“真的。”

“不是还差十来话吗？”

“我一直在偷偷画，打算一次性放出来。”顾野说，“毕竟，每次做噩梦，都是被你催更。”

白术不顾他的打趣，找准一个核心问题："稿子呢？"
"不给。"
白术故作担忧："不好吧，容易影响感情。"
顾野乜斜着她："会吗？"
"不会。"
作为一个实诚的人，白术答完叹了一口气。
看不了就等等吧。

《犬牙》在漫画NO.1上连载后，在国外爆火，但那只是数据漂亮，没有真实感。直到离开国门，才知道《犬牙》已经成现象级漫画，到处都是《犬牙》的元素，连买一包纸巾，上面都印着《犬牙》的主人公。

能火到这种程度，肯定免不了有人在幕后推动。

白术将用完的纸巾塞到顾野手里，自己吃着冰激凌，问："谁在帮忙运营啊？"

"牧云河。"

"谁？"白术仿佛听错了。

顾野看她愣愣的模样，用手指点了点她的眉心："你的便宜哥哥。"

"哦……"白术想起这个事，"楚馥和程行知，他们要创办公司，挖走牧哥给他们当兼职。"

"对。公司业务跟漫画衍生相关，我就把《犬牙》给他们了。"

"哦。"

白术一直对楚馥接近牧云河的事抱以小人之心，现在还没接触过楚馥，她没有因为顾野这一层关系取消防备。

但她也不会插手，毕竟是牧云河自己的事。

最后一抹晚霞散尽，没一会儿，天就彻底黑了，路灯亮起，洒落一地的昏黄光圈。

白术仰着头，看着夜空，冷不丁说："夏天了。"

顾野不明所以："夏天怎么了？"

"有蚊子。"

刚一说完，白术一掌拍在手臂上，随后，她的手掌缓缓移开，手臂留下了一个掌印，手心是一只被拍死的蚊子。

他们俩看了看蚊子，又看了看对方，面面相觑。

须臾，顾野掏出一包纸巾，擦拭着白术的掌心。待擦干净后，他说："回去吧。"

"好。"

二人打道回府。

绕过一个拐角，眼尖的白术敏锐地捕捉到什么，手一抬，挡了顾野一下。

顾野没反应过来，下一刻，他就被白术拽着，躲进了旁边的绿化林。他的脸还被树枝挠了两下。

“怎么了？”顾野莫名其妙。

“嘘。”白术用食指抵着唇，轻声说，“前面，某曹君和纪依凡在吵架。”

顾野听到有人吵架，但没发现是某曹君和纪依凡。听白术这么一说，他抬眼看去，果然见到二人的身影。

纪依凡抓着某曹君的手臂，哭得梨花带雨，一个劲地道歉和求饶。

“翻船了？”顾野狐疑道。

“有可能。”白术推他，“我们过去一点。”

“至于？”

“看戏。”

“这里蚊子更多。”

“区区蚊子，不足挂齿。”

顾野直接被她这看八卦的劲儿给气乐了。

就这样，两个漫画圈的名人，搁哪儿都有头有脸的人，此刻却跟做贼一样，偷摸地绕到灌木丛后，听着情侣吵架出轨那点事。

如他们所料，纪依凡和某曹君争吵，起因就是乔渡。

自集训营起，某曹君就处处帮衬纪依凡，带着纪依凡稳稳待在甲班。国内比赛为了纪依凡让出名额，现在还甘愿沦为陪衬当助手。

从某个角度而言，某曹君就是另一个顾野，甚至比顾野投入更多。

然而，纪依凡只把他当工具。

“纪依凡，你没有心。”某曹君甩开纪依凡，“你眼里只有你自己，你精于算计，计较得失，就算到现在，你道歉、认错，都只是想着让我陪你比赛。等比赛结束，你找到新的工具了，就可以把我一脚踹了，是不是？”

“不，不是。”纪依凡连忙摇头，眼里泪花闪烁。

她想向前，再次被某曹君推开。

某曹君看着她：“你大概是依附惯了，有点才华就沾沾自喜，做什么都要计算得失，就连努力都得拿捏分寸。你做什么都想着走捷径，第一次自己没有站起来，就怕了，不敢尝试第二次，非得找个人把你立起来。”

纪依凡在抽噎着。

某曹君眼圈红了，但保留了一丝体面：“你的家庭教育是可悲的。大概没人告诉你，女人也能顶天立地，可以自己站直了，不依附任何人。当你用自己的身体当筹码时，你不过就是一件物品罢了。如果你自尊自爱，就不要再纠缠了。”

“不公平！白术不是一样吗，她身边围了那么多人！所有人都帮她、宠她、护她，凭什么她就有这么好的运气？！”纪依凡向前半步，情绪激烈地争论。

“你憎恨的白术，拿命做筹码，站在世界舞台。这机会给你，你敢要吗？”某曹君将助手的手环摘下来，重重地摔在地上，一字一顿地诛了她的心，“你认命吧，就你这样的，连仰望她都不配。或许真的有一刻，给了你能成为她的幻觉。”

没有再谈下去的必要。

某曹君最后看了眼纪依凡，她摇摇欲坠，如一根随时能被压倒的芦苇。可他没有再怜惜，而是转身离开了。

某曹君走后，纪依凡缓缓蹲了下去，崩溃地痛哭。

白术和顾野悄悄离开了。

回宿舍的路上，经过一个人工湖，湖水澄澈，湖面波光粼粼，在夜风里泛起波澜。

白术冷不丁开口：“纪依凡。”

顾野沉默了下，道：“你说。”

“她刚开始来我家，不是这样的。”白术慢慢地说，“她小心翼翼、过分讨好，很想跟我处好关系。但有一天，她看到了我放奖状的房间。”

顾野明白了点什么：“对她冲击很大？”

“嗯。”白术道，“都是十二岁前拿的奖，含金量还挺高。我没当回事，我爸妈也没当回事，就那么放着了。可是，对她来说，是个不小的刺激。”

“可以想象。”

“她不愿意承认，这世上有我这样的人。她拼尽全力得不到的，我能轻轻松松到手。”白术洒脱又淡然地道，“后来，她一边否定我，一边模仿我。她妈一边打压我，一边拿我刺激她。于是，她就变成了现在这样了。”

白术收了情绪，问：“我当时只是看着。如果我拉她一把呢？”

“她不会变的。她越了解你，就越疯狂。”顾野揉了揉她的头发，“别想了。”

“嗯。”

走过人工湖，就是宿舍楼。

顾野送她到楼下，跟她告别。

“明天见。”

白术跟顾野挥手。

她说完就走，顾野想叫住她。结果她走出一步后，又折了回来，踮脚凑到顾野面前。顾野呼吸一窒，还未反应过来，白术柔软的唇就落下，轻轻一贴，留下香甜的气息，随后撤开。

“走了。”白术又走了。

顾野怔了下，轻笑，望着她的背影，眼里皆是柔情。

回到宿舍时，白术见到陆遥在伏案学习。

两个小时后，白术处理了不少事，一回头，发现陆遥还在学习。

白术有些好奇，凑过去，在陆遥身后踱步两个来回，震惊地发现，陆遥不但在学习，而且辅导书是《五年高考三年模拟》。

“要我教你吗？”

见到陆遥为一道简单的题苦恼，白术助人为乐的技能被触发了。

陆遥停了下来，抬头看着白术，很是怀疑地问：“你会吗？”

“我是保送生。”

“什么是保送生？”陆遥似乎没听过这个词。

白术厚颜无耻地解释：“优秀到不需要参加高考就能上大学的天才。”

“真的？”陆遥颇为惊奇，将笔放下，把草稿纸和辅导书往这边推了推，“你来试试。”

白术将椅子搬过来，在陆遥旁边坐下。

她简单地扫了眼题目，就拿起草稿和笔，直接开讲。一遍讲下来，逻辑清晰，步骤简单明了。

陆遥看向白术的眼神顿时变了。

“你行啊。”陆遥拍了下白术的肩，“有空多教教我。”

“可以。”白术爽快地答应了。

陆遥喜上眉梢，感慨：“没看出来，你小嘴这么毒，心肠却这么好。”

白术厚颜无耻地接过话：“我只是不善表达罢了。”

陆遥深以为然。

白术试探着问：“你学这个做什么？”

“哦，我明年参加高考。”陆遥答得很爽快，“家里大叔说了，等我比完赛，就用我的奖金送我上大学。”

“你什么时候辍学的？”

“我没有上过学，一直在工地搬砖。”

虽然很扯，但不像是假的。

白术想了想：“那你怎么画起了漫画？”

陆遥说：“搬砖的时候，遇见了大叔，他让我做点别的讨生活。后来误打误撞玩起了漫画 NO.1，这不碰上了比赛，顺便参加了吗。”

“哦。”白术转而又问，“你家人呢？”

“我没家人。”陆遥说得云淡风轻，没一点介怀。

白术沉默了几秒，没有再追问下去。

她继续教陆遥做题，直至熄灯铃声响起，才作罢。二人熄了灯，上床睡觉。

第二天，一个不大不小的消息，在漫画圈传开了。

纪依凡的搭档某曹君，昨晚果断退出了比赛，没有任何理由和解释。

天下没有不漏风的墙，很快就有人传，是纪依凡脚踏两只船，被某曹君撞了个正着，某曹君气不过才离开的。

事情传得越来越广，国内网络也有人议论此事，一时间扒出纪依凡不少黑料。

校园里倒是风平浪静。

学校给漫画选手安排了几堂课，老师都是有名望有学识的人，漫画选手可自行选择听课。

白术偶尔会去听一听。

顾野要忙《犬牙》的结局，不是每次都会陪她。

周五的下午，有一个漫画家前来讲课，他从事漫画行业六十余年，不仅作品影响了一代人，还推动了漫画行业的发展，是白术非常敬佩的漫画家，所以她早早就去教室占了座位。

她一个人去的，教室人不多。

"世界，我们来了。"

没一会儿，教室后面，有人用蹩脚的中文说话，故作姿态。

白术回过头，见到说话的青年时，怔了会儿，随后才想起来——这人是去年被她公开羞辱过的韩子硕。

白术看着他。

韩子硕也看着白术，目露挑衅。

"听说你的比赛名额是靠你男人退出换来的，"韩子硕当众嘲笑，"这就是你走向世界的方式吗？哈哈哈——"

他用的是英语，教室里的人能听懂，纷纷投来目光。

韩子硕得寸进尺："女的做事就是方便，只要会讨好男人就行，什么都能轻松到手。"

他话刚说完，忽地有人从他背后踹了一脚，把他踹得往前两步，差点扑倒在地。

韩子硕稳住身体，叽里咕噜地骂脏话，结果一扭头，见到了一身煞气的陆遥，登时闭了嘴。

他知道陆遥。

东国排名第三的漫画选手，漫画 NO.1 账号一丈风，世界排名第十二。

就在今天中午，陆遥在食堂跟人一言不合吵起来，扣了那人一脸的饭菜。当时他就在隔壁桌，陆遥那股狠劲儿让他现在回想起来，都背脊发寒。

陆遥冲他扬眉："想打架吗？"

韩子硕㞞了，在原地尴尬了几秒，他拍拍衣摆，说："我不跟女人计较。"

说完，他就走了。

只不过，在路过白术时，他故意竖起了中指，满满的鄙视。

白术视而不见。

陆遥走过来，在白术身边坐下，皱眉问："你这么能忍啊？"

"这事儿，"白术慢吞吞地说，"我确实没法儿辩。"

Echo 没有晋级，是事实。

她的名额是顾野给的，也是事实。

陆遥"啧"了一声："即墨诏不是顶替的墨川的名额吗，咋没见有人拿他说事呢？"

陆遥这话问到了点上，白术也不知如何回复。

现在网上嘲东国队嘲得比较狠的，一个是白术，一个是纪依凡。因为她们俩的名额都是"让"来的，跟实力无关。

而且，让出名额的人，跟她们有亲密关系。

"没事儿，姐姐罩着你。"陆遥拍着白术的肩。

"听说你在食堂闹事了？"白术刚才在教室里听到一点风声。

"嗯。"陆遥撇了一下嘴，道，"真烦啊，我做好人好事，还被郝老师训了一小时。"

"为了什么事？"

"纪依凡呗。她跟个小可怜儿似的，被人围着羞辱，我看不下去，帮她把那群人教训了一顿。"陆遥摊了摊手，"我帮她教训完后，好嘛，老师来了，她不知跑哪儿去了。她可真行。"

白术这几天都没见过纪依凡。

不过，纪依凡做出这种事，她倒是一点都不意外。

那天傍晚，白术坐在路边长椅上等顾野，无聊地玩着手机消消乐。

嘈杂的蝉鸣声里，夹杂着忽轻忽重的抽泣声。

起初白术以为是错觉，静静聆听片刻，发现没听错，她便站起身，循声走向草坪，绕过灌木和树丛，见到蹲在枫树下的白影。

白术在看清人的那一刻，就后悔了。

她刚想走，但哭泣的人听到动静，抬起头，见到白术后，眼里的愤恨疯狂地烧了起来。

"你到现在还要看我笑话吗？！"纪依凡朝白术一声吼。

她站起来，眼睛和鼻子都是红的，妆容花了，很狼狈的样子。

纪依凡往前踉跄两步，情绪激烈地说：“你凭什么看我笑话，我们都一样！都是靠男人进的DY漫画大赛东亚赛。凭什么你就一副高高在上的样子，他们都宠着你，我就成了人人唾弃的丧家之犬了？”

她冲向前时，鞋跟陷在两块石头中间，脚一崴，跌倒在地。

她没有停止发疯。

撑着坐起来，她指着白术，撕心裂肺地喊：“你不过就是运气好一点而已！有什么了不起的！我哪一点不如你！”

白术静静地看着她。

“你瞧不起我！”纪依凡愤怒的情绪达到顶峰，开始翻旧账，“你见我的第一面起，我就知道，你瞧不起我。”

白术终于开了口：“是啊。”

“你凭什么瞧不起我？”

“凭你异想天开。”

纪依凡知道她在指什么，指责道：“你怎么就不肯承认我的存在，就是你爸犯的错？你凭什么断言我就一定是假的？天下哪个男人不偷腥，他在你面前是个好父亲，难道就一定是个好丈夫吗？！”

白术向前走了两步，在她面前蹲了下来。

白术看着她，神情很平静：“他没死。”

纪依凡的愤怒像是被按了暂停键，戛然而止。

她震惊又茫然地看着白术。

“这两三年，你们做的一切，他都看着。你说，他为什么没回来？”

纪依凡慌张地摇头：“不可能的，他没死，怎么不回来，怎么会看你被——”

“他不在乎，我也不在乎。”白术打断她的话，轻描淡写地说，“你觉得一个纪家小姐的身份，一个能当靠山的白家，一个DY漫画大赛的名额，都是天大的事情。没得到，天都塌了。但对于我们来说，什么都不是。”

“你……”纪依凡一张口，嗓子眼就像被堵住了。

“认清自己几斤几两，很重要。”

白术说得够多了。

她站起身，最后瞥了眼纪依凡，转身走了。

纪依凡看着她的背影号啕大哭起来，哭得声嘶力竭。

不知过了多久，高跟鞋踩在石子路上的声音，清脆响亮，一声又一声。纪依凡崩溃的哭声渐渐小了。

有人站在她跟前。

“你恨她吗？”这人的嗓音是柔的，但声音是冷的。

纪依凡抬起头，泪水湿了眼眶，模糊了视野，好一会儿，她才看清来人。

风间千绫。

风间集团的大小姐，R 国队漫画圈的第一名。

两天后，漫画比赛正式开始。

早上七点，东国队在考场楼下集合，由郝老师和苏老师统一派发考试卡。

郝老师发卡。

苏老师重申规矩："考试期间，你们持卡出入考场，出入有记录。参赛选手持主卡，助手持副卡，不得混淆。创作过程中，考试系统会随机拍照，确认创作者身份。国际赛事，对作弊问题抓得非常严格，你们都仔细点，不要出差错。"

"好。"

在安静的队伍里，白术第一个响应。

其他人也随之喊出一声"好"，甚至陆遥还带头鼓掌。

"安静。"苏老师赶紧制止，然后瞪了眼白术，"你添什么乱。"

白术配合地听训，不作声了。

"墨川，顾野。"苏老师单独点名两个助手，"你们看好自己的副卡，别跟他们的搞混了。"

墨川和顾野都点了点头。

"好好比赛，不要分心。我和郝老师在这一周内，都不能跟你们接触，真出了什么事，你们互帮互助。"苏老师喋喋不休地交代了一通。

郝老师怕苏老师一直说下去，打断他："行了，你比他们还紧张。让他们去吧。"

苏老师推了推眼镜，说："去吧。"

东国队散了，陆续往考场走。

苏老师不放心地目送他们。

白术在路过苏老师时，停了下来，朝他挑了下眉："放心，拿第一给你看看。"

苏老师嘴角一弯，随后佯装正经，训斥："你给我交一幅完整作品，我就谢天谢地了。"

"放心。"

白术摆了下手，拉着顾野走了。

进考场就一个门，参赛选手排队进入。

排在他们前面的，正是 H 国的队伍，韩子硕正是领队。

"让一让，让一让。"韩子硕瞥见东国队，顿时招呼他的队友们，"我们给东国队让个位，让他们先进去。"

前面的队伍一阵骚乱。

陆遥的手都痒了，手指骨节"咔嚓"作响，没好气道："他又搞什么幺蛾子？"

“H国队的成员，在漫画NO.1上的排名都不错。”白术一眼看穿了韩子硕的心思，淡淡地道，“考试卡一刷，就证明我们报到了，你们的账号信息会在门口屏幕上闪现，同时会同步到网上。”

陆遥惊奇地问：“他排名很高？”

“世界排名第五十九。”

“哈。”

陆遥发出一声嘲笑。

东国队排在第一个的，是墨川。

“墨川。”韩子硕倚着门，不屑地看着墨川，“一个新人把名额让给另一个新人，勇气可嘉。可惜了，世界排名前一百都找不到影儿。”

墨川面不改色道：“谢谢。”

“来吧。”韩子硕拍了下机器，指着墙上的屏幕，“让大家看一看你的成绩。”

他的队友们纷纷起哄。

墨川没一点动怒的迹象，拿出属于他的副卡，往机器上一扫。

机器出声：“中曲山，SL助理，检测合格。”

与此同时，墙上的屏幕一闪，出现最新录入的信息。

账号：中曲山。综合等级：SS。世界排名：19。

本想尽情嘲讽墨川的韩子硕，见到这一幕后表情僵住了。他跟傻了似的，目瞪口呆地看着墨川。

墨川礼貌地朝他点头，抬腿往门里跨。

韩子硕倏地急了，拦住他，口不择言道：“你冒用别人的账号！”

他的手伸向墨川的衣领。

伸到中途，他停住了。墨川捏着他的手腕，轻轻用力，就见他疼得倒吸冷气。

墨川把他的手推开，不卑不亢地说：“有意见请向主办方反映。”

韩子硕怒火中烧。

这时，看守大门的保安走过来，按住了韩子硕，提醒他不要干扰秩序。

韩子硕不甘心，看着墨川进门的背影，急红了眼：“你怎么可能是中曲山！你们东国队实力强的都喜欢把机会留给别人吗？！”

“是啊。”紧随其后的即墨诏接过话，将他的考试卡放上去时，也斜着韩子硕，“气人吧？”

韩子硕跳起来打他的心都有了。

可惜他被保安按着，没法动弹。

“你以为你——”韩子硕刚想奚落即墨诏，结果抬头一看屏幕，又傻了眼。

账号：SL。综合等级：S。世界排名：47。

比他排名要高。

韩子硕顿时哑巴了。

看都没看韩子硕一眼，即墨诏直接进去了。

接下来是简以楠和陆遥。

账号：简以楠。综合等级：S。世界排名：33。

账号：一丈风。综合等级：SS。世界排名：12。

原本还对自己的排名引以为傲的H国队，见到这一幕，都偃旗息鼓了。

不过，在见到顾野时，他们眼前一亮。

“他是不是那个东国的最强新人？他的心思都不在漫画上，排名等级很低吧？”

“忙着谈恋爱哪有时间练级？”

在议论声中，顾野刷了卡，屏幕信息再度刷新。

看到排名第1389时，他们松了口气，但瞥见“账号：Ego。等级：SS。”时，他们没有绷住，爆发出喧哗声。

“那个画《犬牙》的Ego？”

“漫画NO.1上就一个Ego。”

“我的天，怎么会是他？”

“他为什么要当别人的助手？”

见到这一信息，惊讶的不只是H国队，其他国家的选手大呼不可思议，甚至特地过来围观。

韩子硕难以置信，看了看屏幕，又看了看顾野，匪夷所思道：“你怎么会是Ego？”

“我有什么账号还得跟你报备吗？”顾野冷声回呛，走进了大门。

接下来是白术。

账号：Echo。综合等级：A。世界排名：581。

这样的等级和排名，在选手里已经算垫底的了，但没有人讨论这个，注意的焦点还在“顾野是Ego”一事上。

白术侧头看着韩子硕，跩跩地说：“你可以嘲笑我了。”

韩子硕气得心梗，怒瞪着她。

“不嘲笑就算了。”

白术拍了拍手，也走进了门。

至于紧跟在后面的纪依凡，完全没有人在乎。

“墨川是中曲山，顾野是Ego”的消息，不仅震惊了参赛选手，还震惊了线上读者。

虽然是考试期间，没有作品可看，关注动态的读者却不在少数。

刚开始刷新到“中曲山”时，读者还以为系统出错了。毕竟一没听到风声，二听说即墨诏助手是墨川，结果反复刷新没看到修改不说，又刷新出一个“Ego”，读者在屏幕前集体目瞪口呆。

马上就有人在社交平台讨论此事。

“中曲山把名额让给即墨诏，Ego 把名额让给白术，我可以这样理解吗？”

“他们把这么重要的比赛当儿戏？”

“Ego 是顾野，顾野怎么都称得上漫画天才吧，他自己参赛冲进全球赛准没问题，现在扶持白术，白术能撑到什么时候？”

“白术就是个拖后腿的！没有她，顾野自己参加比赛拿第一，不好吗？”

“白术可真会捡便宜，靠顾野拿春季赛第一，靠顾野进军DY漫画大赛东亚赛，她就逮着吸顾野的血了吧。”

“白术这不是害人吗，没有一点自知之明。”

……

比赛第一天，晚上就掀起讨伐白术、即墨诏的声音，其中不乏一些恶毒诅咒。

苏老师和郝老师无比庆幸，考试期间参赛选手是禁止上网的。

每个参赛选手都有独立的考场。

考场布置得很冷感，整体色调偏暗，设有四张书桌，左右各两张，中间用挡板隔开，电脑和数位屏设施齐全。跟平时他们用的设备相比，就多一个插考试卡的机器。

除此之外，再无其他。

顾野目光扫了一圈，选了右边两个位置，走过去，他将椅子都拖出来。

白术进了门，没有动，静静地注视着顾野。

顾野瞧出了异样，狐疑道：“怎么了？”

他的话题抛过来，白术立即接上，说：“我有点事想跟你坦白。”

顾野头一偏：“我外套上的涂鸦是你画的？”

微微一顿，白术点头，说：“是我画的。”随后她又摇头，“但不是这事。”

“指挥即墨诏大半夜来偷我电脑、意图窃取画稿的是你？”

“是我。”白术坦白地承认后，皱眉抱怨，“你好烦啊，能不能别打岔？”

顾野这会儿理直气壮得很：“你这是认错的态度？”

白术退让了一步：“你少说一句话，我态度就能好一点。”

顾野配合道：“行吧。”

他仔细思考着最近发生的事，实在理不出什么头绪，只能等白术揭晓答案。

白术慢吞吞地开口：“其实吧……”

顾野脸上的轻松和淡然消失了，腰杆不自觉地挺了挺，表情渐渐变得严肃起来。

白术从兜里掏出不属于 Echo 的考试卡。

她抬起眼帘，漂亮的猫眼盯着顾野，一眨不眨："我只有一天创作 Echo 的作品。"

顾野觉得自己需要静一静。

考场的窗户敞开着，窗前站了一抹颀长身影。

顾野点了一根烟。

"三根了。"

白术坐在椅子上，双手托腮，百无聊赖地说。

顾野瞪她一眼："你画你的。"

白术连考试卡都没插，说："你影响我了。"

顾野没说话。

白术又说："你退出时没问我。"

顾野憋着一口气，点头："我的错。"

"退出后你还玩消失。"

"还是我的错。"

"后来我把这事忘了。"

顾野抽了口烟。

这过错他就不往自己身上揽了。

白术继续说："你现在选择退出还来得及，就是可能会影响到我的状态……"

烟燃到一半，外面清风灌入，顾野眯了下眼。随后，他吐出一口气，把烟给掐了，走向白术。

"少来！"

顾野将她的鸭舌帽往下一扣，把她整张脸都遮住了。

白术把鸭舌帽摘下，眨眼看他："哥哥，时间不等人。"

"用你说。"顾野在她旁边坐下。

"来不来呀。"白术靠过去。

"拿前三。"

顾野话音一落，将副卡插进机器里。

"好哦。"

白术立即笑起来。

她马上插好 Echo 的考试卡。

两台电脑都开着，考试卡身份验证后，立即闪现出创作页面。

"草稿由我负责，你同步负责线稿和上色。"白术拿起压感笔，立即进入创作状态，“我每天都会花一个小时跟你对接。”

“嗯。”

顾野简单的一个字，流露出肯定和自信。

一周的时间创作一篇漫画，对于有助手的漫画选手而言，时间都是紧张的。

更不用说在刀尖上跳舞的白术了。

比赛规定，作品的创意和构思必须由参赛选手完成，也就是说，参赛选手必须创作草稿。

相应地，在这一条规则下，白术只需要创作草稿即可，顾野能帮白术完成剩下的工作。如果有细节不如白术所想，白术还可以自己动手修改。

在顾野分担 Echo 作品的大部分工作后，白术的时间依旧很紧张，不容她有一丝一毫的松懈。

她每天休息六个小时，日常活动两个小时，剩下的时间都在创作。

在考场里，除非必要的交流，白术甚至不会多说一个字。

就这样过了一周。

白术抢在最后一分钟交稿，整个人直接趴在了桌上。

她放空了五分钟。

提前一天完成任务的顾野，推开考场的门，走到白术身边，用手指敲了敲桌面，喊：“白小术。”

白术一动不动：“被榨干了。”

顾野笑了笑，给她捏着肩：“刚在楼下遇见苏老师，他说请东国队吃烤肉，去不去？”

“去。”

白术顿时来了精神，坐起身。

“馋鬼。”

“这几天不是 ABC，就是 CBA，谁受得了。”白术抱怨道。

学校食堂的伙食确实不怎样，比第三基地的还要差。

她可以改善伙食，但时间紧张，没空费这心思，只能将就一下。

忽地，门被“砰砰”敲了几下，随后被推开，陆遥探出头：“及时交稿了吗？”

“嗯。”

“那就来吃烤鸡。”陆遥说话做事都风风火火的，“阿绫送到楼下了。”

“我待会儿过来。”

“行，你快一点。”陆遥催促完，就关了门，先走了。

顾野有点好奇：“你和阿绫的试探，有进展了吗？”

“没有。”白术摇头，“陆遥没认出阿绫。”

“她们关系很好啊。”

“陆遥是自来熟，发现阿绫每天给她加餐，就主动跟阿绫交好了。”白术提及这个就头疼，“天天阿绫长、阿绫短的，做梦都是阿绫的鸡腿。”

顾野想着那画面一乐，劝道：“试探不出就算了，就当交个朋友。”

“嗯。”

白术打了个哈欠。

她实在是太累了，坐在椅子上没动。

顾野帮她收拾好桌面，等她歇够了，才陪她一起离开考场。

那天晚上的烤肉聚会，纪依凡没有来。

在场的人都心照不宣，没有人提起她。

聚会到尾声时，苏老师或许是喝了些酒，醉了，情绪忽而有些感伤。他揽着墨川的肩膀，说他们是漫画圈的未来。

白术举着手机录视频。

“白术，你……”苏老师指着白术，“老实一点，别瞎晃悠，小心……”停顿了一下，他把话补充完整了，“小心摔咯。”

白术的手稳得很：“我没晃。”

“就你爱瞎嘚瑟。”苏老师教育她，“学学简以楠，稳重一点。”

稳重的简以楠喝着啤酒，赞同：“确实。”

众人齐齐扭头看向简以楠，仿佛看到了一个陌生人。

白术辩驳：“她不如我。”

“三人行，必有我师。”苏老师继续教育她，“你就是太傲！”

白术说：“我再傲，她也不如我。”

苏老师说：“你谦虚一点！”

“好吧。”

白术继续拍视频。

抱完墨川，苏老师一转身，又抱住了郝老师。

他说一周后他们不知要被淘汰多少人，只有郝老师能陪他走到最后。

郝老师拍了拍他的肩膀，安慰他。

这一幕其实是有些感人的。

郝老师和苏老师肯定会陪东国队走到最后的，可是，一轮一轮的晋级赛后，他们又能剩下多少人呢？或许最后，一个都不剩。

他们这些人里，除了白术，没谁敢说会走到全球赛这种话。

当然，白术永远是不解风情的：“放心，淘汰了还能做助手呢。我可以把他们全收了。”

包间静了一秒。

所有人都看向她，醉了的觉得她口出狂言，清醒的觉得她又在挑事，心思重的却没来由地怀疑了一两分。

郝老师喝着酒，微微皱了下眉，但很快就收敛了情绪。

“你说你！”苏老师倍感无奈，“你长得乖巧漂亮，干吗要长一张嘴呢？尽讨人嫌。”

“就是，你靠边站。”陆遥隔空朝白术挥了挥，然后举起了手，“我绝对能晋级，谁要当我助手！”

简以楠：“我也能。”

即墨诏：“我也。”

他们陆续开口后，包间里悲伤的氛围荡然无存。

这些备受瞩目的漫画新人，一个比一个自信，年轻且张扬，无形中身上都有了白术的影子。

像极了他们年轻的样子。

“好。”苏老师抹了把脸，跟他们举杯，“我敬你们。年轻的你们，未来的希望。”

几人一起碰杯，气氛闹哄哄的。

包间是日式的，皆是席地而坐。

自白术举着手机开始录视频后，顾野就知道白术得挑事，场子得闹起来，所以提前端走了一套茶具，坐在角落里喝茶看戏。

墨川发现时已经晚了，被苏老师揉搓了一通。等苏老师一松开他，他立即逃到角落，主动坐到顾野对面。

旁边喧哗吵闹，这里岁月静好。

顾野倒了一杯茶，递给墨川。

墨川：“谢谢。”

顾野问：“能晋级吗？”

“能。”墨川说，“陆遥和简以楠，大概也能。”

顾野一笑：“苏老师白操心了。”

墨川也笑：“他是个好老师。”

二人慢条斯理地喝茶。

一杯茶水品尽，墨川搁了茶杯，对顾野说：“可能是我多想，不过，还是想给你们提个醒。”

顾野撩起眼皮看他。

“我去学校那日，撞见纪依凡和风间千绫在聊天，听到她们在讨论白队。”墨川说，“具体说什么，我没听清。以防万一，你还是留意一下。”

"好。"

顾野点头，留了个心眼。

墨川点到即止，没有多说。

那一天聚会，他们闹到很晚，直至深夜才结束。

评委和观众投票的时间为一周。一周后，他们的成绩才有结果，而他们现在已经自由了，各有各的计划。

墨川是来当助手的，现在任务结束，得回国继续忙第三基地的事。

简以楠准备毕业论文，即墨诏有一场围棋比赛。

至于陆遥，先回学校住一晚，然后开始她的R国七日游。

白术和顾野去了酒店。

"《犬牙》的画稿呢？"一进酒店房间，白术就直奔主题。

顾野懒得理她，说："你先睡。"

白术晕乎乎的，一个转身，贴近了顾野。她伸出一根手指，戳了戳自己的脑袋："很亢奋。"

"酒喝多了。"顾野把她手拿下来，"泡个澡，好好睡一觉。"

白术往前一倒，张开手，抱住了他的腰，脑袋埋在他的胸口。

"泡澡的时候可以看《犬牙》。"

她喝高了，加上在撒娇，声音又软又甜。

顾野被她勾得喉咙发紧，顿了顿，才道："做梦的时候可以想一想。"

白术紧抱着他不放："那我不松了。"

顾野眯眼，问："不松了？"

白术点头，说："不松——"

话没说完，顾野就将她拦腰抱起，直接往洗浴间里走。

他的动作猝不及防，白术惊了一下，晃悠着两条细长的腿，忽然又一笑，抱着他的脖子，将脸埋在他颈侧念着经。她的气息如烈酒，滚烫而浓烈，灼到他的皮肤，一直蔓延到胸腔。

洗浴间是隔断的，顾野走进淋浴间，把白术扔到浴缸旁。他弯下腰，打开水龙头，试水温放热水。

"这边！"

冷不丁地，听到白术的声音。

顾野站直身，刚一回头，就见花洒喷出水，直朝他而来。他闭眼的一刹那，余光瞥见偷溜出去的身影，一把扑过去，抱住白术的腰，把人拽了回来。

"你说你是不是三岁，"顾野没好气道，"三岁的人都比你成熟。"

白术没逃掉。

她被抱住了，回头看顾野，眼里有笑意。

花洒谁也没放过，她在躲闪间被淋湿了，柔软蓬松的头发塌下，衣裤转眼湿了近半。她的眼睛似盛了一汪清潭，水汪汪的，浩瀚星辰全倒映其中。

顾野低头看她，一时没了动作。

“哎。”白术用手指戳着他的脸，“你生气了吗？”

顾野没说话，捧起她的脸，亲吻着她。

浴缸里的水流声，花洒喷水的淅沥声，互相交织缠绕在一起。灯光微暗，人影晃动，水落在地面，溅起滴滴水珠，升腾而起的水雾在逼仄的空间扩散，模糊了浴室玻璃，朦胧了一切布景。

一颗石子落入水中，那一汪清潭也泛起波澜，春风撩动醉人的夜，染了情。

顾野适可而止。

“去洗澡。”他抵着白术的肩，嗓音低哑克制。

衣服都被淋湿了，薄薄的布料贴在身上，身材展露无遗。

顾野不爱健身，但爱运动，加上体质特殊，身上没一丝赘肉，肌肉线条流畅，满是张力。

白术的手在他腰上停留，邀请他：“你跟我一起洗吗？”

“你想得美。”

顾野抱起她，将她扔进盛满水的浴缸。

白术顺手朝他泼水，跟个大爷似的：“衣服。”

“给你拿。”顾野背过身，走了。

早就做好这一周的安排，顾野晚上来了一趟酒店，把该准备的都准备妥了。

但是，顾野这一趟，去了约莫半小时。

顾野换下湿了的衣服，又抽了两根烟，才给白术拿了一套新的衣服。他就站在外面，把衣服放到盥洗池上。

顾野朝里面说：“给你放在外面。”

“哦。”

白术没什么精神，等得已经快睡着了。

穿好衣服出来时，白术哈欠连连。顾野将她按在椅子上，给她吹干头发，才准她去睡觉。

他们订了一个套间，有两个房间。

他们是来工作的。

一连七天的高强度创作，白术放松进入睡眠后，一觉睡了十二个小时。

等她醒来时，已是第二天下午了，饥肠辘辘。

顾野过来敲门：“醒了吗？”

“嗯。”

听到白术的声音，顾野将门推开。室内遮光窗帘拉着，黑乎乎的，他走到窗前，把窗帘一拉，刺眼的光照射进来，白术又一次闭上眼。

顾野走到床边：“饿了吗？”

“嗯。”

“起来吃饭。”

“起不来。”白术做躺尸状，“饿晕了。”

顾野一把将被子掀开，弯腰去抱她：“伺候你洗漱，要不要？”

“行啊。”

白术弯眼一笑，主动搂住他的脖子。

顾野弯了弯嘴角，抱起她，走出房间。

洗漱完，白术吃了饭，终于重新“活”了过来，将注意力放到《犬牙》的结局上。

《犬牙》的收尾工作，顾野已经进行到大半了，但想要快点结束，还需要白术这个助手帮忙。听到这个消息时，原本计划二人游的白术，当即改了计划，决定这一周在酒店赶稿。

白术总是对喜欢的事物抱以极大的热忱。

如果有需要，她永远能保持亢奋，生命力源源不断，像是不会枯竭一样。

就像现在。

对待《犬牙》的结局，她跟对待比赛一样认真。每一处细节都考虑妥当，有疑虑之处，会再三跟顾野确认。

六天后，《犬牙》结局完稿，顾野在白术的监督下，将稿件上传。

白术蹲坐在沙发上玩手机。

不一会儿，顾野走过来：“你偶像第一时间发了《犬牙》的完稿消息。”

白术掀起眼皮：“谁啊？”

顾野说：“白大。”

白术玩手机的动作一顿。

先前坦白的时候，忘了把这事告诉他了。

顾野没太在意这事，说完就翻篇了。他的视线停顿在白术的手机上，提醒她：“你又被网暴了，少玩点手机。”

“我怎么总是被网暴？”白术莫名其妙。

“摊上我这么个对象。”顾野坦白。

白术眨了眨眼。

她刷了一下论坛，这才明白发生了什么。

《犬牙》恢复连载后，热度一直居高不下。在漫画 NO.1 的全球作品版块，排名稳步上升。结局发出后，两个小时内，直接进了前十。

国内能进前十的作品，除了 White 的《求生游戏》，就是 Zero 的《死亡传说》。一直以来，White 和 Zero 凭借这两部作品的成绩，就能在国内稳定地位，现在又出现一个 Ego，关注度自然很高。

同时，骂白术害人精的声音刚小一点，又因为《犬牙》完结一事，变得声势浩大起来。

“White 没参赛，Zero 没参赛，Ego 披着马甲参赛了，却被白术拖死了。”

“白术就是东国漫画的罪人。”

“白术看到了吗，靠男人算什么本事，有能耐靠自己啊。”

“就算她在 DY 漫画大赛东亚赛拿了第一又怎样，还不是因为顾野在背后帮她。”

“真有脸让顾野当她的助手，她就不能有点自知之明吗？哪怕她去当顾野的助手，都不会有人说她半句不好。”

……

如果将白术单拎出来，或是顾野没那么优秀，读者对白术的怨气都不会这么大。

偏偏，白术和顾野捆绑到一起。

Ego，一个十年前就创造出《犬牙》的人，倘若继续参赛，闯进全球赛是十拿九稳的事。

可这样一个本该站在世界舞台发光的男人，却因为白术这样一个无名小卒放弃了名额，甚至不顾身份当白术的助手。

读者自然而然会给白术贴上标签：你配吗？

最起码，现在的白术给他们展现的，是“不配”二字。

“你也就是碰上了我，”白术看着论坛里讨伐的言论，不痛不痒地调侃着顾野，“这要是随便换一个人，非得跟你一哭二闹三上吊不可。”

顾野是有些紧张的，见白术反应这么平淡，略有诧异：“你不生气？”

“不至于。”白术从沙发上跳下来，“他们肯定你的实力，我为你高兴；至于我的实力，他们总会看到的。”

顾野愣了一下。

她的豁达，源于自信。

“庆祝《犬牙》完结，我请你吃饭。”白术挑了挑眉，心情丝毫没被影响。

顾野将心态放平了，接了一句：“去哪儿啊？”

白术点开手机软件：“我得找找。”

“别太远了，”顾野提醒她，“晚上还有颁奖晚会。”

正在找地址的白术，缓缓回过头，问：“今天？”

顾野给了她一个肯定的回复：“今天。”

“好吧。”

白术失望地垂下头。

时间紧张，她吃大餐的计划泡汤了。

晚上八点，颁奖晚会开始，现场同步直播。

投票时间已经结束，作品排名和票数不再更新，但作者名单还未公开。而公布名单的地点，就是晚会现场。

相关人员早早赶到晚会现场。

白术坐在位子上，低头玩着消消乐。

顾野坐在她旁边，时而被人认出来，然后接受寒暄和关注。对于前来搭讪的，顾野一律冷漠处理，时间一长，那些人就识趣了。

晚会快开始时，白术左侧的空位坐了个人，她觑了一眼，见到苏老师严肃的面孔。

白术下意识地把手机倒扣在腿上。

苏老师心里惦记着事，没关注白术在玩什么，他拧眉问：“晋级了吗？”

白术点头：“嗯。”

听到她这答案，苏老师不仅不开心，反而有点冒火。

“你们怎么回事，是不是串通好了？”苏老师小暴脾气上来了，“我问了所有人，除了纪依凡，都说晋级了。总共才七个名额，哪有你们这样的？”

白术问：“东国队晋级六个，你不高兴？”

苏老师暴躁道：“哪来的六个？”

“算上 NO.1 和问鼎啊。”

苏老师想到 NO.1 和问鼎的战绩，没办法反驳白术。

说 NO.1 和问鼎晋级，他是没有意见的。但简以楠、即墨诏、陆遥以及白术，都说自己晋级，这就让他没法相信了。

他叹了口气：“知道你们想让我高兴，但现在不是骗我的时候。”

白术只能说：“那你等着吧。”

苏老师闭上嘴，在焦虑中等待。

观察了苏老师视死如归的表情，白术觉得很有意思，往旁边靠了靠，跟顾野说悄悄话。

白术问：“他为什么不信？”

顾野瞟了眼苏老师，跟白术说：“网上最看好的是 NO.1 和问鼎，没你们什么事。苏老师不敢对你们抱有期望。”

“为什么？”

“即墨诏是专业棋手，简以楠得准备毕业，楚逍遥要去工地搬砖，还有你这个东一榔头西一棒子的家伙，就没一个正儿八经混漫画圈的。跟你们对打的，全是清一色的职业漫画家。”顾野慢条斯理地说，“你们要是一个两个说晋级了，苏老师没准信了；现在你们都说晋级了，他现在危机感爆表，怀疑你们串通起来骗他。”

白术“哦”了一声，眼珠一转，说：“他待会儿会不会高兴得昏过去？”

“被你刺激得昏过去还有可能。”

白术叮嘱道：“你到时候抢救他一下。”

顾野笑了笑：“我尽量。”

晚会进行过半时，白术收到一段录音，她戴上耳机听了一遍，蹙起眉，将耳机摘下来，挂到顾野耳朵上。

顾野疑惑地看向她。

白术说：“纪依凡这一周都待在学校，没有动静，阿绫白等了。刚刚纪依凡去洗手间，跟风间千绫碰了面，这是阿绫录到的。”

她重新播放录音。

听到录音后，顾野神色微冷，侧首往后方某个位置瞥了眼，见位置空了，眉宇紧皱。

顿了顿，顾野将耳机摘下，问：“你打算怎么办？”

白术不紧不慢地说：“我让阿绫先拖住纪依凡。”

“可行。”顾野分析道，“但不治本。”

白术将白色耳机线在手中绕了一圈又一圈，悠悠然道：“还有一招。”

顾野盯着她：“什么？”

白术眨了下眼：“待会儿你就知道了。”

顾野有一种古怪的直觉。

但是，他没有问，也没有制止她。

晚会进行到最后一个环节，等待结果公开的人如坐针毡，每一根神经都绷得紧紧的，焦虑和紧张的氛围在现场蔓延，甚至扩散到网上，看得一干人提心吊胆的。

讲台上，主持人将氛围渲染到最高峰。

“倒计时开始——

“5。

“4。

“3。

“2。

“1。”

主持人和观众们喊到最后一个数字。

这时，屏幕上的画面忽然跳转，排名前七的作者和作品全部公开。

全场像是被按了暂停键，一切都回归静默。

顾野忽然问白术：“非得这么浪费吗？”

白术停了下，目光微闪，轻声回他：“自己人不能打自己人。”

下一秒，现场爆发出尖叫和欢呼，如声音的海洋，浪潮一阵高过一阵。

苏老师不可思议地抓住白术的肩膀：“白术！你们晋级了！你们全晋级了！”

现场忽然变得无比混乱。

白术不意外，她抬眼，瞥向舞台上的屏幕。

第一名：[东国]Echo。

第二名：[东国]NO.1。

第三名：[东国] 问鼎。

第四名：[东国] 楚逍遥。

第五名：[东国] 简以楠。

第六名：[东国]SL。

第七名：[R 国] 风间千绫。

放眼望去，一排的“东国”，让人难免产生一种错觉——这是东国的国内比赛。

除了两个缺席的，白术和陆遥、简以楠、即墨诏、风间千绫走上讲台。

现场的阵营非常明确，东国人的欢呼声以一敌十，喜庆热闹；而其他国家的人，一个个面如死灰，如丧考妣。

人类的悲欢并不相通，在这个场景里表现得淋漓尽致。

走完领奖流程后，主持人递上话筒，让他们按照排名顺序发表晋级感言。

白术排在第一，风间千绫排在最后。

风间千绫微微侧过身，目光直勾勾地盯着白术，一副“坐等看好戏”的模样。

众目睽睽之下，白术举起话筒。

“一直以来，大家对于 Echo 的讨论，都存在争议。”

白术一开口，欢呼声便渐渐静了下来。

她继续说：“拿到第一，并不意外，我有一个非常好的助手以及从不辜负我的实力，这是我应得的。”

她是平静而淡然的，不喜不怒，从容地看着全场观众，迎接所有的鲜花和攻击。

“但是，”白术话锋一转，“基于一些个人原因，我宣布 Echo 将退出 DY 漫画大赛。”

轰！

她以轻描淡写的口吻以及极具爆炸性的消息，将现场的氛围再次推向高潮。

在她的左侧，其他晋级者的脑袋，都齐刷刷地扭过来，全员皆是震惊之色。尤其是风间千绫，手一松，奖杯“嘭”的一声掉落在地。

现场如同一锅沸腾的水，而白术，直接把锅盖给掀开了。

后台的角落里，准备冲上舞台实施计划的纪依凡，在被阿绫拽住之后，冷不丁听到白术宣布退出的话，傻愣愣地站在了原地。

她仰望着站在舞台上的白术。

好半晌后，她震惊又茫然地回头，竟是询问阿绫：“她刚刚说什么？”

阿绫一字一顿道：“她放弃参赛。”

纪依凡呼吸困难，喉咙似乎被遏制住一样。她大口呼吸，问着她不能理解的问题：“她为什么要放弃参赛？”

阿绫说：“因为她知道你的计划。”

“那她更不应该让我得逞！”纪依凡想推开阿绫，却推不动，于是愤怒道，“你不是在阻拦我吗，她为什么要放弃？！”

阿绫皱眉，语气没有波澜：“拦得了你一时，拦得了你一世吗？”

纪依凡一愣，挣扎的幅度小了些。

“你代表的是东国队。”阿绫看着纪依凡，就像在看一块被遗弃的抹布，“任何人上台给她泼脏水，她都可以不在乎。但是你上台，就是东国队内讧，会被国外看笑话，性质不一样。”

纪依凡意识到什么，浑身一颤，但她继续逞强：“那又怎样，她什么都不在乎，会在乎这个？”

阿绫斩钉截铁地说：“会。”

“你是谁，你凭什么——”

“你好啰唆。”

阿绫不想跟纪依凡沟通了，一个手刀砍在她后颈，把她给敲晕过去。

自白术宣布退出后，距晚会结束还有半个小时。

苏老师本想等结束后再找白术谈谈，可郝老师坐不住了。白术下台后没有去观众席，而是从后台离开。郝老师见状，直接冲向了后台。

苏老师赶紧追上。

顾野跟在他们后面。

在半路上，苏老师拉住了郝老师，把郝老师按在墙上。

郝老师悲愤交加，怒声道：“苏老师，这就是你宠出来的学生！她把东国队放眼里了吗，有把你放眼里吗？她轻飘飘的一句话，就直接退赛了！”

“郝老师，你冷静一点。”苏老师劝说他，“她可能另有隐情……”

“她能有什么隐情，谁逼着她退赛了吗？！”郝老师气得挣脱苏老师，但被苏老师狠狠压制住，无法动弹。

郝老师只得动嘴：“她就是在玩儿！她做什么都在玩儿！她什么都不在乎！顾野给她的名额，她不在乎。帮她夺得第一，她也不在乎！我只看到她仗着你们的宠爱和别人梦寐以求的资源在玩游戏，她要的只是别人被戏耍后的反应得以回味罢了！拿到第一再放弃，说出去更好听，不是吗？！”

苏老师还在帮白术说话：“她不是这样的人。”

“你为什么还在宠她，你已经把她宠坏了！”郝老师愤怒到极致，“集训营一走就是两个月，时间不够交一半的稿子，来到R国一声不吭玩消失。命运给了她多少馈赠，就她这样的态度，她还拿到了东亚第一！她还不知道珍惜！”

苏老师脑子很乱，不知该如何控制住郝老师，也摸不准白术的行为动机。

“郝老师。”

冷不丁地，旁边传来一道冷静的声音。

二人偏头看去，是顾野。

顾野走到二人面前，把一副耳机递给他们：“我这里有一段录音，会解释白术退赛的原因。”

白色的耳机线，连接的另一端，是一部手机。

他们都有些疑惑，苏老师第一个接过耳机，拍了拍郝老师的肩，将其中一只耳机递给郝老师，自己戴上另一只。

犹豫了一下，郝老师也戴上了耳机。

顾野播放了录音。

里面传出的对话，令苏老师和郝老师一怔，他们互相对视着，眉目越发凝重。

风间千绫怂恿纪依凡，在颁奖之际上台指控白术的作品是由顾野完成的。

纪依凡跟白术是相邻的考场，可以编造出“听到谈话”的理由。而纪依凡作为东国队的队友，说出来的话，哪怕没有实质证据，也会引起质疑。

到时候，就算白术不退赛，在国际上的名声也臭了。“靠男人”的标签，永远洗不掉。

苏老师和郝老师听完，面面相觑。

郝老师从愤怒转为羞愧，他哑了半晌，朝顾野投去疑惑的目光：“就算这样，她也不至于退赛啊。你们都知道的话，拦住纪依凡就可以了……”

“白术说，不能自己人打自己人，会被笑话。”顾野轻描淡写地说完，看向郝老师，正色道，“郝老师，你对白术或许有些误会。她喜欢你，也尊重你。至于我们宠她，是因为她值得。”

郝老师想起方才的指控，一时间有些无地自容。

顾野却没追究，朝他们点点头，客气地说："接下来的比赛，还得麻烦两位老师继续照顾她。"

苏老师茫然地问："什么比赛？"

顾野顿了下，想张口解释，这时，又有一人走过来。

"你们在这儿呢。"是白术的声音。

跟刚刚的形象不一样，白术穿了一件朋克外套，戴上一顶嘻哈帽，一副酷妹妹的潮流装扮。

白术走过来，问顾野："解释清楚了吗？"

"嗯。"顾野点头。

郝老师调整了下情绪，深吸口气，决定好好跟白术道个歉。

但是，白术没给他这个机会。

"我们得先走了，媒体快把所有出口都堵死了。"白术拉着顾野的手臂，跟两位老师告别，"亚洲赛再见。"

顾野也告别："再见。"

白术和顾野就这么走了。

苏老师和郝老师目送他们离开，过了好一会儿，互相交换着疑惑的目光。

苏老师不解地问："她不是退赛了吗？"

郝老师分析道："是以助手身份继续参赛吧。"

"对。"

苏老师恍然大悟。

先前聚餐的时候，他们确实提到了这件事。

想到这儿，苏老师松了口气，没那么不忿了。

围聚在外面的媒体特别多，白术让阿绫放出去两拨烟幕弹吸引注意，然后跟顾野通过乔装打扮后从前门光明正大地离开了。

外面停着一辆摩托。

顾野扔给白术一个头盔，再自己戴上一个，坐上了摩托。白术戴好头盔，坐在他身后，搂住他的腰。

白术发号指令："出发。"

顾野发动摩托，扬长而去。

夜空星辰密布，城市霓虹闪烁，白术坐在顾野身后，看着沿街的灯光和树木飞速后移，她感受着风，眯了眯眼。

这一夜，漫长又喧嚣。

白术的名字在网络上传播，无数人的睡梦都被惊扰，网上语言的碰撞，思想的交锋，派别的争论，如同一场无声的战争。

然而城市的夜晚，依旧平静而单调，像极了每一个普普通通的夜。

黎明时分，浪潮冲刷着沙滩，昨日留下的印记被洗得干净，什么都不曾留下。

白术拎着鞋子，双手张开，头发被吹乱，赤脚踩在沙滩上，留下一串笔直的脚印。

顾野跟在她后面。

白术忽然回过头，问："苏老师和郝老师现在是不是被烦死了？"

顾野笑了下，随后想到什么，笑容一收："有件事，我还没来得及跟他们说。"

"什么？"

"你别的账号。"

"啊？"

白术脑门上挂着大大的疑惑。

"我估计，"顾野睇了她一眼，"他们已经脑补你以助手的身份回归的事了。"

"算了吧。"白术很快释然，将鞋子往身后一扔，整个人往后仰倒，"到时候给他们一个惊喜。"

顾野扬唇轻笑，学着她的样子，仰倒在地。

两个人，在寂静的海滩上，躺成两个小小的"大"字。

天边泛起鱼肚白，海天相间的云层染了色，深浅不一，绚烂瑰丽。不一会儿，阳光突破云层，洒下了暖洋洋的光。

白术偏着头，望向顾野，说："天亮了。"

顾野看向她，漆黑的眸子里，装下了她以及她的喜悦。他也说："天亮了。"

天亮了。

征战世界的旅途，才刚刚开始。

番外

关于白术和她的朋友们

顾野一直觉得白术没什么朋友。

原因有三——

一、白术对于简以楠、段子航、牧云河而言，更像是引路人，关系虽不错，但白术在他们面前总有另一层身份。如对手、领导、妹妹。

二、白术爱得罪人的性格，会让人对她避而远之。

三、白术一直说她有两个情似姐妹的好友，但顾野从未见过那二位的身影。顾野总忍不住怀疑白术那两个朋友是否真的存在。

连续几日，白术都没事做，在家陪着白倪玩。

顾野看在眼里，终于在一天晚上，在书房找到教白倪下象棋的白术。

白术和白倪坐在飘窗上，一左一右，面对面坐着，中间摆了一个象棋盘。白术正在教白倪怎么走下一步棋。

顾野端着点心和饮料走过来，将其放到飘窗上：“你这阵子闲着，要不要去找朋友玩？”

白术移动着棋盘上的“兵”，闻声扭头看向顾野：“找谁？”

真有朋友哪会如此反应，顾野心疼极了，却没忍心揭穿她，只道：“你那两个朋友。”

“哦。”白术似乎想起来了，“她们忙，没空。”

顾野继续问：“她们忙什么？”

“一个在队里，忙……机密。”顿了一下，白术继续说，“一个不知道，在度蜜月吧。”

还编起来了。

顾野在一旁坐下，把点心往她的方向推了推，开始打听：“你这俩朋友都是什么人？”

白术：“不好说。”

顾野：“简单说一说。”

“在部队的叫墨上筠，你大概查不到她的消息，她跟墨川的养父有点亲戚关系。不过，另一个你应该略有耳闻，她叫司笙，笔名Zero。她们俩是同一师门习武的师姐妹。”白术指挥着白倪移动棋子，漫不经心地给顾野介绍，“我跟你认识的那一年暑假，同她们认识的。”

她说得有模有样的，不像有假。

顾野继续问：“我在那个暑假见过她们吗？”

仔细回忆了一下，白术摇了摇头：“没有。”随后又说，“改天介绍你们认识。”

“好。”顾野犹豫着点了头，没有戳破白术这半真半假的谎言。

跟顾野这一次对话，白术只当是闲聊，完全不知顾野是在试探。

所以她不知道，她在顾野心里留下了怀疑的种子。

几日后，白术短暂的假期宣告结束，迎接她的是新一轮的忙碌时光。

顾野问起来时，白术说：“做演习计划。”

“什么演习？”

“第三基地的演习。”白术打了个哈欠，“第三基地准备在每次特训结束前都来一场特殊演习，陈教官邀请我做演习计划。”

顾野无言：“你个当队长的，这种活儿也接？”

“接。”白术颔首，既嚣张又骄傲，“反正有助于培养人才，而他们都没我有经验。”

顾野不明所以：“你打哪儿来的经验？”

“墨上筠的，她每年得经手几十个大大小小的演习计划。我在接手BW救援队后很长一段时间，都在找她取经。”白术说，“哪怕是现在，BW救援队每年的重大计划，我都会找她过目一遍。一般BW救援队遇到什么事，我也会找她商量。”

“她能帮你解决什么问题？”

白术端起果盘，用牙签插着切好的水果，吃得像只松鼠：“她有大局观，眼光长远，评价事物素来一针见血。她能理解我的目标和想法，所以会站在我的角度分析问题。基本上她能给出的意见，都可圈可点。”

说到这儿，白术慢悠悠地看了顾野一眼：“她是我的知己。”

顾野酸极了：“我呢？”

白术一本正经地摇头：“你不是。”

顾野危险地眯起眼：“我不是？”

“你现在不是。”白术正儿八经地说，“以后不知道。”

她这回答倒不像是故意让顾野不高兴。

顿了顿，她补充说：“我跟她见过同样的惨烈和无辜，站在不同的角度看待同样的问题，最终得出的结论殊途同归。你跟她不一样，你看待问题时是悲观的，你支持我是无条件的。”

“有点意思。”

顾野仍旧怀疑墨上筠作为白术的朋友存在的真实性，但是，他希望这是真的。

像白术这样的人，身边或许会围绕很多人，可真正能找到一个知己，难。

因为能成为她知己的人，前提是，跟她一样的优秀，有同样的世界观、大局观。

在了解到墨上筠对白术的重要性后，没多久，顾野又了解到司笙对白术的重要性。

相较在网上没一点资料的墨上筠，司笙的资料就多了，这可是这几年最火的演员之一。

作为演员，司笙的演技中规中矩，用她粉丝的评价来说：除了颜值，一无是处。

司笙爆火是因为演技之外的因素。

她的武术功底屈指可数，是古老机关术的传人，国外极具影响力的野外生存专家，能跟White媲美的知名漫画家……

那一段时间，南方某镇暴发了一场洪灾，BW一支救援队在搜救过程中，遭遇泥石流，被困于一个小山村，且有人员走失。

被困住的人，断通信、少物资，随时会面临危险。

因天气原因，直升机、无人机都难以运行。

事关队员生命，白术连夜召开视频会议，了解具体情况。

顾野闲得没事，在一旁陪同。

“物资和通信都不是要紧的，明天下午天气好转，我们可以空投。”段子航在洪灾当地，最了解情况，“重要的是，有5到7人走失了，丛林环境瞬息变化，夜里更难熬，多熬一分钟都是危险。现在这情况，我们不能给大家添麻烦。我们有考虑出动搜救无人机，但现有的无人机，续航时间短不说，也很难应对这样糟糕的天气和复杂的丛林环境。”

白术单手支颐，拧眉：“我记得玄方科技去年就在研发一款丛林搜救无人机。”

“对。”搜救部门的部长点头，“但这款无人机还没上市。据我了解，他们的无人机还在测试阶段，要真正上市还得等两三个月。”

白术问：“好用吗？”

部长愣了下，说：“好用的。他们的技术，在全世界都是首屈一指的。现在的测试只存在一些小问题，拿来用完全没问题。但是……他们公司高层都是技术人员出身，不搞人情关系，严格按照规章制度办事，从来没有借试用机的先例。”

“白队。”段子航真诚地跟白术说，“你不是有个朋友是人脉百宝箱吗？我相信你，你可以的。”

“等着。”

事情紧急，白术没跟段子航斗嘴，扔下两个字，就中断了视频会议。

白术拿起手机，走到飘窗前，拨通了一个电话。

顾野狐疑地盯着白术的一举一动。

“姐夫。”电话一接通，白术便喊。

那边静默了会儿，旋即传来一个低缓带笑的声音：“你姐说你肯定又是来要东西的。”

白术不置可否，直接说：“你们公司最新研发的丛林搜救无人机，能借用一下吗？”

“要多少？”

“有多少要多少。”白术狮子大开口。

“行。”电话那边的人没怎么迟疑，直截了当地说，“我让宋清明跟你的人联系。”

“谢谢姐夫。”

“你姐问你，过段时间要聚一聚吗？”

“好哦。”

白术答应了。

她的一通电话，轻描淡写几句话，就解了燃眉之急。

挂了电话，白术转身回来，瞧见顾野正瞧着她，在视线对上的一瞬，他扬了扬眉。

“姐、夫？”顾野眯了眯眼。

“司笙的老公，凌西泽，玄方科技的老板之一。”白术解释说。

顾野若有所思道：“段子航说的人脉百宝箱是指……”

白术说：“司笙。”

顾野略有诧异。

“虽然她长得像个花瓶，但她自幼走南闯北，有过不少奇遇，攒下了很多人脉和资源，后来又继承了一个半官方的情报组织。”白术走过来，不疾不徐地说，“她给我提供的人脉、资源、情报，是 BW 救援队这两年在各种大事小事里择出最优解的前提。”

“她们师姐妹这么厉害？”

“是哦。”白术怕他又耍小性子，慢吞吞地补了一句，“你也不赖。”

顾野被她这体贴又虚伪的一句话逗乐了。

过了会儿，顾野笑问："她们不遗余力地帮你，你帮了她们什么吗？"

仔细想了半天，白术摇头："好像没有，她们不需要。"

顾野难免惊讶。

在他的印象中，跟白术走得近的人，基本都是依附于白术的。真正强大到不依赖白术任何帮助的，少之又少。

准确来说，没有。

白术掌控的资源和技术太多了，总能在各种场合给身边的人提供帮助。

于是，顾野开始相信，墨上筠和司笙，是真正意义上能跟白术成为朋友的人。

当她们都站在同等强大的位置上时，朋友之间的关系才是对等的，能不掺任何杂质。

又几日，秋天进入尾声，天气变得凉爽起来。

白术跟墨上筠、司笙约好去秋游爬山，晚上在山上吃烧烤过夜。

只有她们仨。

"要准备什么？"顾野的态度比白术积极多了。

毕竟，他第一次见白术有比较正常的社交活动。

白术看着他。

他看着白术。

良久，白术出声："带个人。"

顾野拍了下她的后脑勺。

白术脑袋晃了一下，瞪了他一眼，说："一般情况，凌西泽会把东西准备妥当，司笙带上就行。墨上筠负责主持大局，就没别的事了。"

顾野无言，背着白术收拾了一点零食，在白术走之前，硬是把零食塞进白术的背包里。

"人家帮你这么多，你不要仗着人家宠你，你就气她们。"顾野叮嘱她，"说话要好听一点。"

"你对她们有什么误解吗？"白术惊奇极了，"我才是最受气的那个。"

顾野打量着她，同样倍感惊奇："这是你对自己的定位？"

"嗯。"

"改一改定位也不是什么难事。"顾野送白术出门，"好好表现，希望你们的友谊地久天长。"

"……"

白术不知顾野对墨上筠、司笙的印象为何这么好，稀里糊涂地就背着包离开了。

两个小时后，白术站在山脚下，看着停在身前的越野车，面无表情。

副驾驶的车窗滑落下来，白术看着坐在驾驶座上的墨上筠。

墨上筠侧过头，跟她对视。

“我以为爬山是用脚。”白术请教，“带上轮子的用意是？”

墨上筠很友好地朝她笑了一下。

白术头皮发麻，登时有种不祥的预感。

这时，后座的车窗又滑落，露出司笙那张绝美的脸，她举起一个不足周岁的奶娃娃，说：“多了仨累赘。”

“……”

白术转身就走。

司笙手一伸，抓住了她的卫衣兜帽，问：“你不是挺会带娃的吗？”

白术扭头看她，阴着一张脸：“我不会。”

司笙：“你会。”

墨上筠：“你什么都会。”

白术搬起石头砸自己的脚，气得直瞪二人。不过二人都是脸皮极厚的，不痛不痒。墨上筠将副驾车门踹开，一把将她拎上了车。

白术坐好后，一扭头，跟三个奶娃娃大眼瞪小眼，更气了。

墨上筠生了一对龙凤胎，不足两岁，长得粉雕玉琢的，不仅漂亮可爱，还听话懂事。司笙生了个女娃，跟司笙一个模子刻出来的，也很好带。

白术为什么知道呢？

因为自打去年墨上筠、司笙一起举办婚礼时，白术帮忙带了那一对龙凤胎后，墨上筠和司笙就看中了白术的带娃潜力。

白术一个不婚不育主义者，硬是被这三个奶娃娃捆绑住了。

“把他们扔给保姆半天不行吗？”白术颇为头疼。

“主要是我跟司笙都不管事，孩子认生，家里人有意见了。”墨上筠开着车，解释说，“难得回来一趟，非得让我们出门也带上，说什么出门放放风也好，看看祖国的大好山河。”

白术真情实意地评价：“你们家人心可真大。”

墨上筠和司笙的事业搞得风生水起的，生了娃也没有当母亲的自觉，平时娃娃由保姆、父亲和长辈照顾，她们不用管事。

有时让她们独自照顾半天，只要孩子安安静静的，她们都能把自家孩子给忘了。

就这架势，她们家人，还敢让她们自己带娃，也不怕她们把娃丢了。

司笙接过话：“所以西泽和阎队表示，一定要带上你。”

白术眉头一抽：“我是顺带捎上的？”

墨上筠劝她：“你要想开一点。”

白术觉得，顾野就该见识一下这场面——到底是谁在气谁。

天黑后，星辰漫天，清风徐徐。

山上的枫叶变红了，风一吹，枫叶轻悠悠地飘落，地上被染了一片红。

风景独好。

司笙和墨上筠通力合作，搭建好三个帐篷，又开始准备烧烤。墨上筠做这些很熟练，司笙只需打打下手就行。

白术在车上给小易易换纸尿裤。

“辛苦了。”司笙走过来，把一瓶汽水递过去。

白术问：“小易易名字取好了吗？”

“嗯。”

“叫什么？”

“易无忧。”

白术愣了一下。

墨上筠的一双儿女，全部随她姓墨。白术以为，小易易是小名，真正取名时应该姓司，但没想直接换了个姓。

白术问：“不姓司、不姓凌，姓易？”

“嗯。”

“易是谁的姓？”

“我外公。”司笙洒脱道，“我是外公养大的。”

“哦。”

白术可以理解了。

“姨姨。”墨小妹妹走过来，拉了拉司笙的裤腿，然后又看向白术，走过去抱住白术的腿，“姐姐，饿饿。”

白术第一时间看向司笙。

司笙将汽水一放，当作什么都没看到一般，转身就走：“我去看看小师姐的烧烤弄得怎么样了。”

白术气急，摸出一颗糖，直接朝司笙的后脑勺掉去。

司笙一偏头，手往上一捞，精准无误地捞住那颗糖，继而回头，朝白术挑眉一笑：“精准度不错，速度和力道有待提升啊。”

白术瞪着一双猫眼，朝她翻了一个大大的白眼。

夜色渐深。

墨上筠和司笙和乐融融地烤着烧烤，白术在这边苦大仇深地带娃。

这时，不放心白术的顾野，打了一通视频电话过来。

白术坐在地上，接通电话，表情阴沉沉的，没好气道：“干吗？”

“你怎么了？”顾野问了一句，随后进行合理地猜测，“她们跟你绝交了？”

白术遥望着那对师姐妹，说话都是带着怒火的：“我想跟她们绝交。”

顾野顿了顿，问："她们人呢？"

白术冷言冷语地说："不在。"

顾野眼里掠过一抹狐疑。

他又开始怀疑白术两位知己是否存在的真实性了。

就在顾野打算旁敲侧击之际，屏幕里忽然冒出一个小脑袋，扒拉着白术的肩膀："姐姐。"

顾野怔了一下。

随后，白术另一侧又冒出一个小脑袋，奶声奶气地喊："姐姐。"

"这是……"顾野震惊不已。

下一刻，白术将手机放到支架上，露出怀里躺着的一个奶娃娃，奶娃娃晃悠着小手，咿咿呀呀地在叫唤。

白术极其熟练地拿起奶瓶，将奶嘴塞到奶娃娃嘴里。

顾野冷静了半天，问："这仨里，哪个是你朋友？"

"都不是。"白术吸了口气，将镜头调转一下，对准那一对师姐妹，抱怨道，"我没朋友了，我只是个带娃工具人。"

"……"

顾野看着镜头里闲情逸致的二人，虽然他看不到白术的表情，但完全可以想象。

于是，他忍了又忍，没有忍住，笑出了声。

他现在真的相信白术有两位知己了。

（未完待续）